侧看民国

侧看民国

摇晃的梦想

徐志摩和新月诗人

李伶伶——著

黄山书社

图书在版编目（CIP）数据

摇晃的梦想：徐志摩和新月诗人 / 李伶伶著 . -- 合肥：黄山书社，2017.11
ISBN 978-7-5461-6923-1
（侧看民国）

Ⅰ. ①摇… Ⅱ. ①李… Ⅲ. ①新月派－文学研究 Ⅳ. ① I207.209

中国版本图书馆 CIP 数据核字（2017）第 281164 号

摇晃的梦想：徐志摩和新月诗人
YAOHUANG DE MENGXIANG: XUZHIMO HE XINYUE SHIREN
李伶伶　著

出 品 人　王晓光
总 策 划　董宁文
责任编辑　章锐华　徐娟娟
装帧设计　观止堂_刘　俊　朱　璇
出版发行　时代出版传媒股份有限公司（http://www.press-mart.com）
　　　　　黄山书社（http://www.hspress.cn）
地址邮编　安徽省合肥市蜀山区翡翠路 1118 号出版传媒广场 7 层 230071
印　　刷　合肥精艺印刷有限公司
版　　次　2018 年 1 月第 1 版
印　　次　2018 年 1 月第 1 次印刷
开　　本　700mm × 1000mm　1/16
字　　数　280 千
印　　张　22
书　　号　ISBN 978-7-5461-6923-1
定　　价　39.00 元

服务热线　0551-63533706
销售热线　0551-63533761
官方直营书店（http://hsssbook.taobao.com）

目 录

开　篇

“狮子老虎永远是独来独往的，只有狐狸和狗才成群结队。”

这是胡适说过的一句话。显然，他是不屑做“狐狸”和“狗”的，也鄙视成群结队。以其自由主义知识分子的身份，他崇尚独来独往，有心成为孤独的、高傲的“狮子”和“老虎”。然而，他为标榜自己的自由和独立而在情急之下所说的这句话，却让他犯了一个常识性的错误。有人曾做过这样的设想：让老虎和狮子打一架，看看究竟谁赢谁输，谁才是真正的百兽之王。这样的较量，理应是一对一的，一只狮子对一只老虎，这样才能比出真正的高低。如此狮虎斗的设想，原本就是人们主观的意愿，客观上不大可能有实现的一日，原因是，老虎固然擅长单打独斗，而狮子，却是成群结队的。

事实上，胡适独来独往的理想只停留在了书面上，或者口头上。生活中，他从来不是一个独来独往的“老虎”。他的身边永远聚集着一帮朋友，不知有多少人将“我的朋友胡适之”视作荣光和骄傲。他的家里常常高朋满座。“新月”成员之一的梁实秋就曾说，“新月”时代，他们几乎每个星期六都要在胡家聚会。不经意间，胡适像……那样，像……那样，像……那样，时时成群结队。

反对拉帮结派，不愿意成群结队，似乎是那个时代像胡适那样以自由和独立为立身根本的自由知识分子们共同的处世准则。就算是“新月社”实实在在地成立了，“新月派”不折不扣地存在着，“社”里的人，“派”里的人，也都不想、不愿承认，甚至完全否定以撇清自己和“社”和“派”有任何瓜葛和联系。

梁实秋无论在何种场合，都一口咬定：“新月根本没有派。”叶公超说，“新月社”不是一个正式的社团，而只是一个定期聚餐的一种集会。闻一多曾抱怨说：“还写什么诗，‘新月派’，‘新月派’，给你把‘帽子’一戴，什么也就不值一看了。”“新月”后期诗人陈梦家在20世纪50年代“大鸣大放”期间，这样说：“现在还有人喜欢把过去的招牌挂在别人头上，比如‘新月派’诗人陈某某等。我很不愿意别人老把过去的招牌挂在我的头上，而且这块招牌对我也不太合适，当时我只不过喜欢写诗，和‘新月派’诗人接近罢了。”

也许“拉帮结派”这个词贬义的成分更大一些，但成群结队、结社成团似乎并没有什么大不了的，更不为过。在中国文学史上，在“新月”存在的那个年代，社团繁杂，流派众多，组社团成流派一时间成为潮流。早先，有文学研究会，“为人生派”；有创造社，“为艺术派”。之后，有语丝社，“语丝派”；有湖畔诗社，“湖畔诗派”。那么，新月社，是一个什么样的社？新月派，又是一个什么样的派？“新月”的前前后后，经历了一个错综复杂的过程，却也耐人寻味；“新月”的人，进进出出，林林总总。这一切，都值得后人追忆。

上部

前期“新月”

第一章　徐志摩、胡适的聚餐会

徐志摩和梁实秋：一次有趣的、失败的演讲

1922 年 8 月，徐志摩从英国回来了。他回国后参与的第一次社会活动，就是被清华文学社邀请去演讲。显然，这个时候的徐志摩已经被视为“名家”了，至少在清华文学社的梁实秋他们眼里，他就是名家。之所以如此，一来徐志摩是梁启超的大弟子——不是什么人都能拜师梁任公的；二来徐志摩是留洋硕士——既是哥大硕士，又是剑桥皇家学院的高材生；三来徐志摩为追求自由和真爱，不理世俗，大胆地毅然决然地“抛弃”结发妻子的行为，使他名声大噪；四来徐志摩创作了大量新诗，以其特有的自由排列的形式，以及浓得化不开的情感和奔涌飞扬的激情，使他迅速引起文坛前辈的关注和文学新人的景仰。简单地说，此时的徐志摩，才名满天下。因此，清华学子们都极想一睹他的风采。

出面邀请徐志摩的是梁实秋，不过，梁实秋并没有亲自去和徐志

摩面对面接洽。这倒不是因为徐志摩是名家，而身为学子的梁实秋不便莽撞地找上门去。当初文学社邀请周作人，就是梁实秋亲自摸到周府直言相邀的。再说了，梁实秋也不是那种仰视名家、畏惧权威的人。徐志摩是梁启超的弟子，梁启超的大公子梁思成是梁实秋的同班同学。于是，梁实秋通过梁思成去和徐志摩商量。据梁实秋事后回忆，徐志摩立刻就答应了。

徐志摩如此爽快，也不完全是因为梁思成。他天生好动、乐于交往、热衷参与，而且个性张扬、喜好表现。就像他自己所说："我学了文学，至少得到了国内的认识。"显然，他是很看重"得到国内的认识"的。初归国，他满腹的才情，急于要表现；他已经确定的艺术人生观，急于想引起共鸣；他对于他的诗，他的文学理论，甚至他这个人，也急于要"得到国内的认识"。

这次演讲，是日后新月社两位主将徐志摩和梁实秋的第一次见面。梁实秋用"飘然而至"形容徐志摩的到来。这个词的确很符合诗人的气质。他白白的面孔，长长的脸，鼻子很大，下巴很长，穿着一件绸夹袍，外面是一件小背心，缀着几粒闪着金光的纽扣，脚上是一双黑缎鞋，尽显文质彬彬和潇洒神态。清华小礼堂里挤满了慕名而来的学生，人数不比听周作人的少，黑压压一片。梁实秋说得不错，与其说他们是听众，不如说他们是观众——大多数人都是为"看"而来。

走上讲台，徐志摩旁若无人地自怀中掏出一卷稿纸，大约有六七张，用打字机打好的，全英文的，然后坐了下来，环顾了一下四周后，准备开讲。听众（观众）们首先就被他手上的那一沓稿纸弄糊涂了：他这是要演讲，还是照本宣科？徐志摩解释道："我的讲题是《艺术与人生》，Art and Life，我要按照牛津的方式，宣读我的讲稿。"这一下，学生们躁动起来。既然按照牛津的方式，那么，肯定是用英语的。之前，从来没有人直接用英语演讲过。这是一个不习惯。另外，按照牛津的方式，他是"宣读"，而非演讲。这是两个不同的概念，显而易见，演讲更随意些，而宣读则太正经。

“牛津的方式”，注定徐志摩的这次演讲是失败的。他的演讲（实则宣读）一开始，就有人退场。虽然他的口齿较周作人伶俐，乡音也不像周作人那么浊重，声音也够洪亮，但大多数人听不太明白。就连梁实秋，也自认“没有听懂他读的是什么”。徐志摩却沉浸在自己的世界中自我陶醉着，尽管他坚持宣读，但语调变得夸张，手势也多了起来，表情更加丰富。于是，演讲显得有趣起来。但是，这个“有趣”，并非演讲本身，而是外在形式。当然，这样的有趣终究没有办法改变演讲失败的命运。

徐志摩自然不会在乎演讲的成功与失败，在他看来，能够完整全面地将他在留学生涯中特别是在剑桥所接受的西方社会思潮和文艺理论进行总结后“推销”出去，就是成功。按牛津的方式，学者们的宣读讲稿，在演讲完之后，是可以直接付印成书的。徐志摩的《艺术与人生》随后经挚友郁达夫之手，刊登在“创造社”的《创造季刊》第二期上，仍然是英文的。

创造社成员郭沫若（左二）、郁达夫（左三）和成仿吾（左四）

梁实秋没有完全听明白，却完全看明白了。徐志摩认定眼前的中国社会“是一潭死水……一个由体质上的弱者、理智上的残废、道德上的懦夫以及精神上的乞丐组成的堂皇国家”。他用列举的方式，通过但丁、莎士比亚、歌德、雪莱、米开朗基罗、达·芬奇、瓦格纳、贝多芬等西方文艺大师的艺术成就，指责东方文化的贫乏，他的结论是：“因为我们没有生活，所以我们没有艺术。”可以想见，他的这番见解肯定会引起那些固守传统、拒绝接受外来文化和思想的老学究们的极大反感和不满。他的言辞固然激烈了一些，观点不免偏激了一些，理论也显得空泛了一些，但不能说他说的不是事实。

尽管梁实秋只把《艺术与人生》当作通俗性的一般文章，而非学术研究论文，但他对其中的某些观点还是很认同的，特别是他对徐志摩在文章中透露出的反叛精神，和对中国文化的深层忧虑以及因此忧虑而提出的“要丰富、扩大、加强、激化我们的生活，赋予它精神上的意义，恢复我们的审美直觉和创造活力”的主张，是极为赞赏的。这也许是他俩日后能够共同参与新月社的思想基础。

徐志摩和胡适：透露了婚外恋

徐志摩送给胡适的签名照

在胡适的眼里，徐志摩是一个可爱的人，是“一片春光”，是“一团火焰”。在徐志摩的眼里，胡适是一个温暖敦厚、令人尊敬的师长，也是一个可以在一起“谈书谈诗谈友情谈爱谈恋谈人生谈此谈彼”的亲密伙伴。如果说徐志摩是日后新月社的灵魂的话，那么，胡适就是新月社的领袖。当然，在新月社之前，他俩只是一对志同道合的挚友，一对能够宽容彼此的密友。

“新月”之前徐志摩和胡适相交的基础，除了对白话诗的共同迷恋外，恐怕应该算是对政治的共同喜好。当然，这个“喜好”，有程度上的大不同。

和徐志摩一样，胡适也曾留学美国就读哥伦比亚大学。徐志摩取得了硕士学位；胡适虽然提交了博士论文，也通过了博士学位的笔试与口试，却由于种种原因当时未拿到博士学位。自美返国后，他一心想在思想文艺上替中国政治建筑一个革新的基础，于是宣称“二十年不谈政治”。在一个原本就对政治没有兴趣、不屑谈政治的人的眼里和心里，是不会有“政治”这个概念的，也就不会有这样的宣称。由此看来，他原本就是一个对政治有兴趣、而且很愿意谈政治的人。

果然，不要说“二十年”，甚至不到两年，胡适就将他的誓言甩在了脑后，忍不住要谈政治了。1919年6月，他在陈独秀被捕后接办《每周评论》，不满于国内无政府主义和马克思主义的讨论高潮盖过具体问题的研究，而写了一篇著名的《多研究些问题，少谈些主义》。客观地说，那个时候，他谈政治，并非一心求官，而是尽一个有良知的知识分子对社会应尽的责任。如果说，“问题和主义”是他谈政治的开始的话，那么，他在1921年5月组织“努力会”，一年之后创办《努力周报》就成为他谈政治的明显标志。从此，《努力周报》成了他谈政治的阵地，也为自由主义知识分子论政提供了一个平台。

徐志摩在哥大经济系就读时，选修课程偏重政治。那时，他不仅醉心于资产阶级民主主义和人道主义，也对马克思主义和空想社会主义颇感兴趣，又研究了一番社会主义，于是他的书架上多了几本“讲苏俄一类的书”。事实上，他对政治的兴趣，和胡适对政治的兴趣，是不一样的。他的心思活，感情充沛，对所有“新”的东西充满探寻的欲望。因此，当他由美抵英后，又开始欣赏起英国政治来了，自认是“恭维英国政治的一个”。他不仅赞美英国政治，甚至幻想中国也能走英国政治的道路。

从徐志摩对政治的态度上可以看出来，他对政治的兴趣实际上只停留在纸上谈兵的层面，而没有进入政治的核心，因此成不了一个冷峻的政治家。他刚刚回国就遇到了一次政治事件，以他当时激情四溢充满理想主义的状态，自然不会放过这个机会，亟欲纸上谈兵一下的。

这次政治事件，简单地说，就是财政总长罗文干被以莫须有的罪名遭逮捕。实际上，事件背景很复杂。

胡适在《努力周报》创刊时特别写了一首《努力歌》："天下无不可为的事，直到你和我——自命为好人的——也都说'不可为'，那才真是'不可为了'。"在这里，胡适第一次用了"好人"这个词。这个时候，他正怀有要建立"好人政府"的理想，意即政府要由一帮"好人"组成，并且经过这些"好人"的奋斗而出现"好政府"。两个月以后，他做了一次演讲，题目就叫"好政府主义"。之后，他应邀为"双十节"写了一首诗，名为《双十节的鬼歌》，诗中有这样一句："起一个新革命，造一个好政府。"

为了这个"好人政府"，胡适在《努力周报》上写成一篇《我们的主张》。这实则一篇呼吁政治改革的宣言，引起一帮志同道合的朋友，如蔡元培、罗文干、梁漱溟、陶行知、王宠惠、李大钊、汤尔和等人的积极支持，并重新定名为《我们的政治主张》，主张：政治改革的目标是确立"好政府"；政治改革的唯一下手工夫是号召"好人"们出来干政治，组织政党。

很明显，胡适的"好人"组成"好政府"，从而建立"好人政府"的想法太幼稚太天真。但是，有意思的是，胡适的"好人政府"的理想真的实现了。就在徐志摩由英启程回国的时候，"好人政府"成立了！"好人"王宠惠在吴佩孚的支持下出任国务总理，组织内阁；"好人"罗文干任财政总长；"好人"汤尔和任教育总长。为此，胡适着实兴奋了一下。

为什么说"一下"呢，因为这个"政府"太短命，只维持了几个月而已。新内阁的后台是吴佩孚，而国会的后台是曹锟。新内阁的成

1916 年，胡适（前排左一）在哥伦比亚大学和同学合影。第三排右四是陶行知

立，自然是针对国会的，因此两方不可能没有矛盾而和平相处。因在经费分配和借款等问题上，双方无法达成共识，原本就潜在的矛盾完全公开了，最后导致决裂。由参议院院长吴景濂、副议长张伯烈等一手策划，人为制造了罗文干“卖国纳贿”丑闻，在取得总统黎元洪的手令后，将其逮捕。但因证据不足，罗不久被释放。但是，教育总长彭允彝为讨好吴、张，在国会会议上又提议，将“罗案”交由法院处理。就这样，罗文干重新被捕。

罗文干的被捕，引起公众的强烈不满，特别是罗任教的北大。作为北大校长、罗文干的密友，蔡元培更公开断言这是“蹂躏人权、献媚军阀的勾当”，同时，他称他坚信罗文干的操守。为斥责这种卑劣行为，也为声援罗文干，蔡元培提出辞呈，并发表声明表示对民国政府采取不合作的态度，随即离京。接着，北京学联向民国政府请愿，要求惩办“罗案”制造者，释放罗文干。

不用说，在这次政治事件中，胡适肯定是站在罗文干这一边的。他在 1922 年 11 月 9 日的日记中，写了这么一句话：“今天突起一大政潮，颇骇人听闻”，并且在日记里粘贴了两份刊登着这则事件的报纸，一份是《北京晚报》，一份是《京津晚报》。随后，在次年 1 月份他主编的《努力周报》上，连续编发了几篇倾向性很明显的政论。他自己在文章中直言不讳道：“彭允彝是不能不去的，这一个无耻政客本不值得教育界全体的攻击……彭允彝代表‘无耻’。”“代表无耻”这句话，成为胡适的“名言”。

另外一篇是徐志摩撰写的《即使打破了头也还要保持我们灵魂的自由》。

在这篇文章中，徐志摩旗帜鲜明地站在正义、公平、道义、人格的立场对蔡元培的行为表示赞赏和支持。他认为蔡元培是在“拿人格的头颅去撞开地狱门”，因而极具牺牲精神，令人感佩。他又说：“慈悲的真义是感觉人类应感觉的感觉和有胆量来表现衷心的同情。”所以，他号召“有知识有胆量能感觉的男女同志，应该认明此番风潮是个道德问题，随便彭允彝京津各报如何淆惑，如何谣传，如何去牵涉政党，总不能淹没这风潮里面一点子理想的火星。要保全这点子小小的火星不灭，是我们的责任，是我们良心上的负担”。看得出来，此时的徐志摩满怀理想主义的热情和勇气，又怀有强烈的社会责任感。

徐志摩是在什么时候和胡适相识的？目前似乎已经很难确定。可以推断，在徐志摩发表这篇文章之前，胡适对“徐志摩”应该有所耳闻。至于“胡适”这个新文化运动先驱的大名，对于徐志摩来说更应该如雷贯耳。也可以揣测，正是因为徐志摩的这篇文章，两人得以结识，并一见倾心，随后共同组织了聚餐会和后来的新月社。

准确地说，徐志摩的那篇《就使打破了头也还要保持我们灵魂的自由》的文章刊登在 1923 年 1 月 28 日的《努力周报》上。然而，“徐志摩”这个名字第一次出现在胡适日记中，却是在8个月以后的9月28日。这天，他应徐志摩之邀，赴浙江海宁观潮。之前，4月份，胡适利用到上海开会的机会，顺道游历杭州，美其名曰“休假”，实则探望他的小表妹、隐藏在他心底的恋人“娟”。

对于胡适的婚外情，徐志摩很能理解，这是自然的。就在不久之前，他也有过类似的经历。不过，他与胡适不同。胡适顾虑重重，而他果敢决绝；胡适始终让他和“娟”的感情在地下发展，而他大胆追求他的真爱。有一点，两人相似，那就是都为了不辜负自己的真情而向结发妻子提出离婚，只是结局有所不同：徐志摩不顾刚刚怀孕的妻子，坚持离婚，一意孤行得近乎绝情，而且还惊世骇俗地发布“离婚通告”，成功地挑战了一把旧式婚姻制度；胡适则刚刚战战兢兢地提及“离婚”二字，就被妻子挥舞的菜刀给吓住了。

至于胡适的妻子江冬秀是如何知道丈夫婚外情的，目前有一种说法，说正是徐志摩透露出去的。即便真的如此，那也可以想见，徐志摩并非故意而为。就他热情感性又有些冲动的性格来看，是不太容易守得住秘密的。胡适也因此不可能责怪他，相反，他倒有可能感激徐志摩“多言”，替他捅破了窗户纸，使他终于有勇气像徐志摩那样，说出“离婚”二字——尽管他没有离成。

有人说，“海宁观潮”既显示了徐志摩的组织交往能力，也奠定了他和胡适的情感基础。确切地说，这个基础，是基于对彼此情感的理解和尊重。如果用传统卫道士的话说，是纵容对方感情背叛。徐志摩对胡适如此，胡适对徐志摩，又何尝不是？徐志摩意外坠机死亡后，胡适在《追悼志摩》一文中，重提徐志摩离婚一事时，这样说：“这完全是青年的志摩的单纯的理想主义，他觉得那没有爱又没有自由的家庭是可以摧毁他们的人格的，所以他下了决心，要把自由偿还自由，要从自由求得他们的真生命，真幸福，真恋爱。”理解了他俩友谊的基础，也就明白他俩何以能够在一起组织聚餐会，建立新月社了。

徐志摩和郭沫若：因“泪浪”结怨

有一个现象令人疑惑，徐志摩在《艺术与人生》中表达的思想，应该是“为人生”的，即艺术是人生的反映，人生为艺术负责，所以他才会说没有艺术的原因是因为没有真正充实的生活。这种“为人生”的艺术主张，应该是和文学研究会相契合的，而和创造社“为艺术”的追求相悖。事实上，徐志摩的这篇文章却刊登在创造社的《创造季刊》上，而且还引来成仿吾的赞赏。不过，从另一个角度说，这或许已经预示了徐志摩日后必定会和创造社闹翻。因为总的来说，他们之间是存在着分歧的。

文人之间，好起来热情似火，互相吹捧互相抬举，但往往又很容易一言不慎就翻脸不认人就恶言相向。一向好人缘，处处与人为善，而且从不刻意与人交恶的徐志摩，竟也会有一天一个不小心，惹火了创造社，和郭沫若，和成仿吾结下了怨。

事情的起因是因为郭沫若的一首诗。1922 年 3 月 15 日，创造社《创造》杂志的创刊号上，载有郭沫若题为《海外归鸿》的三封信。在写于 1921 年 10 月 6 日的第一封信里，提到他“昨天”写的一首诗，题为《重过旧居》，其中有这样几句：

> 我和你别离了一百多天，
> 又来在你的门前来往；
> 禁不着我的泪浪滔滔，
> 禁不着我的情涛激涨。

最终引起麻烦的是“泪浪滔滔”。其实，即便不了解郭沫若创作这首诗时的背景，也不难体会到诗中所蕴含的缠绵悱恻的浓情和无限凄楚的悲凉。

当时，创造社刚刚创办，郭沫若从上海返回日本。他压抑着思乡的急迫心情来到旧居，深情地呼唤着妻儿的名字，无人应答。他惊讶地发现，人去楼空。原来，因为交不起房租，妻儿早已被房东赶了出去，寄居在离旧居不远的一处民宅。郭沫若经人指点，来到新址，只见大儿子蓬头垢面，正坐在破败的院中独自玩耍。过了一会儿，外出做工的妻子安娜领着小儿子回来了，憔悴而狼狈。见此情景，郭沫若忍不住“泪浪”奔涌。而后他领着儿子去理发，经过旧居时，又忍不住“泪浪滔滔”。

过惯了富足生活的人也许很难体会郭沫若当时的心情，徐志摩恰恰就是这样的一个人。他自幼环境优裕，丰衣足食，生活平顺，天天阳光，日日灿烂，他没有交不起房租的尴尬，没有拖儿带女辛苦做工村妇一样的妻子，也没有连头发都没有钱理的儿子。因此，他无法理解郭沫若的“泪浪”，更惊诧“泪浪”如何“滔滔”。于是，就像郭沫若忍不住涌出“泪浪”一样，徐志摩忍不住“跳”出来挑剔一番。1923年5月6日，他在《努力周报》上撰写了一篇文章，题为《坏诗，假诗，形似诗，》。他以一种近于嘲讽的口气，对郭沫若的这首诗进行了批评：

> 我记得有一首新诗，题目好像是重访他数月前的故居，那位诗人摩按他从前的卧榻书桌，看看窗外的云光水色，不觉大大地动了伤感，他就禁不住“……泪浪滔滔”。
>
> 固然做诗的人，多少不免感情作用，诗人的眼泪比女人的眼泪更不值钱些，但每次流泪至少总得有个相当的缘由。踹死了一个蚂蚁，也不失为一个伤心的理由。现在我们这位诗人回到他三个月前的故寓，这三月内也不曾经过重大的变迁，他就使感情强烈，就使眼泪“富裕”，也何至于像海浪一样的滔滔而来！

> 我们固然不能断定他当时究竟出了眼泪没有，但我们敢说他即使流泪也不至于成浪而且滔滔——除非他的泪腺的组织是特异的。总之形容失实便是一种作伪，形容哭泪的字类尽有，比之泉涌，比之雨骤，都还在情理之中，但谁能想象个泪浪滔滔呢？

徐志摩是在就“坏诗、假诗、形似诗”进行议论评说之后，才提到郭沫若的这首诗的。他觉得“人有真好人，真坏人，假人，没用的人”，而“诗也有真诗，坏诗，形似诗”。他认为的“真好人”是“人格和谐了自然流露的品性”，而“真好诗”是“情绪和谐了（经过冲突以后）自然流露的产物”。因此，他认为郭沫若《重过旧居》这首诗属于形似诗，即非好诗。

生活境遇的不同，使得徐志摩不能理解郭沫若泛滥的情感，这是可以理解的。不可理解的是，作为一个非现实主义的浪漫主义的诗人，如何不能接受“泪浪滔滔”这样夸张的写法呢？难道他不知道“夸张”和“想象”是浪漫主义最基本的特征？难道他不知道他认为的“雨骤”“泉涌”也是一种夸张手法？泪能成雨，能成泉，为什么不能成浪？能“骤”能“涌”，为什么不能“滔滔”？

很明显，徐志摩对“泪浪”的批评不能令人信服。况且，这篇文章的字里行间充满了戏谑和嘲讽，几乎将郭沫若为亲人的悲苦而伤心等同于“踹死了一个蚂蚁”。这不仅使他的批评偏离了正常文艺批评的范畴，也使他人不免怀疑他撰此文的真正目的。更重要的是，此时，他似乎完全忘记了他曾经对郭沫若的无限赞美，也忘记了他和创造社交好不过才两个多月。他这样一个情绪化的人，是不会有太多顾忌的。因此，他赞美过后转瞬批评的行为，就让人，特别是创造社的人不能理解，而且深恶痛绝了。

创造社的洪为法首先发现了徐志摩的这篇“骂郭沫若”的文章，

他立即给郭沫若写信“告状”。郭沫若读罢徐的文章，气愤之情是可以想象的。他没有即刻撰文反驳，而是将此事转告成仿吾。成仿吾不愧“黑旋风”（鲁迅语）之誉，随即高举起大刀长矛和梭镖，直向徐志摩而去。

5 月 31 日，也就是徐志摩的那篇《坏诗，假诗，形似诗，》公开发表后二十来天，成仿吾给徐志摩写去一封“绝交信”，几乎将徐志摩视作小人而大加痛斥，指责他不久前写信表示友好的行为是卑劣的，说他一方面虚与周旋，一方面暗射冷箭。他还说他知道徐志摩的用意，“全在攻击沫若和那句诗，全在污辱沫若的人格”。最后，他得出结论：徐志摩是虚伪的，是十足的假人。然后，他义愤填膺地宣称：“我所最恨的是假人，我对于假人从来不客气，所以我这回也不客气地把你的虚伪在这里暴露了，使天下后世人知道谁是虚伪，谁是假人。”

几天后，《创造周报》上刊登了成仿吾的《通信四则》，其中一封是洪为法的“告状信”，一封是成仿吾写给徐志摩的“绝交信”。还有两封，竟是之前徐志摩写给成仿吾的赞美郭、成二人，以及向创造社“投怀送抱”的信。成仿吾的目的很明显，那就是要用这两封信揭露徐志摩的虚伪，撕开徐志摩的画皮。徐志摩的批评固然值得商榷，但创造社的反应未免过激了一些，特别是成仿吾的态度，更有些过火。如果说徐志摩的批评偏离了文艺批评的范畴，那么，成仿吾的大加讨伐，则多少有人身攻击的意味。

事情发展到这个地步，徐志摩惊诧莫名。从他本意上说，他绝无污辱郭沫若，污辱创造社的故意。他曾说过这样的话：“自信我的天性不是爱衅寻仇的，我最厌恶笼统的对人的攻击。”之前，他赞美郭沫若（包括成仿吾），是真心的；之后，他批评郭沫若的诗，也是诚恳的——尽管某些说法不够严谨。如果说他有不是，那就是做事稍稍有些草率。这其实又与他的个性相符。

成仿吾公开徐志摩的那两封信，果然对徐志摩相当不利。在其中一封信里，他这样写道："……沫若先生已归，至喜。……雅典主义，手势戏——我笑到今天还不曾喘过气来，且看那位大主笔怎样来答辩！《创造》此地颇不易买到，能再寄我两份否？至感。"很明显，他对"创造"很讨好很"巴结"，而对"雅典主义，手势戏"，以及"那位大主笔"极尽嘲笑。"那位大主笔"是谁？是文学研究会的《小说月报》的编辑郑振铎；何为"雅典主义""手势戏"？指的是文学研究会成员茅盾译文中的一个小错误。

这么一来，徐志摩在外人眼里，似乎真的很虚伪——他一方面向创造社示好，一方面嘲笑文学研究会，按照文学研究会的说法，他以此"取媚创造社"；在向创造社示好的同时，又嘲笑郭沫若的诗，"污辱"郭沫若的人格。于是，他既得罪了创造社，也惹恼了文学研究会。

"最厌恶笼统的对人的攻击"的徐志摩没有就成仿吾的"攻击"而反攻击。他虽然也撰文"致成仿吾的公开信《天下本无事》"进行了自辩，但他的态度是诚恳的，语气是和缓的。他抛开激烈和仇恨，和风细雨地娓娓解释了一番：

"我如其曾有过评衡的文字，我决不至于幼稚到以笼统的一个人为单位；评衡的标准，只是所评衡的作品的自身。为的是一个简单的理由。人在行为上可以做好，也可以做坏；作者的作品也可以有时比较的好，有时比较坏。……很不幸的引用那'泪浪滔滔'固然因为作文时偶然记到——我并不曾翻原作……我乘便声明的，我回想那篇杂记通篇只是泛论，引文却就只'泪浪滔滔'那四字。……我很盼望沫若兄的气没有仿吾这样的像湖南人那样急法。……我说的话我句句都认账的。我恭维沫若的话，是我说的。我批评'泪浪滔滔'这一类诗的疏忽，是我说的……但我恭维沫若的人，并不妨碍我批评沫若的诗；我只当沫若和旁人一样，是人，不是神圣不可侵犯的。我说'泪浪滔滔'这类句法不是可做榜样的，并不妨害我承认沫若在新文学里最有建树的一个人。"

虽然这不是一封真正意义上的道歉信，但仍然可以感受到徐志摩并不想就此和创造社和郭沫若和成仿吾结仇断交，而是希望重修旧好的良苦用心。然而，创造社没有报以积极的态度。这就又让徐志摩纳闷了：不就是评论了一首诗中的一个词嘛，有必要如此揪住不放，而且还大有要将他打入地狱的意思？就算是批评错了，你们再反批评就是了，何苦把事情上升到“污辱人格”这样的高度，而且还摆出一副从此势不两立的架势。

单纯的徐志摩终于发现，事情没有那么简单，其实是有原因的。创造社对他的怨恨和怒火，并不只是针对“批诗”本身。换句话说，“批诗”只是导火索而已。他惹火创造社的真正原因在于，在创造社看来，徐志摩和胡适是成群结队的一伙的，而胡适和创造社早有裂隙。

胡适和郭沫若：“夕阳楼之争”

就在徐志摩回国途中，胡适和创造社打了一场笔墨官司，这被外人称为“夕阳楼之争”。当时，郁达夫在《创造季刊》一卷二期上发表了一篇题为《夕阳楼日记》的文章，指称余家菊翻译的《人生之意义与价值》错误甚多。余的这篇文章刊登在胡适主办的《努力周报》上。如果郁达夫只是针对翻译问题而进行讨论的话，也许可以将此事归于正常的学术评论。但是，郁达夫在文章中，含沙射影地嘲弄胡适之流“同清水粪坑里的蛆虫一样，身体虽然肥胖得很，胸中却一点儿学问也没有……跟了外国的新人物，跑来跑去地跑几次，把他们几个外国的粗浅的演说，糊糊涂涂的翻译翻译，便算新思想家了”。他所说的“外国的新人物”，应该指的是杜威——胡适崇拜的美国教育家。

正像成仿吾对徐志摩一样，郁达夫对余家菊（包括胡适），也由文学批评“上升”到了人身攻击，总不能做到就学术而学术。也许按照他们的理解，学术是由人表达的，学术的浅陋意味着人品的低下。

即便对人品有看法，似乎也不应该用“粪坑里的蛆虫”这样粗鄙的语言。

看到这样的语言，胡适生气了。随后，他在《努力周报》上撰文《骂人》，指责郁达夫“浅薄无聊而不自觉”。紧接着，成仿吾在《创造季刊》上写了一篇《学者的态度》作为对胡适的回击。他说：郁达夫骂人是骂昏了头的，他的“蛆虫”“肥胖得很”的确是不对，谁也不能说他对，可是胡先生的“浅薄无聊”，不也是跟着感情这条恶狗，走到邪路上去了吗？与此同时，时在日本的郭沫若也参与进来，写了《回响之回响》，发表在《创造季刊》一卷三期上，作为对郁达夫、成仿吾的声援，用以反驳胡适。

不能说是胡适先败下阵来，但的确是他先偃旗息鼓的。在郭沫若的文章发表后，胡适在《努力周报》上这样写道：“《努力》第二十期里我的一条骂人，竟引起一班不通英文的人来和我讨论译书。我没有闲工夫来答辩这种强不知以为的评论。”尽管他表示不再予以回应，但他在这段话中透露出来的对英文的高高在上的优越感，以及毫不掩饰对“不通英文的人”的蔑视，更加激怒了创造社。郭沫若在《创造季刊》二卷一期上撰文《讨论注译运动及其他》，继续反驳，而且措辞也愈发激烈起来：

“你北京大学的胡大教授哟！你的英文诚然高明，可惜你自己做就了一面照出原形的镜子！……我劝你不要拿你的名气来压人，不要拿你北大教授的牌子来压人，你须知这种如烟如云没有多大斤两的东西是把人压不倒的。”

在那期间，郭沫若和郁达夫又分别创作了历史剧《卓文君》和故事新编《采石矶》，又共同刻薄了一回有考据癖的“考据家”胡适。

也就在胡适和创造社的笔墨官司尚未消停时，不明就里的徐志摩不合时宜地就郭沫若的“泪浪”高谈阔论了一通，而他的文章恰恰发表在胡适主编的《努力周报》上。胡适的“箭”都是从《努力周报》上“射”出的。因此，《努力周报》实则胡适的战斗阵地。如今，徐志摩的“箭”也通过《努力周报》“射”出来。无形之中，他成了胡适“同伙”。在创造社看来，他其实就是帮着胡适一同对付他们的。这样一来，徐志摩便在猝不及防间，成为一方面和创造社交好，另一方面又和创造社的对头胡适往来无间，而且替胡适出头“攻击”创造社的“虚伪”的“假人”。

徐志摩无意之中的“卷入”，大有扩大胡适和创造社之间裂隙的意味。已经厌倦纷争的胡适意识到如果继续下去，真的是“浅薄无聊”了，便决定住手。他给郭沫若和郁达夫写了一封长信。信中，他说他对二位“在文学上的成绩，虽然也常有不能完全表同情之点，却只有敬意，而毫无恶感”。说到《骂人》一文，他说他“只有诤言”，然后他解释他的意思“只是要说译书有错算不得大罪，而达夫骂人为粪蛆，则未免罚浮于罪”。至于他“骂”他们“不通英文”，他诚恳地道了歉：“我希望你们宽恕，只当是一个好意的诤友无意中说得太过火了。”不过，他又说：“但我终希望你们万一能因这两句无礼的信的刺激而多读一点英文，我尤其希望你们要明白我当初批评达夫的话里，丝毫没有忌恨或仇视的恶意。”最后，他这样写道：“我盼望那一点小小的笔墨官司不至于完全损害我们旧有的或新得的友谊。”

看得出来，胡适所作的和解，并非毫无原则地退让和妥协。他既自我批评，也批评了对方，态度是诚恳的。因此，郭沫若在随即的回信中，表示“断不致因小小笔墨官司便损及我们的新旧友谊”。但是，话虽如此，他们的新旧友谊早已因争辩、指责、嘲讽、攻击等等而蒙上了难以除去的阴影。如果说，郭沫若的回信多少存有做做表面文章的意味的话，那么，郁达夫连表面文章也懒得做。他在回信中，不无讥讽道：“我们既都是初出学堂门的学生，自然大家更要努力，自然大家更要多读一点英文。”

郁达夫们是否真的因此“多读一点英文”，徐志摩无从了解。他更不知道，就在胡适和创造社的论战由盛及衰时，他贸贸然地一头“闯”

了进去，再次搅扰了那一池浑水，不仅又挑起了“战火”，也让外界，特别是创造社，更将他和胡适并为一谈，视他们为“一伙”。于是，主观上，客观上，徐志摩和胡适越走越近了。这个“近”，很大程度上在于他俩成了创造社共同的“敌人”。当然，他俩在很多问题上看法一致，也是重要原因。比如，在对待“纠纷”方面，徐志摩和胡适都认为大家其实都是一家人，大可不必如此吵吵闹闹，互相揭短，彼此攻击，既伤和气，也与正常的文艺批评相左。因此，徐志摩在《天下本无事》一文中，诚恳企盼：

“悉心侦候与培养的是纯正的萌芽，应该引人注意的只是新辟的纯正的路径；反之，应该爬梳与暴露的只是杂芜与作伪。我们的对象，只是艺术，我们若然决心为艺术牺牲，哪里还有心意与工夫来从事无谓的纠缠，纵容嫉忌鄙陋屈强等等应受铲灭的根性，盲干损人不利己的勾当，耗费可宝的脑力与文才，学着老妈子与洋车夫的谰骂。”

归根结底一句话，徐志摩和胡适一样，都希望大家放弃意气之争和党同伐异的陋习，共同开创新文艺的新天地。

石虎胡同 7 号：吃喝交谈的聚餐会

提及新月社，不能不说聚餐会。就新月社的来历，徐志摩明确说过：“最初是‘聚餐会’，从‘聚餐会’产生新月社……”因此，既可以说聚餐会是新月社的前身，也可以说新月社是由聚餐会发展而来。换句话说，聚餐会是新月社历史沿革的起始。与其说徐志摩留洋归国后参与的一次重要社会活动是组织了新月社，不如说他归国后的第一次重大社会活动是组织了聚餐会。

当然，聚餐会这个活动形式，并非徐志摩首创。自 20 世纪 20 年代初起，北京自政界和商界开始流行以“联络感情和壮大自己势力”为目的的生日会、聚餐会、消寒会、消暑会等。虽然，这些“会”很快有向各阶层蔓延的趋势，但总的来说，主要还是风行于上流社会。

渐渐地，最醉心于此又最为活跃的是一些大学教授和欧美留学生。他们时常以生日会、聚餐会等名义，相聚一堂，或在酒楼吃吃喝喝，或成群结队踏青郊游，或以胡适的说法，“辟克匿克”（即 picnic，即野餐）。吃喝之余，他们畅谈国事、时局、政治、教育、生活等等，彼此联络了感情，交流了心得，更宣泄了知识分子与生俱来的忧患郁闷，以求得精神上的慰藉。

就是在这样的社会背景和流行风尚之下，徐志摩也组织了聚餐会。那么，他的这个聚餐会是在什么时候成立的？目前尚存争议。一种说法是 1923 年初，也就是在他回国之初。具体地说，是在这年的 3 月。甚至有人干脆说，新月社成立于此时；一种说法是 1923 年年底，即他回国一年之后。

徐志摩 1922 年深秋返回国内，随即应邀四处演讲，除了在清华演讲《艺术与人生》外，他还在文友会上做题为《我对威尔斯、嘉本特和曼殊斐尔的印象》的英文演讲。次年 1 月，他在“罗文干事件”中撰文支持蔡元培；春天，他经恩师梁启超介绍，在北京西单牌楼石虎胡同七号松坡图书馆（梁启超任馆长）英文部谋到了一个英文干事的差事，他自己，就寓居于此。如果第一种说法成立的话，那么，他就应该是在这个时候，组织成立了聚餐会。

准确地说，徐志摩是在 1922 年 10 月 15 日抵达上海的。到次年 3 月，他返回国内不过 5 个月。在这短短的几个月里，他应该更多地忙于结识不同的人、建立各种关系。他做文、翻译投稿给文学研究会的《小说月报》，又在创造社的《创造季刊》上发表《艺术与人生》，更在胡适主办的《努力周报》上发表《就使打破了头也还要保持我灵魂的自由》和《坏诗、假诗、形似诗》等，都是他用于结识人、建立关系、扩大自己知名度的方式。在根基未定、影响力尚欠的情况下，他不可能挑头组织自己的聚餐会。

当年 5 月，徐志摩“得罪”了郭沫若，由此和创造社交恶。他在《天下本无事》中颇有义正词严味道地宣称：“我既不隶属于此社，也不曾归附于彼会。”如果之前的 3 月份，他已经组织了聚餐会，那么，他何来此言？而此事件最直接的后果，是他和胡适走得更近了。聚餐会最早的成员，除了徐志摩，就是胡适。也就是说，徐志摩和胡适是聚餐会最主要，也最重要的两个人。如果有人说，聚餐会是由徐志摩和胡适共同组织的，似乎也不为过。

在 1923 年底之前，徐志摩向创造社示好，又加入文学研究会，都表明他尚无意于自组“社”或“会”。严格地说，他也尚不具备自组“社”和“会”的能力。他和创造社结怨后，又不经意间开罪了文学研究会，使他认识到，他其实和他们无论是在艺术主张方面，还是在为人处世方面，都存在着相当的差距。可以说，他与他们是不能结成群的。他在胡适身上，却找到了越来越多的共同点：平和、诗性、唯美和绅士。显然，他与他是可以为伍的。

因此，在参与了种种活动，在与各种“社”和“会”里的人打了交道，特别是和创造社有了过节之后，徐志摩的身边渐渐聚拢了一些胡适般志同道合的“同志”，形成了一个有相近出身、相近阅历、相近教育背景、相近志趣、相近文艺追求的自己的小圈子（或称小团体），有了这样的小圈子或小团体，徐志摩才会自然而然地组织了聚餐会。

最早的聚餐会地点以徐志摩生活、工作场所——石虎胡同 7 号的松坡图书馆为主。因此，这里也就成为新月社的发祥地。最早的聚餐会成员，除了徐志摩、胡适，其他人员并不多。他们半个月聚餐一次，也不固定在“7 号”，有时轮流在胡适等其他成员的处所，或聚在饭庄、酒楼。

当然，这里的“聚餐”，并不限于吃吃喝喝，也在吃喝之余诵诗作画、浅吟小唱。此时，徐志摩热衷于中国传统文化，醉心于京剧、昆曲等戏曲，因此，他又将聚餐会称为“双星社”。显然，聚餐会以娱乐活动为主，充盈着温情、浪漫，与自然很接近，有着世外桃源般的与世无争的情调，较少谈政治。

做一个“神仙似的酒翁”，是快乐而逍遥的，但不是徐志摩、胡适所追求的最终目标，正如徐志摩在《天下本无事》一文中所说：“我们决心要为艺术牺牲。”也就是说，他的人生目标是要为艺术的，他不可能长久沉浸在荡漾着无限温柔的“小园庭”中。于是，在聚餐会基础上成立的新月社，便有了明确的艺术宗旨和人生追求。

第二章　从“新月社”到“新月俱乐部”

“诗翁”泰戈尔来了！

1.“想做戏”成立新月社

1924 年 5 月 8 日的晚上，在北京东单三条的协和小礼堂里，有一场别开生面的演出正准备进行。灯光暗了下来，观众们也停止了窃窃私语。幕布缓缓拉开，舞台中央的一个婀娜的少女身影缓缓进入人们视野。舞台是黝黯的，只有布景上的一轮圆月透着神秘的幽光。聚光灯慢慢地亮了，少女的形象渐渐清晰起来。她身着印度古装，伸展着双臂，高昂着头颅，仰望着那圆月，目光痴迷神情虔诚。整个造型极具雕塑感。这个“少女”正是林徽因。

这样的造型寓意什么？那一轮夺目的圆月，是新月，是“新月社”的标志。它告诉观众：这台演出是新月社同仁组织的，用来招待以《新月集》闻名的印度诗人泰戈尔。这场演出，演的正是泰戈尔的名剧《齐德拉》。

新月社的成立，和“诗翁”泰戈尔大有关系。

关于新月社成立的时间：“新月”成员之一的陈西滢曾经回忆说：“泰戈尔来华之前，志摩便有成立‘新月社’的提议。”泰戈尔正式踏上中国的土地，是在 1924 年 4 月。实际上，他早在 1923 年 10 月就准备登程了，后因身体抱恙而推迟到次年 2 月，又因故延后了两个月。泰戈尔访华，是徐志摩请求讲学社出面邀请的（讲学社名义上是蔡元培、汪大燮、林长民等发起，梁启超是实际上的主持人，蒋方震任总干事）。徐志摩为迎接泰戈尔做了充分准备，其中包括在聚餐会的基础上成立新月社。在泰戈尔抵华后，陪同接待的便是以徐志摩、胡适、林徽因等为首的新月社同仁。

关于新月社之名的来历：既然新月社的成立和泰戈尔有关，那么，人们很自然地将“新月社”和泰戈尔的《新月集》联系在了一起。

其实，徐志摩似乎很偏爱“月”。他非常喜欢陆放翁的一句诗：“传呼快马迎新月，却上轻舆趁晚凉。”他自己，也写过不少“月”诗。在《月下待杜鹃不来》中，有“月儿，你休学新娘羞”；在《月下雷峰影片》中，有“明月泻影在眠熟的波心”和“团团的月彩，纤纤的波鳞”；在《月夜听琴》中，有“那边光明的秋月，已经脱卸了云衣”；在《诗句》中，有“啊明月！你不减旧时的光辉……啊明月！我也不减旧时的伤悲”等。

1923 年秋，徐志摩和胡适等人同游杭州。中秋节那天天刚转黑，他就力邀胡适出门观月。可那晚，天空乌云满布，始终不见月色，徐志摩为此懊丧不已，甚至“心酸得比哭还难过”。9 点钟时，乌云竟然散了，月儿露了脸。徐志摩大喜，立即拉着胡适坐车赶到西湖边的楼外楼。当他在楼窗上望见湖光渐渐地由黑转青、青中透白、湖面东南角上已经开朗时，居然像个突然看见了玩具的孩子似的高兴得大叫大嚷，兴奋得连一向冷静的胡适都被感染了。

这还嫌不过瘾，徐志摩又怂恿着胡适奔到白堤上赏月。月有三大圈的彩晕，呈现出月华。然而，月出不多久又被乌云遮住了。徐志摩满怀期盼地等待着，他自认月儿“有扫荡廓清的能力”，能“尽量地开放清辉，给他们这些爱月的人以深沉的陶醉”，更能“把掩盖住青天的妖魔，赶到天的那边去”。

相比太阳的热烈激情，清冷的月儿显得含蓄而羞答答，因此更具浪漫气息。作为浪漫诗人的徐志摩偏爱“月”，是自然的。如果将“文学研究会”“创造社”和“新月社”这三个文艺团体的名称做比较，很明显，“新月社”更符合徐志摩的诗人的浪漫气质。但是，如果仅以此理解他取名“新月社”的原因，那就太狭隘了，也低估了他“为文艺牺牲”的文艺追求。

关于新月社的宗旨（按照徐志摩的说法，非宗旨而是“想望”），新月社的几位同仁有不同的说法。

1980 年 7 月 13 日，叶公超在台湾“文复会文艺研究班”发表了一次“关于新月”的演讲，在谈到新月社的历史和宗旨时，他这样说：

> “新月”不是一个正式的社团，最初是民国十三年在北平的一些教授们，其中包括胡适、徐志摩、饶孟侃、闻一多、叶公超等人定期聚餐的一种集会。虽然是由徐志摩所集成，但是他这个人既不会反对什么，也不会坚持什么，只是想到要做，就拉了一些朋友，一些真正的朋友。因此，没有领袖，也没有组织，七八个人，几乎是轮流着到各人家里聚会谈天。渐渐地，由于苏联文学势力的进入中国，南方上海的左派力量的扩大，“新月”同仁感到需要加以抵制，因此计划办杂志，开书店，设茶馆，供大家谈问题。①

---

① 台湾《联合报》，1980.8.6.

叶公超的这段回忆，与事实有所出入。首先，新月社初起时，尚没有饶孟侃、闻一多，和他自己。他们都是后来加入的。其次，他将新月社视为政治团体，是为了“抵制”苏联的文学势力和上海的左派力量。他如此从政治的角度草率地给新月社下这样的政治性结论，既有违事实，也是对徐志摩这个人的不负责任。从徐志摩最早组织吃喝交谈的聚餐会，到在聚餐会的基础上成立的早期新月社，其实都与政治毫不相关。叶公超是混淆了早期和后期“新月”。

还是在 1980 年，7 月 21 日，也就是在叶公超“关于新月”的演讲一周后，梁实秋也关于“新月”与友人谈过一次话。他这样说：

> “新月”本来是北平北海公园的一个小个俱乐部，由胡适、徐志摩和几个银行家组成，最初只是大家常聚在一起聊天玩玩，当时我在美国没有参加，我回国的时候，因为北方形势不稳，徐志摩、胡适等人到了上海，新月就解散了。①

以梁实秋的理解，他没有参加的早期的新月社，只是一个“大家常聚在一起聊天玩玩”的俱乐部。在此，他又混淆了新月社和之前的聚餐会，以及和之后的新月俱乐部之间的关系。

的确，新月社是在吃喝交谈的聚餐会的基础上成立的，但是，和聚餐会“聊天玩玩”不同，徐志摩组织新月社，有明确的“想望”。他将他的艺术主张和文艺理想寄托在了新月社的身上。他自己这样说：

> 我是发起这志愿最早的一个人……组织是有形的，理想是看不见的，新月初起时只是少数人共同的一个想望……我们当初想望的是什么呢？当然只是书呆子们的梦想！我们想

① 台湾《中国时报》，1980.7.24.

做戏，我们想集合几个人的力量，自编自演，要得的请人来看，要不得的反正自己好玩。[1]

叶公超、梁实秋和徐志摩之所以对新月社的宗旨说法不一，很大程度上在于新月社初起时的确没有明确的、统一的一个得到大家认同的宗旨。但是，这并不意味着徐志摩没有自己的“想望”。从他那一段话中可知，他的“想望”是借新月社这个平台“集合几个人的力量，自编自演”，即“做戏”，也就是提倡戏剧。提倡戏剧的目的是什么？树立新风气、宣扬新思想，对社会起到引导、教育的作用。

徐志摩“想做戏”的思想，是有一定的历史背景的。从清末到民初，特别是在轰轰烈烈的五四新文化运动期间，戏剧作为强有力的宣传工具被进步知识分子们广泛运用，它被赋予了深刻的社会性和思想性。其中，比较著名的有留日学生在日本组织的“春柳社”，茅盾、郑振铎等组织的“民众剧社”，田汉等组织的“南国社”等。

不过，不能就此认为徐志摩意图将新月社打造成像南国社那样的纯粹戏剧团体，这是因为他“做戏”只是实践其文艺理想的起步。他想的是，以做戏而开始其他文化活动，从而在文化艺术界里开辟出一条新路。而且，这还不是他的终极目标。他更想的是，由文艺而推广开去，并且直接深入到政治生活之中。这也就是他一贯强调的“露棱角”的本意。

1921 年时的郑振铎

简单地说，他要用文艺影响文化，

① 徐志摩：《欧游漫录·给新月》，北京《晨报副刊》1925.4.2.

继而用文化影响政治。看得出来，这个时候的徐志摩并非只是一个沉浸在风花雪月中的浪漫诗人，他也像当时许多先进知识分子一样，具有强烈的忧患意识和社会责任感。

“想做戏”的徐志摩成立了新月社。新月社成立后的第一个重大活动，也是早期新月社 5 年存续期间最重要的一次活动，就是为招待泰戈尔而排演的泰戈尔名剧《齐德拉》。

2. 徐志摩和泰戈尔：“诗人”和“诗哲”

徐志摩曾直言，他崇拜伟人。他说：山，我们喜欢高山；人，为什么我们不愿接近伟大的人呢？他眼中的伟人，可以是尼采，可以是罗素，也可以是泰戈尔。然而，当他在英国无限崇拜伟人尼采和罗素时，泰戈尔这个人并没有引起他太多的关注。其实在这之前，泰戈尔的作品已经被引入中国，各种版本的翻译作品多达 300 多种，因此在新文学领域产生了不小的影响。徐志摩之所以不太注意泰戈尔，是因为他对泰戈尔的诗不感兴趣，或者说，对他的诗颇有些不以为然。然而，未过多久，他却突然视泰戈尔为伟人了，而且不吝赞美之辞地称他是“世界上一位无比的人物”，并自认认识他是“一生最大的幸福”。这是为什么呢？

1923 年初，也就是徐志摩归国后不久，泰戈尔的朋友兼助手、英国人恩厚之来到北京。徐志摩等人出面招待了他。闲谈中，恩厚之透露泰戈尔有意访华。这个时候，泰戈尔的大名响彻东西方。作为东方文化的代表人物，这位在印度被尊为诗哲的诗人、亚洲第一位诺贝尔文学奖获得者一直以来都是东方人的骄傲。然而，在徐志摩看来，中国知识界对他却认识不足，热情不够。他的访华，对此当然会有很大改善。

因此，徐志摩闻讯，高兴极了，随即将此事转告讲学社，有意由讲学社出面作为邀请方。讲学社同意了，并通过恩厚之向泰戈尔发出了来华访问、演讲的邀请。与此同时，讲学社委托徐志摩主理此事。所谓“主理”，即负责接待、陪同以及具体的翻译工作。

泰戈尔欣然接受了邀请。消息一出，中国知识界反响强烈，很多报刊连篇累牍地刊载有关泰戈尔的种种讯息，以及以此为题的文章。《小说月报》专门出版了《泰戈尔专号》上下卷。其中有泰戈尔作品，郑振铎、王统照等撰写的泰戈尔生平传记和作品评论等，还有以欢迎为主的文章，如郑振铎的《欢迎泰戈尔》等。徐志摩一个人就写了三篇：《泰山日出》《泰戈尔来华》《泰戈尔来华的确期》。

徐志摩对泰戈尔来华抱着异常的热情，从他写给泰戈尔的信里，以及为欢迎泰戈尔而写的几篇文章中，都可以看出来。他以他一贯的略有些浮夸和矫饰的文风，以诗人特有的奇语妙言，极尽赞美。然而事实上，他原本对泰戈尔的诗是不太认同的。但是，他在给泰戈尔的信中，却这样写道：

> 你的英文著作已大部分译成中文，有的还有一种以上译本。无论是东方的或西方的作家，从来没有人像你这样在我们这个年轻国家的人心中，引起那么广泛真挚的兴趣，也没有几个作家（连我们的古代圣贤也不例外），像你这样把生气勃勃和浩瀚无边的鼓舞力量赐给我们。您的影响使人想到春回大地的光景——是忽尔而临的，也是光明璀璨的。我国青年刚摆脱了旧传统，他们像花枝上鲜嫩的蓓蕾，只候南风的怀抱以及晨露的亲吻，便会开一个满艳，而你是风露之源，你的诗作替我们的思想与感情加添了颜色，也给我们的语言展示了新的远景，不然的话，中文就是一个苍白和僵化的混合体了。如果作家是一个能以语言震撼读者内心并且提升读者灵魂的人物，我就不知道还有哪一位比你更能论证这一点。

徐志摩说泰戈尔的著作大部分被翻译成了中文，这和事实是不符的。被引进中国的泰氏作品，只是他全部作品中的很小一部分。也许徐志摩只是出于客气的恭维，但毕竟有些过火，不免有“吹捧”“讨好”之嫌。

而徐志摩在《泰戈尔来华》等几篇文章中，却并没有向中国读者推荐、赞美泰戈尔的诗，甚至对他的诗，他的思想，他的哲学所达到的高度，都表现出模棱两可的态度，只是对泰戈尔这个人大唱颂歌。在《泰戈尔来华》一文中，他这样写道：

> 泰戈尔在世界文学中，究占如何位置，我们此时还不能定，他的诗是否可算独立的贡献，他的思想是否可以代表印族复兴之潜流，他的哲学是否有独到的境界——这些问题，我们没有回答的能力。但有一事我们敢断言肯定的，就是他不朽的人格。他的诗歌，他的思想，他的一切，都有遭遗忘与失时之可能，但他一生热奋的生涯所养成的人格，却是我们不易磨翳的纪念。

这段话可以用来解释徐志摩何以由对泰戈尔的忽视一改而将他视为伟人加以崇拜。他赞美的仍然不是泰戈尔的诗，甚至不是他的思想和哲学，而是他的人格。在徐志摩看来，泰戈尔不是凭借着他的诗，他的文，他的哲学思想，而是凭借着他巨大的人格力量影响着东方文化，甚至影响着世界。因此，他明确说：“我们所以加倍的欢迎泰戈尔来华，因为他那高超和谐的人格……”[①]在他看来，泰戈尔的人格可以“给人们不可计量的慰安，可以开发人们原来瘀塞的心灵泉源，可以指示人们努力的方向与标准，可以纠正现代狂放恣纵的反常行为，

① 徐志摩：《泰戈尔来华》，《徐志摩全集》第一卷，天津人民出版社 2005 年第一版。

可以使人们扩大同情与爱心，可以引导人们入完全的梦境”[①]。

那么，徐志摩所认为的泰戈尔的人格是什么呢？他以为是“不断的斗奋与冲锋”，“顽固斗奋的对象只是暴烈主义，资本主义，帝国主义，武力主义，杀灭性灵的物质主义”，“主张的只是创造的生活，心灵的自由，国际的和平，教育的改造，普爱的实现”。他还以为是“博大的温柔”“无边的想象”“辽阔的同情”“博爱的福音与宣传的热心”“坚韧的意志与艺术的天才”“诙谐与智慧”“慈祥的纯爱的抚摩”“为人道不厌的努力”等等[②]。

从徐志摩对泰戈尔人格的崇拜，可以窥见他自己的价值观，那就是崇尚奋斗、进取、创造、自由、和平、教育、温柔、想象、同情、博爱、坚韧、诙谐、智慧、慈祥、纯爱；反对怀疑、猜忌、卑琐、暴烈、武力和物质主义。他崇尚的，正是一个社会的人、一个文明的人、一个善良的人、一个道德的人所应当具备的品质。反过来说，也许正是因为泰戈尔的人格契合了徐志摩的价值观，所以他才会用尽华丽辞藻狂热地甚至不避嫌肉麻地赞颂泰戈尔。

这也就是徐志摩对泰戈尔的访华如此异乎寻常的积极的缘故。他的积极，在很大程度上，表现出他的社会责任感。他认为，泰戈尔此次访华，不在于推广他诗艺的影响，不在于宣传他的宗教哲学或玄学思想，而是来给中国的青年以深刻的启示的，因为“他不能相信纯洁的青年也会坠落在怀疑、猜忌、卑琐的泥涸。他更不能相信中国的青年也会沾染不幸的污点”。所以，“他是来广布同情的，他是来消除成见的”[③]。

对于即将出面招待泰戈尔，以及担当泰戈尔的翻译，徐志摩充满

---

① 徐志摩：《泰戈尔来华》，《徐志摩全集》第一卷，天津人民出版社 2005 年第一版。

② 徐志摩：《泰戈尔》，《徐志摩全集》第一卷，天津人民出版社 2005 年第一版。

③ 徐志摩：《泰戈尔》，《徐志摩全集》第一卷，天津人民出版社 2005 年第一版。

期待，也不免有诚惶诚恐之感。他在给泰戈尔的信中，这样说：“在你逗留中国期间充任你的旅伴和翻译，我认为这是一个莫大的殊荣。虽然自知力薄能渺，但我因有幸获此良机，得以随侍世上一位伟大无比的人物而难禁内心的欢欣雀跃。而要为一个伟大诗人做翻译，这是何等的僭妄！这件事要是能做得好，人也可以试把尼亚格拉大瀑布的澎湃激越或夜莺的热情歌唱翻译为文字了？还有比这更艰困的工作或更不切实际的企图么？”

正是为了迎接泰戈尔，徐志摩将松散的聚餐会“升级”为新月社。只不过，此时的新月社只是口头上的一个组织名称，并未正式挂牌，但是，活动已经开始了。这个“活动”，就是全力迎接泰戈尔；而这个“迎接”，既包括在生活上做准备（比如，徐志摩曾想借用故宫内对着三海的圆城作为泰戈尔的下榻处，但没有成功，后来他在城西租了一间有暖气和现代设备的私宅），也包括安排行程，更包括排演泰氏名剧《齐德拉》。

1924年4月12日，泰戈尔乘“热田丸”号抵达上海，随行的除了秘书恩厚之和葛玲，还有三位大学教授，一位是梵文学者 Kalidas Nag，一位是美术家 Mr. Bose, 一位是宗教学者 Mr. Sen。此前，徐志摩已先行到了上海，做好了一切准备。当天早晨，他和瞿菊农、郑振铎、张君劢，以及文学研究会、上海青年会、江苏省教育会的代表，还有《时事新报》报馆的记者、日本记者、在沪的印度人士等一起在轮船到岸前赶到汇山码头接船。

徐志摩在写给王统照的一封信里，详细说明了泰戈尔的日程安排：

抵达当天，入住沧州饭店。下午，游龙华古寺、看桃花。

13日，下午，参加旅沪的印度人在闸北举行的欢迎集会；傍晚，赴慕尔鸣路37号张君劢家参加茶话会，并演讲。

14日—16日，前往杭州游西湖，并在灵隐寺演讲《飞来峰》。

16日，中午，在商务印书馆图书馆大厅参加上海文学研究会、江苏教育会等 20 多个团体联合举办的欢迎会，并发表演讲。

随后，泰戈尔到南京、济南，做了两场演讲。

在这一系列活动中，徐志摩始终陪伴在泰戈尔左右，既充导游也当翻译。也许是因为心情万分舒畅，又也许是有“诗哲”的光辉照耀，徐志摩诗意大发，在杭州游历时，他有一晚竟然彻夜不睡，坐在海棠花下，通宵作诗。

4 月 23 日，徐志摩又陪着泰戈尔坐火车从上海来到北京。前往前门火车站接车的有梁启超、蔡元培、胡适、林长民、蒋梦麟、梁漱溟、辜鸿铭、熊希龄、范源廉等。然后，泰戈尔分别在北京文化界和几所大学举行的欢迎大会和最后的欢送会上，做了 6 次演讲，仍然由徐志摩任翻译。与在上海时只有徐志摩担任导游和翻译不同，泰戈尔在北京时，身边多了一个导游兼翻译，那就是林徽因。

徐志摩（左二）、张歆海（左三）、辜鸿铭（右二）和泰戈尔在清华园

新月社和泰戈尔的交往，除了徐志摩自始至终担任陪侍和翻译外，还有三件事特别值得纪念：

一、泰戈尔初抵京时，北京知识文化界在天坛草坪举办了一个盛大欢迎会。泰戈尔出场时，他的身旁分别是徐志摩和林徽因。林小姐更是细致体贴地搀扶着泰翁。鹤发泰翁在一对金童玉女的映衬下，童颜尽显。看到这样的场景，会场里所有的人都情绪高涨兴奋无比。之后，吴咏在《天坛史话》里这样记载道：

> 林小姐人艳如花，和老诗人挟臂而行，加上长袍白面郊寒岛瘦的徐志摩，有如松竹梅的一幅三友图。徐氏在翻译泰戈尔的英语演说，用了中国语汇中最美的修辞，以硖石官话出之，便是一首首的小诗，飞瀑流泉，淙淙可听。①

二、5 月 8 日，恰逢泰戈尔的 64 岁生日，徐志摩等人特别为他举办了一个祝寿会。祝寿会由胡适主持，他代表中国知识界，将十多张名画和一件古瓷作为寿礼送给了泰翁。

之后，他们又为泰翁举行了一个赠名典礼。典礼由梁启超主持。泰戈尔便有了一个中国名字：“竺震旦。”梁启超对这个名字做了解释：“震旦”是古印度对中国的称呼；泰戈尔的名字拉宾德拉的意思是“雷”与“太阳”。“震旦”便是泰戈尔之名的中译。至于“竺”姓的来历，由于印度国名为“天竺”，泰戈尔是印度人，即以国名为姓，所以得名“竺震旦”。梁启超随后将一方印有“竺震旦”的鸡血石印章送给泰戈尔。泰戈尔欣然接受了中国名字与印章。

与此同时，徐志摩也得到了一个印度名字：素思玛，是泰戈尔取的，以此作为他和徐志摩友谊的见证。

---

① 陈从周：《徐志摩年谱》，上海书店出版社 2008 年版。

三、还是在5月8日，还是为给泰戈尔祝寿，新月社同仁在协和礼堂演出了泰戈尔的名剧《齐德拉》（又译成《齐特拉》或《契玦腊》）。这个故事，是泰戈尔由印度史诗摩诃德婆罗多演绎而成。剧情大意是：马尼浦国王齐德拉瓦哈那膝下无子，只有一个女儿齐德拉，不得已将传宗接代的希望寄托在齐德拉的身上，因此将她当儿子看待，准备让她日后继承王位。齐德拉很小的时候就接受了王子训练，长大后成为一个平定盗贼的女杰，还被立为储君。邻国的王子阿俊那来到马尼浦，一天在林中坐禅时睡着了。入山行猎的齐德拉发现了阿俊那，将他唤醒，两人一见钟情。长相一般的齐德拉生平第一次为自己的容貌而自卑，祈求爱神赐她美貌。爱神答应给她一年的美貌。齐德拉如愿赢得阿俊那的心。两人结为夫妇。但是，阿俊那心里爱的是女杰齐德拉，并不是美貌的齐德拉。他并不知道妻子正是女杰。在齐德拉的祈求下，爱神还她原来容貌。

排演这出戏的意义有三：首先，它是第一次以新月社的名义公开活动；其次，它开创了全英文演戏的先例。从中也可以发现，新月社同仁大多留学英美，都有不浅的英文功底。再次，它让徐志摩对林徽因再燃爱火。也可以说，两人似乎旧情复炽。因此，它对徐志摩来说，又有着特别的意义。在剧中，林徽因扮演齐德拉，而扮演阿俊那的却并非徐志摩，而是张歆海。徐志摩和林长民分别扮演爱神和春神。

当年，徐志摩在和发妻张幼仪离婚后，高调宣称："我将于茫茫人海中访我唯一灵魂之伴侣。得之，我幸；不得，我命，如此而已。"当他骑着"拐腿瞎马"从英国一路追爱到国内时，他心目中"唯一灵魂之伴侣"其实已经离他而去了。然而，他并没有认命，他依然孜孜以求，他不肯放弃。对于林徽因来说，与徐志摩在国内重逢，也别有一番滋味在心头。徐志摩还是那样的温情，那样的浪漫，那样的痴心。对于这样的一个人，哪有女人能够做到无动于衷。一时间，她陷于矛盾之中。在情感的漩涡中，她有些挣扎。

不认命的徐志摩“很不识相”。那时，林徽因已是个有婚约的人，和未婚夫梁思成出双入对。他们经常的约会地点就是徐志摩聚餐会所在地松坡图书馆。可以想见，那时，林徽因很可能已经参与了聚餐会的活动。所以，她才会自然而然地成为新月社一员。每当他们约会时，徐志摩总是以朋友的身份，毫不见外地“插”在他俩中间，一起阅读，一起闲聊。这样奇特的三人“约会”，徐志摩似乎从来没有感到不适，林徽因也乐意享受。难受的只有一个梁思成——他知道徐、林的关系。暗示，显然不能阻止任性的、纵情的徐志摩，于是，梁思成干脆明示——他在门上贴一张纸条，上面用英文写着：“Lovers want to be left alone”（即“情人不想被打扰”）。

随着时间的推移，徐志摩已经感到重新追回林徽因的希望越来越渺茫，就在他快要死心的时候，泰戈尔来了。无意之中给了他俩机会。虽然不能说新月社排演《齐德拉》是徐志摩为了和林徽因重续情缘而故意作为，但客观上，这样一出绝美的爱情传说，的确牵动了他俩渐已麻木的爱的神经。外界也因为这出戏对他俩的关系产生了诸多揣测。梁家也开始有些不满了。这一切，都给林徽因相当的压力。她终于退缩了。

演出《齐德拉》之后，徐志摩又陪同泰戈尔去了一趟山西太原。泰戈尔此行的目的是与阎锡山商讨农村建设和教育计划。这个计划的主要内容，在当时是秘而不宣的，知悉详情的，除了泰戈尔和他的秘书外，中方只有徐志摩、张彭春和瞿菊农。据说，阎锡山答应划出晋祠一带地区作为泰戈尔农村建设计划的试验基地。然而，因为种种原因，这个计划最终未能付诸实施。

5 月底，徐志摩随泰戈尔去了一趟日本。此行对于徐志摩来说，收获最大的是他写成了《沙扬娜拉十八首》，其中最后一首《赠日本女郎》中的最后一节，至今流行不衰：

最是那一低头的温柔，
像一朵水莲花不胜凉风的娇羞，
道一声珍重，道一声珍重，
那一声珍重里有甜蜜的忧愁——
沙扬娜拉！

与其说徐志摩是在和日本女郎道“沙扬娜拉”，不如说他在跟他“唯一灵魂伴侣”说“再见”。他是否想起了不久前的离别情形呢？那天，他和泰戈尔即将乘火车去太原。新月社的同仁都来送行，林徽因也在其中。火车下的他们和火车上的泰戈尔依依话别。火车上的徐志摩没有和大家告别，他甚至不敢探头出车窗——他怕和林徽因对视。就在几天前，林徽因告诉他，她即将和梁思成去美国读书。也许，当他结束接下来的太原之行、汉口之行、日本之行、香港之行，然后将泰戈尔送走之后回到北京，她已经走了。

离别的惆怅缠绕着他。就在一片告别声中，他憋不住满腔的离愁别绪，掏出纸笔奋笔疾书——给林徽因写信：“我真不知道我要说的是什么话，我已经好几次提起笔来想写，但是每次总是写不成篇。这两日我的头脑只是昏沉沉的，开着眼闭着眼都只见大前晚模糊的凄清的月色，照着我们不愿意的车辆，迟迟地向荒野里退缩。离别！怎么的能叫人相信？我想着了就要发疯，这么多的丝，谁能割得断？我的眼前又黑了！”

信还没有写完，汽笛响了，火车启动了。徐志摩跳起来扑到窗口，他终于要向林徽因告别了。可是，正如他信中所言，他不知道要说的是什么话。

站台上，胡适说了一句话：“志摩哭了。”

火车上，徐志摩难抑伤悲。恩厚之为免他触景又生情，将他那封没有写完的信藏了起来。于是，这封信永远没有继续写下去。

从此，徐志摩只能把林徽因当作新月社的一个同志了。

3.“驱泰行动”和胡适的矛盾

泰戈尔回国后不久给徐志摩写来一封信，信中说：“从旅行的日子里所获得的回忆日夕萦绕心头，而我在中国所得到的最珍贵的礼物中，你的友谊是其中之一。”这话是送给徐志摩的最珍贵的礼物。的确，在泰戈尔访华期间，徐志摩态度最积极，行为最热忱，情感最真挚，而且由始至终。

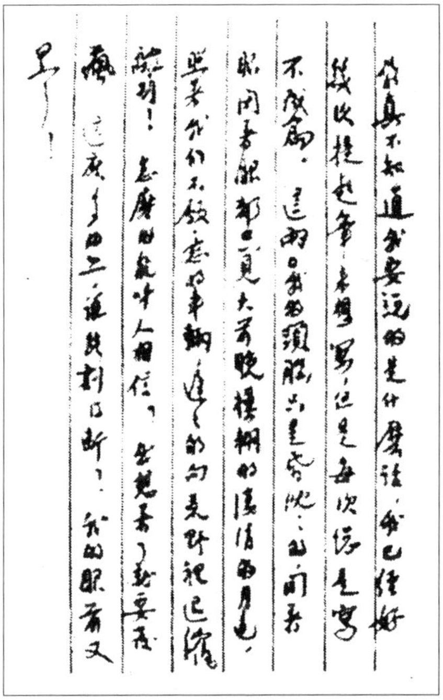
我真不知道我要说的是什么话，我已经好
几次提起笔来想写，但是每次总是写
不成篇。这两日我的头脑总是昏沉沉的，开
着眼闭着眼都只见大前晚模糊的凄清的月色，
照着我们不愿意的车辆，迟迟的向荒野里退缩。
离别！怎么的能叫人相信？我想着了就要发
疯。这么多的丝，谁能割得断？我的眼前又
黑了！

徐志摩在火车上写给林徽因的信手迹

在提到泰戈尔1924年访华时，曾有人说：“为促进中印文化交流，泰戈尔来到中国，所到之处无不受到中国人民的热烈欢迎。”这句话与事实有出入。泰戈尔访华，受到过热烈欢迎，但远没有达到“无不”的程度。不仅如此，他甚至受到了批评、反对、指责，更有激进人士呼吁要赶他出国，甚而掀起了一场声势比较浩大的“驱泰行动”。直接后果是泰戈尔不得不临时取消事先准备好的几场演讲，提前匆匆离开北京。

从泰戈尔在华的具体活动可以看出，热烈欢迎他的主要就是以梁启超、徐志摩、胡适、林长民等人为主的新月知识分子。他们之所以对泰戈尔大加推崇，无非因为双方存有文化认同感、思想契合感。这里的“文化”和“思想”是什么呢？郭沫若认为是：“‘梵’的现实，

‘我’的尊严，‘爱’的福音。”

对于同一个人和同一个思想，却出现了两种截然不同的声音。赞成的，如徐志摩们；反对的，是其他知识分子，特别是左翼人士，比如陈独秀、瞿秋白、茅盾、郭沫若和鲁迅。陈独秀等言辞激烈地表示要“送他走”。

茅盾在泰戈尔抵达上海当天就写了一篇《对泰戈尔的希望》一文，后来又写了《泰戈尔和东方文化》，分别发表在4月24日和5月16日的《民国日报》副刊《觉悟》上。正如徐志摩最欣赏泰戈尔的人格，茅盾对泰戈尔的人格也没有异议。他说他敬重泰戈尔，就是敬重他清白的人格，也敬重他是一个实行帮助农民的富于同情心和人道精神的诗人，更敬重他鼓励青年反抗帝国主义的爱国情怀。从这个方面说，他是欢迎泰戈尔的。但是，这并不意味着他赞同泰戈尔的全部思想。他对泰戈尔“高唱东方文化”“创造诗的灵的乐园”“非暴力思想”是大力反对、大加批评和指责的。他认为泰氏创造的诗的灵的乐园，是“让青年到里面去陶醉去冥想去慰安”；而他倡导的非暴力思想，是“为人类提供了比克鲁泡特金还要空灵的第三期之世界”。

年轻时的茅盾

理解当时中国的社会背景和中国人的生存状况，也许就不难理解茅盾何以如此反对泰戈尔了。就像茅盾所说“中国当此内忧外患交迫，处于两重压迫——国外的帝国主义和国内的军阀专政——之下”。面对这样被压迫的现实，中国青年怎么能够崇尚“非暴力思想”而“潜”入诗的灵的乐园，去陶醉去冥想去慰安？简单地说，就是怎么能够逃避？那么，应该怎么办？茅盾说：“唯一的出路是中国民族的国民革命。”也就是说“人家用机关枪打来，我们也赶铸了机关枪打回去”（吴稚辉语）。更简单地说，就是需要一点“暴力”的。

和茅盾思想来源相接近，郭沫若也有类似的说法。他在《泰戈尔来华的我见》一文中，这样说：“世界不到经济制度改革之后，一切甚么梵的现实,我的尊严,爱的福音,只可以作为有产有闲阶级的吗啡、椰子酒，无产阶级的人是只好永流一身的血汗。平和的宣传是现时代的最大的毒物。平和的宣传只是有产阶级的护符，无产阶级的铁锁。”

有一个现象颇耐人寻味：郭沫若反对泰戈尔，是泰氏“‘梵’的现实，‘我’的尊严，‘爱’的福音”的思想；徐志摩他们赞颂泰戈尔，恰恰也是泰氏的这个思想。也许可以理解为，郭沫若他们是站在现实的角度反对“梵”“尊严”和“爱”的；而徐志摩他们是站在人类的高度赞颂“梵”“尊严”和“爱”的。人类的终极目标应该是“梵”“尊严”和“爱”，但在郭沫若他们看来，在残酷血腥的现实面前，谈“梵”“尊严”和“爱”，是奢侈的。

对此，鲁迅一言以蔽之：“神仙和凡人。”也就是说，只有神仙才有资格谈“梵”“尊严”和“爱”，而凡人，哪来的这个权利？

如果说茅盾的批评、郭沫若的指责尚有现实意义的话，鲁迅的发难则不免有人身攻击的意味了。1924年11月11日，也就是泰戈尔离开中国之后，鲁迅在《坟·论照相之类》一文中，回顾数月前泰戈尔访华时的热闹，极尽讽刺地写道：

> 印度的诗圣泰戈尔先生光临中国之际，像一大瓶好香水似地很熏上了几位先生们以文气和玄气。待到这位老诗人改姓换名，化为“竺震旦”，离开了近于他的理想境的这震旦

之后，震旦诗贤头上的印度帽也不大看见了……

看得出来，在这里，鲁迅把泰戈尔和“几位先生们”如徐志摩等一起讽刺了个痛快。有意思的是，鲁迅早期的“任个人而排众数，重灵明而非物质”的观点与泰戈尔思想中的“打破物质主义”是不谋而合的。

泰戈尔初抵上海时，曾在一次演讲中，这样阐明他访华的目的：“此番来中国，并非是旅行家的态度，为瞻仰风景而来，也并非是一个传道者，带着什么福音，只不过是为求道而来。好像是一位进香人，来对中国古文化行敬礼。”因为，中国的古文化当时正遭受西方物质主义、工业主义的残害。所以，他呼吁：“你们应当竭力为人道说话，与惨厉的物质的魔鬼相抗。不要为他的势力所降服，要使世界入于理想主义，人道主义，而打破物质主义！”

然而，在泰戈尔访华时，鲁迅“非物质”的思想似乎已经有了改变，而趋向认同当时大多数知识分子所崇尚的“反传统，重物质”观念。于是，他就对泰戈尔不客气起来了。

反泰的声音一浪高过一浪，更夹杂着驱泰呼声。泰戈尔在北京的第一次演讲，就遭遇了难堪：有人在会场里散发传单，说他的思想“重精神、反科学”，又说他宣传的东方文化，是“亡国奴哲学”，所以，他们一致要“撵他走”。为此，泰尔戈很尴尬，主办方很生气。徐志摩作为泰戈尔的私人翻译，更怒不可遏，以罢译作为抗议。又有一次演讲，本来就处于不利地位的泰戈尔竟然迟到半个小时，这给了反对者以口实。一家报纸就此狠狠批评了一番，又“引申”开去，说他是“过时人物，只该与古人对酒当歌才是”等等。

就这样，“保泰”和“驱泰”这两个针锋相对的阵营形成了。

身为“保泰”方的代表人物，徐志摩极力为泰戈尔辩护。5 月 12 日，在北京的真光剧院，泰戈尔准备在京的第三次、也是最后一次的演讲之前，徐志摩先发了言，仍然极力夸赞，说泰戈尔的演讲“不是教授们的讲义，不是教士们的讲道”，又说“他的心府不是堆积货品的栈房，他的辞令不是教科书的喇叭。他是灵活的泉水，一颗颗颤动的圆珠从他心里兢兢的泛登水面都是生命的精液；他是瀑布的吼声，在白云间，青林中，石罅里，不住地啸响；他是百灵的歌声，他的欢欣，愤慨，响亮的谐音，弥漫在无际的晴空……”

这样的赞美，辞藻虽然华丽，感情虽然充沛，但不免空泛，很不具有说服力。也许他也意识到了这个问题，于是，很快“切入正题”。他接着说：“他这次来华，不为游历，不为政治，更不为私人的利益……他究竟为什么？他为的只是一点看不见的情感！说远一点，他的使命是在修补中国与印度两民族间中断千余年的桥梁；说近一点，他只想感召我们青年真挚的同情。”

接着，他对“驱泰”派进行了批评：“他们说他是守旧，说他是顽固，我们能相信吗？他们说他是‘太迟’，说他是‘不合时宜’，我们能相信吗？他自己是不能信，真的不能。他说这一定是滑稽家的反调。他一生所遭逢的批评只是太新，太早，太激进，太激烈，太革命的，太理想的，他 60 年的生活只是不断的斗奋与冲锋，他现在还只是冲锋与斗奋。……他到处要求人道的温暖与安慰，他尤其要我们中国青年的同情与情爱……”

最后，他呼吁：“爱你的爱，崇拜你的崇拜，是人情不是罪孽，是勇敢不是懦怯！”

如果说徐志摩的“保泰”，情感的成分更浓烈的话，那么，胡适的“保泰”，则更理智一些。两天前，也是在真光剧院，也是在泰戈尔发表演讲之前，胡适先发了言。他对针对泰戈尔而产生的支持派与反对派，都抱着理解的态度。不过，他认为，无论是支持，还是反对，应当先了解泰戈尔这个人。他认为，泰戈尔“为印度最伟大之人物”。然而当时，反对者们没有理睬他。

在徐志摩为泰戈尔进行了一番辩护后，胡适就“驱泰”传单中列举的几个问题也进行了解释。他开门见山地说：“前天会场中发现‘送泰戈尔’的传单，我见了很感觉不快。”

从这些传单的内容中，可以找到“驱泰”派何以驱泰的主要原因。传单中说，研究系因为在去年玄学与科学的论战中失败了，所以请泰戈尔这位“老祖师”来替他们解气。这里所说的“研究系”的代表人物是徐志摩的恩师梁启超。1916 年袁世凯死后，黎元洪任民国政府总统，国会恢复。担任国务总理的段祺瑞握有实权，与黎元洪发生“府院之争”。当年 9 月，梁启超等人组织了“宪法研究会”，支持段祺瑞。这个“宪法研究会”被人称为“研究系”。

关于“玄学和科学”的论战，起因于 1923 年 2 月张君劢在清华作的一次题为“人生观”的演讲。他认为：科学是客观的，人生观是主观的。当时，国内正兴起对科学的无限崇尚。张君劢的演讲，实则婉转地批评了这种风尚。他话音刚落，立即招来批评。地质学家丁文江率先指出：一切物质和非物质的学问，都能用科学的方法加以分析和研究。于是，论战开始了。

在这场论战中，胡适是倾向“科学派”的。也就是说，他是支持丁文江的。其实早在一年前，他就曾作过“科学的人生观”的演讲，就梁启超的“科学破产论”进行过大肆讨伐。梁启超认为，欧洲文化的破产缘于迷信科学。胡适则认为，中国的现状正是因为“科学的提倡不够，科学的教育的不发达，科学的努力不能扫除迷漫全国的乌烟瘴气”。

一直以来，以胡适、陈独秀为首的主张西化的知识分子，和以梁启超、张君劢为首的宣扬东方文明的知识分子，始终就科学与玄学、东方的精神文明与西方的物质文明争论不休。因此，由“玄学和科学”引发的论争，很自然地发展为东西文化的争辩。国内之所以反对泰戈尔，如果用一句话概括的话，可以引用茅盾说过的这样一句话：“我们决不欢迎高唱东方文化的泰戈尔”。

因此，简单地说，“高唱东方文化”的泰戈尔和一贯鼓吹东方文化的梁启超“玄学派”是声息相通的。泰戈尔访华，恰好是梁启超的讲学社邀请的。泰戈尔在华的新闻、宣传，大多刊登在《北京晨报》上，这份报纸恰好又是梁启超的研究系的机关报。这样一来，便有了“驱泰”传单上的“请泰戈尔这位‘老祖师’替他们解气”的说法。

胡适不认同这样的说法，他认为：“这是没有事实根据的。”他解释说：“去年玄学、科学的论战起于四月中旬，而泰戈尔的代表恩厚之到北京也在四月中旬，那时北京大学因为种种的困难不能担任招待泰戈尔的事，所以恩厚之才同讲学社接洽。……我也是去年参加玄学、科学论战的一个人，我可以说，泰戈尔来华的决心定于这个论战未发生之前。他的代表来接洽，也在这个论战刚开始的时候。”胡适是以参战人的身份，“替我的玄学朋友们说一句公道话”。

这就令人费解了：胡适是“科学派”，和“玄学派”是对头，是对立面，为什么要为“玄学朋友们”开脱？

这又引出一个有趣的话题：作为“科学派”的胡适，理应是反对那些“高唱东方文化”的人的。泰戈尔是“高唱东方文化”的人，所以，胡适理应也反对泰戈尔。事实是，起初，他的确如此。他自己这样说：“吾尝亦为反对欢迎泰戈尔来华之一人。”看得出来，虽然同为新月社的成员，但在对待泰戈尔访华这个问题上，徐志摩和胡适的态度截然相反。

也确实，胡适对泰戈尔在欧美演讲广泛宣扬东方文化很不认同。他甚至认为泰戈尔之所以在西方世界那么受欢迎——获得了诺贝尔文学奖——是和他极力提倡东方文明有很大关系，因为他如此行为，满足了西方人对古老东方的猎奇心理。胡适在给朋友的一封信里说，他在欧美人的心目中，肯定不如泰戈尔受欢迎，因为他已经远离了东方文明。他更直言，“当我听到泰戈尔的演说，我往往为他所谓东方的精神文明而感到羞耻”[①]，不仅如此，他还特别写了篇文章，“指责东方文明是完全唯物而又没有价值的”[②]。

那么，泰戈尔来华后，胡适的态度和行为又如何呢？这从他配合徐志摩为泰戈尔辩护中已经能够略窥一二。可以说，在泰戈尔于北京参加的各种大的活动中，都可以看见胡适的身影；在报刊有关泰戈尔访华的报道中，“胡适”的大名出现的频率并不比“徐志摩”少。泰戈尔抵达时，他去接车；泰戈尔离开时，他去送行。他参与陪泰戈尔游历京城名胜，伴泰戈尔草坪散步。他还是欢迎茶会的积极分子，更主持了泰戈尔的生日宴。在徐志摩为抗议“驱泰”行为而拒绝担任翻译时，胡适自告奋勇为泰戈尔翻译演讲。这个时候，他显然是“保泰”一员，和徐志摩一起成为泰戈尔身边的“一对”。

这前后的反差，让胡适这个人充满了矛盾。细究原因，并非胡适一夕之间转变了观念，也成了“高唱东方文化”的一人，而是，一为“礼仪”，二为“容忍”，三为“重新认识”。

关于“礼仪”。在胡适看来，中国自称为礼仪之邦，中国人应当礼仪待客。无论泰戈尔为人如何，思想如何，观念如何，他满怀热忱地来到中国，他的身份首先就是一个客人。身为主人，行为必须符合待客之道，而真诚和热情是最起码的要求。反之，驱逐、高呼“让他走”，是有违待客之道又自损礼仪之邦形象的。胡适深受西方文明浸染，却并不丢弃东方文明；他反对如泰戈尔般高唱东方文明，又主张西化，但在行为处事中，也还保留着一份中国传统知识分子所固守的“礼”的儒家思想。

关于“容忍”。胡适有一句很著名的“名言”：容忍比自由还更重要。显然，他不反对自由。对于他这样一个受过西方教育的人来说，

① 周质平：《胡适与韦莲司：深情五十年》，北京大学出版社 1998 年版。
② 周质平：《胡适与韦莲司：深情五十年》，北京大学出版社 1998 年版。

民主、自由、独立是他最看重的追求。然而，在追求自由的同时，他也强调容忍。这个“容忍”，并非胆小怯懦——外界曾戏谑他为“胆小君子”——而是克制，是大度地给予他人说话、行事的权利。

对于泰戈尔，反对他的确有反对他的理由，但是，这并不能成为剥夺他说话权利而“驱逐”他的借口。一个君子，可以不认同他人的思想，可以对他人的思想提出批评，但不可以堵住他人的嘴、不允许他人表达自己的思想。这不是士及君子所为。声言要驱逐泰戈尔的人，是不能容忍人的非君子，也是另一种意义上的专制。胡适对泰戈尔的欢迎，甚至客观上成为“保泰”一员，就是他“容忍”的体现，因此是自然的。

关于“重新认识”。胡适说，对于泰戈尔，无论是反对还是赞成，均需先了解这个人。这是很重要的。不了解这个人，凭什么赞成？又凭什么反对？胡适对于泰戈尔这个人，应该说，起先也不完全了解。或者说，他对泰戈尔的思想的理解，并不全面而存在着偏差。比如，就“高唱东方文化”问题，泰戈尔的确在很多场合宣称“东方文明，最为健全”，从而埋怨东方青年一味否定自己的东方文化而崇拜西方文化，为此，他呼吁青年们用东方的精神文明抵制西方的物质文明。胡适和反对派误以为泰戈尔将东方的精神文明和西方的物质文明完全对立了，从而只重精神而反物质和科学。

事实上，胡适等人没有了解到，泰戈尔也是拒绝抑制科学文明的急先锋。为此，他在自己的国家长期得不到理解和谅解。胡适等人也没有了解到，几年前，在美国留学的中国学者冯友兰曾经征询泰戈尔拯救苦难中国的良方，泰戈尔直言：“一句话，快学科学！”显然，他并不是一个一味排斥西方科学文明的人。他曾说过：“我们现在要和西方竞争，要抵制他们的侵略，除非也把他们的科学学会。”他还说：“若要求得真理的厚赠，我们一定先要学会那必要的科学。”“如果真理从西方来，我们应该接受它，毫不迟疑地赞扬它。如果我们不接受它，我们的文明将是片面的、停滞的。”

这一切，都表明了一个问题：如果说，泰戈尔过度高唱东方文化的话，他高唱的，也是东方文化中值得赞美的精华；如果说，他也抵制西方物质文明的话，他抵制的，只是对物质的盲目崇拜；如果说，他反对科学的话，他反对的，是滥用科学，反对将科学凌驾于一切之上，视科学为一切，而不顾精神文明。简单地说，他并不反对物质本身，更不反对科学本身。

在对泰戈尔有新的认识后，像胡适那样明智而理性的知识分子们自然对他的态度有所改观。他们惊讶地发现，在泰戈尔的身上，也有他们的影子；而他们的思想体系中，也有泰戈尔的零星思想。在某些方面，他们的心灵是相通的，是彼此契合的。对此，许多年后，恩厚之这样回忆说：“当我们与北京的学者相会时，中国进步分子突然感到他们与泰戈尔思想有着巨大的一致性。……一位激进的中国学者从饭桌的另一端跃起，拥抱泰戈尔，并用充满激情的语调说：现在，他不仅同泰戈尔一道分担共同经历的痛苦，而且也分担传统文化的卫道士亲手制造的苦痛。”[①] 特别是，泰戈尔宣扬用口语作为文学语言，即用最朴实的语言表达最朴实的思想，这和胡适的“白话文”主张不谋而合。因此，胡适由反对而至欢迎泰戈尔的转变，看似矛盾，其实并不奇怪。

松树胡同 7 号：“俱不乐部”的新月俱乐部

对于新月社很重要的两个地名，后人很难辨明很易混淆：一个是石虎胡同 7 号，一个是松树胡同 7 号。问题出在都是“7 号”。准确地说，前者是新月社前身聚餐会所在地；后者是新月社挂牌的地方，是新月

---

① ［印］克里希那·克里巴拉尼著，倪培耕译：《泰戈尔传》，漓江出版社 1984 年 9 月版。

俱乐部的活动场所。

徐志摩说过这样一句话：“那时的新月社只是个口头的名称，与现在松树胡同 7 号那个新月社俱乐部可以说并没有怎样密切的血统关系。”[①] 这句话的意思很明显，即新月社和新月俱乐部是两个完全不同的概念，彼此毫无关系。此言不确。他的前半句话说的是事实，即在泰戈尔访华前夕，以及泰戈尔访华期间，新月社的确只是一个口头名称。它没有严密的组织，没有完备的章程，没有记录在册的成员，没有固定的活动经费，没有明确的活动场所。泰戈尔访华后，新月社正式挂牌——挂在松树胡同 7 号。

新月社成员之一的陈西滢曾这样回忆说：“新月的成立是在 Tagore 访华以后。泰戈尔是在 1924 年来游中国。四月到上海，月底到北京，五月底由上海到日本。在北平的时候，在史家胡同租了一栋洋式房子请他住，所以新月社那时还没有成立，要是已成立的话，不会不请他去参加集会的。新月社成立大约离泰戈尔离华不久以后。《志摩全集》的年谱也说新月社在这一年成立，没有月份。……泰戈尔来华以前，志摩便有成立‘新月社’的提议，只是房子一下子找不合适，所以在泰走后，方才成立。”[②]

这里需要搞清楚的是两个不同的概念，即“成立”和“挂牌”。陈西滢所说的“成立”，应该是“挂牌”的意思。事实上，新月社“成立”于泰戈尔访华以前，“挂牌”于泰戈尔访华以后。

然而，新月社虽然在松树胡同 7 号挂牌，松树胡同 7 号却并不是新月社这个“组织”所在地，而是新月俱乐部的活动场所。简单地说，新月俱乐部是新月社的一个部分。也就是说，新月社并不等同于新月

① 徐志摩：《欧游漫录·给新月》，北京《晨报副刊》1925.4.2.

② 陈西滢：《关于“新月社”——复董保中先生的一封信》，台湾《传记文学》第十八卷第四期。

俱乐部，但它们之间彼此交融、密不可分，有着“密切的血统关系”。徐志摩自己也就“聚餐会”“新月社”“新月俱乐部”的关系，这样说：“最初是‘聚餐会’，从‘聚餐会’产生新月社，又从新月社产生‘7号’的俱乐部。”

和聚餐会相比，新月社似乎有了一点儿组织性质。如果说聚餐会是松散的话，那么，新月社则紧密了一些。聚餐会没有固定的组织经费，轮流在各人家里聚餐，或共同出资聚在酒楼茶社。新月社之所以能够挂牌，新月俱乐部之所以能够成立，依赖于徐志摩的父亲徐申如和银行家黄子美。

徐志摩出身于浙江海宁硖石镇的富商之家。徐家经商的历史可以追溯到明正德年间，传到徐申如这一代，家业已经扩展到酱园、钱庄、绸庄、电灯厂、蚕丝厂、布厂、票庄银号等，可谓家大业大。徐申如曾任硖石商会会长，在江南一带的金融实业界颇有号召力。他将徐志摩送到美国去读书，目的就是想让儿子继承家业，日后能够成为名震天下的金融实业家。徐志摩也曾立下宏愿，雄心勃勃地想要成为中国的“汉密尔顿”，只不过后来“迷”了路，走进了诗的灵园。

对于儿子的“背叛”——这个“背叛”，包含着两层意思，一来由经济转为文学；二来抛弃了他们为他谋划的婚姻——徐申如虽然失望又遗憾，但也没有拼尽全力加以反对。他本就是个开明的人，头脑灵活、思想活跃，好结交名流。于是，当徐志摩有意组织新月俱乐部时，徐申如也就很大方地出钱。

有徐申如、黄子美的支持，新月俱乐部总算在松树胡同7号落了脚。徐志摩很是激动，他说，“房子不错，布置不坏，厨子合适，什么都好”[①]。事实上，并非“什么都好”，最不好的，就是活动经费。

其实，徐申如、黄子美并非“出资”，而是“垫资”，当时说好，

---

① 徐志摩：《欧游漫录·给新月》，北京《晨报副刊》1925.4.2.

新月社日后是要偿还的。那么，以何偿还？凭成员们每月交纳的会费。

就成员而言，新月社除了徐志摩、胡适，以及丁文江、林长民、张君劢、黄子美等最早参加聚餐会的成员以外，又有更多的名士加入。如果说聚餐会的成员组成相对比较单纯的话，那么，新月社的成员组成就复杂了许多。它们中有像徐志摩、胡适这样的知识分子，更有政客、银行家、社会活动家。正因如此，在外人的眼里，新月社究竟是什么，说不清楚。有人因为社里有银行家，就认为新月社是资本家的机关；有人因为社里有政客，就认为新月社是某党某系的机关；有人因为社里有北大教授，就认为新月社是北大学阀的机关；有人因为社里有男有女，就认为新月社是过激派。

新月社里的政客、银行家、社会活动家们一度大大超过社里的知识分子，使得新月社似乎成为一个附庸风雅的名流团体，而非文化团体；也使得新月俱乐部成为一个交际场所，而非文化活动场所。

按照徐志摩当时的设想，如果每个成员都能如期如数地交纳会费（每月五元），维持新月社和新月俱乐部，应该是不成问题的。然而，尽管成员们个个有来头，人人有身份，却不能按时交纳会费——显然，并非他们交不起，而是不当回事。当然，“没有会计在收”，也是很重要的原因。

“没有会计在收”这句话，是陈西滢说的：“社员不能将钱交给志摩，也不便交给听差，总之社月费全不像外国的俱乐部，没有一个干事负责办理。”[①] 这样说来，会费收不全，并非会员不交，而是不知道该交给什么人。从“没有一个干事”可以发现，徐志摩发起组织了新月社，但他却不具备管理新月社的能力。正如陈西滢所说：“一

① 陈西滢：《关于“新月社”——复董保中先生的一封信》，台湾《传记文学》第十八卷第四期。

月交五元，也许起先有这主张，以后恐难做到。”[①] 交会费，只停留在了规划上。

新月社的成员究竟有多少人，恐怕连徐志摩自己也无法说得清楚。一个很大的原因在于徐志摩不是一个计划性、原则性很强的人，他处事太随意，东拉一个西扯一个，遇到一个能谈得来的人，他就拉他“入伙”。因此，社里人员流动很大。陈西滢回忆说：“我没有看见过社员名单，所以谁是社员、谁是客人也无从知道。”[②] 也有人干脆说：新月社是徐志摩朋友的团体；俱乐部也就成为徐志摩朋友的活动场所。

一方面，经费收不上来；一方面，支出有增无减。新月俱乐部成立短短两个月，就已有“百数以外的亏空”（徐志摩语）。陈西滢说新月社“没有一个干事”似乎也不确。其实，一开始，社里的“总管事”是黄子美。徐志摩说：“黄先生替我们大家当差，做总管事，社里大小的事情哪一样能免得了烦他。”[③] 凌叔华也曾说过，最初就是黄子美负责收取会费的。

本来，俱乐部就是由黄子美参与垫资的，后来不但收不回垫资，而且亏空越来越大，就连徐志摩也不好意思了，他说：“他（指黄子美）不向我们要酬劳已是我们的便宜，再要他每月自掏腰包贴钱，实在是太说不过去了。”于是，渐渐地，黄子美也不大过问社里的事了。

新月社不是一个组织严密的机构，其成员也并非社里的全职研究员。“新月社”的牌子虽然挂在松树胡同7号——一栋花园平房，但那里，常常见不到一个人，除了徐志摩。整栋平房里，有一间类似客厅一样的大房子，有一个听差，负责招待来客；一间只能摆下一张圆

① 陈西滢：《关于“新月社”——复董保中先生的一封信》，台湾《传记文学》第十八卷第四期。

② 陈西滢：《关于“新月社”——复董保中先生的一封信》，台湾《传记文学》第十八卷第四期。

③ 徐志摩：《欧游漫录·给新月》，北京《晨报副刊》1925.4.2.

桌的小饭厅，有一个菜烧得很好的大厨，负责在有宴请时准备佳肴；里面还有一间房间，那是徐志摩的睡房兼书房，他常在那里写信、做文、会客。因此可以说，新月社代表徐志摩，徐志摩代表新月社。

有人说，新月社每两星期定期聚餐、游艺。按照陈西滢的说法，这“两星期聚餐”，也只是规划之一。实际上，成员们能够偶尔聚餐一次就已经不错了，根本不可能做到“两星期”一次。俱乐部里只有一个厨子，又只能办一桌酒席，因此需要聚餐的话，必须事先预备。关于游艺，徐志摩承认，他们在新年时开过年会，元宵节时办过灯会，除此之外，有过古琴会、书画会、读书会等。

然而，尽管俱乐部里“有舒服的沙发躺，有可口的饭菜吃，有相当的书报看”（徐志摩语），又有各种“会”，却并不能让徐志摩心满意足，甚至让他郁闷和烦恼。“新月社”是什么？为什么成立新月社？在徐志摩的设想中，它不只包含一个躺沙发、吃饭菜、看书报、办游艺的俱乐部。徐志摩说得更直接：它“绝不是真正新月的清光，绝不是我们想象中的棱角”。

那么，这个“棱角”是什么？无论是徐志摩，还是胡适，都不曾直言。但是，从他说过的“我们想做戏”可以看出，他们的“棱角”，也许不一定是在政治上有所进取，更多的是想在文艺上有所建树，简言之，“做戏”。事实上，新月社只在泰戈尔访华时做了一回戏——排演了《齐特拉》，之后，即在新月社正式挂牌之后，他们反而没有做成一出戏。当然，他们是想做的——准备排演几出丁西林编剧的小戏，但最终没有成功。因而，徐志摩不无遗憾地说：

我们几个创始人得承认在这两个月内我们并没有露我们的棱角。在现今的社会里，做事不是平庸便是下流，做人不是懦夫便是乡愿。这露棱角（在有棱角可露的）几乎是我们对人对己两负的一种义务。[①]

“棱角”露不出来，新月社的存在越来越向供一小撮富人消遣的娱乐场所沦落，也就越来越像是一个真正意义上的俱乐部了。“富人”们和他们的太太、女友哪有什么棱角可露，他们既不关心政治，也不热心文艺，到俱乐部来，只为了躺在舒服的沙发上喝喝小酒、吃吃点心、听听小曲，只为打打弹子、搓搓麻将、翻翻书报，只为会友、谈天、交际。

这一切，都让徐志摩不免痛心，他长叹：“我们新月社岂不变了一个古式的新世界或是新式的旧世界了吗？”他分明感受到了俱乐部里充斥着的Petty bourgeois（小资产阶级）的腐败气味。他很受不了，也极其感伤。他在写给陆小曼的信中，这样感叹道：“假如我新月社的生活继续下去，要不了两年，徐志摩不堕落也堕落了。我的笔尖再也没有光芒，我的心再没有新鲜的跳动，那我就完了——‘泯然众人矣’！”

尽管如此，徐志摩仍然不减信心。1925年3月，他赴欧游历。在《欧游漫录——第一函给新月》一文中，他充满豪情地说：“跳蚤我们是不怕的，但露不出棱角来是可耻的。新月新月，难道我们这新月便是用纸版剪的不成？”这表明，他想重振新月。他以为有几个爱做梦的人，又有创作的能力，而且还有一股不服输的傻气，就能做成任何事业。可惜事与愿违，最终，他没能成功。

对于新月社挂牌、摘牌的准确时间，目前已很难说得清楚，只知挂牌大约是在1924年，摘牌大约于1927年。实际上，在1925年春，徐志摩游欧后，新月社就已经社不成社了。随后，当年10月，徐志摩接掌《晨报副刊》，更无暇顾及新月社。到1926年，新月社基本上名存实亡。1927年，时局发生重大变化，胡适等人纷纷离京避走

① 徐志摩：《欧游漫录·给新月》，北京《晨报副刊》1925.4.2.

上海，新月社正式摘牌。在徐志摩“从新月社产生‘7号’的俱乐部，结果大约是‘俱不乐部’”的自嘲中，新月社悄然落幕。

回顾新月社从生到死的整个过程，可以发现，新月社似乎没有以“社”的名义进行过大的活动。只是大概新月社成立那天，林长民发表了一通含有政治意味的演说。从此以后，连类似这样的演讲，都不曾有过了。因为成员来来往往不固定，所以没有正式举办过讨论会，也就没有郑重其事地讨论过什么、研究过什么。也许对于徐志摩而言，他组织新月社，本没有要讨论什么、研究什么的想法，而只想做戏。一旦戏做不成，新月社似乎也就没有存在的价值了。

陈西滢就说：“‘新月社’成立，并没有多少人聚集开会，讨论名称宗旨等等。”这说明，新月社这个组织——姑且称其为组织——并不是许多人为了共同的一个目标而联合起来成立的。它的名称，是徐志摩确定的；它的宗旨，只有徐志摩以为是“要做戏”，而其他人，未必这么想。因此可以说，新月社只是徐志摩一个人的。所以，当他准备游欧时，便有人替新月社担心。他们说，这一来，新月社必受影响，即使不至于关门，恐怕难免狼狈。

徐志摩的人格魅力，使得身边聚集了一批像胡适、陈西滢这样的自由知识分子。他们能够聚集在一起，自然在很多方面有共同之处，至少也会有相近之处，比如对政治的见解，对文艺的看法等。但是，这并不意味着他们之间没有差异，没有分歧。何况，各人又各有自己的生活，有自己的工作，有自己的学术领域。一旦环境有变，正如徐志摩所说，人散了，心散了。

第三章　新月社·现代评论社·周氏兄弟

徐志摩和鲁迅："积仇的第一步"

依一般人的理解，徐志摩是无法和鲁迅并为一谈的。"并为一谈"是鲁迅的语言。他曾为他人将他和梅兰芳"并为一谈"感到异常忿懑。可以想象，他一定也很讨厌他人将他和徐志摩"并为一谈"。在他的眼里，梅兰芳、徐志摩都和他不是一个道上的人。他忿懑于与梅兰芳并为一谈，是因为他不喜欢梅兰芳这个人，他讨厌与徐志摩并为一谈，也是因为他不喜欢徐志摩这个人。他不喜欢梅兰芳这个人，是因为他不喜欢京剧，不喜欢梅兰芳唱的戏；他不喜欢徐志摩这个人，倒也不是因为他不喜欢诗，而是他不喜欢徐志摩写的诗。

然而无论鲁迅如何不愿意，外人总还是要将他和徐志摩放在一起比较比较的。表面上看，他俩似乎并不具有可比性：一个现实，一个理想；一个冷峻，一个浪漫；一个悲观，一个乐观；一个不依不饶，一个温和大度；一个随时随地竖立着利刺，准备战斗；一个朝夕晨昏沉浸在诗的灵园，不倦歌唱；一个是闪着寒光的“匕首”，一个是新月下的“夜莺”。尽管如此，他俩并非不能并为一谈。相反，在20世纪初的启蒙思潮中，在中国现代文学发展史上，他俩有一个共同点，那就是都担当了启蒙的重责大任。只不过，鲁迅是思想启蒙，而徐志摩，则是美的启蒙。

在“积仇的第一步”之前，徐志摩视鲁迅为同道，鲁迅对徐志摩也还算客气。两人虽然不至于亲密无间，但也像朋友一样你来我往。1923年底，鲁迅主动将他撰写的《中国小说史略》上册送了一本给徐志摩。徐志摩很珍视，他在扉页上郑重其事地记了一笔：“著者送我的，十三、一、一。”一个月以后，徐志摩在给英国友人、汉学家魏雷写的一封信中，极力推荐《中国小说史略》，说：“我们一个朋友新出了一本《小说史略》（鲁迅著）颇好，我也买一本寄给你。”从“我们一个朋友”可以看出来，此时，徐志摩是把鲁迅当作朋友的。

然而，仅仅几个月以后，两人闹翻了，积了仇。首先缘于泰戈尔访华，鲁迅因为思想、趣味等方面的原因，特别憎恶徐志摩对泰戈尔“巴结”“谄媚”的肉麻态度，并没有看在他俩曾经的友谊份上手下留情，撰文对徐志摩加以讽刺。徐志摩没有反击，甚至没有为自己辩解几句，大有“让他骂去吧”的意味。如果说徐志摩撰写的《泰戈尔》是“为辩解”的话，那也是为泰戈尔这个人做的辩解，而不是为他自己，更不是针对鲁迅的。《泰戈尔》作于1924年的5月，而鲁迅最早的一篇讽刺文章《坟·论照相之类》作于《泰戈尔》发表半年之后的11月。

鲁迅的“狠”，并没有在徐志摩的心中留下芥蒂。徐志摩仍然以他惯有的天真和热情积极地往鲁迅身边“靠”。就在《坟·论照相之类》一文发表的当月，也就是1924年冬，又一个文艺社团成立，它就是“语丝社”。该社的文学倾向和文学研究会相接近，主力成员是鲁迅、周作人、刘半农、林语堂、章川岛、孙伏园等。鲁迅更被称为语丝社的主将。和文学研究会有自己的刊物《小说月报》、创造社有自己的

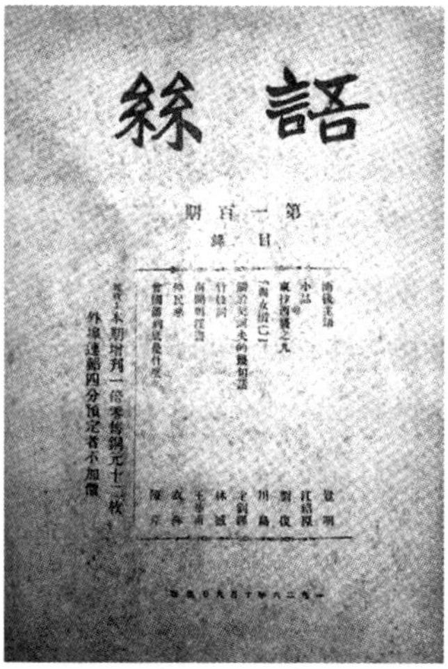

《语丝》封面

刊物《创造季刊》一样，语丝社在成立的同时，也办了一份自己的刊物《语丝》周刊。该刊多发表针砭时弊的杂感小品，以倡导幽默泼辣的“语丝文体”而获“语丝派”称号。

此时，新月社已经挂牌，它的主旨与文学研究会、创造社、语丝社都有所不同。徐志摩是“想做戏”。因此，新月社成立后，并没有仿造其他社团也创办自己的刊物。在文学上，徐志摩一向没有派别之分、门户之见。就像他身为新月社的人，却还是经常给《小说月报》《创造季刊》投稿一样，在《语丝》创刊后，他也积极给它投稿。殊不知，此时的鲁迅，对他正怀有一肚子不满，又有视《语丝》是“自己的”的意味，因此不能容忍讨厌的徐志摩触碰，何况徐志摩投到《语丝》的文章，既不幽默，也不泼辣，更不针砭时弊——尽管《语丝》编辑方针是兼容并包，不局限于体裁。

徐志摩投给《语丝》的是一首译诗，刊登在《语丝》第三期上。这首译诗，题目是《死尸》，作者是法国诗人波特莱尔。《死尸》选自波特莱尔风靡全球的诗集《恶之花》。当然，引起鲁迅和徐志摩“结仇第一步”的不是《死尸》本身，而是徐志摩在译诗之前撰写的“题记”。

首先，他以其惯有的夸张矫饰的文风，对波特莱尔及其诗作极尽颂扬——像颂扬泰戈尔和他的人格一样。然后，他对诗的音乐美进行了阐释。他说：“真音乐原只要你听……你真能听时，这‘听’便是‘懂’，那虫叫，那燕语，那水响，那涛声，都是有意义的，但他们各个的意义却只与你‘爱人’嘴唇上的香味一样——都在你自己的想象里。所以，诗的真妙处不在他的字义里，却在他的不可捉摸的音节里。他刺激着也许不是你的皮肤（那本来就太粗太厚），却是你自己一样不可捉摸的魂灵——像恋爱似的，两对唇皮的接触只是一个象征，真相接触的，真相结合的，是你们的魂灵。”他还说，他虽是乡下人，可是爱真正的音乐，有音的与无音的音乐。然后，他这样写道：

> 我深信宇宙的底质，人生的底质，一切有形的事物与无形的思想的底质——只是音乐，绝妙的音乐。天上的星，水里泅的乳白鸭，树林里冒的烟，朋友的信，战场上的炮，坟堆里的鬼磷，巷口那只石狮子，我昨夜的梦……无一不是音乐。你就把我送进疯人院去，我还是咬定牙龈认账的。是的，都是音乐——庄周说的天籁地籁人籁，全是的。你听不着就该怨你自己的耳轮太笨，或是皮粗，别怨我。你能数一二三四能雇洋车能做白话新诗或是能整理国故的那一点子机灵儿真是细小有限的可怜哪——生命大着，天地大着，你的灵性大着。

几乎所有人都说徐志摩的这篇文字充满自然主义的神秘感，换句话说，他写得神乎其神又玄乎其玄。其实，这不过是他对音乐的真实感悟而已，只是极富想象力。在一个悲观的人眼里，太阳也是在狞笑着的，阳光中隐含着毒剑；在一个乐观的人眼里，雷电是欢笑的声音，阴霾中也潜藏着光亮。徐志摩虽然也时有悲观的情绪，但总的来说，他是一个对未来始终充满希望的乐观的人。因此，世间万物在他的耳里，什么都能成为美妙的音乐，哪怕是“战场上的炮”“坟堆里的鬼磷”。如果单从文字上来看，他也不过是运用了夸张的手法罢了。由他平时的为人，平时的为文，写出这样的文章，也不奇怪。

是什么引起了鲁迅的反感？是自然主义的神秘感？是盲目地乐

观？是对残酷现实视而不见的冷漠？是矫饰夸张的文风？是自恋、自负又含有俯视众生的傲然态度？也许这一切的一切，都是让鲁迅奋而讨伐的原因。在《语丝》第五期上，鲁迅发表了一篇专门针对徐志摩的文章，题为《“音乐”？》，把徐志摩大大讽刺和挖苦了一番：

> 咦，玲珑零星邦滂砰珉的小雀儿呵，你总依然是不管甚么地方都飞到，而且照例来唧唧啾啾地叫，轻飘飘地跳么？

显然，在这里，鲁迅将徐志摩看作是“小雀儿”。所谓“不管甚么地方都飞到”，应该是指徐志摩“不知趣”地“飞”到《小说月报》，“飞”到《创造季刊》，如今又“飞”到了《语丝》，并且嘲弄他“唧唧啾啾地叫，轻飘飘地跳”地到处作文。这样的揶揄，完全不是以理服人的，而且极其伤人，甚至有侮辱人之嫌。这样的为文，也不能视同于幽默，只能视为刻薄。这样的笔调，用在敌对势力身上，也许可以大快人心，但用在还算是朋友的徐志摩身上，则不免失之和善。鲁迅还就徐志摩文中“耳轮太笨”和“皮粗”的说法，这样调侃道：

> 我这时立即疑心自己皮粗，用左手一摸右胳膊，的确并不滑，再一摸耳轮子，却摸不出笨也与否。然而皮是粗定了，不幸而‘拊不留手’的竟不是我的皮，还能听到什么庄周先生所指教的天籁地籁和人籁……
>
> 但倘有不知道自怨自艾的人，想将这位先生送进疯人院去，自己可要拚命反对，尽力呼冤的，——虽然将音乐送进音乐里去，从甘脆的Mystic看来，并不算什么一回事。

鲁迅不愧为讥讽高手，他还模仿徐志摩的笔调，写了一段充满自然主义神秘感的文字：

慈悲而残忍的金苍蝇，展开馥郁的安琪儿的黄翅，唵，颉利，弥缚谛弥谛，从荆芥萝卜玎洋的彤海里起来。Brrrrtatatatanital 无终始的金刚石天堂的娇袅茉莄，蘸着半分之一的北斗的蓝血，将翠绿的忏悔写在腐烂的鹦哥伯伯的狗肺上！你不懂么？咄！吁，我将死矣！婀娜涟漪的天狼的香而秽恶的光明的利镞，射中了塌鼻阿牛的妖艳光滑蓬松的冰冷的秃头，一匹黯黯欢愉的瘦螳螂飞去了。哈！我不死矣！无终……

如果抛开背景和寓意，单看此文，它的确可以称得上是奇文，语言绮丽，生动妙趣，想象丰富。可惜的是，它是鲁迅用来戏谑徐志摩的，因此透露出阴冷的黝光，让人很不舒服，也显得作者不够与人为善。本来，徐志摩的那篇序文，不过有感而发而已，是自己内心真实思想和情感的反应。无论认同还是反对他的思想，共鸣还是反胃于他的情感，尽可用说理的文字、善意的调侃加以批评，而不应如此阴阳怪气，逞一时体快，把人鞭笞得体无完肤。这样，反而显出自己有失风度，不够君子。

当然，徐志摩时时处处流露出来的不食人间烟火般的超越感，也的确令很多人不满。他在将“战场上的炮”“坟堆里的鬼磷”也视作音乐的时候，他难道不知道有多少人在炮火下丧生？不知道有多少鬼磷中幽幽地透着冤屈？不论他是一个多么乐观的人，他超越现实漫无边际的所谓“想象”，终究难以被大多数现实中的凡人所认同。“语丝社”的刘半农也著文《徐志摩先生的耳朵》，配合鲁迅对徐志摩进行了批判。相比鲁迅的嘲讽、戏谑，他行文更直接，更尖刻：

到徐先生同泰戈尔一样高名高寿之后，万万一旦不讳，而彼时我刘复幸而尚在，我要请他预先在遗嘱上附添一笔，将两耳送给我解剖研究，至少也须是两个耳轮，能连同他的细皮，自然更好。

我研究完了，决不会将他丢到荒野中去喂鸟（因为这不是一件鸟事），一定像德国人处置康德的头颅一样，将他金镶银嵌起来，供在博物馆里。

“语丝派”本就以幽默泼辣文体著称。他们写起尖酸的小品文来，谁敢跟他们叫板？任谁也不是他们的对手，徐志摩就更不在话下了。徐志摩也知趣，对鲁迅的讽刺、刘半农的刻薄，未回一嘴。当初，他跟创造社结怨，还能心平气和地写一封《致成仿吾的公开信》加以解释；如今，面对鲁迅、刘半农的讥嘲挖苦，他自知，那不是“公开信”所能解释得了的。何况，他又能解释什么？你不认为“无一不是音乐”，而我就是认为“无一不是音乐”，那能怎么办？

徐志摩能做的，就是再也不往《语丝》“飞”了。之后，他只在《语丝》上发表了一首小诗，却不敢乱发议论了。一年以后，周作人约他为《语丝》写稿，他战战兢兢地表示“我不敢自信，我如其投稿不致再遭《语丝》同人的嫌（上回的耳朵）”而婉转地拒绝了周作人的请求。在给周作人的信中，他颇有些委屈地抱怨道：“令兄鲁迅先生的脾气不易捉摸，怕不易调和，我们又不易与他接近，听说我与他虽则素昧平生，并且他似乎嘲弄我几回我并不曾还口，但他对我还像是有什么过不去似的，我真不懂，惶惑极了。我极愿意知道开罪所在，要我怎样改过我都可以。”

原来，徐志摩连“开罪所在”都不知道，就被鲁迅骂了个狗血淋头，心中自然委屈。不过，委屈归委屈，他倒没有你给我一拳，我还你一脚，显得大度而宽容。那么，鲁迅究竟因何讨厌徐志摩呢。“音乐事件”十年后，他在《集外集·序言》中旧事重提，挑明了他当时的心理：

> 我其实是不喜欢新诗的——但也不喜欢做古诗——只因为那时诗坛寂寞，所以打打边鼓，凑些热闹，待到称为诗人的一出现，就洗手不干了。我更不喜欢徐志摩那样的诗，而他偏爱各处投稿，《语丝》一出版，他也就来了，有人赞成他，登了出来，我就做了一篇杂感，和他开一通玩笑，使他不能来，他也果然不来了。

此时，徐志摩早已不在人世（他死于1931年11月）。鲁迅却在这个时候说他当时对徐志摩的讥讽，不过是“开一通玩笑”而已。如果算是玩笑，那么对于徐志摩来说，这个玩笑开得也太大了。徐志摩至死可能都不知道，鲁迅对他的不喜欢，是因为他写的诗，并且拿着这些诗“各处投稿”。鲁迅的目的就是阻止他再在《语丝》上发文。

同为“语丝派”，既有鲁迅、刘半农这样不喜欢徐志摩的人，也有对鲁、刘不喜欢徐志摩不以为然的人。就“音乐事件”引起的纷争，鲁迅自己就说：“语丝社同人中有几位也因此很不高兴我。”《语丝》所追求的风格，是“要催促新的产生，对于有害于新的旧物则竭力加以排挤”。徐志摩的那篇“序文”，显然不属于“有害于新的旧物”，不应当被排挤，却也被鲁迅排挤，语丝社其他同人“很不高兴”，是自然的。何况，《语丝》的宗旨是“任意而谈，无所顾忌”，徐志摩无所顾忌的任意而谈，却被排挤，显然有违宗旨。

其实，鲁迅不喜欢，甚至讨厌徐志摩，不仅仅是因为徐志摩的诗，也不完全是徐志摩这个人。周作人说：“我相信这所以招致如此怨恨者也只是志摩的阶级之故。”知兄莫若弟，“阶级”二字，可谓一语中的。也许正因为如此，之后，鲁迅和新月社之间，才又爆发过多次针锋相对的论战。双方数番“厮杀”，各自气喘吁吁、精疲力尽，实则也分不出高下。这次的“音乐事件”，鲁迅称之为他和新月社，和徐志摩“积仇的第一步”。

陈西滢和凌叔华：“新月”的一对夫妻

人们对陈西滢的认识，缘于他的“西滢闲话”，以及由“闲话”引发的和周氏兄弟结怨从而进行的多场声势浩大的论战；人们对凌叔华的认识，缘于她是陈西滢的妻子。作为“新月”的一对夫妻，陈、凌的婚恋，虽不如徐志摩与陆小曼那样爆闻于世，但在当时也算是一桩很轰动的社会新闻，为众人津津乐道。

陈西滢原名陈源，字通伯，“西滢”是他的笔名。他生于1896年，年长徐志摩一岁。幼时，他先入上海文明书局附设小学就读，后转学入南洋公学（交通大学前身）附属小学，1911年毕业。民国初年，他受表舅吴敬恒的鼓励赴英国求学。在英国，他发愤苦读，修完中学课程后，先进爱丁堡大学，继而转入伦敦大学，研习政治经济学，最后以博士头衔学成归国。

从这段简历中可以看出陈西滢和徐志摩的共同点：都曾留学英国，都曾在伦敦大学就读，专业都是政治经济学。不同的是，陈西滢获得了博士学位，而徐志摩没有。还有一个不同，徐志摩是先留学美国，后转入英国的，而陈西滢不是。徐志摩转到英国时，陈西滢早已是“老”留学生了。对于一个初来乍到的“新人”，徐志摩在很多方面都得到过陈西滢的帮助。

徐志摩和陈西滢是在一个很自然的情况下相识的。那天在学校的饭厅里，徐志摩看见了一个年轻的、笑容灿烂的中国人。跟他一起由美赴英的留学生刘叔和很惊喜地说：“那不是小陈吗？”想来当时陈西滢身边有人，小刘不便介绍徐志摩与小陈认识。不久，徐志摩与陈西滢又在校园里撞见了。徐志摩主动上前打招呼。两人互致问候，又自我介绍，就成了朋友。后来，徐志摩得以结识英国著名作家威尔斯，就是由陈西滢介绍的。

1922年，两人先后回国。回国后，徐志摩先在松坡图书馆任英文干事，一年后，才在胡适的介绍下，进入北京大学，在英文系任教授。陈西滢一回国就被北大校长蔡元培聘为教授，也在英文系。依徐志摩和陈西滢早在英国就建立起的友情，陈西滢自然也是早期新月社的成员之一。凌叔华加盟新月社，是因为泰戈尔访华。也就是说，泰戈尔访华，促成徐志摩和凌叔华相识，也促成陈西滢和凌叔华这一对“新月”夫妻的姻缘。

凌叔华比陈西滢小4岁，1900年出生于北京的一个书香官宦人家，原名叫凌瑞棠。“叔华”“素心”都是她的笔名。她是其父与三姨太的女儿，生得明眸皓齿、柳眉樱唇，是典型的东方美人，特别是她那双非常清澈的眼睛，在她与人交谈时常带一点“迷离”，一点“恍惚”，别有一种梦幻般的美。

凌父是旧式文人，于光绪年间曾与康有为同榜中进士，又同为翰林。因此，凌家往来的多为当时的社会文化名流，诸如康有为、俞曲园、齐白石、辜鸿铭、姚茫父、陈半丁等，都常是家中座上客。凌叔华曾外祖父是粤中书画大家，父亲很希望子女中有人能传先人衣钵。偏巧，凌叔华自幼喜爱画画。为此，父亲请来曾进宫为慈禧画过像的名画家缪素筠为她启蒙。后来，她又正式拜山水名家王竹人、郝漱玉为师习画。平时，齐白石、陈半丁也时时加以指点，使她的画技突飞猛进。学画同时，她还跟康有为学写字，跟学贯中西的辜鸿铭学英文和诗词。

中学毕业后，凌叔华考入天津河北省立第一师范学校，经常在校刊上发表文章。她的作品一如其人，细腻而温婉，像一位大家闺秀。课余，她还一直坚持绘画，工笔写意均运笔自如。她的画清雅高洁，也很受人赞赏。凌家有女初长成，渐渐地，凌叔华在文教界有了点名气。她内承文化气氛浓厚的庭训，外受名师大家的教育的结果，使她外在的美有了丰富的内涵，因而一度与林徽因、韩素梅、谢冰心并称为文教界的“四大美女”。

泰戈尔来华时，凌叔华已是燕京大学的一名高材生了。她成绩好，交际能力也很强，校内、校外都很活跃。泰戈华访华，除了徐志摩担当泰氏的贴身翻译外，陈西滢也参加了接待工作，凌叔华则被燕京大学推派为欢迎泰氏的代表。就这样，三人结缘。

大概就是因为泰戈尔于无意间充当了凌、陈相识相恋的媒人的缘故，泰戈尔给凌叔华留下了极为深刻的印象。1987年，八旬高龄的凌叔华还能清楚地回忆起半个世纪前泰戈尔到她家喝杏仁茶的情景：那时正是初春，陈师曾、齐白石等组织的北京画会正式成立，但找不到地点开会，陈师曾提议到凌叔华家去。于是，泰戈尔、徐志摩、陈西滢等一起到凌家赴画会。那天的画会，凌叔华听从母亲安排，提前订了百只新鲜玫瑰花饼和百只新鲜藤萝花饼，又在家里自磨了杏仁茶。这应时的茶点很合诗人们、画家们的趣味。大家吃得开心，谈得尽兴。

之后，徐志摩、陈西滢就常到凌家，有时还带来几个新朋友，高谈阔论，一直到太阳西下，也不肯走。这时，凌母便招呼大家留下吃饭。吃了饭，他们也不好意思不走了。有一次，徐志摩来了说郁达夫本来也要来的，可临走时发现他唯一的一件棉袍被他的一个学生穿走了。困厄中的郁达夫一时无钱再买新的而出不了门。于是，大家一起哄徐志摩，要他为郁达夫买一件新棉袍。郁达夫原先的那件棉袍原本就是同事们凑钱买的，如果再给他买一件，难保哪一天又让人穿走了。丁西林就说："我看我们应该出钱连做三件，一件不见了，穿第二件，第二件不见了，穿第三件，这样一来，便无问题了。"陈西滢问："那么谁出钱呢？"不知是谁叫了一句："当然是徐志摩了。"徐志摩连忙叫道："你们都来欺负我，我老徐不是傻瓜，惹急了会打人的，知道吗？"

凌叔华这样说众人对徐志摩生气的反应："谁也不当作一回事。"徐志摩也说归说，还是在一个大雨的早晨，一个人巴巴地跑到前门估衣铺，为郁达夫买了一件新棉袍，又巴巴地给郁达夫送去。郁达夫自然感激涕零，否则，他连门都出不了，更别说去学校上课了。因为当时的天，实在很冷。

徐志摩说过：“没有女人，哪有生活，没有生活，到哪里寻找诗、寻找美？我生来就爱美，美在哪里，在自然，自然中最美的是什么，是女人！女人是上帝最得意的作品。我不是神仙，对女人，我的爱慕有着情欲的成分，这个我承认，但更重要的是，那美丽女人的身上，寄托着我那‘爱、自由、美’的理想。”林徽因是美丽女人，徐志摩对她自然有理想寄托。凌叔华也是美丽女人，她和徐志摩的关系，用“红颜知己”这个词，也许最恰如其分。

泰戈尔走后，徐志摩的心情由持续亢奋而趋于平静，平静中又蕴含着寂寞和忧郁——他终于失去了林徽因，他彻底失恋了。当年7月，他和张歆海一起上了庐山。从他当时写给朋友郭子雄的一封信里，可知他当时的心情很糟糕。其中有这样一句话：“人生亦不见得一路有阳光的照亮。”没有林徽因的日子，在他的眼里，就像是没有阳光的黑夜。下了庐山，在回家乡浙江硖石的路上，徐志摩一路所见兵荒马乱。这时，江苏督军齐燮元和浙江督军卢永祥激战正酣，到处都是逃难的贫民。回到家不久，他的表兄死了。他返回北京后，又接二连三地接到家书传来的噩耗，先是堂弟媳死了，然后是伯母死了。

得不到的爱情，纷乱的世事，相继离世的亲友，交缠在一起，让徐志摩郁闷不堪。即便他在此后不久，由胡适介绍，进入北京大学任教授，也一时不能唤起对生活的热情，而时时对生，对死有了新的感悟：“我每次想到生与死的究竟时，我不定觉得生是可欲，死是可悲，我自己的经验与默察只使我相信生的底质是苦不是乐，是悲哀不是幸福，是泪不是笑，是拘束不是自由。因此，从生入死，在我有时看来，只是解化了实体的存在，脱离了现象的世界……”。在这样的心境下，他很需要有一个宣泄的通道。纵情诗海，是其中之一——他一口气写了《毒药》《白旗》和《婴儿》三首散文诗。另外，他找到了凌叔华这个理想的“通信员”。

在和林徽因分手之后、和陆小曼恋爱之前，徐志摩的感情一度处于真空。他是一个感情充沛、诗意盎然的浪漫诗人，他活力四射、激情满怀，他对人、对事、对感情，心里永远储满了块垒，时时需要化解，需要倾吐，也时时需要安慰。也就在这个时候，他开始跟凌叔华频繁地信来信往，并且发现凌叔华这个美丽女人，是他理想的“通信员”。

那么，徐志摩和凌叔华之间，究竟是怎样的关系？一个风流倜傥的诗人，一个风华绝代的才女，是否应该成就一段爱的浪漫曲？在林徽因走后，家世、才学、相貌都不输林徽因的凌叔华是否填补了徐志摩的情感空白？为此，凌叔华曾经这样解释道：“说真话，我对志摩向来没有动过感情，我的原因很简单，我已计划同陈西滢结婚，小曼又是我的知己朋友，况且当年我自视甚高……”[①]

凌叔华手绘的给徐志摩的贺年片：海滩上种花

这段话，凌叔华是在20世纪80年代说的。事过境迁，物是人非，回望遥远的过去，当事人往往因心境、记忆、环境等主客观因素，所说与史实有出入。当然，凌叔华对徐志摩确有可能“向来没有动过感情”，她那样的才貌，自视甚高也是自然的。至于其他原因，似乎并非“计划同陈西滢结婚”，因为那时，她不过刚刚

① 凌叔华：《再谈徐志摩遗文——致陈从周的信》，《新文学史料》1985年第3期。

跟陈西滢结识，就算是彼此萌生了爱意，也还远不到谈婚论嫁的地步。同时，小曼更还不是她的“知己朋友”。

或许妹无意，但郎确有情。从现存的徐志摩写给凌叔华的许多封信中，似乎可以窥见徐志摩对凌叔华非同寻常的情感。信的开头没有称呼，结尾没有署名，文中又总是用暧昧的“X”代替。据说，这批信件在 1935 年的时候，由凌叔华以《志摩遗札》为题，交给《武汉日报·现代文艺》公开发表。为此，她不但略去了收信人、写信人的姓名和写信日期，更将徐志摩对她的称呼改为“X”。这个“X”应该是徐志摩对她的昵称。

此时的徐志摩已经是北大教授了，而凌叔华还只是燕京大学的学生。虽然他俩只相差 3 岁，但毕竟一个师一个生，差着辈。然而，徐志摩这样昵称凌叔华，写这样的信，满纸的温情，满腔的信赖，是像将她只当作理想“通信员”的情形吗？一个男，一个女；又是一个才子，一个才女，彼此这样通信，还能够始终如一地维持着单纯的友情吗？不论凌叔华如何对徐志摩，至少徐志摩对凌叔华的情感偏离了通常的友情。

但是，这些似乎又不能说明徐志摩和凌叔华的感情超越了朋友之爱。尽管徐志摩真切地感受到林徽因真的离他而去了，但在他的内心，仍然无法忘却寄托着“爱、自由、美”的林小姐。诗人的痴心，也许就表现在明知不可而为之。据说，在 1925 到 1926 年间——那时，他已经和陆小曼恋爱了——他忽然接到林徽因传来的消息，说她很挂念他，期盼他能给她写信。徐志摩顿时激动起来，他嫌信走得太慢而直接给林徽因发了封电报！然而，这却是一个大玩笑。徐志摩复燃的激情重归于死灰，在写下一首《“拿回吧，劳驾，先生”》的诗后，自我宣布从此结束这段情。

在无法忘却林徽因的情况下，徐志摩尽管对凌叔华别有一种情感，但也似乎终究没有将它“上升”为男女之爱。更多的是，凌叔华用“纯粹的慈善心肠”，担当了徐志摩寻找已久的理想的“通信员”。她“用恬静的谐趣或幽默来湿润”徐志摩“居处的枯索”（徐志摩语），以使他在精神上得到莫大的安慰。

接下来的问题是，凌叔华和陈西滢究竟是怎么、在什么时候恋爱的？这不能不提到“现代评论社”和《现代评论》杂志。

新月社，以及由此产生的新月派，与现代评论社，以及由此产生的现代评论派之间，存在着错综但并不复杂的关系。

说错综，是因为长期以来，在为中国现代文学作史时，有人将它们混为一谈。有的说，二者实为一体，“新月”在前，“现评”在后。如香港文学史家司马长风在其所著《中国新文学史》中说：“‘现代评论’实可看作‘新月社’的继续和发展。”有的却说，“现评”在前，“新月”在后。如传记作者胡凌芝在其著《徐志摩新评》中说：“一种相当有代表性的意见认为：新月派的前身是现代评论派。”之所以如此，很大程度上在于两“派”人员有交错：新月社的徐志摩、胡适、陈西滢等，也是现代评论社的成员。但此并不能成为理由，因为新月社的梁实秋、叶公超、闻一多、潘公旦等，却与现代评论社无关，而现代评论社的王世杰、周鲠生、皮皓白、高一涵、燕树棠、彭浩徐、唐有壬、刘光一等又与新月社无关。

还有一个原因是有人认为，两者同时在北京挂牌，即在泰戈尔访华后的 1924 年 6 月。准确地说，泰戈尔是 5 月底离京的，随后在徐志摩的陪同下，又去了日本，然后去了香港。徐志摩将泰氏送回国，自己回国时，已经是 7 月了。这样说来，它们不可能同时挂牌。

如果从“聚餐会”算起的话，新月社起始于 1923 年底，正式成立是在泰戈尔访华之前，在 1924 年 7 月后，即现代评论社挂牌一个月后挂牌。因此，论成立，“新月”早于“现评”；论挂牌，“现评”早于“新月”。新月社后来有《新月》月刊；现代评论社后来有《现代评论》周刊。如果论杂志的创刊时间，《现代评论》创刊于 1924

年年底；《新月》创刊于1928年3月。显然，《现代评论》早于《新月》。

说不复杂，是因为它俩各有自己的发展历史，各有办社宗旨，所办刊物也各有文艺主张。现代评论社基本上以《现代评论》的活动为起始。该刊创刊4年后，于1928年12月出了最后一期。新月社曾于1927年结束，次年重新恢复，以《新月》月刊面目面世。同一年里，一个结束，一个开始，难怪会有人将“新月”误为“现代评论”转世般的延续。当然实际上并非如此。陈西滢说：“两社人员都是自命的自由主义者，但门户不同，不容易合起来。”

徐志摩、胡适、陈西滢这三个新月社最主要的成员，在现代评论社又起着怎样的作用呢？早期有人说，他们都是《现代评论》周刊的编辑，但这只是一种猜测，因为该周刊从未明确标注过“编者”。事实上，徐志摩、胡适从未担任过《现代评论》的编辑工作。据考证，《现代评论》最初的经理是刘叔和，从第三卷起，负责编辑文艺稿件的是杨振声。从筹办到终刊，主要负责人是王世杰。参与过编务工作的，还有燕树棠、周鲠生、钱端升、彭学沛等。后来，也是新月社成员的沈从文也参与过《现代评论》的事务工作。不过，可以肯定的是，徐、胡、陈参与了《现代评论》的创办。

很明显，新月社并不等同于新月派，现代评论派则由《现代评论》而得名。给《新月》撰稿的，并非全是新月社或新月派成员；给《现代评论》撰稿的，也并非全是现代评论社或现代评论派成员。比如，在《现代评论》上发表过著名的《七子之歌》，以及《洗衣曲》和《我是中国人》的闻一多，就不是“现代”的成员。

对于新月派和现代评论派的关系，陈漱渝的观点相对客观：

一、胡适是这两彪人马的共同精神领袖。

二、徐志摩、陈西滢既是《现代评论》的主要撰稿人，也是“新月派”的骁将……

三、两派具有共同的阶级性质和政治倾向。[①]

总之，两派既有联系，也有区别。胡适是两派的精神领袖，徐志摩、陈西滢是两派的“纽带”。就徐志摩、陈西滢而言，他们对“新月”和“现代评论”倾注的力量也不均衡：徐志摩和“新月”的联系更密切；陈西滢和“现代评论”联系得更为紧密。因此又可以说，徐志摩是“新月”的代表人物，陈西滢则是“现代评论”的代表人物。

陈西滢不仅参与创办了《现代评论》，更负责其中的“闲话”专栏。在其后的三四年间，他在这个栏目上，发表了不少杂文式短文，内容涉及政治、文化、社会等方面。著名的《西滢闲话》一书就是他那些文章的合集。他以精到的论事与畅达的文笔吸引了不少读者，“陈西滢”这个名字，也由此越来越响亮了。

正如徐志摩等新月社成员也是《现代评论》撰稿人一样，凌叔华作为新月社成员，也在《现代评论》上发表过不少很有分量的小说作品。其中一篇《酒后》，显示了她小说创作方面的功力，奠定了她的文坛地位，更引起陈西滢对她的关注。此时，陈西滢和徐志摩一样，是北大教授，而凌叔华仍然是燕京大学的学生。她和陈西滢，也如和徐志摩一样，是师生关系。陈西滢对凌叔华，也就有老师对学生的那份疼惜和怜爱，而凌叔华对陈西滢，自然也就有学生对老师的那份崇敬和仰慕。两人都有很好的英文功底，也有对文学的共同爱好和追求。作为学生，凌叔华常向陈西滢请教；作为老师，陈西滢常对凌叔华进行指导。

在很长一段时期，陈、凌双鱼回游，尽管信中大多谈的是文学艺术，并不涉及情爱，但除了未谈过恋爱的和不懂爱的人以外，有谁相

① 陈漱渝：《关于“现代评论派”的一些情况》，《中国现代文学研究丛刊》1980年第三辑。

信他们仅仅是在谈论文艺呢？随着时间的推移，两人越走越近，但他俩始终秘而不宣，悄悄恋爱了两三年，不仅双方家长压根不知有其事，就连他俩的朋友也都被蒙在鼓里。1927 年，也就是凌、陈两人相识三年后，终于成婚。

周作人心里的“绅士鬼”和“流氓鬼”

现代评论社的大部分成员居住在北京的东吉祥胡同，因此外界戏称现代评论派为“东吉祥胡同派”。如胡适所说，只有狗和狐狸才成群结队。简言之，只有同类才能成群结队。胡适、徐志摩他们之所以能够组织新月社，是因为他们虽然有差异，但更多的是有共同之处。现代评论社的成立，也是同样道理。若论共同之处，最明显的莫过于他们都有英美留学的经历。因为有相同的文化教育背景，使得他们在许多方面有共同语言和相近的思想认识。比如，他们倡扬科学、文明、公理、正义、自由、法治，为人主张平和、中正、豁达、稳重、容忍。在二十世纪二三十年代，社会动荡、思想混乱、“革命”旗帜四处飘扬的时局下，他们的倡扬，他们的主张为很多人所不屑。郭沫若就斥为“太绅士气了”。

相比郭沫若，鲁迅对这帮“绅士”更加反感，而且程度相当强烈，大有“不共戴天”的味道。就他们倡扬“公理”和“正义”，鲁迅讥讽他们是“正人君子”。在《野草》里的一些篇章中，鲁迅这样写道：“他走进无物之阵……那些头上有各种旗帜，绣出各样好名称：慈善家，学者，文士，长者，青年，雅人，君子……头下有各种外套，绣出各式好花样：学问，道德，国粹，民意，逻辑，公义，东方文明……但他举起了投枪。”之后，他果然“举起了投枪”以及新月派以及现代评论派的“绅士”们进行了拼死厮杀。

鲁迅的态度可以用“旗帜鲜明”来形容，而周作人的态度，则颇有意味。与鲁迅自始至终的“誓不两立”不同，周作人和“绅士”们的关系经历了一个亲近——疏远——激战——再亲近的过程。论及原因，周作人自己剖析说：

> 我以前因张凤举的拉拢，与东吉祥诸君子谬托知己的有些来往，但是我的心里是有“两个鬼”潜伏着的，即所谓绅士鬼与流氓鬼。我曾经说过，“以开店而论，我这店是两个鬼开的，而其股份与生意的分配，究竟绅士鬼还只居其小部分”，所以去和地道的绅士们周旋，也仍旧是合不来的。有时流氓鬼要露出面来，结果终于翻脸，以至破口大骂；这虽是由于事势的必然，但使我由南转北，几乎作了一百八十度的大回旋，脱却绅士的“沙龙”，加入从前那么想逃避的女校，终于成了代表，与女师大共存亡，我说运命之不可测就是如此。[①]

也就是说，当心里的“绅士鬼”占了上风时，周作人便也很绅士地和新月派以及现代评论派诸绅士们过往甚密；当心里的“流氓鬼”占了上风时，他便不很绅士地和绅士们翻脸，而且更不绅士地破口大骂。照此说来，鲁迅的心里始终只有一个“流氓鬼”的，所以他从来就翻脸，就破口大骂。这是他们兄弟俩的不同。也许因为如此，他俩才会有失和的一天。胡适他们的心里似乎只有“绅士鬼”，而没有“流氓鬼”，因此时时处处都要表现得很“绅士”，尽管他们的某些行为其实也不“绅士”。

翻看周作人的日记，可以发现，在 1923 年底到 1925 年初的一段时间里，周作人一直由“绅士鬼”支配着。他和徐志摩、陈西滢他们也因此维持了一段“绅士”地交往。而这段时期，鲁迅和徐志摩已经

---

① 周作人：《知堂回想录》。

有了积仇的第一步。周作人的日记有这样的记载：

1923年11月3日

耀辰、凤举来，晚共宴张欣海（即张歆海）、林玉堂（即林语堂）、丁燮林（即丁西林）、陈源（即陈西滢）、郁达夫及士远、尹默共十人，九时散去。

1923年11月17日

午至来今雨轩赴张欣海、陈通伯（即陈西滢）、徐志摩约午餐，同座者八人。

1924年6月24日

往公园，赴现代评论社晚餐，共约四十人。

1924年7月5日

下午凤举同通伯来谈，通伯早去。

1924年7月30日

下午通伯邀阅英文卷，阅五十本。

1924年8月18日

全家与陈通伯、丁燮林等同游卧佛寺

1925年1月30日

赴现代评论社约餐

1925年2月12日

下午同丁燮林、陈通伯、凤举等乘汽车往西山，在玉泉山旅馆午饭，抵碧云寺前，同步登玉皇顶、又至香山香露旅馆饮茶，六时返家。

看得出来，这时，周作人和陈西滢、徐志摩等人的关系相当密切，以至同饭同饮同游。然而，“登玉皇顶”后仅仅过了两个星期，周作人心里的“流氓鬼”露了头，使他作了“一百八十度的大回旋”，开始翻脸而破口大骂了。诱发“流氓鬼”的，就是著名的“女师大风潮”。

引发“女师大风潮”的关键人物是女师大校长杨荫榆。杨荫榆是在 1924 年许寿裳辞职后继任校长的。她早年留学日本，1914 年回国后在女师大任教。之后，她在教育部资助下赴美留学，就读于哥伦比亚大学，最终获得硕士学位。1923 年，她学成回国，返回女师大，在英文系执教。

杨荫榆留日又留美的教育背景，使她在荣任校长后，被寄予了很高的期望。但是，她上台后的一系列主张和措施，未能引起共鸣，反遭诟病。比如，她未经校评议会同意，将女师大恢复为女高师，被认为“背离了女师大的办学方针”。又在如何支配俄庚款问题上，她与部分教员产生分歧，引致 15 名教员联名辞职。当年 11 月，国文系预科二年级三名学生以“阻于东南战事”为由未能按时返校，被杨校长勒令停学。同时，哲学系预科也有两名学生同样未能按时返校，却并未受相同处分。为此，国文系预科其他学生心生不满，提出抗议，强烈要求杨校长本着公正和公平的原则让他们系的三名同学返校。杨荫榆拒绝，而且态度强硬。双方矛盾激化。1925 年 1 月 18 日，学生自治会召开紧急会议，决定否认杨荫榆的校长资格。对此，全校 10 个班级，有 7 个赞同，3 个保持中立。

对于此次学生风潮，最早介入的不相干的“外人”，就是既是新月社成员，也是现代评论社成员的“闲话”作者陈西滢。2 月 7 日，他在《现代评论》第九期上撰文，说：“不过我们觉得那宣言中所举的校长的劣迹，大都不值一笑。至于用‘欲饱私囊’的字眼，加杨氏以‘莫须有’之罪，我们实在为‘全国女界的最高学府’的学生不取。”显然一开始，他就对学生运动抱有不支持的态度。

其后介入的，就是周作人。当然，他不是不相干的“外人”。此时，他是女师大教授。2 月 28 日，他的日记这样记载：“女师旧生田、罗二女生来讲，为女师大事也。”这两个女生以中立者的名义，请求周作人出面斡旋，认为只要能做到更换校长，女师大风潮便可以平息。当晚，周作人打电话给教育部次长马叙伦，转达了学生意见。马叙伦表示校长可以更换，但由谁担任新校长，不能由学生说了算。对此，周作人不置可否。从周作人甘愿充当学生的说客可以发现，从一开始他就站在学生这一边。这和陈西滢正好相反，也就为他俩的论战埋下了伏笔。

3 月，陈西滢又说“闲话”。他在《现代评论》第 15 期上以“一个女读者”之名撰文，继续站在杨荫榆一边指责“闹事”的学生，直言：“那些宣言中所列举杨氏的罪名，大都不能成立。”如果说，他的这句话是因为“杨氏的罪名”没有足够充分的证据支持，而尚属客观的话，那么，他接下来的一句话，主观臆测的成分就大了许多，而且颇有指桑骂槐的意味。他说：“女师大中攻击杨氏的学生，不过是极少数的学生，而这回风潮的产生和发展，校内外尚有人在那里主使。”当时的许多学生运动，发生的背景的确很复杂，甚至不排除隐藏在其后的政治势力。陈西滢“有人主使”之说，即有所指。但是，女师大风潮的发生，究竟是单纯的学生抗议，还是隐含着政治因素的学生运动，陈西滢并没有握有“把柄”。因此，他这么说，反倒授人以柄。

如果按照马叙伦跟周作人所说，杨荫榆似乎真的有被更换的可能。然而，此事因内阁改组而被暂时搁置。内阁改组成功，章士钊担任教育总长。章总长的上台，一下子扭转了杨荫榆的命运，也使得女师大风潮继续向纵深发展。

章士钊

5月9日，杨荫榆以校长和校评议会的名义贴出布告，宣告开除6位学生自治会干部。这样一来，风潮升级。10日，鲁迅发表《忽然想到》一文，直言不讳地将章士钊和杨荫榆比作“凶兽样的羊”和“羊样的凶兽”，又给学生们“出谋划策”，说“对手如凶兽时就如凶兽，对手如羊时就如羊”。这给了学生极大的鼓舞。11日，学生们集会，决议彻底驱逐杨荫榆，然后将校长办公室和秘书办公室等都贴上了封条。同时，学生自治会大张旗鼓地公布《恳请本校主持公道之诸先生出面维持校务书》。27日，由鲁迅拟稿并签名，周作人、钱玄同、马裕藻、沈君默、李泰棻、沈兼士等其他6名女师大教员参与签名的《对于北京女子师范大学风潮宣言》在《京报》发表。“宣言”公开支持女师大学生运动。

此前，周作人和鲁迅已经失和。然而，在女师大风潮之际，兄弟俩又联合了起来。周作人心里的“流氓鬼”更压倒了“绅士鬼”，高昂起了脑袋。

两天后，陈西滢再说“闲话”。《现代评论》第25期上刊登了他写的又一篇针对“女师大风潮”的《闲话》（后来结集出版时重新加了题目《粉刷毛厕》）。尽管说法不同，措词不同，但归根结底，还是一句话：与其说是反对学生运动，不如说是反对被某种势力操纵的学生运动。他这样写道：

> 以前学校闹风潮，学生几乎没有对的，现在学校闹风潮，学生几乎没有错的。这可以说是今昔言论界的一种信条。在

> 我这种喜欢怀疑的人看来，这两种观念都无非是迷信。
>
> 女师大的风潮，究竟学生是对的还是错的，反对校长的是少数还是多数，我们没有调查详细的事实，无从知道。我们只觉得这次闹得太不像样了。……到了这种时期，实在旁观的人也不能再让它酝酿下去，好像一个臭毛厕，人人都有扫除的义务。在这时候劝学生们不为过甚，或是劝杨校长辞职引退，都无非粉刷毛厕，并不能解决根本的问题……
>
> 闲话正要付印的时候，我们在报纸上看见女师大七教员的宣言。以前我们常常听说女师大的风潮，有在北京教育界占最大势力的某籍某系的人在暗中鼓动，可是我们总不敢相信。这个宣言语气措辞，我们看来，未免过于偏袒一方，不大平允……

针对这篇《闲话》，周氏兄弟同时进行了反击。先不论鲁迅，单看周作人，他就陈西滢所说的“某籍某系的人在暗中鼓动”而撰写了《京兆人》一文，反驳道：“没有凡某籍人不能说校长不对的道理，所以我犯了法还不明白其所以然。造这种先发制人的流言者之卑劣的心理实在可怜极了。”

这短短两句话，包含了三层意思：一、他对号入座，认为陈文中的“某籍某系的人”暗指他和兄弟鲁迅。陈西滢用“某籍某系”暗指鲁迅，是大有可能的，但是否也包括周作人，值得怀疑。就之前他和周作人的亲密来往，以及周作人在“绅士鬼”露头时所表现出来的和他们相同或相近的绅士气，他应该不会认为周作人也会做出“背后主使”“暗中鼓动”这样的事来的。二、他直言，这样的说法完全是在造谣，在散布谣言，因此是“卑劣的”。此时，他似乎已经将他们之前的亲密交往置于了脑后，心中充斥着愤恨。三、他既然已经将陈西滢归入“卑劣的”流言制造者的行列，那么也就意味着他和陈西滢翻脸了。

说到周作人和陈西滢的论战，不能不提到徐志摩。可以想象，同为新月社的战友，同为现代评论社的同志，徐志摩倾向陈西滢，应该是自然的。然而，在周、陈论战初期，徐志摩却是以“公允”的姿态出现的。

起初，陈西滢的《闲话》发表在《现代评论》上，而关于《闲话》的论争，则多发表在《晨报副刊》《京报副刊》和《语丝》上。换句话说，《现代评论》和《晨报副刊》是陈西滢一方的主要阵地；《京报副刊》和《语丝》则是鲁迅、周作人的主要阵地。“女师大风潮”时，徐志摩正在欧洲游历，7 月回国，10 月接手主编《晨报副刊》。也就是说，陈、周关于女师大风潮的论争，徐志摩不但没有直接参与，甚至恐怕连前因后果都没有弄清楚。

周作人对陈西滢的“翻脸”，并没有使徐志摩对周作人“翻脸”。他以客观的、不掺杂个人好恶的态度，在《晨报副刊》上既不“添油”刊登陈西滢“攻周”文章，也不“加醋”刊登周作人的“攻陈”文章。也就是说，他只提供论战平台，而不偏袒任何一方。不仅如此，他对周作人，仍然很亲近。1925 年 12 月 16 日，《晨报副刊》上刊登了一篇翻译文章《接吻发凡》。周作人发现译文中有错误，就写了一封信给徐志摩。仅隔了 5 天，徐志摩就以《周作人先生来函》为题全文刊登了这封信，而且还加了一段“附复”，又以他矫饰夸张的文风，真诚赞美道：“我接手编辑以来也快三个月了，但这还是第一次作人先生给我们机会接近他的温驯的文体，这虽只是简短的校阅，我们也可以看出作人为学的勤慎与不苟。……那光彩便是作人先生的幽默与‘爱伦内’——正像是镂空西瓜里点上了蜡发出来的光彩，亮晶晶，绿滟滟的讨人欢喜。”

然而，徐志摩和陈西滢之所以能够成为新月社和现代评论社的战友和同志，之所以能够双双成为新月社和现代评论社的“纽带”，是因为他们具备了“成群结队”的基础。这个“基础”，包括学识的、思想的、为文的、为政的、为人的等等方面。简单地说，具有相同的“绅士气”。相对而言，他和陈西滢的共通之处，是大于和周作人的。因此，他不可能在陈、周的对抗中自始至终保持一种事不关己的中立。于不经意间，他就站到了陈西滢一方，和周作人形成了对立。这也许不是他的主观故意，但事实就这样发生了。

1926 年 1 月 13 日，徐志摩在《晨报副刊》上发表了《“闲话”引出来的闲话》。他写这篇文章的目的本是为陈西滢赞美法国小说家、文艺评论家、诺贝尔文学奖获得者法郎士而写的一篇“闲话”（结集时加题目《法郎士先生的真相》）一文捧场的，当然免不了对陈西滢极尽赞美。比如，他在文中说：

> 西滢……写了一篇可羡慕的妩媚的文章。……西滢是分明私淑法郎士的，也不止写文章一件事——除了他对女性的态度，那是太忠贞了，几乎叫你联想到中世纪修道院里穿长袍喂鸽子的法兰西士派的‘兄弟’们。……他学的是法郎士对人生的态度，在讥讽中有容忍，在容忍中有讥讽……他唯一的标准是理性，唯一的动机是怜悯。

对于徐志摩对陈西滢学问文章及品格的恭维，周作人极度反感，他当即写了一篇反驳文章，题目是《闲话的闲话之闲话》，然后寄给了徐志摩，说“晨副要登也可以”。实际上，他的目的就是让徐志摩将此文刊登在《晨报副刊》上，以便让更多不明真相的人看清陈西滢的“真面目”。否则，他大可不必费脑伤神地洋洋洒洒痛快淋漓地写就这样一篇措词激烈态度强硬的大文。

徐志摩不仅将周作人此文全文刊登在了 1 月 20 日的《晨报副刊》上，自己还配附了一篇《再添几句闲话的闲话乘便妄想解围》。此文一开始，他就“亮”出他对周作人一文的态度：“今晚从清华回来，心里直发愁，因为又得熬半夜凑稿子，忽然得到岂明先生的文章好不叫我开心：别说这是骂别人的，就是直接痛快地骂我自己的，我也舍不得放它回去，也许更舍不得了。”

也就是说，周作人此文并非骂徐志摩的“捧”，而是骂陈西滢这个“人”。他不但骂，更毫不客气地“揭露”道：

> 我知道在北京有两位新文化新文学的名人名教授，因为愤女师大前途之棘，先章士钊，后杨荫榆而扬言于众曰：‘现在的女学生都可以叫局。’这两位名人是谁，这里也不必说，反正总是学者绅士罢了。……我虽不是绅士，却觉得多讲他们的龌龊的言行也有污纸笔，不想说出来了。总之许多所谓绅士压根儿就没有一点人气，还亏他们恬然自居于正人之列，容我讲一句粗野话，即使这些东西是我的娘舅，我也不认他是一个人。像陈先生那样真是忠贞于女性的人，不知道对于这些东西将取什么态度：讥讽呢，容忍呢？哈，哈哈。

这段话包含三层意思：一、有两位名人名教授说过“现在的女学生都可以叫局”这样的话。“两位名人名教授”是谁？周作人没有点明，但其中一人应该指的是陈西滢。这是篇骂陈西滢的文章，指向明确。总不至于主骂着陈西滢，又兼骂着不相干的“两位名人名教授”吧。只是周作人并不承认他说的就是陈西滢。

二、说龌龊话的所谓绅士是没有“一点人气”的。陈西滢说过这样的龌龊话，所以，他不是真绅士，只是所谓绅士，而且没有一点人气。

三、周作人自谦“不是绅士”。也就是说，此时他的心里，已经没有了“绅士鬼”，有的只是“流氓鬼”了，这从他对陈西滢大胆“揭露”便可以发现。如果有足够充分的证据，这样的“揭露”倒也情有可原。问题是，他并没有足够充分的证据证明陈西滢说过这样的龌龊话——后来也证实，陈西滢确实没有说过。既然如此，周作人的"揭露"倒真的有些龌龊了，像泼妇在不分青红皂白地骂街泼脏水，像一个造谣生事者在造谣生事，也就真的不像个绅士了。

面对周作人近于诽谤、诬蔑的"骂"，像胡适、徐志摩那样崇尚容忍的陈西滢也不能容忍了。他立即写信给周作人，认为周文中的两个"名人名教授"中的一个，说的就是他，他要求周作人公开澄清并道歉。不知周作人出于什么心理，在文章刊登后第二天，他写信给陈西滢，解释文中的"两位名人名教授"另有其人。但显然陈西滢不接受，而将周作人的几封信，以及他自己和徐志摩、张凤举等人关于"叫局"一事互相往来的一共12封信，以《闲话的闲话之闲话引出来的几封信》为总题，刊登在1月30日的《晨报副刊》上。徐志摩还写了一篇名为《关于下面一束通信告读者们》的评论。这批信，后来被称为"陈源同徐志摩两个人凑成的攻周的专号"①。

与此同时，周作人将陈西滢的信以《陈源先生的来信》为题，刊登在2月1日的《语丝》第64期上，并加了一段附记，更进一步解释他所说的"两位名人名教授"，"一个是A君，我们间接从B君听来的，但B君现在往欧洲去了，无从再去问他。一个X君，C君听D君转述他的话，但可惜X君的真姓名C君说已经记不起了。A君与陈源先生是别一个人，X君的姓名虽然忘记，惟据C君说也不是陈先生。所以我就于廿二日写一封信给陈先生，告诉他在所说的两个人里面查得并没有他。"

周作人所指，究竟是不是陈西滢，如果不是，那他为什么会在骂陈西滢的文章中写这么一段？如果是，那他为什么事后又向陈西滢澄清？他在给陈西滢的解释信中所说的"C君"应该是张凤举②。之前

---

① 杨丹初：《问陈源》，《京报副刊》1926.2.2.

② 张凤举：周作人在北大任教时的同事。20世纪20年代，两人曾共同组织"骆驼社"。

说那龌龊的话系出自陈西滢的，正是张凤举。可是事后张凤举却又不承认了，说忘记了 X 君的真姓名，又说 X 君并不是陈西滢，这就陷周作人于被动地位，所以他要急忙向陈解释。

3 月 1 日的《语丝》第 68 期上，有一篇署名川岛的写的“说明”。他说：“我也听说是陈源教授所说，在 1914 年 5 月 30 日午后 6 点的时节，北京什刹海会贤堂楼窗口张凤举先生和我说的。”

川岛既举出张凤举所言明确的时间地点，似足以为周作人解脱了，但充其量也只能解脱他“造谣”的干系，并不能逃得了“传谣”的干系。以他那样一个有地位有身份的教授，居然轻信谣言，还白纸黑字地写下来，作为攻击别人的武器，实在有辱知识分子的名声。

徐志摩大概是最早看出陈西滢和周作人流于无益、无聊的人，所以他疾呼：“结束闲话，结束废话！”他两次致信周作人，表示：“我们都认为有从此息争的必要，拟由两面的朋友们出来劝和。”

周作人很积极地回复徐志摩，说：“关于这闲话事件，别人骂我的话我都不介意……倒是老兄和陈先生恭维我的话，我听了有点痛心，如说我是‘正人君子’啦，什么文学啦，博学啦，这比说我是猴子还厉害。”他的“痛心”，只是因为单纯地被“恭维”吗？显然不是，而是被他原先那么看重的“绅士”朋友“恭维”。这说明，他还是很看重他和他们曾经的友谊的。

他接下来的一段话，更能说明问题：“女大的公理维持会出现，我也说过好些嘲讽的话，虽然那会里边有几个北大的同事，我始终对于他们个人怀着‘厚意’。现在事情过去了，嘲讽的意思也随着过去，厚意却不妨保有其原来的程度。”“公理维持会”是由陈西滢等参与组织的，以“公理”的名义支持教育总长章士钊解散女师大，反对女师大师生复校。看得出来，他对徐志摩、陈西滢“个人”还是怀有情意的，并不因为“闲话之争”而丢失这份厚意，并且还存有继续保持这份厚意的愿望——他心里的“绅士鬼”又冒头了。

然而，“闲话”并没有结束，“废话”也没有结束。闲话和废话，在继续。

1926年3月，冯玉祥的国民军和张作霖的奉系军发生战事，冯军略占上风。日本人眼见奉军节节败退，遂出兵援助，于12日派出两艘军舰驶往大沽口，并炮击冯军。冯军还击，也炮轰日军。日方一方面向段祺瑞政府提出抗议，一方面联合英、美、法、意、荷、比、西等国，借口维持《辛丑条约》，于16日提出最后通牒，要求中方停止在津沽间的军事行动并撤除防务，还蛮横地限定48小时内答复。这样一个侵犯主权的行为，自然引起北京各界的抗议。18日，民众在天安门集会，然后赴段祺瑞政府请愿。段祺瑞竟下令卫队开枪，致数十人死伤。此即著名的“三·一八”惨案。

与其说再次引发周作人和陈西滢笔战的是惨案本身，还不如说具体是因为在惨案中丧生的一个叫刘和珍、一个叫杨德群的两名女师大学生。

陈西滢又开始了连篇闲话。他一方面对段政府的暴行深恶痛绝，颇有些激愤地说：“这主谋的是谁，下令的是谁，行凶的是谁，他们都负有杀人的罪，一个都不能轻轻放过。我们希望特别法庭即日成立，彻底的调查案情，严重的执行各罪犯应得的惩罚。”一方面却又说群众领袖也应该对惨案负责。他说：“我们不能不相信，至少有一部分人的死，是由主席的那几句话，要是主席明明知道卫队没有解除武装，他故意那样说，他的罪孽当然不下于开枪杀人者；要是他误听流言，不思索调查，便信以为真，公然宣布，也未免太不负民众领袖的责任。”这样的说法，表面上看似乎有些道理，至少指出组织者欠缺斗争经验，但是客观上转移或分担了施暴者的罪责，自然让人心生不满。

接着，他又主观地认为，刘和珍、杨德群的惨死，与女师大某些教员的驱使大有关系。从“女师大风潮”到“三·一八”惨案，他始终认为学生的背后有一股政治势力，或是无形的力量。他们麻痹了学生，操纵了学生，驱使了学生，让学生充当了替罪羊、牺牲品。他说："对于未成年的男女孩童，对理性没有充分发展的幼童，勉强灌输种种武断的政治的或宗教的信条，在我们看来，已经当得起虐待的名字，何况叫他们去参加种种他们还莫名其妙的运动，甚而至于像这次一样，叫他们去冒枪林弹雨的险，受践踏死伤的苦。"这话如果放在平时，作泛泛而论，想必不会引起太大反应，甚至一定还会有人觉得他说得在理。但是，在惨案刚刚发生后的非常时候，他这么说，不仅有"是非不分"之嫌，而且给人以冷漠之感，因此遭来一片声讨。

周作人立即著文《陈源口中的杨德群女士》，写道："陈先生所说实系利用死者以发表其阴险之暗示。……有朋友对我说，在这样社会里与那样阴险的人去为难，是颇危险的。自然，我也知道，但这是我的坏脾气，喜欢多说话，一时改不过来。至于危险呢，或者就是通缉吧？因了言论而被通缉，倒也是很好玩的。"他又将陈西滢视为"阴险的人"了。

双方论战，总是"公说公有理，婆说婆有理"，就看你站在何种角度。有的时候，文人之间，一方攻击另一方，表面上攻击的是"文"，实则攻击的是"人"。换句话说，更多的时候，是因为对对方这个人的看不惯。周作人对陈西滢的指责背后的原因是什么呢？他自己说过的话，也许可以用来解释："我轻陈源，与他之是否文人毫不相关，我只轻他是章士钊的徒党，是现代评论社的第一个捧章的人。"

1926 年 6 月，《语丝》第 82 期上发表了北大英文系学生董秋芳写的一篇题为《陈源教授的报复》的"读者来信"，他说他因为反对陈西滢关于"三・一八"惨案的有关言论，而遭到陈教授"不准其听英译中对译课"的报复。为此，周作人评价陈西滢："是拿了章士钊的一千元为虎作伥的现代评论社的第一角色。"在周作人的眼里，陈西滢是为章士钊所用，而他一向反对章士钊，自然和陈西滢形成了对立。

在周作人和陈西滢的论战中，鲁迅等人也曾参战。相对而言，陈西滢对鲁迅，要刻薄得多，而对周作人，则宽容一些。更多的时候，他有意绕开周作人，显然不想跟他死拼，却紧紧抓住鲁迅穷追猛打。原因自然很简单，鲁迅的心里，只有“流氓鬼”；周作人的心里，“绅士鬼”和“流氓鬼”是经常打架的。

尽管论战之后，周作人和陈西滢基本上没有什么来往，但周作人在晚年和友人重新谈到陈西滢这个人时，曾说：“陈西滢亦是颇有才气的人，唯以乡谊之故，乃以‘正人君子’自命，参加女师大一段，枉费许多力气，亦深可惜也。”表面上看，他是在为陈西滢惋惜，实际上，他也未必不在为自己当年“枉费许多力气”而叹息。

对胡适、徐志摩等新月社（或现代评论社）的其他“绅士们”，周作人仍然保持着厚意。在论战进行得难解难分时，胡适曾经写信给周作人，说：“这是我们一家人的一点子小误解，一点子小猜疑。”这“一家人”很能说明问题，胡适就不会将鲁迅划为“一家人”。在周作人的身上，多少存有和胡适他们一样的绅士气。他们把他是当作“一家人”的，他们也应当能够成为“一家人”。在徐志摩意外丧生后，周作人特别撰文《志摩纪念》，称志摩这个人“很可爱”，令人觉得“很亲近”。这在鲁迅，是不可能做到的。

战中的两个“和事佬”：徐志摩和胡适

鲁迅这个人，从不委屈自己，不压抑自己，有话说话，该骂就骂，对论敌从来不客气，甚至很尖刻。

陈西滢和鲁迅，两人都深受中国传统文化的影响，都有留学国外的经历，回国后都担任大学教授。因此，关于他俩论战的原因，总结起来，无非各人所受教育不同，所处环境不同，经历不同，性格不同，为人处世的态度不同，价值观不同，政治观点不同，思想方法不同等等。陈西滢（包括徐志摩、胡适、梁实秋等新月和现代评论的成员）非常看不惯鲁迅的尖牙利齿，以及因为尖牙利齿而表现出来的不饶恕、不容忍；鲁迅则非常看不惯他们有意无意流露出来的高高在上的优越感和背离国情的绅士风情，他更讨厌他们一副正人君子的模样。“正人君子”这个词，在鲁迅看来，不过是戴着假面具跳舞的假人而已，极具讽刺意味。他常常不无嘲讽地称他们为“东吉祥的正人君子们”，或是“中国的文士们”。

的确，陈西滢、徐志摩他们都是“欧美派”，常以此为傲。徐志摩在《汉姆雷德与留学生》一文中，曾谈到他和陈西滢、丁西林在观看中国演员演出莎士比亚戏剧时的心态，这个心态是自大自傲的、是沾沾自喜的，也是令人讨厌的：“我们是去过大英国，莎士比亚是英国人，他写英文的，我们懂英文的，在学堂里研究过他的戏……英国留学生难得高兴时讲他的莎士比亚，多体面多够根儿的事情，你们没到过外国看不完全原文的当然不配插嘴，你们就配扁着耳朵悉心的听。”陈西滢也说：“不爱莎士比亚，你就是傻子。”

对于一般人而言，他们对徐志摩等人的自我炫耀的反应多半是，你们喜欢英国也好，喜欢莎士比亚也好，且由你去，与我无关。鲁迅却不同，他对他反感的，不肯停留于不屑、不理，他要手执矛枪，毫不留情地戳穿画皮。既然谈到莎士比亚，他说：“我以为如果艺术之宫里有这么麻烦的禁令，倒不如不进去；还是站在沙漠上，看看飞沙走石，乐则大笑，悲则大叫，愤则大骂，即使被沙砾打得遍身粗糙，头破血流，而时时抚摩自己的凝血，觉得若有花纹，也未必不及跟着中国的文士们去陪莎士比亚吃黄油面包之有趣。”

从“女师大风潮”开始的论战，与其说是双方对“风潮”的理解不同造成的，还不如说是双方对某一个人的支持与反对形成了对立，从而对“风潮”产生截然不同的态度而造成的。这个人，就是教育总长章士钊。

显然，鲁迅和周作人之所以能在失和以后还能在“风潮”中走到一起，也是因为对章士钊这个人有着共同的反感。周作人明确说过他之所以“轻”陈西滢，就是因为陈西滢“是章士钊的徒党，是现代评论社的第一个捧章的人”。在“风潮”中，北京大学反对章士钊为教育总长，宣布脱离教育部时，北大17名教授联名《致本校同事公函》，直言章士钊“是彭允彝一样的无耻政客”，周作人也称“章（士钊）刘（百昭）这些东西本是代表无耻者”。由此看来，周氏兄弟和陈西滢论得热火朝天，战得如火如荼，或许也包含针对被陈西滢“捧”的章士钊。

章士钊（1881—1973）字行严，笔名青桐，后改秋桐，又称孤桐，湖南善化（今属长沙）人。辛亥革命前曾参加反清活动，民国后任北京大学教授、广东军政府秘书长等职。“女师大风潮”前，他在段祺瑞执政府里任司法总长，“风潮”爆发后，兼任教育总长。与此同时，创办《甲寅》周刊，提倡尊孔读经。用鲁迅的话说，该周刊是章士钊“自己广告性的半官报”。陈西滢则赞美《甲寅》“有生气了”。仅就这一点，便可以看出鲁陈的观点不一。

陈西滢一直尊称章士钊“孤桐先生”；章士钊在《甲寅》第一卷第二号发表的《孤桐杂记》中赞美陈西滢说：“《现代评论》有记者自署西滢，无锡陈源之别字也。陈君本字通伯，的确是当今通品。”这样的评介，鲁迅很看不过眼。他用“通人”加以嘲讽，说：“……正如沾水小蜂，只在泥土上爬来爬去，万不敢比附洋楼中的通人，但也自有悲苦愤激，决非洋楼中的通人所能领会。”又说：“……顺我者‘通’，逆我者‘匪’……”

徐志摩虽然在论战中基本上是倾向陈西滢的，但他对章士钊这个人，似乎也没有多少好感。作为新文学的倡导者之一，他对章士钊倡行复古深恶痛绝。1925年10月，也就是他接手主编《晨报副刊》的当月，写了一篇文章《守旧与“玩”旧》，直接针对的是章士钊发表在《甲寅》第17期上的《再疏解辉义》。章在这篇文章中，为自己的复古行为做了自辩。因此，徐志摩讥讽道：“我敬仰他是个合格的敌人。在他身上，我常常想，我们至少认识了一个不苟且，负责任的作者，在他的文字里，我们至少看着了旧派思想部分的表现。……在他的思想里，我们看到了一个中国传统精神的秉承者，牢牢地抱住几条大纲，几则经义，决心在‘邪说横行’的时代里替往古争回一个地盘。”

那么，陈西滢和章士钊为何如此亲近呢？为什么在“风潮”中，他毫不犹豫地站在章士钊这一方呢？1925年10月2日，《猛进》周刊第31期上，有一篇署名“蔚麟”的通信，信中说：“《现代评论》因为受了段祺瑞、章士钊的几千块钱，吃着人的嘴软，拿着人的手软，对于段祺瑞、章士钊的一切胡作非为，绝不敢说半个不字。”除此之外，1926年3月1日的《语丝》第68期上，也有类似说法：“据说《现代评论》开办时，确曾由章士钊经手弄到一千元，大概不是章士钊自己掏腰包的，来路我也不明。”对此，陈西滢曾经做过辩解，但他有些避重就轻，只说他自己从未“每月领到三千元”，甚至连三毛都没有。至于《现代评论》是否收受过段、章的几千元，他却避而未谈。这反而给人“此说的确是真”的感觉。

要说陈西滢完全是因为“钱”的问题而在“风潮”中支持章士钊从而反对学生运动，似乎也不是事实。这总归涉及思想、观念、态度等等。就如鲁迅，他反对章士钊，肯定不会是因为他跟章士钊之间没有金钱关系，更多的还是因为在许多问题上看法不一。比如，章士钊宣扬农业救国论、反对新文化运动，特别不提倡白话文，固守文言文等，还曾将陈西滢的一篇“闲话”《中山先生大殡给我的感想》“翻译”成了文言文。

说到白话文，不能不提胡适。胡适曾就章士钊反对白话文而着文《老章又反叛了》，“揭露”章士钊其实在很早的时候也曾写过白话文，他将“老章”并称为“同是曾开风气人”。对此，章士钊在《答适之》一文中，解释道：“二十年前。吾友林少泉好谈此道。愚曾试为而不肖。十年前复为之。仍不肖。五年前又为之。更不肖。愚自是阁笔。”

胡适和章士钊在文言、白话问题上的分歧，并不影响到两人在“女师大风潮”中某些观点的一致。当北大决议脱离教育部时，胡适和陈西滢一道，以北大“应该早日脱离一般的政潮与学潮，努力向学问的路上走”为由，表示反对。章士钊为此称赞胡适等人的举动是“表扬学术独立之威重，诚甚盛举”。这个时候，胡适也和章士钊站在了一起。但是，这又不意味着胡适完全支持章士钊的行为。他既对反章派不满，也对章士钊本人颇有微词。他曾在给北大同事的一封信里说，他很反感章士钊许多浮夸的政策和轻躁的行为，只不过，他主张以个人或者私人团体的名义反对章士钊，而不要动辄用学校的名义。

对于陈西滢和周氏兄弟的论战，与徐志摩相比，胡适的态度似乎更超然一些。

尽管徐志摩在论战后期，以“致李四光信”的名义，呼吁“结束闲话，结束废话”，但在论战期间，他的倾向性很明显，他的《“闲话”引出来的闲话》，就清楚表明了他对陈西滢的偏向。

他一边说自己“生性不爱管闲事，懒，怕烦”，一边却在周作人《闲话的闲话之闲话》之后，撰文《再添几句闲话的闲话乘便妄想解围》；说是解围，实则各打五十大板。他说：“现在教育界分明有一派人痛恨痛骂章士钊，又有一派人又在那里嬉笑怒骂骂章行严的人。好了。你退远一步，再退远一步看看，如其章某与骂章某的人的确都有该骂的地方，那从你站远一点的地位看去，你见的只是漆黑的一团，包裹着章某当然，可是骂他的也同样在它的怀抱中。”他一方面宣称“我来做一个最没出息最讨人厌的和事佬”，一方面却又将 12 封通信集中发表在《晨报副刊》上，客观上形成了对周作人的“围攻”。

一个人，除了毫无倾向，否则无论如何也难以保持绝对的中立。

徐志摩便是如此。当然，尽管他有倾向性，但他还是反复多次地试图“解围”，想做“和事佬”，规劝双方出于为国家、为人道、为真正的友谊着想，“别再死捧着显微镜，无限的放大你私人的意气”。他曾在给周作人的信里说：“拟由两面的朋友们出来劝和。”

“两面的朋友”是谁？胡适算不算是一个呢？在“风潮”之前，胡适和鲁迅也还算是朋友，两人有过一段比较融洽的交往。目前看来，他俩友谊终止于1925年，而这年恰恰是“风潮”爆发时，也是陈、鲁大打笔仗时。笔仗后期，双方都不免气急交加，就理说理之外也有了人身攻击的味道。这让喊出“容忍比自由还重要的”胡适心里非常不安，也让他这个向来以平和温敦示人的人有些为难：他和陈西滢同属新月社和现代评论社，按道理他应该站在陈这一边，但是，站在这一边，必定会伤害另一边，而“另一边”是他仍然视为朋友的周氏兄弟。他更不能支持周氏兄弟，反对陈西滢，因为他对鲁迅的尖酸刻薄，也不喜欢。就论战的内容而言，胡适认为陈西滢与周氏兄弟都是有理也无理。

那么，胡适作为“两面的朋友”要出来劝和，就只能继续宣扬他的“容忍”了。他给陈西滢、鲁迅、周作人写了信，信中这样说：“你们三位都是我很敬爱的朋友，所以我感觉你们三位这八九个月的深仇也似的笔战是朋友中最可惋惜的事。我深知道你们三位都自信这回打的是一场正义之战，所以我不愿意追溯这战争的原因与历史，更不愿评论此事的是非曲直。……我是一个爱自由的人……我最怕的是一个猜疑、冷酷、不容忍的社会。我深深地感觉你们的笔战里双方都含有一点不容忍的态度……让我们都学学大海……”

胡适的这封信恰似他温和宽容的性情人格。然而，也许正因为如此，就更遭鲁迅嗤之以鼻。鲁迅是个爱憎分明又有很强原则性的人，自然最痛恨含糊不清是非不分的人，何况他此时对胡适早已失望大于敬爱，所以不但不能体会胡适的良苦用心，反而对胡适多了份反感。

这份反感加剧的原因，还是陈西滢。

陈西滢在论及胡适和鲁迅时，态度是截然相反的：对胡适，他极尽夸赞，无论是胡适的为人还是治学；对鲁迅，他多的是挑剔、批评，甚至讽刺挖苦。这样一来，在鲁迅看来，胡适和陈西滢是“一伙的”。他曾在给许广平的一信中，这样说：“今天寄到一本《红玫瑰》，陈西滢和凌叔华的照片都登上了。胡适之的诗载于《礼拜六》，他们的像见于《红玫瑰》，时光老人的力量，真能逐渐的显出‘物以类聚’的真实。”这里的“物以类聚”，几乎等同于胡适所说的“成群结队”。

试图以公正、中立形象出面调和论战的胡适，自充“和事佬”，苦口婆心地规劝双方要容忍。可是，如果他们能够接受“容忍”这个词，论战也就不会发生了。正因为他们不容忍，所以才论战，才相骂。论得正欢，骂得正劲，胡适此时来说容忍，谁能听得进去呢？不要说从不容忍的鲁迅，就是也崇尚容忍的陈西滢，此时也早就把容忍抛之脑后了。胡适无功而返，没有做成和事佬。这实际上也可以看出，尽管胡适和陈西滢、徐志摩同是“欧美系”，又同属一个社，一个派，彼此却并非没有认识上的分歧。

纵观这场论战，最初是由陈西滢挑起来的，鲁迅是应战。之后，则是鲁迅处于主攻地位，而陈西滢被动招架。鲁迅越战越勇，步步紧逼；陈西滢则边打边退，时不时地还流露出厌战情绪。鲁迅却穷追猛打，不给对手一刻喘息机会。

鲁迅与陈西滢在这场论战中，都有所失。对于鲁迅来说，是给人们留下了对人有失大度、宽厚的印象，尽管在他自己，也许并不在乎。陈西滢在论战中所受的伤害要大一些，据说，有人曾经问陈西滢为什么在论战后少有创作，他说被鲁迅骂伤了心，决心远离文坛了。论战后，他确曾对胡适说过：“最希望的是能弄到一笔小费，到欧洲去住二三年，也可免了被卷入种种的漩涡。”

也许鲁迅不会承认，但客观上，论战使他们都身心俱疲。从某种角度来看，论战并非一无意义，意义当然不在于最终是否论出了对错和是非，而在于论战本身，使他们切实地体验了一次“自由”，也使后人真正感受到了当时的“自由”。这是言论的自由，学术讨论的自由，时事争议的自由。在自由的空气和环境下，他们可以畅所欲言，可以直抒胸臆。当然，过分的自由也不可避免带来了恶言相向和人身攻击。胡适说，容忍比自由还重要。其实，没有自由，又何来容忍？

第四章　《晨报副刊》，徐志摩的“喇叭”

既是徐志摩的，也是新月社的《晨报副刊》

徐志摩三番四次地拒绝出任《晨报副刊》的主编，多少有些矫情的味道。他的人生态度是入世的，时时有参与社会活动之心，更有表达个人观点的欲望。他有悲天悯人的情怀，有拯世救生的强烈愿望。他创办新月社的目的，是要“露棱角”。虽然他从来没有明确表示他的“棱角”是什么，但不难看出，是一种态度，是一种思想，是一种主张。这样的一个人，怎么可能“露棱角”的机会来了却又拒绝呢？

事实上，他早有办刊物的打算。正如陈博生说他的：“成天想办报。”可以说，创办自己的刊物，独立地办一份刊物，是他“露棱角”的方式之一，是他无数愿望中的一个很重要的愿望。他也曾多次试图付诸行动，只不过总是失败而已。早在 1923 年 3 月，也就是他刚刚自英返国后不久，《时事新报》进行改组，创办了《学灯》副刊。当时，梁启超有意推荐他任主编。他也跃跃欲试踌躇满志，准备大干一场。可惜的是，他没能如愿。这恐怕与他当时刚刚回国、根基不牢、无大名气和地位有关。

这年年底，张君劢组织成立了理想会，打算办一份《理想》月刊，邀徐志摩参加，并向他约稿。他兴致很高地挥就一篇《政治生活和王家三阿嫂》。可是他左等右等，不见《理想》创刊，也就更不可能看见他的理想在《理想》上实现。对此，他非常失望。直到第二年一月，《京报副刊》的孙伏园向他要稿，他说没有新作，只有旧文。孙伏园说旧文也可以，只要加一点新注解就可以了。于是，徐志摩翻出这篇文章，给了孙伏园。1月4、5、6日，《京报副刊》分三天连载了该文。最值得一看的，是他新加的注解，从中可以看出他对《理想》夭折的大失望，甚而有些愤怒的心情：

> 我这篇《政治生活与王家三阿嫂》是去年冬天在硖石东山脚下独居时写的。那时张君劢他们要办一个月刊，问我要稿子，我就把这篇与另外两篇一起交给了他。那是我的老实。那月刊定名叫《理想》。理想就活该永远出不了版！我看他们成立会的会员名字至少有四五十个。都是“理想”会员！但是一天一天又一天，理想总是出不了娘胎。我疑心老实交过稿子去的就只我。后来我看情形不很像样，所谓理想会员们都像是放平在炉火前地毯上打呼的猫——我独自站在屋檐上竖起一根小尾巴生气也犯不着。理想想没了，竟许本来就没有来。伤心！……

伤心的徐志摩并不死心。和别人合作的《理想》没有了，他雄心勃勃地要创办自己的《理想》，而且有意将它办成像伦敦的《国民》那样的杂志。为什么刊物仍取“理想”之名？他在用英文给英国汉学家魏雷的一封信里，这样说：“中国现状一片昏暗，到处都是人性里头裹着卑贱、下作的那一部分的表现。所以一个理想主义者可以做的，似乎只有去创造一些最能刺透心魂的挖苦武器，借此跟现实搏斗……”然而，这个计划又流产了。至于原因，正如他在《我为什么来办我想怎么办》中所说：“心不定。”

心不定的后果，不仅使他自己也没有实现《理想》的理想，同时没有让他办成新月自己的刊物。泰戈尔在访华时，曾向徐志摩提议办一份英文季刊，目的是通过它构造起中国知识界和世界知识界的桥梁。送走泰戈尔后，徐志摩积极行动起来，为此事还特地邀请金岳霖担任杂志的编辑工作。这时，“新月社”正式挂牌。他想着不如就以“新月”之名，办一份《新月》周刊或月刊。但是，此事最终又不了了之了。按照他的说法，不是没有钱，也不是没有人，还是因为心不定。

徐志摩的心始终不定，是事实，也符合他率性的性格。他浪漫诗人的身份，注定他是感性而非理性的。所以，有人称他为“云中鹤”，有人说他“脚跟无线如蓬转”，他自己，也总是处于“今日不知明日事”的无目的忙碌状态。

反复多次地想办刊，又反复多次地办不成，在徐志摩的心里不断留下遗憾。就他一贯地对理想的执着追求来说，他是不可能死心的。或者说，他一直在等待着机会。如今，《晨报副刊》给了他这个机会。尽管该刊并非他独创，也并非专属于新月社，但至少能让他弥补遗憾，更可以让他以此作为平台，露他的棱角。从这个角度说，他多次拒绝之后，而最终应允，并不出乎人们意料。抑或他的拒绝，并非出于矫情，而是出于聪明——以拒绝的方式，使得陈博生他们在不得不屡次央求的情况下，很轻易地答应他的条件。

他的“条件”，并非由日刊争取到每周“只管三天”（后来陈博生说三天实在转不过来，至少得四天。徐志摩就说把三天的材料摊成四份，这就管了四天）那么简单，那么无意义。当他终于点头同意接办“副刊”后，很严肃地对陈博生说：“我办就办，办法可得完全由我，我爱登什么就登什么，万一将来犯什么忌讳出了乱子累及晨报本身的话，只要我自以为有交代，你不可以怨我。”同时，他又说：“我决不是一个会投机的主笔，迎合群众心理，我是不来的，谀附言论界的权威者我是不来的，取媚社会的愚暗与褊浅我是不来的。我来只认识我自己，只知对我自己负责任，我不愿意说的话你逼我求我我都不说的；我要说的话你逼我求我我都不能不说的……”他的这些要求，或称“条件”，很符合他这个自由知识分子对自由和个性的崇拜和追求。

这个“自由”，可以视为徐志摩编刊主张的外在表现，内在的则是他“有一个愿心”。这个“愿心”是：“我想把我自己整个儿交给能容纳我的读者们，我心目中的读者们，说实话，就只这时代的青年。我觉着只有青年们的心窝里有容我的空隙，我要偎着他们的热血，听他们的脉搏。我要在我自己的情感里发现他们的情感，在我自己的思想里反映他们的思想。”事实上，“他们的思想”并不只是“他们的”，更应该是徐志摩他自己的。或者说，他要表达的是和“他的”思想相一致的“他们的”思想。于是，《晨报副刊》客观上就成了他的“喇叭”和“镜子”。他接掌《晨报副刊》，实际上举起了一只喇叭，自由地吹弄着他自称为“古怪的不调谐的音调”，也举起了一面镜子，自由地映照出他自称为“古怪的不调谐的形状”。

尽管《晨报副刊》被徐志摩视为他的“喇叭”和“镜子”，反映着他的思想和主张，但这并不意味着接办该刊只是徐志摩游离于新月社之外的个人行为。它与新月社有关，更可以说是新月社存续期间的一次重要活动。甚至说，新月派这个文化流派的最终确立，都与《晨报副刊》有密切关系。

最先提议徐志摩接办《晨报副刊》的，是黄子美，他是新月社最早成员之一。徐志摩很可能在他面前多次表达他想为“新月”办一份刊物的愿望，对此，黄子美极有可能是积极支持的。所以，当陈博生找寻能够替代孙伏园的继任者时，黄子美很自然地想到了徐志摩。从他早几年宁愿自己垫钱、贴钱也支持徐志摩办新月俱乐部，可以推测，他不是没有让徐志摩就此将《晨报副刊》办成“新月”刊物的想法。

如果说孙伏园时代的《晨报副刊》，鲁迅是主要写手的话，那么，徐志摩时代的《晨报副刊》，主要写手就是新月社的同仁们了。比如梁启超、胡适、陈西滢、丁西林、张歆海、凌叔华、张奚若、陶孟和等。除此之外，他还邀请到“从天上的星到我们肠子里的微菌，从广东话到四川话，从音乐到玄学，没有一样不精的”赵元任谈语言；请姚茫父、余越园谈中国美术；请刘海粟、钱稻孙、邓以蛰谈西洋艺术；请余上沅、赵太侔谈戏剧；请闻一多谈文学；请翁文灏、任叔永谈科学；请萧友梅谈西洋音乐；请李济之谈中国音乐。他更写信到上海，向郭沫若、吴德生、张东荪约稿；写信到武昌，向他的老朋友郁达夫约稿。这些人中，除了郭沫若可能因为前几年的“泪浪”之怨而不加理睬，也没有给“副刊”写过一字半句外，其他人都给面子。一时间，“晨副”相当热闹。

有人说，“《晨报副刊》实则被‘新月’控制了”。所谓“控制”，并不是指“晨副”主要刊登新月成员的文章，实际上，大多数文章还是新月以外的作者撰写的。因此，这里所说的“被新月控制”，应该指的是被徐志摩控制了。除了他是主编以外，他自己还撰写了大量文章。他自己撰文同时，更喜欢在别人的文章后写“附记”或“注解”。这是那时的“晨副”的一大特色。

常常地，徐志摩的“附记”或“注解”之长，竟然超过了原文。比如，张奚若写了一篇只有一千字的《副刊殃》，徐志摩为此写了一篇字数两倍于《副刊殃》的附注，连他自己都有些不好意思，说：“长得荒谬的大长尾巴，往往因为太长了拖在背后其实不像样……”他的这个“爱好”，是跟章士钊学的。章士钊在他的《甲寅》里，常常在每篇

徐志摩和刘海粟

来稿的背后加几句话。对此，徐志摩称为“爱替人家装尾巴”。谁知道，当他自己办了刊后，也染上了这个毛病，而且“病”得比章士钊还重。他自己也承认：“孤桐还只替人家装短尾巴，我的不得了……”但是，他的肠子太热，血温太高，实在有太多的话要说。于是后来，他干脆将他的“附注”作为独立的文章单列出来。比如，刘海粟写了一篇也只有一千字的短文《特拉克洛洼与浪漫主义》，徐志摩就写了一篇三千字的《吧死木死》，作为单独成文的附注。

虽然他用这种方式掩盖他的“大长尾巴”，不少读者还是很反感，给他写信提意见。他还算谦虚，一方面在“编者的话”里向读者道歉，一方面也确实大大减少附记和注解了。不过，他要表达的思想，还是忍不住要尽情表达的。

从这个角度说，《晨报副刊》似乎又确实只是徐志摩个人的，而非新月社的；似乎也不能认为“晨副”所表达的思想和主张，既是徐志摩的，也是新月社的。但是，也不能说完全不是新月社的。徐志摩的思想自然不能替代整个新月社，但至少涵盖了新月社的部分理想。特别是，在他主编“晨副”半年后，一个新的栏目诞生，那就是《晨报副刊·诗镌》。它是“新月派”存世的最显著标志。因此，《晨报副刊》与新月社大有关系的说法，便更有了依据。

《晨报副刊·诗镌》：新月派的开端

1. 闻一多和梁实秋：“清华”出身的“新月”人

可以说，梁实秋对新诗的创作及批评，都深受闻一多的影响。他认为，早年写新诗比较卓有成就的，一个是徐志摩，一个就是闻一多。

在新月社成员中，闻一多的身份最复杂。在抗战之前，他是“新月派”诗人、学者，典型的知识分子，生活基本上是平静安定的。抗战激发了他的爱国心，使他逐渐成为了一个民主斗士。所以，梁实秋说，抗战的爆发，“对于他是一个转捩点”。闻一多身份的前后变化，也使他和新月社其他成员有很大的不同。在新月社成员中，闻一多和胡适的关系很微妙。依常理看，胡适是中国新诗的最早倡导者和实践者，闻一多既然对新诗如此热爱，理应对胡适有一分崇敬。再者，他俩都是从清华走出来的，又都曾留学美国，深受西方民主自由思想的熏陶，应该是有共同语言的。然而，事实相反。现在回头看，他俩之所以最终走了不同的路，恐怕是注定的，这仅从他俩对新诗的认识态度不一便可窥见其中原因。

胡适曾经写过两篇关于新诗研究的文章，一是《我为什么要做新诗？》，一是《谈新诗》。后者被朱自清认为“差不多成为诗的创造和批评的金科玉律”。胡适在《谈新诗》中，提出了新诗的创作方法，即“诗需要用具体的做法，不可用抽象的说法”。他认为的“好诗”，就是“能使我们脑子里发生一种——或许多种——明显逼人的影像”。这句话，表面上看，跟闻一多日后提出的诗的“绘画美”似乎异曲同工，实则不然。

胡适在论及“具体的做法”时，举例说：“‘绿垂红折笋，风绽雨肥梅’是诗，‘芹泥垂燕嘴，蕊粉上蜂须’是诗，‘四更山吐月，残夜水明楼’是诗。为什么呢？因为它们都能引起鲜明扑人的影像。

‘五月榴花照眼明’是何等具体的写法。‘鸡声茅店月，人迹板桥霜’是何等具体的写法。”也就是说，他强调客观地呈现客观（包括客观的景物和事物），以形成“影像”。

闻一多既然要谈新诗，就不能不谈到胡适，以及这两篇文章，特别是《谈新诗》。他在谈到这些时，口气多是轻蔑。在他看来，如此“客观地呈现客观”，虽然客观上达到了“产生影像”的目的，但是因为是机械的呈现，所以缺乏想象力（闻一多称之为“幻想力”）。他批评道：“现今诗人除了极少数的——郭沫若君同几位‘豹隐’的诗人梁实秋君等——以外，都有一种极沉痼的通病，那就是弱于或竟完全缺乏幻想力。”的确，“想象力”问题，是当时新诗创作的通病。

对于胡适的新诗集《尝试集》，以及胡适在为这部集子做宣传时极力宣扬的“话怎么说，就怎么写”的诗创作主张，闻一多不仅不屑，简直是愤怒了。他几乎捶胸顿足地说：“我看了那，几乎气得话都说不出。‘始作俑者’的胡先生啊！你在创作界还没有作够吗？又要在批评界作俑了吗？唉！左道日昌，吾曹没有立足之地了！”

支持闻一多反对胡适的，就是梁实秋。一向为人温和的他，面对诗坛“非诗化”倾向，也动了怒。他说：“我们以为诗可以用白话写，但白话并不等于诗，诗还是要有诗意才行。像胡适先生的‘人力车夫，人力车夫，车来如飞……’那样的白话诗，我们就不大欣赏。”当然，他们不欣赏，自然有人欣赏。诗人俞平伯、康白情就是胡适“白话诗”的追随者。梁实秋认为：“像俞平伯先生的‘被窝暖暖的，人儿远远的，怎能不想起人儿远呢……’或康白情先生的‘早起，如厕是第一件大事……’这一类的句子更不像是诗。”

当时，新诗初起，对于何为新诗，什么样的诗才能叫新诗，尚处于探索阶段，诗界并没有统一的标准。俞平伯在胡适的诗主张基础上，主张诗要具有平民风格。闻一多和梁实秋则坚持诗的艺术性，包括想象、情感，以及外在形式的美，而不赞成过分强调诗和平民大众的关系。这样一来，双方便产生了分歧。

当俞平伯、康白情的诗集《冬夜》和《草儿》出版并得到胡适等人的称赞时，闻一多和梁实秋都大不以为然。闻一多写了篇《〈冬夜〉评论》寄给《晨报副刊》，可是未见刊出，稿子也不见退回。梁实秋很生气，以为刊物故意“留中不发”，遂又写了一篇《〈草儿〉评论》，向父亲要了一百多块钱，将两篇论文合成《〈冬夜〉〈草儿〉评论》，交琉璃厂公记印书局排印，列为“清华文学社丛书第一种”，自费出版。

闻一多在《〈冬夜〉评论》中，就俞平伯认为“只愿随随便便的，活活泼泼的，借当代的语言，去表现自我，在人类中间的我，为爱而活着的我。至于表现的……是诗不是诗，这都和我的本意无关”的作诗观点，批评道：

> 俞君把作诗看得这样容易，这样随便，难怪他作不出好的诗来。……诗本来是个抬高的东西，俞君反拼命地把他往下拉，拉到打铁的抬轿的一般程度。我并不看轻打铁的抬轿的人格，但我确乎相信他们不是作好诗懂好诗的人。不独他们，便是科学家哲学家也同他们一样。诗是诗人作的，犹之乎铁是打铁的打的，轿是抬轿的抬的。

这段话，很能表现他对诗的见解。与俞平伯他们把诗作得过于浅俗不同，闻一多又让诗高高在上。对于诗的技术性，闻一多在《〈冬夜〉评论》中又将胡适的《尝试集》作为了“靶子”，批评道：

> 胡适之先生自序再版《尝试集》，因为他的诗由词曲的音节进而为纯粹的‘自由诗’的音节，很自鸣得意。其实这是很可笑的事。旧词曲的音节并不全是词曲自身的音节。音节之可能性寓于一种方言中，有一种方言，自有一种‘天赋的’

> 音节。声与音的本体是文字里内含的质素；这个质素发于诗歌的艺术，则为节奏、平仄、韵、双声、叠韵等表象。寻常的语言差不多没有表现这种潜伏的可能性的力量，厚载情感的语言才有这种力量。

显然，闻一多对于诗，除了强调艺术性外，也很讲究技术特别强调音节、节奏和韵律。这也就不难理解他在加入新月社后为什么会大力推行格律诗运动了。这个时候，他已经在做着技术上和理论上的准备。

不用说，梁实秋在对诗的理解方面，是和闻一多一致的，这在他的《〈草儿〉评论》中有所表现。《草儿》共收入康白情作于1919年至1920年的新诗53首，另收旧体诗59首。梁实秋对新诗中的某些写得不像诗的诗，提出了批评。比如：

他认为《别北京大学同学》写得像演说词："我们想，/所贵乎做同学的应该怎么样？/不是说要互劝道德，互砥学问，互助事业么？"

他认为《日光纪游》写得像记事文："于是有寿椿，有日癸，有俶新，有彦之，有/白情，熟路的老朋友有善征，/我们一道儿去逛日光去。/我们一火车直坐到日光驿。"

他认为《庐山纪游》写得像日记："后来我又问了她些庐山的事，/后来她又问了我些北京大学男女合校的事。/后来她又许我送我的书，/后来我又许她介绍她和我的朋友研究/宗教学的江绍原通信。/后来我要走了，/……"

还有的，他认为像格言，像小说，等等。因此，他说康诗感情太脆弱，想象力太不足，而且忽视诗的音节和韵律。和闻一多一味批评不同，梁实秋对康诗中的某些写景诗予以了肯定，认为从诗的角度说，像《日观峰看浴日》《江南》《晚晴》等都能算得上是成功之作。

其实对于当时如俞平伯、康白情等新诗人的新诗创作，理应这样看：虽然单纯从艺术上来讲，创作固然要符合体裁本身的要求，但文学创作若是带有社会背景的，自然就不能单单从艺术的角度来评判了，否则就会失之偏颇。他们的新诗创作产生于文学语言由文言、半文言向白话文转变的时期，从这个角度上说，他们的创作符合时代的要求，反过来又促进了语言的转变。这是积极的方面。同时，新诗又因为是新生事物，幼稚可笑是难免的，矫枉难免过正，所以也不必苛责，要允许它有个逐渐成熟的过程。当然，这并非说闻一多、梁实秋对俞、康，甚至胡适的批评完全没有益处，因为在时代潮流的冲击下，人们往往会头脑发热，犯了毛病尚不自知。此时，闻、梁的批评便如一剂清凉剂，促人清醒，使人自省，从而存利去弊，有利于新诗创作健康地发展。

2. 徐志摩和闻一多：新月派的一双柱石

作为新月派的一双柱石（苏雪林语），徐志摩和闻一多自然有颇多相似之处。从家庭来说，他们都家境优裕，生活富足，徐志摩出身富商，闻一多出身乡绅；从年龄来说，他们算得上是同龄人，徐志摩只比闻一多年长两岁；从所受教育来说，他们幼时都读过私塾，接受过中国传统教育，成人后，他们都曾留学美国，接受了西方现代教育。更重要的是，他们都迷恋新诗。“诗人”的身份，艺术家的气质，应该是他们最主要的共同之处。

不过，他俩的差异，似乎更明显和突出。徐志摩出身于浙江，气质上不可避免地具有锦绣江南特有的温和与绵柔；闻一多出身于湖北，在楚文化的熏陶下，性格中有坚毅果敢和不屈不挠的成分。徐志摩的求学经历比较复杂，他 1915 年毕业于杭州第一中学，随后考入北京大学预科，第二年又肄业于上海浸信会学院，同年秋考入天津北洋大学法科预科。又一年，因北洋大学并入北京大学，他转入北大法科，一年后赴美。闻一多的求学经历很简单，他直接从武昌两湖师范附属小学考入清华学校，十年后赴美。同样留学美国，徐志摩起初的专业是政治经济学，而闻一多学的是绘画。同样由别的专业转入文学，不同的是徐志摩由美抵英，在英国改学文学，而闻一多没有到过英国。

因为徐志摩学过政治经济学，又深受英国康桥文化的影响，在政治上，他推崇英美政治；在文学上，他崇尚自由；闻一多自始至终憎恶美国文化，推崇国家主义，主张爱国情怀和艺术主张相结合。徐志摩被定义为“浪漫诗人”，闻一多则被认为是“爱国诗人”。另外，对于胡适的不同态度，也是他俩明显的差异所在。徐志摩尽管并非赞同胡适所有的观点和主张，但总的来说，他对胡适是极为推崇的。他们也有许多相投之处，比如，在政治上，他们都赞成和平改良，反对暴力等，两人的友谊维持了一生；闻一多则对胡适冷淡甚或反感。

徐、闻两人的异同，使他们能够携手共创《诗镌》，在共同的主张和追求中携手，却也在携手中产生分歧和矛盾，以至于逐渐形成了“徐志摩派”和“闻一多派”。无论如何，这两个“派”都属于新月派。也就是说，新月是派中有派。有意思的是，在“诗镌”时期，徐派和闻派势力并不均等。闻派明显属于强势，他们推行了“格律诗”。在创作格律诗方面，徐志摩是被影响的一方。但是，身为《晨报副刊》的主编，闻一多又必须倚重徐志摩。于是，他俩的关系，也就饶有意味了。

有人说，一提起闻一多，很自然地会想到新月派；反之，一提到新月派，很自然地会想到闻一多。仿佛闻一多和新月派是连体儿似的。闻一多原先被认作是“新月派的代表诗人”“新月派的文艺理论家”“新月派的主将”“新月派格律诗的奠基人”，似乎并无疑义，然而一旦成为著名的民主斗士与爱国主义者，便有人十分不情愿他和新月派有什么瓜葛了，甚至极力想撇清他和新月派的关系，以使“清白”。

剧作家熊佛西在1946年闻一多被暗杀后写的《悼闻一多先生》一文中，这样写道：“有些人仅将你看成一位‘新月派’的诗人，那就无异说，你是一位专咏风花雪月，而不管人民现实痛苦躲在象牙之塔里的诗人。这我要为你抗议。我认为这是不正确的。你比新月派的诗人伟大，你比他们更爱国，更爱人民，更了解人民。……与其说你是新月派的诗人，毋宁说你是爱国派的诗人。”在他眼里，新月派诗人是“专咏风花雪月，而不管人民现实痛苦”的。显然这是对新月派的误解，对新月派诗人所写的诗的误读。熊佛西作为一个从美国哥伦比亚大学戏剧专业学成归来、曾任燕京大学教授、北京大学艺术学院戏剧系主任的这样一位从事文艺研究的学者型作家，产生这样的误解误读，颇有意味——是什么缘故使他下此明显错误的论断？是出于隔行的隔阂，还是出于派别的偏见？

熊佛西“与其说”“毋宁说”地亟欲将闻一多从“新月派”里拉出来又纳入“爱国派”，也许他以为这是为闻一多好吧？闻一多曾经在1937年的时候，愤愤地对学生臧克家说过：“‘新月派’，‘新月派’，给你把帽子一戴，什么也就不值一看了。”由此也略可一窥新月派当时及之后的声名。

和有些人连闻一多加入过新月社都不肯承认相比，熊佛西好歹在《悼闻一多先生》中这样说：“你曾加入过新月社，但你之加入新月社完全是由于你和徐志摩私人的感情关系，你的人格和文格都和他们不相同。”虽然他在这段话中，武断地认为闻一多的“二格”高于徐志摩等人，但到底没有否认闻一多加入过新月社这个基本事实。当然，他也不忘强调一下他加入的原因。

闻一多加入过新月社是毋庸置疑的。他在1925年8月11日写给弟弟闻家驷的一封信中，明确说：“我等已正式加入新月社，前日茶叙时遇见社员多人，中有汤尔和、林长民、丁在君（话间谈及舒天）等人。此外则北大及北大外诸名教授大多皆社员也。”他所说的“北大……名教授”应含胡适。在出国前，他对胡适是不屑的。他对胡适的为人、为诗都不以为然，却也加入胡适为精神领袖的新月社，是为什么？熊佛西所说的“完全是由于和徐志摩私人的感情关系”，也许是事实。

闻一多在回国以前，徐志摩似乎并没有见过他。徐志摩回国后，应梁实秋为首的“清华文学社”之邀到清华演讲《艺术与人生》时，闻一多刚刚去了美国。可以推测，此时，他听说过闻一多这个人，因为闻一多是清华文学社的老大哥。不仅如此，他当时演讲的不成功，除了梁实秋所说的“牛津方式”等因素外，闻一多对清华文学社潜在的影响，也是很重要的原因。徐志摩的洋做派，以及否定中国传统，高举西洋大旗的行为，对于那些曾经是闻一多的“追随者”的清华文学社同人来说，都是难以接受和认同的。

1923年秋，徐志摩组织新月社前身聚餐会时，闻一多的诗集《红烛》出版。徐志摩读了之后，大为赞赏，认为作者是“继郭沫若之后新诗坛上的又一个希望”。由诗及人，这个时候，他对闻一多这个人，有了一定的了解。与闻一多、梁实秋、余上沅他们在美国听说了新月社的活动的同时，在国内的徐志摩也听说了闻一多等人成立了中华戏剧改进社。之后，双方开始了联系。

闻一多是1925年5月回国的，这时，徐志摩正在欧洲游历，两个月以后回国。从闻一多写给闻家驷的那封信中可知，他在8月11日之前，也就是徐志摩回国后不久，加入了新月社。的确和徐志摩有关。

1926年1月23日，闻一多给尚在美国的梁实秋写了一封信，说：“时相过从的朋友以‘四子’为最密，次之则邓以蛰、赵太侔、杨振声等。”有人从这句话推测，那时的闻一多和徐志摩的关系只能算是一般，不但不亲密，而且交往甚少。尽管他在信里还有一句话，“新月社每两周聚餐一次。志摩也常看见”，也还是有人认为“常看见”并不意味着他俩有很深的私交。实际上，在闻一多和徐志摩先后回国初期，两人有过一段还算亲密的交往。这主要表现在徐志摩很热心地为闻一多介绍工作。

当时，《晨报副刊》正在和徐志摩接洽让他接掌事宜，徐志摩一直在犹豫。从闻一多还是在8月11日写给三哥闻家骢的一封信中可知，徐志摩有意让闻一多顶替他接办“晨副”。信中他写道：“徐有意将《晨副》事让弟办理。据徐云薪水总在二三百之间，大约至少总在百元以上。”徐志摩为什么会想到让闻一多来办刊，很大程度上是因为闻一多曾经让他帮忙找工作。

有一天，徐志摩问闻一多：“谋到饭碗否？”闻一多据实回答：“没有。”随口也就向徐志摩请求道：“可否替我想想法子？”后来，两人谈到了“晨副”，徐志摩就说：“一多，你来办罢！”对此，从内心来说，闻一多是极愿意的。那个时候的年轻知识分子，都有结社办刊表达自己思想的愿望。闻一多尤其如此，他早在出国之前就和梁实秋谋划过办一份能跟《创造季刊》并峙称雄的刊物。眼下，有这样的机会，理应求之不得。不过当时，他没有立即应允，其中原因不是不愿，而是“不便”。他是个细致的人，也很敏感，他在信中这样解释道：“弟因徐意当时还在犹疑，不便直接应诺。”

“犹疑”一词，表明徐志摩脱口而出让闻一多“办”，有些冲动。他自己，并非完全不想接受此任。他之所以这么说，的确善良热心，出于为闻一多多日来一直悬而未决的工作着想。闻一多一方面没有直接应诺，一方面计划稍过时日，如果徐志摩自己不再提的话，他将请余上沅和赵太侔他们向徐志摩提一提。他对闻家骢说：“想不致绝无希望也。”看得出来，他对于出任“晨副”主编颇有信心。这信心除了来源于自己的学识和能力外，还因为他认为此时的“晨副”代理主编刘勉己对他很看重。在信中，他又这样说：“刘勉己与弟已有来往，昨日来函约为特约投稿员，稿费每千字在二元以上。刘初次遇弟时，甚表敬意。刘亦属新月社。大约弟担任《副镌》（即‘晨副’），刘之方面亦不致有异议。”

然而，事情的结果没能如闻一多的愿，最终还是由徐志摩当了“晨副”主编。也许还是出于热心，也许是为了补偿，徐志摩又介绍闻一多和余上沅、赵太侔三个人到刘百昭执掌的国立艺术专门学校任教，闻一多的职务是教务长。刘百昭是章士钊的部下，刚刚接手艺专任校长，急需人才。他很信任徐志摩，对徐介绍的三个人，没有多考虑就全部聘任了。除了闻一多任教务长外，赵太侔任戏剧系主任，余上沅被聘为教授。

工作终于落实了，而且还有了个一官半职，闻一多应该心满意足了。然而事实并非如此。他自知不适合做行政工作，又不喜欢在刘百昭手下任职，只不过，正如梁实秋所说，“初回国门，难为择木之鸟”，他也只能勉为其难地就职上任了。苦熬了一段时间，他越来越懊丧。他给梁实秋写信，说：“当教务长不是我的事业，现在骑虎难下真叫我为难。”他不但担任了一段时间的教务长，后来，还差点儿当上了校长。他向梁实秋诉苦道：“现在为校长问题学校不免有风潮。刘百昭的一派私人主张挽留他，我与太侔及肖友梅（音乐家）等主张欢迎蔡孑民先生，学校教职员已分为两派。如果蔡来可成事实，我认为他是可以合作的。此外无论何人来，我定要引退。今天报载我要当校长，这更是笑话，‘富贵于我如浮云！’我只好这样叹一声。”

不管怎么说，闻一多能找到工作，是徐志摩帮的忙。可以想见，闻一多是感激徐志摩的。但是，这个工作却又不是闻一多喜欢的——他喜欢的工作，应该是接办《晨报副刊》，而这个工作恰恰又是属于徐志摩的。他对徐志摩的感激，因此多少会掺杂一些遗憾。

让闻一多懊丧的不仅仅是从事着自己不喜欢的行政工作，也在于回国后的八九个月内因诸事繁杂而只写了两首诗。这让嗜诗如命的他来说，是不能容忍的。不过，诗写得虽少，但诗谈得并不少。他与“四子”过从甚密，在一起谈什么？谈诗。闻一多初回国时，和余上沅、陈石孚在西城的梯子胡同赁屋而居。后来，他将妻女接到北京，便迁居到西京畿道三十四号。不知是从梯子胡同起，还是在西京畿道三十四号开始，“四子”，还有其他年轻诗人频繁出入闻家。渐渐地，发展到大家定期在这里举行诗会。谁有了新作，就当众朗诵，由其他人评品。那段时期，闻一多的家成为这帮年轻新诗人的一个诗的世外桃源。

闻一多提到的“四子”，究竟是哪四子？目前说法不一，有人说，指的是饶孟侃（子离）、朱湘（子沅）、杨世恩（子惠）、刘梦苇。也有人说，是饶、朱、杨和孙大雨（子潜）。准确地说，后者是“清华四子”，亦即他们四人都曾是清华文学社的成员，因为都是诗人，名号中又都有个“子”字，被称为“四子”。至于为什么刘梦苇“替”下了孙大雨，恐怕是因为闻一多曾在一封给梁实秋和熊佛西的信中，这样写道：“《诗刊》（应该是《诗镌》）重要分子当数朱、饶、杨、刘。四子中三人属清华，亦又怪事也。”事实上，孙大雨也是参与其中的。在《诗镌》时期，孙大雨的新诗创作和对于新诗的理论，也都有大贡献。至于闻一多在信里为什么没有提到孙大雨，大概和孙大雨在诗的“音节”问题上的主张与他们不太一致有关。

颇有意味的是，此时，徐志摩并不在其中。换句话说，闻一多是撇开徐志摩这个在当时已负盛名的诗人而另外聚集了一帮诗人开展诗的活动的。也就是这群新诗人，撑起了《诗镌》的一片天。当然，《诗镌》得以创办，离不开徐志摩的支持，因为他是《晨报副刊》的主编。

回国初期的闻一多，加盟新月社，又在徐志摩的介绍下找到了工作，应该说，他俩是有过频繁交往的。但是，这样的交往，并不意味着他俩真的情投意合。更准确地说，不意味着闻一多对徐志摩有更多的好感，他似乎无意将徐志摩视为知己。反过来，徐志摩对闻一多则更主动地表示亲近。所以有人说，不是闻一多主动攀附徐志摩，而是徐志摩主动攀附闻一多。这样说来，徐志摩似乎处于比较低的地位，而闻一多在徐志摩面前却有点傲气。事实上当时，徐志摩名声更大一些，而且还是北大的教授，而闻一多刚刚留学回来，资历尚浅。

闻一多对徐志摩何以如此冷淡，以至于连诗人们的聚会都要撇开他呢？梁实秋做了解释：“我没有参加过北平的新月社，那时候我尚在海外，一多是参加过的，但是他的印象不大好，因为一多是比较的富于‘拉丁区’趣味的文人，而新月社的绅士趣味重些。”[①] 表面上看，是“拉丁区”与“绅士”趣味的不能兼容。而实际上闻一多的身上并非毫无绅士气。或者说，在成为“斗士”之前的闻一多的身上，具有相当强烈的绅士气。

早在1922年，闻一多出国后，在写给梁实秋、吴景超的一封信中，这样说：“批评之态度宜和平。实秋讲话太多锋芒，宜稍隐藏，不可逞一时之痛快以自失身份也。”什么人最讲究身份？绅士也。还有一次，闻一多写信给他过去的一个学生、诗人陈梦家，称呼他为“梦家吾弟”。陈梦家在回信时，称呼他为“一多吾兄”，这让他大怒，把陈梦家好好训了一顿。梁实秋感叹道：“在这种礼节方面，一多是不肯稍予假借的。”什么人最讲究礼节？绅士也。

也许闻一多的绅士趣味的确不如徐志摩浓重，但他并非毫无绅士趣味，由此认定他因此对徐志摩、对新月社“印象不大好”，尚缺说服力。这只能从别处找寻原因。从为人来说，闻一多这个人一向比较高傲，独立性极强，不太愿意依附于他人的羽翼之下。他回国之初，的确“难为择木之鸟”，因此不得已才在徐志摩的介绍下到艺专工作，而且还不大情愿。从他早在出国之前就准备自办刊物，到他在美国时创立“大江会”，都可以看出，他始终有自挑头办刊结社的意识。尽管他一回国就加入了新月社，但严格说来，那只是口头上，或是形式上的加入，因为那时的新月社更像一个俱乐部，并不是一个组织严密的团体。就他的性格而言，他是不甘心仅仅做一个俱乐部性质的新月社中的一个无足轻重的成员的，因此，他加入新月社的动机，更可能是为了依托这个平台，寻找机会，或者说，等待机会。

对于徐志摩这个人，闻一多并不喜欢。其实真正喜欢徐志摩这个

① 梁实秋：《忆新月》，李正西、任合生编《梁实秋文坛沉浮录》，黄山书社1992年版。

人的，并不是很多。他虽然热情、善良，从来都与人为善，但他冲动、情绪化、感情至上，因而显得轻浮，欠缺沉稳，给人以不安定之感。早在泰戈尔访华时，闻一多对徐志摩表现出对泰戈尔的极度崇拜就很不以为然，甚至很反感。当时，他正留学美国，在听说了国内由徐志摩等人掀起的“泰戈尔热”后，写了一篇“反面”文章《泰果尔批评》，寄回国内发表。文章提醒人们在欢迎泰戈尔的时候，“要的是明察的鉴赏，而不是盲目的崇拜”。也就是说，他针对徐志摩唱起了反调。仅从这件事上便可以看出，在有些方面，他们意见相背，观点相左。

如果说，闻一多对徐志摩还有些兴趣的话，恐怕在于对徐志摩的诗尚有些好感。闻一多最欣赏的诗人，是郭沫若、田汉和徐志摩。但是，就像他对郭沫若的《女神》在极力赞美的同时，也有冷静的批评一样，可以想见，他对徐志摩的诗，一定也不全都是夸赞。特别是他在美国写了《洗衣歌》这样的具有强烈爱国情怀的诗以后，对徐志摩充斥着个人情爱、私人呓语的诗，很可能就会不屑和厌烦了。更何况，徐志摩的诗，是典型的自由体的，而闻一多则已经开始讲究起诗的格律了。从这个方面说，闻一多越发视徐志摩为“异己”了，渐渐地，又另聚了“闻一多派”的诗人们。

后来，徐志摩又进入了闻一多他们这个圈子。他在 1926 年 3 月 30 日为《晨报副刊 · 诗镌》写的发刊词《诗刊弁言》一文中，说：“我在早三两天前才知道闻一多的家是一群新诗人的乐窝，他们常常见面，彼此互相批评作品，讨论学理。上星期六我也去了。”这段话，很能说明闻一多他们的确是背着徐志摩建立了一个“新诗人的乐窝”，而徐志摩直到《诗镌》要刊行了，才得以进入这个乐窝。他既惊讶于这个乐窝竟早已存在，也惊讶这个乐窝的奇特，他将它比作秦始皇的宫殿，称为“阿房”。

《晨报副刊 · 诗镌》是 1926 年 4 月 1 日正式刊行的，所以在 3 月 30 日，徐志摩以《晨报副刊》主编的身份写下了这篇发刊词。仅在几天前，他才得以进入闻一多的“阿房”。也就是说，徐志摩最终走进“闻一多派”诗人的圈子，并不是因为闻一多他们很热情地主动邀请他、接纳他，而是因为《诗镌》，更准确地说，是因为他们要利用《晨报副刊》这个平台，作为他们实践格律诗的实验基地，想要利用《晨报副刊》，当然不得不求助于徐志摩。

徐志摩答应得爽快，恐怕有四个原因，一是他本人是诗人，对于办专属于诗人，专属于诗的刊物自然是本能地积极支持的；二是他这个人确实比较随和，像胡适说的，“他为人整个的只是一团同情心，只是一团爱”；像沈从文说的，他“不拘迂，不俗气，不小气，不势利，有对于普遍人生万汇百物的热情”。这都使他很容易地接纳他人，顺从他人，尊重他人。三是他组织新月社，接掌《晨报副刊》，都有“露棱角”、实践自己艺术主张的强烈意识。新月社越来越像一个社交团体，一个俱乐部，而非他“想望”的纯粹文化团体，这让他很痛心；《晨报副刊》虽然能作为他的“喇叭”，用它吹奏他的音调，但它毕竟只是报纸副刊，还不是一个纯粹的文艺刊物。四是闻一多、蹇先艾在说服徐志摩的时候，一定会将他们推行格律诗的打算告诉他，而他也有探求新诗形式变化和发展的愿望。这都使他们可谓一拍即合。

《诗镌》虽然不是新月社的社刊，但不能说和新月社毫无关系。闻一多利用《晨报副刊》创办了《诗镌》以推行其格律诗的主张；反过来，徐志摩也借《诗镌》实现他的新月社未能实现的理想——不论这个理想最终是否真正得以实现。因此，《诗镌》一方面是徐志摩和新月社以外的不同于新月社绅士气、却又在艺术上有相近志趣和追求的诗人们的一次合作，一方面也可以看作是新月社的一次艺术活动。尽管有人不赞成将《诗镌》和新月社联系在一起，也不认为从《诗镌》开始，新月派逐渐形成，但是，不可否认，新月社是新月派的前期社团。虽然“新月派”，包含了太多，可能很复杂，并非仅限于格律诗，但也不可否认，格律诗是新月派这个文学流派中一个很重要的组成部分。这样说来，新月派起始于《诗镌》的说法，也是说得通的。

有人说，闻一多与《诗镌》的关系，远胜于他跟新月社的关系。如果将新月社和《诗镌》作为两个独立的对象的话，那么，这么说是有一定道理的。《诗镌》是由他一手创办的，尽管它的创办在很大程度上仰仗徐志摩的支持，但显而易见，他的作用是大于徐志摩的。他对《诗镌》投入了巨大的热情。第一期的《诗镌》刊头，由他亲自设计：一匹神马，展开双翼，正在腾空跃起。马的后腿下面，是一个圆圈，里面写着醒目的两个大字：诗镌。他还在给梁实秋、熊佛西的信中，不无自负地宣称：“……余预料《诗刊》之刊行已为新诗辟一第二纪元，其重要当与《新青年》《新潮》并视。”

3. 徐志摩・闻一多・“四子”

① 刘梦苇：被人遗忘的“新诗形式运动的总先锋”

将刘梦苇说成是“四子”之一，实在有些勉强。后人之所以都沿用这个说法，唯一的理由就是援引了闻一多所说的“《诗刊》重要分子当数朱（湘）、饶（饶孟侃）、杨（世恩）、刘（梦苇），四子中……”。但是，闻一多又说过另一句话“时相过从的朋友以‘四子’为最密”。在这里，他没有明确“四子”是谁？依常理推断，应该指的是他在清华时的学弟：朱、饶、杨、孙（大雨）。这样一来，他前后两次所说的四子，并不一致。于是，有人武断地做出结论：朱、饶、杨、刘是“新月四子”；朱、饶、杨、孙是“清华四子”。

“清华四子”的说法，的确有事实根据。他们四个人都是当年清华文学社的成员，名号中又都有“子”字，所以人称“四子”。“新月四子”的说法，则是推衍而来，缺乏依据。首先，将孙大雨排除在新月四子之外，是没有道理的。他不仅参与了《诗镌》时期的新诗创作，更在格律诗运动中有独创见解；其次，既然被认为是四子之一，那么，刘梦苇的名号中也应该有一个“子”字。但是，目前为止，几乎没有人能准确地说出他的含有“子”字的名号。虽然梁实秋说过：“刘梦苇的别号也是一个‘子’字起头，我忘记是子什么了。”[①]但他究竟是“忘记”，还是误记，很难说。

其实，出身于清华的闻一多和清华四子是一个群体；另一个群体是在刘梦苇周围聚集的一批生活比较贫困、没有留学经历的年轻诗人。出于对新诗的共同爱好，两拨人渐渐走到了一起，共同写诗、谈诗，然后融合成一个沙龙组织。显然，他们一个是以闻一多为首，一个是以刘梦苇为首。流传很广的“闻一多是这个沙龙的领袖和‘龙头’大哥”的说法，不免有人为抬高闻一多之嫌。

现在说起倡行格律诗运动，人们总将功劳归于闻一多和徐志摩。单就他俩而言，闻一多的影响力是要高于徐志摩的。然而，闻一多的“诗之三美”理论固然独有建树，却是在刘梦苇致力于“新诗形式建设”理论基础之上产生灵感或受到启发的。刘梦苇功不可没。另一方面，在谈到《诗镌》时，在一般人的想象中，它是闻一多和徐志摩创办的，很少有人知道，它恰恰是刘梦苇提议的。如果说《诗镌》对中国新诗建设有所贡献的话，刘梦苇所起的作用不容忽视。因此，孤傲得连徐志摩都不放在眼里的朱湘却由衷地说刘梦苇是“新诗形式运动的总先锋”。

有人认为，徐志摩在刘梦苇早逝后，“没有尽力纪念他”[②]，其原因是刘梦苇没有加入徐志摩他们那个上流社会的文艺圈子。这种说法有失公允。实际上，徐志摩对刘梦苇的评价甚高，更想“尽力纪念他”。在 1926 年 7 月“四子”之一杨世恩（子惠）、9 月 9 日刘梦苇先后病故后，徐志摩特别在《晨报副刊》上发布了《一个启事》：

---

① 梁实秋：《谈闻一多》，《梁实秋怀人丛录》，当代世界出版社 2007 年版。

② 罗念生：《给子沅》，《罗念生全集》第 9 卷，上海人民出版社 2004 年版。

> 梦苇的身世，最是可怜，他既无父母，又无同胞，流寓在北京，在呕血与苦工间挨度光阴；他病时少人护持，他呼号，有谁听得，但天佑他热烈的诗魂，这“孤鸿”如今实现了最后的自由，更不在人间啼叫了！

徐志摩接着恳请：“如有追悼梦苇与子惠作品，不论诗文杂件，请于二星期内寄交志摩，当为汇集，选择发表，以为纪念。”也许最终这样的“纪念汇集”没能如愿面世，但至少反映了他有纪念之心。不仅如此，他甚至将《诗镌》复刊的没有希望，归结于刘梦苇的早逝。他在《〈剧刊〉终期》中这样说：“刘君梦苇与杨君子惠最可伤的夭死，我们的《诗刊》看来也绝少复活的希冀。”

徐志摩在《一个启事》中提到了刘梦苇的身世，虽然简短，但“可怜”一词，足以涵盖一切。1904 年 4 月 26 日，刘梦苇出生于湖南常德安乡县城关驿门口，原名刘国钧，后用笔名孟苇、孟韦、梦苇。他的“可怜”之一，便是 3 岁丧父，又遭母亲遗弃。他在《生辰哀歌——遥寄我底（的）妈妈》一诗中，有这样一句：“三年，我便离去了您孤身到处飘零。”为此，他质问母亲：“既生了就该永恒不该让我离开您底身，/ 为什么早把我抛弃？那时尚行步不稳！”

随后，刘梦苇的生活，有两种说法，一说由祖母抚养，一说过继给了父亲的一个亲戚，如朱湘所说，从此像“无家可归的孩子，如无根之蓬漂泊”。此时说“漂泊”为时过早，事实上，他按部就班地读了小学和中学。能有书读，至少说明他当时的家境还可以，但不意味着他生活在幸福中。他的同学后来回忆，他的日子并不好过。一个没有父母、寄人篱下的孩子，当然不会有好日子过。为此，在 1918 年，也就是他 14 岁的时候，有心赴法勤工俭学，于是进入北京留法预备学校就读。也许是因为经济因素，他没有能够赴法，而是回到湖南，就读免费的长沙第一师范学校。

这个时候，正是新文化运动风起云涌之时，刘梦苇受新思潮影响，爱好新文学又关注时事，还积极参加各种活动。这些“活动”包括他与同学沈仲九、杨人梗、李木第、孙俍工等组织发起进步团体“安社”、选编再版了《民声》、参加该校师生组织的“文学研究会”、组织了一个新文学社团“飞鸟社”，出版了《飞鸟》月刊和《青年文艺季刊》。也因此，在论及湘人对新文学运动的贡献时，总会提到刘梦苇的名字。

与此同时，刘梦苇开始进行创作，除了写小说和话剧外，还在《民国日报》上发表《湖南女校底复古》，在《大公报》上发表新诗《游岳麓山》《吊父亲》等。在湖南军阀赵恒锡杀害劳工会领袖黄爱、庞人铨后，他在悲愤的心情驱使下，写下《自由之花——十一年一月十七日午夜闻爱友黄爱、庞人铨死耗》的纪念文章。他的创作力得到一师教员夏丏尊、孙俍工等人的赏识。

1923 年 5 月，也就是刘梦苇即将毕业之际，他在《创造季刊》上发表了新诗《吻的三部曲》。这也是他的成名作。它模仿的是 17 世纪英国诗人安德鲁·马伏尔的《致他的娇羞的女友》，但感情更浓烈更激情，加之内容是反封建礼教的，所以反响强烈，特别在青年学生中极有口碑。诗人蹇先艾就是因为这首诗而知道刘梦苇这个人的，他赞刘梦苇道：“我真佩服你的大胆，那是作家们一向所不敢道的话，所不敢披露的情绪，你居然能够痛快淋漓地写出来，真不能不说是奇迹。”①

之后，刘梦苇自一师毕业，从此开始了漂泊的人生。就像朱湘所说，他“幽灵般自长沙飘来北京，又去上海，又去宁波，又去南京，又来北京，来无声息，去无声息，孤鸿般的在寥廓的天空内，任了北风摆布，只是对着在你身边飘过的白云哀啼数声，或是白荷般的自污浊的人间逃出，躲入诗歌的池沼，一声不响的低头自顾幽影……”1924

① 蹇先艾：《吊一个薄命的人》，《蹇先艾文集》第三卷，贵州人民出版社 2004 年版。

年，在南京，刘梦苇和朱湘相识，成为挚友。也在这年，他出版了诗集《青春之花》。有人说他到北京是为了读大学，但从结果看，他似乎没有如愿，而是在适存中学任教。任教对他来说，只是谋生手段，他将全部思想和精力都用在了新诗创作上，一连写下了《铁道行》《宝剑的悲歌》《写给玛丽娅》等诗篇。

在实践中，他发现了新诗形式的建设问题。之前，新诗革命强调诗体大解放，胡适等新文化运动先驱们都认为，过去的文言文学是“死的文学”，白话文学才是“活的文学”。对此，刘梦苇深以为是，他也说：“文学革命是近年的中国文坛上一大破坏的巨炮，它底（的）爆发，吐出了中国文学底（的）新的机运。”但是，就新诗而言，在打破旧诗的同时，谁也没有提及关于新诗的规范性建设。刘梦苇很敏感地意识到了这个问题，他认为：“要捉到文学革命彻底的或比较地圆满的成功，破坏自是要图，建设恐怕更是一肩重任。”他呼吁大家不仅要从事旧的破坏，也要从事新的建设。具体而言，他在《中国诗底（的）昨今明》这篇诗的理论文章中，说诗“要有真实的情感，深富的想象，美丽的形式和音节，词句……”若论刘梦苇对新诗的最大贡献，便在于他对新诗形式的建设，比如讲究音韵和音节。从这个方面说，他有开创之功。

朱湘恐怕是最推崇刘梦苇的，他曾说：“郭沫若我从前称赞他有单调的想象，近来翻看 Whitman（惠特曼），发现了他是模仿这美国诗人，不觉敬意全消。如今我的评语是：闻一多、刘梦苇最好，汪静之、郭沫若次之，徐志摩又次之。”他对刘梦苇的极力褒扬，还表现在《刘梦苇与新诗形式运动》一文中。他说在“音韵、诗行、诗序”三个方面，最初作出成绩的，就是刘梦苇。因此，他将刘梦苇和他的诗推荐给了闻一多。刘梦苇在诗的分行、音节、押韵等形式上进行了卓有成效的探索，引起了闻一多的极大关注，也引发了他著名的“诗之三美”理论。

在闻一多的“阿房”出现之前，闻一多和四子等诗人常常聚首在刘梦苇的家里。诗人蹇先艾这样回忆道："……我认识了湖南的刘梦苇，我是久仰他的大名的，因为我在《创造月刊》（应为'季刊'）上读过这位浪漫诗人的《吻的三部曲》，我很佩服他的大胆。有一天在他的屋里，又遇到了闻一多、朱湘和饶孟侃。这几位诗人常常来梦苇的小屋聚会，互相传阅和朗诵他们的新作，间或也讨论一些新诗上的问题，他们正在探寻新诗的形式与格律的道路。"①

而当时，刘梦苇已经身患肺病，身体羸弱，甚至还时常吐血，但这丝毫未能减低他的诗兴。在《诗镌》创刊前，有一天，诗人们又聚在刘家，互相传阅着刘梦苇手抄的近两年的诗作品《孤鸿集》——他正准备结集出版。脸色苍白的他以沙哑的嗓音对大家说："1922 年，朱自清、刘延陵、叶绍钧几位办过一个《诗刊》，可惜到第二年就夭折了！真可惜。我们这几个朋友凑拢来办一个《诗刊》好不好？"他虽然声音低沉，却极具振奋力。在场的人，包括新加入的诗人于赓虞、朱大枬无不兴奋莫名，对此倡议表示积极支持。这就是《诗镌》的由来。

刘梦苇的诗，大多数是爱情诗。然而，人们在他的诗里却很难体会到爱情的甜蜜和浪漫，更多的是悲苦和绝望。他的短暂人生始终处于贫困和疾病的折磨之中，他的作品少有欢悦和乐观，这是原因之一。更重要的是，他一生追求真爱，向往爱情，唯爱至上，认为爱情是支撑生命的基石，没有爱情的生活，是黯淡无光的。比如，他在《吻之三部曲》中写道："人生既是一刹那一刹地过去，/在个中你我可不要随意地辜负；/但只要一刹那中有一个亲吻，生之意义与价值呀——已经寻出。/莫计算生活过了多少刹那，/只问你一生接了多少吻？/生到死的距离之中我们底（的）接吻未停，/只有一刹那的寿命呀——也是永生！"

然而，他这样一个"唯爱主义者"，却得不到他向往的真爱。因此，

① 蹇先艾：《〈晨报诗刊〉的始终》，韩石山编《难忘徐志摩》，昆仑出版社 2001 年版。

有人说，他的早死，固然有疾病的缘故，却也有失恋的因素造成的对生活的自我放弃。那么，他生命中的那个女人究竟是谁？这很值得探究。据分析推断，她很可能是才女龚业雅。朱湘在刘梦苇死后写的一篇悼念文字《梦苇的死》中，有这样一段话：“你死后，我才从你的老相好处，听到说……你的安葬，也是他们当中的两个：龚君业光与周君容料理的。”他说的“老相好”是龚业雅吗？其中的龚业光是龚业雅的弟弟，也是刘梦苇在湖南一师的同学兼“飞鸟社”同人。也许正是通过龚业光，刘梦苇与龚业雅相识，然后迷恋上了她而不可自拔。又也许，刘梦苇死后，龚业雅不便出面，便委托龚业光代为料理了刘的后事。

龚业雅也是湖南人，出身名门，后来考入北京女子师范大学。刘梦苇曾坦言，他在整理《孤鸿集》诗稿时，龚业雅帮了不少忙。所以，在《〈孤鸿集〉自序》中，他不但将她也作为要感激的人之一，更摘引了他俩的通信，明示暗示了他对她的一往情深。就现存资料而言，很难确知龚业雅对刘梦苇的真实态度。后来，她嫁给了清华大学教授、社会学家吴景超。

从刘梦苇的一首诗《铁道行》中，似乎可以感受得到他和她不能携手的痛苦：“我们是铁道上面的行人！/爱情正如两条铁轨平行。/许多的枕木将它们牵连，/却又好像在将它们离间。”那么，他们又缘何不能并行呢？很大程度上在于刘梦苇的病。他患有在当时看来是不治之症的肺结核。尽管他的感情如洪水决堤，但并未丧失理智。他的理智告诉他，他只能远离爱人。然而，远离的结果，是他“憔悴不成人形”。这是他在临死前的1926年5月21日写的一首诗《示娴》中的一句诗。

娴和雅才能组成“娴雅”。因此，有人认为这首诗的“娴”，其实就是写给“雅”（龚业雅）的。于是，在刘梦苇死后，他的朋友为他打抱不平，将指责的矛头对准了龚业雅。对此，朱湘很冷静地在给朋友赵景深的一封信中说：“王以仁自杀事同刘梦苇的病死也有点像：

刘也是失恋。刘肺病是起于认识女子前还是后，这很值得研究。……我觉得都不能推到女子身上。刘、王实在是一种为荒谬学说的牺牲。即使承认恋爱是人生的最大事，也不限定要结婚，他们两个把结婚看得这般重大，还是旧思想在内作怪……”

《最后的坚决》这首诗，最能体现刘梦苇“唯爱至上”“唯爱主义”“非爱即死”的有些偏激的悲切爱情观。其中有这样一段：“您的爱给了我才有生的喜悦；/——可爱的姑娘，请与我怜悯，/莫要把人命看同鹅绒轻！——/您的爱不给我便是死的了结。”当然，除了爱情诗，刘梦苇的诗中，也有反映现实和表达抗争意识的内容。比如，就“三·一八惨案”，他写了《写给玛利雅》《寄语死者》；《生辰哀歌》则是对黑暗现实的控诉；《宝剑的悲痛》表达了报国无门的悲愤等等。

一生都在贫困和疾病中挣扎的刘梦苇尽管有着无爱情毋宁死的诗情，可当死神真正临近时，他还是本能地感到悲哀和不舍。那天，朱湘到医院看他，只见他的头发蓬乱，胡茬参差，两腮深凹，只剩下一个很尖的下巴，黧黑的脸上，那一双眼睛显得特别大，但眼神是呆滞的。看到这样的一个刘梦苇，朱湘愣了。刘梦苇淡淡地对他说，三天没有进食了，这病房又是医院里最便宜的，吵闹不堪，晚上根本没法入睡。听了这话，朱湘无语。

刘梦苇又指了指旁边的一张空床，告诉朱湘，这张床上的那个人，刚刚死了。他说：“就是这样，人家把他从那张床上抬了出去。医院里的人，照旧工作，病房同住的人，照常说笑。他的一生，便这样淡淡的结束了。”朱湘从他的语气中听出了一种哀伤，一种悲苦，一种对世态人情的失望，也有一种对生的留恋。他在心里问：“你对生有何可恋呢？它不曾给你名，它不曾给你爱，它不曾给你任何什么！”

没有名，没有爱的刘梦苇也并非什么都没有，他有诗。在他临死前一天，朱湘又去看他，给他看他写的悼杨子惠的诗，他想让他看过这样的诗之后，能把长久郁积的情感借此发泄一下，并且在精神上能得到一种安慰。一生爱诗的刘梦苇捧读着这首诗，兴奋莫名，他颤抖着，流着泪，似乎在诗里回望着自己的人生。朱湘担心他过于激动，便想拿回那首诗。刘梦苇紧紧攥着，嘴里说：“不，不，我要！”他要的是什么？诗和生命。

刘梦苇的生命消失了；他的诗，长存于世。

② “四子”之朱湘：中途退出《诗镌》之谜

在新月诗人中，朱湘这个人，似乎最复杂。关于他，涉及三个至今仍然争论不休的“公案”，第一个是他究竟属于哪个文学团体，是属于新月派的诗人吗？第二个是他在《诗镌》只刊行到第三期时就任性地宣布退出。他退出的真正原因是什么？第三个是他选择了投水自尽的极端方式结束了自己的生命。有关他自杀的原因，众说纷纭。

1927 年，朱湘在北京

从朱湘名字中的“湘”，和他的字“子沅”，便可以推断，他是湖南人。事实上，他的祖父原籍湖北，后来迁居安徽太湖县。他的父亲朱延熙，是清光绪年间翰林，后被派往湖南为官，先做了一年的学台，又做了七年的盐运使。1904 年，朱湘出生于湖南沅陵县。他的岳父姓刘，也是翰林，和朱延熙交情甚好。朱湘和夫人刘霓君的婚事，是双方长辈在长沙指腹为婚的。

朱湘一直住在长沙，所以自视为长沙人。他 3 岁丧母，6 岁启蒙，读《诗经》《四书》《左传》等典籍，11 岁进高小，开始读一些旧小说，并且极有兴趣，曾与同学计划合作撰写一部“彭公案”式的侠义小说。他的第一部小说在他 12 岁时写成了，不过不是侠义小说，而是受孙毓修的《童话》影响，写的一部童话，说的是一只鹦鹉在一个人家的所见所闻。接着，他来到南京，进入工业学校就读，又到青年会学英语。

1921 年，也就是他 17 岁时，考入北京清华学校，和闻一多、梁实秋成为同学，并加入他们发起组织的清华文学社。入社次年，他在《小说月报》上发表了数篇新诗《废园》《荷叶》《死》《地丁》《春》等。这些诗后来被收入到他的第一本诗集《夏天》（1925 年由上海商务印书馆出版）。他的第二本诗集《草莽集》出版于 1927 年留美之际，由上海开明书店出版。他在美国期间，每周给夫人写一封情书，共写了 106 封。其中的 90 封后来结成集子《海外寄霓君》，于 1934 年 12 月由上海北新书局出版。之后，又有《石门集》《永言集》两部诗集分别由上海商务印书馆、上海时代图书公司出版。不过此时，他已不在人世。

朱湘早期的诗多发表在文学研究会社刊《小说月报》上，他的两部诗集《夏天》和《石门集》都是以“文学研究会丛书”的名目出版发行的。因此，他和文学研究会的关系非同寻常。事实上，他和徐志摩一样，也曾正式加入过文学研究会，有人就此认为，朱湘只是文学研究会成员。梁实秋又说过朱湘和新月派没有关系的话，更易导致人们的误解。

虽然朱湘自始至终没有参加新月社、新月派的活动，又加入过文学研究会，但是，正如不能否认加入过文学研究会的徐志摩，也实实在在是新月派成员一样，不能因此就断定文学研究会的朱湘不是新月派。

新诗主要流派之一的新月派发端于《诗镌》，这是可以肯定的。如果将参与《诗镌》的创办，以及在《诗镌》上刊登诗文看作是新月派的活动的话，那么，朱湘无疑是其中一员。早在《诗镌》刊行之前的 1925 年，在南京，他最早和刘梦苇相识。后来，他进入清华加入清华文学社，又与闻一多等相知。当诗人们聚集在刘梦苇家谈诗论诗时，朱湘参与其中；当诗人们聚集在闻一多的“阿房”谈诗论诗时，朱湘也在其中。当刘梦苇提议办《诗刊》时，朱湘是积极支持的。所以闻一多才有“时相过从的朋友以‘四子’为最密”“《诗刊》重要分子当数朱、饶、杨、刘”之说，更肯定了朱湘对于创刊《诗镌》所起的作用。

《诗镌》正式出版后，朱湘连续刊发诗文：在创刊号上，他写了《评胡适的〈尝试集〉》；在第二期上，有他的诗《昭君出塞》和诗评《郭沫若君的诗》；在第三期上，他发表了著名的诗《采莲曲》和诗评《草儿》。从第四期起，他的确退出了《诗镌》，但在20世纪30年代初，作为《诗镌》的延续，徐志摩主编了《诗刊》，朱湘又在第一期上发表了一首诗《美丽》。显然，朱湘是《诗镌》的重要分子。

1931年，新月派新一代诗人陈梦家编了一本《新月诗选》，选取了徐志摩、闻一多等18个诗人的80首诗，其中就有朱湘的4首诗。这本诗集，是新月派诗人诗作的一次集中展现。也就是说，在新月诗人看来，朱湘和他们同属于新月派。

当然，判定一个作家属于哪一个流派，更重要的一点是确定他的创作风格。陈梦家在《新月诗选》“自序”中，曾经总结了新月派的诗风，他说：“本质的醇正，技巧的周密和格律的谨严，差不多是我们一致的方向。”他所说的“本质的醇正”，意即“为艺术而艺术”。在这个方面，朱湘和新月派似乎存在着差异，他不是个为艺术而艺术的人。他说：“我作诗不说现在，就是从前也不是想造一座象牙塔，即如《哭孙中山》《猛诰》《还乡》《王娇》，就是例子。”[①] 这也容易使人将他归入“为人生而艺术”的文学研究会。不过，这并非意味着他所有的诗都不是为艺术而艺术的。他的有些诗，也表现出空灵的艺术性。比如，他在《葬我》中有这样几句：“葬我在荷花池内，

① 朱湘：《致罗皑岚》，《朱湘书集二集》，安徽文艺出版社1987年版。

／耳边有水蚓拖声，／在绿荷叶的灯上，／萤火虫时暗时明——”

从“技艺的周密和格律的谨严”方面说，朱湘的诗风则属于典型的新月诗风，特别是他的格律诗，很符合刘梦苇、闻一多、饶孟侃等对格律诗的主张。甚至可以说，他和刘、闻、饶等一起倡行了格律诗。当时，正是他向闻一多推荐了刘梦苇，提醒他关注诗的形式建设。他在《刘梦苇与新诗形式运动》一文中，说：“我还记得当时梦苇在报纸上发表的《宝剑之悲歌》，立刻告诉闻一多，引起他对此诗形式上的注意。后来我又向闻一多极力称赞梦苇《孤鸿集》中《序诗》的形式音节。以后闻一多同我很在这一方面下了点工夫。”他和刘梦苇一样，也主张诗的内容、外形、音节三者并重，特别强调音节，主张“音乐美”。同时，他也提倡“形体美”。无疑地，这与闻一多的“诗之三美”理论相契合。

尽管朱湘关于格律诗的理论建树不如闻一多、饶孟侃，但他也是格律诗的实践者。在他的诗中，很容易发现闻一多的三美，以及饶孟侃强调的音节。比如，他有一首哲理小诗《当铺》。诗中写道：“‘美’开了一家当铺，／专收人的心，／到期人拿票去赎，／它已经关门。”这首诗是典型的格律诗：第一、三行是 7 个字，第二、四行是 5 个字，韵脚是 abab 式的，即第一行的“铺”（u）、第二行的“心”（n），第三行的“赎”（u），第四行的“门”（n）。

朱湘最能体现闻一多严整音尺要求的是《猫诰》，基本上都是每句三个音尺：

有一只老猫十分的信神，
连梦里他都咕哝着念经。
想必是夜中捉老鼠太累，
如今正午了都还在酣睡。
……

在严格遵守格律的同时，朱湘的诗也有自己的独创，主要体现在一方面吸收旧诗词的意韵，一方面吸收了民歌的风味。比如，以他的名诗《采莲曲》为例：

小船呀轻飘，
杨柳呀风里颠摇；
荷叶呀绿伞，
荷花呀人样娇娆。
日落，
微波，
金丝闪动过小河。
左行，
右撑，
莲舟上扬起歌声。
……

从“音乐美”方面说，这首诗在音节上十分讲究。饶孟侃在《诗的音节》中特别说到这首诗中的一句“杨柳呀风里颠摇”，以音节而言，它是“平仄平平仄平平”，因为“平仄是调和的，所以念出来很动听”。从“绘画美”方面说，诗里有轻漂着的小船、有摇曳的杨柳、有绿伞般的荷叶，以及娇娆的采莲人，还有日、波、河等，构成了一幅生动的采莲画面。从“建筑美”来说，诗句不像《猫诰》那样有严整但也显得呆板的音尺，长短错落参差有致，排列又不失对称。

当然，新月派诗人在推崇格律诗的同时，也主张在内容和形式不能兼顾时，可以牺牲格律。他们认为：“格律在不影响内容的情况下，我们要它，好像画不拒绝合适的镜框，但我们绝不坚持非格律不可的论调，因为情绪的空气里不容许格律时，还得听诗的意义不受拘束的自由发展。”朱湘的诗，也体现了这点。比如，他的《热情》，完全是自由、舒畅的：

……

我们发出流星的白羽箭，
射死丑的蟾蜍，恶的天狗。
我们挥慧星的筥帚扫，
拿南箕撮去一切污朽。
我们把九个太阳都挂起，
一个正中，八个照亮八方：
我们拿北斗酌天河的水。
……

至此可以得出结论：朱湘是新月派诗人，这是毋庸置疑的。

提及《采莲曲》，就不能不说到朱湘中途愤而退出《诗镌》一事。事件的原因，也许不是三言两语能说得清的，但导火索只有一个，那就是关于《采莲曲》在《诗镌》上的排序。

有人说："据说是《诗镌》第三号将朱湘最为得意的《采莲曲》排在第三篇，位于饶孟侃之后，引起朱湘不满。"[①] 也有人说："因自《晨报·诗镌》将《采莲曲》刊于第三位之后，朱对徐十分反感。"[②] 还有人说："第三期上发表的《采莲曲》是他得意之作，他原想排列首篇，但发表时首篇却是闻一多的名作《死水》。第二篇是饶孟侃的《捣衣曲》，第三篇才是朱湘的《采莲曲》。朱湘很刻苦也很孤傲，他以为这是志摩对他的不恭，所以……"[③]

---

① 闻黎明、侯菊坤：《闻一多年谱长编》，湖北人民出版社 1994 年版。
② 陆耀东：《中国新诗史（1916—1949）》第一卷，长江文艺出版社 2005 年版。
③ 顾永棣：《徐志摩传奇》，学林出版社 2004 年版。

这几种说法，虽然表述不一，但结论其实是相同的。简言之，朱湘对《采莲曲》被排列在第三篇而感到不满，一气之下退出了《诗镌》。按照《诗镌》同人事先安排好的计划，第一、二期由徐志摩主编，第三、四期由闻一多主编。也就是说，将《采莲曲》排在第三的，并不是徐志摩，而是闻一多。闻一多将自己的《死水》排在第一，将跟他关系最亲密的饶孟侃的《捣衣曲》排在第二。于是，朱湘一心想将《采莲曲》排在首篇的愿望就落了空，只能顺延到第三了。这样说来，朱湘的退出，不是对徐志摩不满，而应该是对闻一多不满。

然而，徐霞村却这样回忆说：“《诗镌》刚出几期，朱湘便退出编委，告诉我他已经写了一封信给徐志摩，声明自己与《诗镌》脱离关系。我一问缘由，才知道是因为朱湘不满于徐志摩的不严肃的编辑态度，不容忍于徐志摩利用编选权力，搞文人间的互相吹捧的油滑的市侩作风。”[①] 这么说来，朱湘的退出，似乎还是因为对徐志摩不满。但是，徐霞村的这个说法似乎不足以让人信服。首先，他是在事发几十年后的20世纪80年代说的，难免有记忆之误，而且他说这话时，又处于大扬闻一多大贬徐志摩的背景之下，倾向性是明显的。再者，何为“不严肃的编辑态度”？徐志摩又是如何利用编选权力搞……作风的？这是朱湘当年的原话吗？

总而言之，朱湘的退出，涉及徐志摩和闻一多。也就是说，在此事件中，有三个当事人。那么，当年，他们又是如何解释退出原因的呢？

从朱湘的角度，徐霞村说朱湘曾经就退出一事给徐志摩写过一封信。可惜的是，这封至关重要的信，谁也没有见到过。徐霞村又说朱湘曾经对他说过退出原因是因为徐志摩，也可惜没有别的旁证，很难判定它的真实性。不过，在朱湘撰写的《刘梦苇与新诗形式运动》中，有这样一段话：

---

① 徐霞村：《我所认为的朱湘》，《新文学史料》1986年第一期。

> 我终于与《诗刊》决裂了。关于此事，我曾经同梦苇用函件往返讨论过多次。他有一封信写得极其诚恳，里面说他也知道徐志摩油滑，不过逼于形势，不得不继续下去——可怜的梦苇，他哪想得到那班知道《诗刊》内情的人不单不肯在他死后把《诗刊》真相公布出来并且还有人要否认他作诗人呢？

这段话暗示了几个事实：一、刘梦苇“也知道徐志摩油滑”的“也”字，表明朱湘是认为徐志摩油滑的。这为朱湘是因为讨厌徐志摩而退出《诗镌》的说法作了注脚。二、在退出之前，朱湘和刘梦苇信来信往多次。这说明，他早有退出之想。三、朱湘写这篇文章的目的其实是为刘梦苇鸣不平。他在文章开头说：“我看了（赵）景深兄的《小说史中谈到诗人》一文，里面说有人讲刘梦苇不配算作诗人，这教我忍不住要插一句嘴。”这里的“有人”指的是谁？应该是朱湘说的“那班知道《诗刊》内情的人”。谁又是知道内情的人？徐志摩肯定是其中之一，闻一多也肯定是其中之一。这样说来，朱湘的退出，除了他自己和徐志摩、闻一多不和外，不排除还有为刘梦苇打抱不平的因素。

从徐志摩的角度，他在为《诗镌》休刊而写的《〈诗刊〉放假》一文中，提到了这件事，但是间接的，而且语气也是轻描淡写的：

> 朱湘君，凭他的能耐与热心，应分是我们这团体里的大将兼先行，但不幸（我们与读者们的不幸）他中途误了卯，始终没有赶上，这是我们觉得最可致憾的，但我们还希冀将来重整旗鼓时，他依旧会来告奋勇，帮助我们作战。

以徐志摩一向平和的心态和新月文人惯有的绅士风度，他没有直言朱湘的退出原因，更没有责怪、怨怼，甚至还满怀着期望，希冀双方重归于好。看得出来，他是大度的，不斤斤计较的。

从闻一多的角度，他完全不像徐志摩那样心平气和，他的反应激烈得多。1926 年 4 月 15 日，他在给梁实秋和熊佛西的信中，说“《诗镌》重要分子当数朱……”也就是说，这个时候，他和朱湘的关系，还是很友好的。只过了不到两个星期，他在给梁、熊的又一封信中，口气完全变了：

> 朱湘目下和我们大翻脸，说瞧徐志摩那张尖嘴，就不像是作诗的人，说闻一多妒忌他，作了七千言的大文章痛击我，声言要打倒饶杨等人的上帝。这位先生的确有神经病，我们都视他同疯狗一般……这个人只有猖狂的兽性，没有热烈的感情。至于他的为人，一言难尽！

可能是因为这是一封朋友之间的私人通信，而不是一篇公开的文章，所以闻一多毫无顾忌地痛斥朱湘，甚至连用了几个明显带有人身攻击的骂词，当然也反映了他对朱湘痛恨的程度。他不是说“和我大翻脸”，而是说“和我们大翻脸”，这表明，朱湘和闻一多，和徐志摩，甚至还有《诗镌》的其他同人，都翻脸了。

那么，“翻脸”的原因是什么呢？从闻一多的那段话中似乎可以找到一些，比如，他说朱湘说徐志摩“那张尖嘴”，不是“作诗的人”，说闻一多“妒忌他”。这其实明白无误地说出了这样一事实，那就是朱湘讨厌徐志摩，对闻一多也很不满，所以，他“走”了。

朱湘对徐志摩的不满，由来已久，最早应该是在筹办《诗镌》时。他在《刘梦苇与新诗形式运动》一文中，说：“《诗刊》之起是有一天我到梦苇那里去，他说他发起办一个诗的刊物，已经向《晨报副刊》交涉好了。他约我帮忙，我当时已经看透了那副刊的主笔徐志摩是一个假诗人，不过凭借学阀的积势以及读众的浅陋在那里招摇。但是我看了梦苇的面子，答应了。”在这里，他断定徐志摩是“一个假诗人”，既然是假的，所以在“招摇”。这样的说法，毫无道理。诗也许有好坏之分，诗人无所谓真假。写得出诗的人，叫诗人；写不出诗的人，不叫诗人。徐志摩写得出诗，甚至写得出好诗，他当然是诗人，如何“假”得了呢？显然，朱湘对徐志摩早有偏见。

可朱湘为什么会对徐志摩有偏见呢？有人认为，一个人对另一个人的厌恶，有的时候是没有缘由的。事实上，世界上没有无缘无故的爱，也没有无缘无故的恨。因此，一个人对另一个人的厌恶，不可能没有缘由。朱湘对徐志摩，也是如此。

首先，从生活作风上说，朱湘很厌恶以徐志摩为代表的一批新月文人的贵族生活作风。朱湘在清华时的同窗好友罗念生曾说：“朱湘有一次告诉我，他在徐志摩家里吃过一回早点，单是水饺就有各式各样的花样。”这样近于奢侈的生活，其实是很多人，特别是那些生活贫困却孤傲清高的知识分子所看不惯的。在朱湘等人厌恶“贵族气”的徐志摩的同时，和徐志摩“一伙”的梁实秋也很厌恶“以贫骄人”的文人，他说“好像他的穷即是他的过人的长处”似的。生活价值观的不同，朱湘又不能容忍，于是便直接将厌恶表现了出来。

其次，从对新诗人和新诗的看法上说，朱湘对白话诗的首倡者和实践者胡适是相当不屑的。在《诗镌》前三期上，连续刊登了朱湘三篇《新诗评》。在《创刊号》上的第一篇新诗评中，他以胡适的《尝试集》作为靶子，毫不留情面地进行了批评，直斥《尝试集》“内容粗浅，艺术幼稚”，又说“胡君的诗，没有一首不是平庸的”，他甚至嘲笑胡适的主张是“浅薄可笑的”。当时，胡适和朱湘的地位是相当悬殊的。朱湘作为一个初出茅庐的新人，如此对待胡适，有砍大树以成名的嫌疑。当然，在那时那样一个相对自由宽松的文艺氛围中，朱湘的偏激行为，并未被视作出于阴暗心理的举动。

在朱湘眼里，胡适究竟哪些主张是浅薄可笑的呢？是“现代诗应当偏重抒情的一面”。朱湘认为：“抒情的偏重，使诗不能作多方面的发展。”而徐志摩的诗，恰恰是“抒情的偏重”的。照理，朱湘对徐志摩的诗，自然也是要批评的。然而，在《诗镌》创刊之前的1926年1月，朱湘在《小说月报》第十七卷第一号上刊登了一篇评论徐志摩的第一本诗集《志摩的诗》的《评徐君〈志摩的诗〉》，对徐志摩的诗，并非全盘否定，甚至在结尾处还说了这样一句话：“徐君的第一本诗已经这样不凡，以后的更是可想而知，我们等着，心中充满了一腔希望的等候着罢。”到徐志摩的另一部诗集《翡冷翠的一夜》出版时，他竟然这样说：“哪知道看下去，一首疲弱过一首，直到压轴一首《罪与罚》，我看了简直要呕出来。”[1]显然，这个时候，他的诗评已经脱离了正常的文艺批评的范畴，更多的掺杂了个人情绪，沦为宣泄个人好恶的工具了。

《志摩的诗》封面

朱湘对胡适的不屑，连带对徐志摩产生不满。而这只是他退出《诗镌》的潜在因素，并非真正意义上的诱因。他的退出，不是在权衡得失利弊深思熟虑之后退出的，而是在一愤之下退出的。一定是某个突发的冲突，才能引起“愤”。结合闻一多写给梁、熊的那封措辞激烈的信，可以推测，朱湘很可能是在和闻一多产生冲突后，加上本来就对徐志摩不满，这才愤而退出的。

① 朱湘：《中书集》，上海生活书店1934年版。

长期以来，因为历史的原因，学界一向“为尊者讳”。对于作为民主斗士的闻一多的一些未必是污点的“缺点”，也总是淡而化之，或者干脆避而不谈。在朱湘和徐志摩、朱湘和闻一多的关系上，在抑徐扬闻的时代，基本上是同一个声音，那就是极力夸大朱湘和徐志摩的不和，弱化朱湘和闻一多的矛盾，人为地将朱湘和闻一多置于有理一方，而将徐志摩抛向反面。

比如，朱湘的朋友罗念生说：“1926 年，朱湘同刘梦苇、闻一多、孙大雨、饶孟侃、杨世恩以及徐志摩轮流主编北平《晨报》的《诗镌》，因此被人称为‘新月派’，其实当时‘新月派’尚未出生。朱湘早就不满意于徐志摩的‘学阀积势’……他就和徐志摩决裂了。……他同闻一多……等人也相处得很好。”①

又比如，钱光培在《朱湘散论》中说：“《诗刊》刚出版不久，就落入了徐志摩手中，与此同时，徐志摩又把发起新诗形式运动的桂冠戴到了自己头上，并扬言他一手奠定了中国诗坛。于是，朱湘很快就同《诗刊》决裂了，并开始作文对徐志摩大表不敬。于是，他们遂成仇敌——朱湘怎么可能钻进徐志摩的新月里去呢？”

相对于朱湘对徐志摩一贯的不满，朱湘和闻一多的关系经历了一个从亲密到决裂的过程。在朱湘加入清华文学社时，闻一多已经到美国去了。他们的交往从通信开始。朱湘写过《为闻一多〈泪雨〉附识》一文，特别对闻一多的《渔阳曲》极表佩服。闻一多初回国时，起初住在梯子胡同一号。当时，朱湘和饶孟侃也住在同一个大院里。大家有时聚在刘梦苇家，有时聚在梯子胡同闻一多的房间。后来，闻一多搬迁到西京畿道三十四号。朱湘见证了“阿房”的诞生过程。他说：“七年前，他住在北京，住房一觅妥了，头一件事，当然，是布置。……

① 孙玉石：《中国现代作家选集·朱湘》，人民文学出版社 1985 年版。

至于绘制图案，我当场看见的，他提起笔来便成功了。”[①] 应该说，在《诗镌》诞生前，他们的关系是亲密无间的。

朱湘是从什么时候开始对闻一多产生不满的？据推测，应该就是为了《诗镌》。一方面，朱湘也和闻一多、刘梦苇他们一样非常希望能创办这样一个诗的专门刊物；一方面，他因为不喜欢徐志摩而很不情愿和徐志摩合作。但是，徐志摩是《晨报副刊》主编，他们欲借“晨副”这块阵地，又不得不依靠徐志摩。这可能让朱湘感到很不舒服。在《诗镌》终于如愿创刊后，朱湘发现闻一多和徐志摩的合作是诚心的。他可能觉得，闻一多越来越靠向他那么不喜欢的徐志摩，而离他则越来越远了。这让他感到更不舒服。

从闻一多这方面说，他可能没有觉察出朱湘对他的不满，因此一会儿说“时相过从的朋友以……”，一会儿又说“《诗刊》重要分子当数……”，不是将朱湘归入朋友之列，就是说他是重要分子。但是，在对格律诗的逐步探求中，闻一多发现他和饶孟侃越来越志同道合。在某些问题上，他俩的主张几乎是一致的。因此闻一多由以往对四子的同样看重，渐渐转向更看重饶孟侃。朱湘由此对闻一多的不满，更显而易见。于是，矛盾一触即发。

1926 年 4 月 22 日，《诗镌》第四期如期刊行。在这期上，没有了朱湘的诗文，倒有一篇《朱湘启事》：

> 我的新诗集《草莽》已经付印，内有一篇几百行的长诗《王娇》，两篇各长百行的叙事诗《月游》《还乡》与《猫诰》的二稿，以及许多没有发表过的诗和发表过的诗之二稿。我的《新诗评》决定和《新诗选》合出一册。这本《新诗评》分上下两编。上编是分评，除去已经发表过的几篇以外，还

① 朱湘：《闻一多与〈死水〉》，《文艺复兴》第三卷第五号 1947 年 7 月 1 日。

> 有《闻君一多所作诗的攻错》（先登《小说月》）《湖畔社》《刘君梦苇的诗》等几篇。下编是总评《新诗的途径》。书出来的时候，会在《小说月报》和本京的各报纸杂志上面通知的。

有人将此“启事”视作朱湘退出《诗镌》的宣言，说这话的，不是明眼就是深知内情的人，因为从“启事”文面上看，它并无一字说“退出”。但在字里行间，隐晦地表露出他退出的原因。那就是，他和徐志摩、闻一多闹翻了。所以，他才会郑重其事地在这份“启事”中详细地说他将出新诗集《草莽》，内有……还有……

论出诗集，以他们三人为例，最早出诗集的是闻一多，他在1923年出版了《红烛》。随后，1925年1月，朱湘出版了《夏天》。这年8月，徐志摩出版了《志摩的诗》。如今，朱湘又要出第二本诗集《草莽》了。他想以此说明什么？说明他朱湘，在为诗方面，不输徐、闻二人，甚至于他已经超越了他俩。还有一点，他特别提到《闻君一多所作诗的攻错》。这篇文章，正是闻一多在给梁实秋、熊佛西信中所说的痛击他的“七千言的大文章”。朱湘是否以此方式向读者表示，他已经和闻一多闹翻，所以才作了“七千言的大文章”痛击他？

就朱湘和闻一多之前的亲密关系，他不可能无缘无故作这样一篇痛击文章，他一定是针对闻一多对他的“不好”进行的反击。闻一多如何对他不好？那就是在编辑第三期《诗镌》时，对文章排列不公，将饶孟侃的《捣衣曲》排在了他的《采莲曲》之前。

有人认为，这并非是理由，因为就在这期上，徐志摩的《西伯利亚》被排在第七，所以，朱湘不可能因为《采莲曲》被排在第三而有所怨言。又因为在第四版上，几乎整版刊登了他的《新诗评》。因此，他就更不可能会为排序而闹情绪了。事实上，徐志摩的诗被排在第七，并不意味着朱湘不会为自己的诗被排在第三而生气。这是两回事。一方面，他本来就不喜欢徐志摩，也许从来不认为他的诗在徐志摩之下，他甚至可能认为，徐志摩的诗就应该排在他之后。另一方面，他也许不会为闻一多的《死水》排在第一而不满，但他肯定会不服气饶孟侃的《捣衣曲》排在他之前。至于第四版几乎整版都是他的《新诗评》，也不会稍减他的不满。诗和诗评是两种文体，不能等同视之。他要的，是诗和诗之间的对比。是作为诗人的他和同样作为诗人的闻一多和饶孟侃的对比。

“启事”刊登两天后，在《晨报副刊》上，徐志摩编发了朱湘的《我的读诗会》。所谓“读诗会”，也就是在公共场合的诗的朗读会。朱湘准备举行一个他个人的读诗会，作为一次“试验”。他号召，“文艺的爱好人呀，你们当中如有想听的，便请来听一个孱弱的声音读他音节上的试验作品”。然后，他明确注明了读诗会的时间和地点：5月1日下午三时半，在东四牌楼五显庙他所执教的适存中学。简单地说，徐志摩利用他是“晨副”主编的身份，为朱湘做了一次广告。有意思的是，朱湘最厌恶徐志摩“利用编选权力，搞……的市侩作风”。

《我的读诗会》虽然发表在“闹翻”之后，但很可能在这之前，朱湘就已经将稿子给了徐志摩。徐志摩并没有因为“闹翻”而拒登，他甚至在“附识”中依然诚恳地说：“朱湘先生是最不苟且最用心深刻的一位新起作者，他这初次读诗会应分是新文学界的一个愉快！注意新诗的人们不可错过这机会。”

然而，到了5月1日，朱湘并没有如期举行他的读诗会。对于他来说，是失约；对于徐志摩和《晨报副刊》来说，就是失信了。而他们的失信，又是朱湘的失约造成的。这让徐志摩相当被动。探究朱湘失约原因，一方面可能是因为准备不足或其他原因不得不临时取消，另一方面更可能是朱湘意气用事。据推测，他是在闹翻之前准备举行读诗会的，所以让徐志摩登了广告。可是，5月1日前，他们就闹翻了。在这种情况下，在那种心情下，他也就无心再开什么读诗会了。

不论是什么原因，取消计划是可以的，不可以的是不事先解释和说明。徐志摩直到5月1日下午才拿到朱湘的取消声明，他怎么来得及在“晨副”上作更正？直到 5 月 3 日，“晨副”上才刊登了徐志摩撰写的《关于朱湘读诗会的声明》：

> 有一件该得道歉的事。早几天朱湘先生借本刊公布他的“个人读诗会”，定在五月一日。谁知朱先生临时“回”了，他寄来的第二条声明读诗会暂缓举行的，到今天下午（五月一日）才到我的手里！我很怕一定有人白跑了；如其有，我十分觉得抱歉，因为不能及早把“回”条贴出。还有朱先生来条上说他要等他的诗集于印出后再来“公开念”，一并代为声明。

说是“声明”，其实是“道歉”。不过，徐志摩也很精明，表面上他是在道歉，实际上他也不太客气地告诉了读者，责任在朱湘身上。

至于闻一多，他在闹翻后对朱湘的态度，不止不客气，甚至更激烈。在 5 月 27 日的《诗镌》上，他写了一篇杂文《诗人的蛮横》。文中说：“有的诗人写了诗，要是编辑、手民、或读者，不管哪一方面对他大意了一点，他便又要大发雷霆，骂这世界盲目、冷酷、残忍、蹂躏天才，这种行为不是蛮横是什么？再比如你好心好意对他这作品下一点批评，说他好，那固然算你没有瞎眼睛，你要是敢说他半个坏字，那你可触动了太岁，他能咒到你全家都死尽了。你说这不是蛮横是什么？”明眼人一看便知道他是有所指的，指的就是朱湘。这其实又说明了另一个事实，那就是朱湘和一干人闹翻，恐怕也有朱湘不满他们对他的诗的批评的原因。

朱湘中途退出《诗镌》，不能不说是《诗镌》的损失——尽管《诗镌》在他退出后又“运行”了 8 期。这次事件也暴露了《诗镌》同人之间的不和与矛盾，印证了新月派派中有派的说法。

之后，朱湘对徐志摩一如既往地蔑视。他在《刘梦苇与新诗形式运动》中称徐志摩为“梁启超的高足”，嘲笑他读别字、写别字。他以《翡冷翠的一夜》中《大帅》为例，说：“诗中原用‘掷’字协‘坑’字，我当时告诉了梦苇，大家开了一阵玩笑，一年后我又告诉于赓虞，便这样间接的由诗人改了。再过一年，《翡冷翠的一夜》出版，诗人自署的书签当中又把个‘冷’字都写错！‘冷’字右旁从‘号令’的‘令’，不从‘古今’的‘今’……”这样的批评，只能用挑剔来看待了。

不过，在徐志摩于1931年意外坠机身亡后，朱湘写了一首十四行诗悼念。颇有意味的是，在种种悼诗悼文中，不见闻一多的只字片语。

朱湘对闻一多的态度，似乎缓和得多。他写了一篇评诗集《死水》的《闻一多与〈死水〉》，极尽赞美，特别提到《死水》《一个观念》《你指着太阳起誓》这三篇，说：“譬如我现在要选一部新诗，这部诗选或许只有十篇诗，而在这十篇之内，毫不疑惑的，我会拿上述的三篇诗抄录进去。”又说：“要是我现在担任‘中国文学系’里的‘新诗’一种课程，那么，这许多首诗我便会教全班都拿来细读。”

事实上，之后，朱湘和闻一多的确偶有来往，还一起参与《新月》月刊的编辑工作，一起给诗刊供稿。但是，因为有“闹翻”的阴影存在，他们的关系无论如何也恢复不到“时相过从”的地步，甚至在1933年，也就是朱湘临死前的时候，他们已经无话可说了。闻一多在给饶孟侃的一封信中，这样说：“子沅恐怕已经是‘疯’了。今天特从城里跑来，一句话没讲，在我家吃了一顿饭，等我下课回来，人已经走了。”不可思议的是，这时候的朱湘穷困潦倒，饶孟侃曾想给他寄点钱，问闻一多可不可以。闻一多居然让他不要寄。在朱湘死后，闻一多想起这事，心里多少有些不安。他在给饶孟侃的又一封信中说：“当然寄了给他，不见就救了他的命，但我总觉得不安，仿佛我给你建的那议应负点责任似的。理智的说法，诚然这不是事实。但朋友死了，而且死的那样惨，总不免令人动感情。”看得出来，他对朱湘的情感，有些复杂。

造成朱湘和徐志摩、闻一多的矛盾的，固然有种种客观因素，但不排除也有他自身性格原因。甚至可以说，他的个性使他不能容于人，也使他不能容于世。从这个角度去探测，也许还能找到他投江自杀的部分原因。

朱湘之死，轰动一时，有人颇为极端地说它开创了中国新诗人自杀先河，更将他的死作为一种文化现象进行着深层反思。既然是自杀，总是因为厌倦了世界厌倦了生命。就朱湘而言，何以如此厌倦到决绝地抛妻弃子舍下自己的生命？

最为普遍的说法是“社会逼死了他”。何家槐在《朱湘之死》（1933年）中认为现实的黑暗残害了诗人，他更说这种残害对知识分子具有普遍性。余文伟在《悼诗人朱湘》（1933年）中说：“朱湘先生的死，正是现代社会黑暗的反映，也正是现代社会不尊重文人的表现。”朱湘的好友罗皑岚说：“我们有钱供纨袴去海外调查杨梅，我们有钱养一批坐食的废物……我们却无机会让一个诗人去自食其力，我的天，这是一个‘人’的社会吗？”[①] 除此之外，梅庄、曹聚仁、森堡、顾凤城、谢冰滢等人也都持相同或相类似的观点。

那么，社会是如何逼他的呢？何家槐说：“虽然不能像外国的桂冠诗人一样，有什么封号，起码也应该使他生活得舒服一点，使他有心情写诗，可是这个混乱的中国社会，不但不给他舒服的生活，而且简直不给他生活，这样冷酷他自然是感到的。”余文伟说：“生活的不安，社会对他的漠视……他不知道现在社会，只认得金钱，只认得势利，只认得权力……朱湘既不会蝇营狗苟，亦不懂得争权夺利，所以在这黑暗的社会中，只得牺牲一生了。”[②]

何、余的这两段话至少道出一个事实，那就是朱湘生活的不舒服、生活的不安定。

从1932年夏天起，离开安徽大学的朱湘失业了，他只靠卖文生活。

① 罗皑岚：《读〈海外致霓君〉》，《二罗一柳忆朱湘》，三联书店1985年版。
② 梁实秋：《悼朱湘先生》，《梁实秋怀人丛录》，当代世界出版社2007年版。

可是他写的稿子大多是诗歌、诗论，获得的稿酬很少，连自己吃饭都成问题，更谈不到养妻子育孩子，以至于他刚出生不满一年的孩子被活活饿死了。与他在安徽大学同事过的女作家苏雪林在《沉江诗人朱湘》一文中，详细描写了朱湘那时候的穷困生活：

一日，朱湘忽来珞珈山访我，头发蓬乱，形容憔悴。与在安大时迥若两人。坐定，询问近况之下，他嗫嚅其词的说：失业已久，光景异常困难，意欲我介绍他来武大教书。

……过了数月，诗人又来了珞珈山。这一次的情形更形潦倒，脸儿又黑又瘦，头发像一蓬乱草，那一身藏青色的敝旧西装大概已经进了当铺，身上穿一件破布长袍，宽博得与他那瘦削身体毫不相称，令人不由得要想起欧文附掌录那位村塾先生。我请他到学校合作社里吃了一顿便饭，又替他买了一包香烟。他以近乎“抢”的姿势，将那包香烟抢去向怀中一藏，要吸的时候，取出一枝点燃了，余烟仍返怀中。

饭后同返我的住所，他又提起武大……暂谋个四五十元一月的职干干也好，因为他实在坚持不下去了。我……爱莫能助。诗人闻之，似颇失望。说既如此，我只好到上海去找赵景深，但手中一文皆无，没法动身奈何？我问他需要多少，我愿意借给他。他只向我要了五十元，请他多拿些，无论如何不肯……

朱湘的朋友徐霞村于20世纪80年代在《我所认识的朱湘》一文中，回忆了他和朱湘的最后一次见面，其中也提到朱湘生活的潦倒：

1932年十一月底，一个寒冷的夜晚，朱湘忽然来到北平我的家里。他穿着一件很旧的棉袍，面容憔悴……最后，他

> 站起来，迟疑了一会儿，才提出他需要一百五十元钱，问我能不能帮他解决一下。我知道他是不轻易向朋友开口求援的，当即答应他，让他第二天来取，并约他第二天在家吃晚饭。但他执意不同意来吃饭……我之所以让他晚饭时才来，是知道他在这样的处境中，是不愿白天出门的，他怕熟人看见他的潦倒的光景。第二天……一直到九点多钟，朱湘才来，他说已吃过饭……我把钱交给他时，他很严肃、很认真地说了声“谢谢！”……我不禁心里一酸。

朱湘生活的不顺，是客观存在，但这是否就是社会逼迫的，责任是否全在社会，值得讨论。梁实秋就很不赞成社会逼死朱湘的说法，他说：“若说‘社会’偏偏要和文人作对，偏偏不给他生活，偏偏要逼他死，则我以为社会的‘冷酷’，尚不至于‘冷酷’至此！”有的时候，究竟是社会不给文人生活，还是文人不向社会要生活，很难说。对于很多自视颇高的知识分子来说，正如梁实秋所说，“有一种毛病”，那就是“总以为我能作诗，我能写小说，我能作批评，而何以社会不使我生活得舒服一点”。其实，作为社会的人，他们要求有舒适的生活，哪怕是有基本生活保障，是无可厚非的，问题在于他们忽略了一个事实，那就是，社会是一个固定存在。每个人在这个“固存物”面前，不同的选择也就有不同的境遇和结果。能作诗，能写小说，能作批评，并非必然“生活得舒服一点”。

正如朱湘愤而退出《诗镌》，以及他和徐志摩、闻一多等人产生矛盾的原因，既要从别人身上寻找，也要从他自身寻找一样，他的死因，除了斥责社会的混乱和黑暗外，更应该在他身上挖出根源。因为，同样置身于混乱而黑暗的社会之中，像朱湘那样选择自杀的人——即便是脆弱的知识分子，终究还是极少数。仅从这个角度说，将责任全部推向社会，并不合理。

朱湘的个性，以最简单的词汇概括，那就是孤傲、清高、暴烈，甚至有怪癖，这从他在清华读书时就已经显现出来了。他不是从清华毕业的，而是被清华开除的。开除一个学生，这在清华几乎是破天荒的第一次，况且朱湘是一个即将毕业的学生，因此此事颇为轰动。他被开除的原因，是因为不满清华斋务处吃早饭时点名的制度，因此经常故意不到。殊不知，这是学生应该遵守的校纪校规。按校规，三次不到记一小过，三次小过记一大过，记满三个大过就要被开除。他明明知道这个规定，却偏偏故意违规，以至在记满三个大过后终于被开除了。这样的行为，是常人能够理解的吗？

其实，他似乎早就盼望着被开除了。当罗念生写信问他为什么不在清华好好地把书读完时，他回信说：“我可以简单回答一句：清华的生活是非人的，人生是奋斗，而清华只钻分数；人生是变换，而清华只有单调；人生是热辣辣的，而清华是隔靴搔痒。……至于清华中最高尚的生活，都逃不出一个假，矫揉。”他厌恶他不喜欢的功课，为此曾经写过一首诗《小河》，发表在清华的纪念增刊上。他在诗里自比“小河”：“我流过宽白的沙滩……我流过俯岩的面下……”他把河面上的冰象征功课，意即冰层虽厚，但冰下的河水永远是流动的。他甚至不无偏激地对人说，若要报复仇人，就一定劝仇人送儿子进清华，这样才害得死人。可见他对清华充满偏激的仇恨。如果将清华比作一个社会的话，那么，从那个时候就可以看出来，朱湘的有悖常人的举止和性格使他难以融于社会。

离开清华后，朱湘先在北京过了一段苦行僧式的生活。据徐霞村回忆，他每月用在公寓房租和公寓包饭的开支，不超过八九元。为了省钱，他不抽烟，不喝酒，不逛街，也就是说，不乱花一分钱，然后将省下的钱寄给他的新婚妻子。

对朱湘颇为了解的罗念生又说朱湘的弱点是“个人奋斗，孤军作战必然归于失败”。为了实现个人理想，愤而离开《诗镌》的朱湘自己办了一个刊物，取名《新文》。这是一个32开的小刊物，从刊头到版面都由他独立设计，每期的内容基本上全是他自己的文章，诗歌、诗论、文艺评论等，大约一万多字。创刊号出版时，他亲自跑印刷厂，亲自校对，亲自将刊物送到书摊寄售。这是一个特别。另一个特别是，他所有的文章都用他自己预定的标点符号。

试想，这样的刊物会有市场吗？朱湘自己似乎也知道刊物的命运，不过，他本来就不指望刊物盈利。他计划每期只印500份，成本在十六七元，只要能全部售出就能保本。他对徐霞村说，只要能保本，他就继续办下去。事实是，除了徐霞村等一些文艺青年对朱湘如此执着的行为表示无限赞佩，以及有人将此刊认作是新文化一类的刊物而寄了一篇个人性史让人痴笑外，可以说，《新文》别无收获，更无利润可言，反而让朱湘倒贴不少。勉强支撑出了三期后，连一个停刊启事都没有来得及刊登，《新文》就无声无息地夭折了。

为了生存，在《新文》创刊后不久，朱湘离京南下到了上海。之前，他在清华的同学、"四子"之一的孙大雨给在上海的老母亲写了封信，让家人好好接待他的这位学友。这样一来，朱湘在上海便有了一个安顿之所——南市老城隍庙附近的孙家。

孙大雨家算是小康，家里有专门的厨师。孙母也很热心，细致周到地照顾着朱湘的生活，甚至安排厨师特别为他服务，每餐都是四菜一汤。就这样，朱湘在上海过了一段舒适的生活。有一天，厨师不小心犯了"大错"。当晚餐的四菜一汤端到朱湘面前时，朱湘脸色大变，竟一言不发就将饭菜倒扣在饭桌上。原来，晚餐和中餐重复了——以往，餐餐花样翻新。就这么点小事，他居然不顾自己客人的身份，用这样极端的方式给主人难堪。这不能不说他个性有问题了。

孙母自然很不高兴。孙大雨很无奈，其实他是了解朱湘的。还是在清华时，他就知道朱湘这个人行为古怪。有一次，朱湘不留情面地叫大司务请饶孟侃离开饭桌，理由是他要坐在这张桌上写作。朱湘没钱吃饭时，孙大雨曾经当掉他的一件黑缎万字花纹皮马褂，又借钱替他支付伙食费。如今，他却这样不留情面地对待孙大雨的家人。当然，他也并非完全冷酷绝情的人。一年多以后，他在写给孙大雨的一封信中，这样说：“前在沪上寄寓府上时，蒙伯母大人倍加帮助，感激之至。祈于函中代为问好，并蒙代垫甚多，希望能于暑假前归赵吾兄也。”

既然孙大雨了解朱湘，对他的“怪”行为也就见怪不怪了。他觉得朱湘这样四处漂泊不是办法，于是极力向清华校长曹云祥求请让朱湘回校复学。罗念生也一再请求校长。终于，校长心软了，同意让他复学。朱湘得知这个消息，没有欣喜，没有感激，而是面无表情。秋季开学前，朱湘给罗念生打电话，说郑振铎对不起他，没有及时给他寄稿费，所以他连到清华的车资都没有，所以他不能来了，而是要到杭州去教书挣钱。罗念生担心失去这个机会，苦劝他，甚至把手中的钱全都给了他，才好不容易说动他。而朱湘决定回校，想的是熬到毕业好顺理成章地出国留学。

朱湘的确是才子，读书又多，也很刻苦，成绩很好。他的英文课，教授叫他不必上课了，大考时交一篇作文就行；莎士比亚这门课，教授也叫他不必上课了，大考时交一篇作文就行。他骄傲，倒也有骄傲的资本。不过，有的时候，他骄傲得实在过了头。当他听说有一个教授要给他们上英文课时，他四处放风说：“我教他还差不多！他来教我，我就退学。”除了英文，他也学过英德法文和拉丁文希腊文。因此，他对翻译这一门，很自负。他在《番石榴集》里将“莎士比亚”翻译成“莎士比”。罗念生向他提意见，他后来干脆将“莎士比”改成“施士陂”。罗念生说：“他生成了一种‘跳水’的硬脾气，从来不肯接受批评。”[①]

---

① 罗念生：《关于〈番石榴集〉》，罗皑岚、柳无忌、罗念生：《二罗一柳忆朱湘》，三联书店 1985 年版。

1927 年 8 月，朱湘公费赴美留学，期限应该是五年。他先在威斯康星州的劳伦斯大学插入四年级，读拉丁文、古英文和法文，后来又到芝加哥大学，再转学俄亥俄大学。他在三所大学只读了两年，就回国了。

其实早在劳伦斯大学时，他就准备读完一年就回国，他无法适应美国的生活。更重要的是，他将学位视作粪土，根本不在乎。他在给妻子刘霓君的一封信里说："只要衣食不愁，何必考什么博士。老实一句话，博士什么人都考得，像我这诗却很少人能作出来。"这句话从理论上说不无道理，但他的理解不免偏狭，获得学位不是读书的目的，取得学位的过程却也是读书的过程。作诗固然需要天分，天分却不是唯一。一个诗人若要成为好诗人，仅靠天分是不够的。然而，朱湘却不这么认为。他的好朋友罗皑岚和罗念生又是一番苦劝，终于打消他回国念头。不过，他还是坚持不为拿学位而读他不喜欢的功课，甚至于干脆弃功课于不顾，专心翻译起中文诗来。他的这个行为，无异于"怪"。许多同学将他视作"怪人"。有一位从美国得了博士学位的人回国后对罗皑岚说："你学文学的，最好到美国后，不要学朱湘。"

书，继续读着。可是不久，一个意外事件，终于还是让朱湘离开了劳伦斯。那天上法文课，教授读了一篇法国作家杜德的小说。小说中有一句话形容中国人像猴子。听到这句话，美国学生都笑了，中国学生都气了，特别是朱湘，更是愤而离开教室。尽管事后教授向他道歉，但他还是消不了气，坚持离校表示抗议。这固然可以理解为他太爱国有强烈的民族自尊心，但也可以说他太冲动太沉不住气。其实他在美国，一直都有自尊心受伤害的感觉。他给妻子写信诉苦道："一个人到外国念书，举目无亲，加上外国人向来对中国人是看不起的，你出去一不小心，就要受人欺负。……我们中国人并非天生得不干净，不必他们见了中国人就撬鼻子。说起来你也不知道，我上课时候，出去时候，甚至走路时候，受这种气，受这种辱，也不知道受了多少。”①

这样的屈辱感，在一般人看来，没有其他办法只能承受只能忍耐，但对于朱湘来说，是痛苦的无法忍受的。特别是当“看不起”和“歧视”由泛泛的而具体化后，他就更加不能容忍了。这是他在转学芝加哥大学后发生的事。当初，他就知道给他们上课的教习很不喜欢中国人，很不愿意中国学生听他的课，但倔强的朱湘不理，偏偏就要上他的课，他也无奈。他发了几本书给学生，朱湘也拿了一本。看完后，他就还掉了——他的“还”不是亲手交到教习的手上，因为他不愿意搭理他，而是将书放在教习的桌上。然而不久之后，教习认为有人没有还书。朱湘认为教习是在怀疑他，矛盾就爆发了。从此，他专和这个教习“斗”，故意挑他的错，有几次他还抢话，将教习没有来得及讲的话抢先讲了，让教习好不难堪。教习在课堂上大骂亚洲人，朱湘就故意缺课。如此等等，斗来斗去，最后，他还是离开了芝大，转去了俄亥俄。

从这些事情上可以很清楚地发现朱湘的个性：独立有主见，不趋炎附势不苟且不软弱，反抗斗争性极强，但也很冲动很任性，不知变通，不懂得生活处世的技巧。这在他回国后表现得尤为明显，也是将它一步步逼向绝路的一个方面。

朱湘回国，原是应闻一多之邀赴武汉大学任教的，他很高兴地给妻子写信说，“每月有三百块以上的薪水”。此时，闻一多早已经和朱湘交恶，却还惦记着给远在美国的他介绍一份工作，看得出来，闻一多对他还是留有一份情谊的。朱湘也一改逆反心理，欣然接受邀请回国执教。从美国回到上海后，朱湘遇到了几位熟朋友，他们拉他去安徽大学。他的好朋友谢文炳也在安大，而且安大给予的待遇不输武大，还有一点也很重要，朱湘的祖籍是安徽。可以说，那儿是他的老家。就这样，朱湘临时改变主意，转去了安大。就目前资料而言，不知道

① 朱湘：《海外寄霓君（九十四封）》，《朱湘书信二集》，安徽文艺出版社 1987 年版。

闻一多对此是否有怨言。不过，从朱湘这个角度，他自有选择的权利。

在安大落脚后，四处漂泊的朱湘总算安定了下来，最起码每月三百元的薪金让他一家人的生活有了保障。不仅如此，他甚至还有了闲钱购买古董，如新出土的陶马、郑板桥的墨迹（后来被鉴定为仿制品）。他最喜欢陶马，常将自己写的一句诗“黄土的人马在四周环拱”挂在嘴上。他每周有九个课时，教三门课，还兼任外文系主任。据徐霞村回忆说，他的课上得很好，很受学生欢迎，连别的系的同学都来听他的课，经常把整间教室挤得满满的。但奇怪的是，在新学期开学前，他却没有接到聘书。朱湘的朋友、同在安大任教的谢文炳回忆说：“1932 年暑假，安徽大学大改组……我以为朱湘也接到了聘书，殊不知并没有。”①

还有一种说法，朱湘没有被安大续聘，责任并不在学校，而在于他自己。有人说，朱湘曾经将自己在上海文艺界的几个朋友介绍到安大执教，但安大没有接受。于是，他很义气地表示如果不接受他的朋友，他也不想在安大待下去了。结果是，安大坚持己见，而他也只得离开。他似乎一向不喜欢解释纠纷原因，就像他当年离开《诗镌》时，从不跟朋友提及离开原因一样，此番离开安大，他也只跟朋友说他离开了，却并不提离开原因。

从此以后，直到他投江自杀，始终没有找到工作。于是有人疑惑，像他这样有学历有才学又有留学背景也有教学经验的人，怎么会找不到工作？社会真的冷酷到死活不给他一个自食其力的机会，非要将他逼死吗？似乎不太可能。他朱湘不过一介书生，社会有何理由只逼他，而不逼其他人？这还是得从他自身寻找原因。一个人不能没有原则性，但有的时候，太有原则性，就会显得太固执，太钻牛角尖了。当朱湘

① 罗念生：《忆诗人朱湘》，罗皑岚、柳无忌、罗念生：《二罗一柳忆朱湘》，三联书店 1985 年版。

找不到工作时，罗皑岚问他：“你与新月社交往多，为什么不去北大教书？”他回答说：“北大是胡适之一股学阀在那里，我去求他们犯不着。”且不说胡适究竟算不算“学阀”，他这样以一己之见随便给他人贴标签，然后又以此作为划清界限的理由，实在不值。何况，到北大工作，与胡适是否学阀也没有关系。再说，他可以正当方式谋职，无所谓求与不求。因此可以说，他的偏见，他的过度的自尊心让他逐渐走向死胡同。

另外，就像罗念生所说的，朱湘总是在“个人奋斗、孤军作战”。其中原因，有他主观意愿，也有客观因素而造成的被孤立被冷落。比如，他自信到自负，为人处世冲动而直率，该说就说，该骂就骂。更多的时候，按照他的好朋友柳无忌的说法，他“太易感触，太多猜疑”[①]。因此，罗念生也说他“得罪的人太多”。早在清华时，四子之间其实并不和睦。罗皑岚回忆说：“那时他正和北京晨报诗镌的作家孙子潜、饶孟侃、余上沅诸人住在一块，我和念生在他们那儿吃过一次饭。他们似乎在闹一点小意见，并不如我想象的那样融洽……闹的甚么意见，朱湘始终没对我们说过。”[②]

其实说到底，他们不融洽的原因在于四子中，除了杨世恩，其余三人的脾气都很急躁，尤其是朱湘。饶孟侃就曾当着罗念生的面，指责朱湘“脾气太坏”。罗念生在《给子沅》中说：“子潜（孙大雨）和你竟因一个最细小的缘由起了隔膜，他原是为你好，叫你不要看那种不正经的书，免得伤害你的身子。”在编辑《诗镌》期间，朱湘曾经无中生有地指责杨世恩不应该将他的作品排在别人的后面。事实上，这跟杨世恩毫无关系。如果杨世恩计较起来，他俩的关系也将受到冲

① 柳无忌：《我所认识的子沅》，罗皑岚、柳无忌、罗念生：《二罗一柳忆朱湘》，三联书店 1985 年版。

② 罗皑岚：《朱湘》，罗皑岚、柳无忌、罗念生：《二罗一柳忆朱湘》，三联书店 1985 年版。

击。后来，杨世恩早逝，他这才有些后悔。

朱湘和朋友的关系如此，和妻子的关系，也越来越坏。在作于1928年2月至1929年8月的《海外寄霓君》的94封信（也可称作情书）中，可以发现，他们的夫妻感情似乎很不错。这些信除了朱湘在称呼上比较亲昵外，诸如“霓妹，我的爱妻”“最亲滴滴霓妹妹”“霓妹亲亲”“霓妹妹我的爱妻”“爱妹爱妹”“爱妹霓霓”“霓妹亲爱”外，并没有一般情书那样充满柔情蜜意，多的是家长里短琐琐碎碎，甚至朱湘还在信里提到他给妻子邮寄卫生棉条，但从中还是能够感受得到他们夫妻之间互相牵挂互相体贴的那份恬淡如水的温情。他对妻子说：“预备将来回国的时候，把我们两人来往的信对着看，那一定十分有趣。将来老年，我们回头观看的时候，这些信便是我们的爱情日记。”然而，他没有等到“将来”，没有等到“老年”。

也许不能将一切都归于他们的婚姻是封建的家长包办婚姻，但这样的婚姻的确使他们欠缺爱情基础。表面上看，他们夫妻出双入对，给朋友们的感觉是很融洽很和睦，但罗皑岚始终很怀疑，因为朱湘在给他的信中，多次提到旧式婚姻如何不好，如何坏。当罗皑岚准备服从家里的安排结婚时，朱湘写了一封措辞激烈的信，力劝他逃婚。那么他们夫妻之间，究竟如何不睦，以朱湘的性格，他是不会对人说的。不过，在他的一封信中似乎可以寻出端倪。他有些痛心疾首地写道：

“我们两人的爱情是天长地久，同偕到老。将来我先闭眼，我就求你顾身子，把小孩子们带得好好的，不要自寻短见；万一你先闭眼，我发誓决不再娶，作负心郎，皇天在上，我家祖先在上，朱湘如不守约，就天打雷劈。妹妹，这些伤心的话，我本不想说，不过要安你的心，因为你有时还不免疑心我。”

按照罗皑岚的说法，刘霓君是旧式太太。旧式太太总是猜忌的、疑心的，她时时担心丈夫出轨有外遇。不在一起时，两人也许还能因为相思而恩爱不绝；一旦生活在一起了，争吵便就无休无止。罗念生回忆，在安大时，朱湘和妻子经常吵架，一吵架就将家里的东西摔碎。第二天和好后，两人又不得不去买新的。曾经有一次，两人为儿子将来的职业吵了起来，罗念生说夫妻俩“竟会比武”。谢文炳也回忆说：“他和夫人有时口角，往往是请我和陈纲（谢之夫人）去调停的。”投江那天，他也是和妻子吵了架后出门的。

其实，就算是朱湘的婚姻不是指腹为婚的，可以推测，他的婚姻可能也会出问题。他对罗皑岚说，“任何婚姻都是与艺术不两立的”。他这样一个视诗为一切，视艺术为生命的人，是不能生活在俗世中，更不能生活在俗的婚姻中的。他自己也说，做文章误了他一生。

离开安大后，朱湘一方面断了生活来源，一方面因为得罪朋友太多，自己的诗文竟找不到地方发表。原先，他的散文能卖千字三元，诗能卖每二十行五元。如今，他的诗，甚至被人讥笑为“不如程砚秋的戏”①。他的《草莽集》出版后，销路也一直不好，除了朋友赵景深写过一篇《朱湘的短诗》外，没有人对他的诗进行研究和分析。在他看来，没有人关注他的诗，他似乎被遗忘了。在他的新诗集《石门集》里，充满着厌恶、潦倒、悲观的情绪。比如，他写道：“朱湘，你是不是拿性命当玩，/这么绝食了两天，只吞水，气，/弄得头痛，心怔忡，口里发酸。”他又写道：“三十年的旧账一笔勾销，/金贵的是光阴，不能浪费/在簿上，去查米是便宜，贵。/油，盐，菜今天是吃了多少。”他还写道:“完结了,这丑陋的生活！/这个不能责备环境……/除了人，环境还有什么？/唯有懦夫才责备旁人！”

朱湘曾经在给柳无忌的一封信里说：“若是一条路也没有，那时候，也可以问心无愧了。”他又在《我的诗神愚夫听到我叫你》一首诗中，感叹道：“我的诗神！我弃了世界，/世界，也弃了我；在这

① 罗念生：《忆诗人朱湘》，罗皑岚、柳无忌、罗念生：《二罗一柳忆朱湘》，三联书店 1985 年版。

紧急的关头……”这一切，似乎可以视为他自杀的先兆。

1933 年 12 月 1 日那一天，朱湘向他一直最信任的二嫂薛琪英借了点儿钱，说是要去南京。然后，他乘船离开上海。奇怪的是，他是在安徽采石矶附近跳的江。按理说，从上海到南京，是不会经过采石矶的。据说，次日清晨，朱湘在船上喝了半瓶酒，借着酒劲，他高声朗诵了一首德国诗人海涅的原文诗。酒加诗，激发了他心中的忧伤和悲愤。又也许，醉意朦胧中，他仿佛看见了他最崇拜的屈原正在江下向他招手。他的耳畔依稀回响着这样一句话，“他的名字写在水上”。这是英国人为他们的一个短命的英国浪漫诗人写的。对于朱湘而言，他不仅要将他的名字也写在水上，他更要将他的生命交给水。

朦胧的晨雾中，也许是醉意产生了幻觉，又也许他其实是清醒的，清醒地意识到绝望，绝望于生活的困苦，更绝望于精神的苦痛。于是，他突然跃入江中。船上零星的几个人以为他是失足落水，连忙向他扔去救生圈。他是能够自救的，但是，或许他早已生无可恋，他没有去捞救生圈。他在江中挣扎了几下，便被江水吞没了。只片刻工夫，江水泛起了几朵浪花后，恢复了平静。然而，一个人，却消失了。船停了下来，船上的人在他落水处打捞，徒劳无功。

朱湘曾经写过一首诗，叫《葬我》。在诗中，他这样写道：

葬我在荷花池内，
耳边有水蚓拖声，
在绿荷叶的灯上
萤火虫时暗时明——

葬我在马缨花下，
永做着芬芳的梦——
葬我在泰山之巅，

风声呜咽过孤松——

不然，就烧我成灰，
投入泛滥的春江，
与落花一同漂去
无人知道的地方。

如今，他真的投入了“泛滥的春江”，向“无人知道的地方”漂去。他是实践了自己的夙愿，还是不幸预言成了真？

梁实秋说：“朱先生之死是否完全由于社会逼迫，抑是还有其他错综的情形，尚有待于事实的说明，知其是精神错乱，他自己当然也很难负责，只能归之于命运。”也就是说，他认为朱湘自杀是因为精神错乱。他这么说，虽然比较残酷，但并非毫无根据。就连朱湘的好友罗念生在《给子沅》一文中也说：“但也只怪你的神经不健康，生出些是非。这也许是你自杀的重要原因。”苏雪林在《沉江诗人朱湘》一文中，说朱湘到武大来找她让她帮忙在武大谋个教职时，她曾去找过外文系主任卢方浪。卢说：“是朱湘吗？这人现在神经失常，已成废人。”然后，他提到：“武大初改制时，原想聘他来任外文系主任，他坚决拒绝。”因此他说：“现在连一名普通教授，我们都不敢请教了。”

朱湘自己承认，他不能适应环境，不懂世故，他甚至说他是个“畸零的人”。这样一个人，用“精神错乱”“神经不健康”“神经失常”来解释他的死因，或许可以掩盖一切。否则可以说，与其说社会逼死了他，不如说他逼死了他自己。

③“四子”之饶孟侃：另类的“新月”政治诗人

在朱湘中途负气退出《诗镌》的事件中，饶孟侃和他的诗《捣衣曲》无意中扮演了重要角色。从诗这个角度说，朱湘的《采莲曲》和饶孟侃的《捣衣曲》无论是从诗名、内容，以及格律等方面，有异曲同工之妙。以其中一节为例：

采莲曲

菡萏呀半开，
蜂蝶呀不许轻来，
绿水呀相伴，
清净呀不染尘埃。
溪间，
采莲，
水珠滑走过荷钱。
拍紧，
拍轻，
桨声应答着歌声。

捣衣曲

月光软抱住白莲庵，
柳塘上响着寒砧一片；
有个老的寡妇，
泪花儿和着浪花飞溅，
唏噗，唏噗；
她独自捣着衣服。
叮当，叮当；
铁马儿响在飞檐。

以诗的意境而言，两首诗都有着古典诗词的韵味，又不同程度地融合了民歌民调的清新自然；以诗中所蕴含的思想性而言，《采莲曲》作为朱湘的代表作之一，主要特色是轻婉曼妙，极具艺术性，但欠思想性。虽然朱湘一生坎坷，生活落魄，处境艰难，但在他的诗中，很少能看到对无情人世的抨击，甚至很少有对动荡社会的憎愤感受。他的诗，以恬淡平静为主，就像沈从文所总结的："显着平湖的微波那种小小的皱纹，然而却因这微波，更见出寂静。"①

《捣衣曲》与《采莲曲》的不同在于饶孟侃在这首诗中，隐藏着对黑暗现实的描绘。在诗中，他写的老寡妇一边在月光下的佛堂前的小溪捣衣，一边想着自己的身世：三十年前，她受父母之命媒妁之言

① 沈从文：《论朱湘的诗》，《文艺月刊》1931 年第二卷第一期。

嫁给了王三，王三死后，她被逼改嫁。她不从，逃跑到庵堂，从此在此落脚。一晃三十年过去，此刻，她来到小溪边捣衣，想起早死的丈夫，想起自己的遭遇，不禁“泪花儿和着浪花飞溅”。显然，这首诗不仅具有和《采莲曲》相同的艺术性，更有思想性。

也许仅从这一点，便可以看出朱湘和饶孟侃的不同，也会对闻一多在编辑《诗镌》时何以将《捣衣曲》排在《采莲曲》之前，有了一定的认识和理解。在作品赋予思想性方面，以及在格律诗的理论方面，在所有新月诗人之中，闻一多和饶孟侃最有共同语言。甚至可以说，闻一多的“诗之三美”理论是建立在饶孟侃的“新诗的音节”理论之上的。饶孟侃强调诗的音乐性，闻一多则主张诗的音乐美、绘画美、建筑美高度统一。

至于饶孟侃在新月派的身份，他不仅是诗人，也是新诗理论评论家。早在 1923 年 5 月，他还是清华学生时，就曾对闻一多的《园内》进行过详细的、理论性的评论。当时，闻一多对自己初次作这类“清庙明堂”式的新诗，比较满意，但对于这首新诗的新尝试是否算得上是成功之作，并无把握，忐忑不安地等待着外界的评论。饶孟侃在《评一多的〈园内〉》一文中，首先引用闻一多在当时最喜欢说的一段话，即“文艺有如一座金矿；旧有的文艺是已采出的矿质，只因不善锻炼，致令金质减色；搞新文艺的同志固当努力采取新矿质，然旧有的矿金却不能一概抛弃”，从而肯定《园内》是“一首变形的，放大的律诗”。然后，他用图解的方式从音尺、颜色、层次几个方面进行了分析，最终得出结论：“一多的《园内》可算是一篇成功的长诗。”这里的音尺、颜色、层次实际上就是后来的“音节”“绘画”“建筑”。

饶孟侃（字子离）是江西南昌人，1902 年 3 月 24 日出生于南昌县礼坊村的一个没落地主家庭。饶家姐弟二人，饶孟侃有一个姐姐名饶孟敏，新中国成立前曾任南昌女子公学校长。饶孟侃父亲饶祖荫很重视子女的教育，不仅在儿子孟侃幼年时就送他入私塾，甚至还让女儿读书。11 岁时，饶孟侃开始接触赋诗，从此迷上了古典诗词。14 岁时，他考入清华学校，主修英文。1921 年，清华文学社成立。两年后，饶孟侃入社。评介闻一多的《园内》是他于当年当月加入清华文学社后的“习作”。他开始写诗，也是在此时。

清华出来的学生，大多数都出国留学，就连朱湘这个曾经被开除过的学生也没有例外。如今提及新月社、新月派，习惯上都说是“欧美派”，原因便是成员都曾留学欧美。然而，饶孟侃却不同，他没有留学经历。1924 年，就在他毕业前夕，因膳食不洁与一个外籍职员发生冲突，该职员竟以阻止留学要挟。个性率直的他一怒之下，自动放弃了留美名额，留在了北京。第二年，他和朱湘、孙大雨、杨世恩，以及刚刚回国的闻一多、余上沅等同住在梯子胡同，写诗论诗。夏天，他和几个志同道合的人一起倡议创办了适存中学，随即和朱湘入校任教。正在此时，徐志摩接掌《晨报副刊》任主编。

闻一多曾在给弟弟闻家驷的信中明确说他加入了新月社。就饶孟侃和闻一多的关系，可以推测，在闻一多加入新月社之后，饶孟侃也加入了新月社。否则，他们就不会在后来一同参加创办、编辑《诗镌》，又一同参与创办、编辑新月社的标志性刊物《新月》月刊。

徐志摩对饶孟侃在《诗镌》时期的评价甚高。他在《〈诗镌〉放假》中，这样总结说：“实际上我虽则忝居编辑的地位，我对诗刊的贡献，即使有，也是无可称的。在同人中最卖力气要首推饶孟侃与闻一多两位。”他将“饶孟侃”放在“闻一多”之前，很可能饶较之闻更“卖力气”。这主要表现在他在格律诗的理论建设和创作实践方面，都有所建树。

自 1926 年 3 月 25 日开始，也就是《晨报副刊·诗镌》创办之前，《晨报副刊》连续用四期的篇幅刊登了梁实秋的一篇文章《现代中国文学之浪漫的趋势》。这是他在美国接受了白壁德的新人文主义思想之后，对中国新文学所作的一次反思和总结。他自“古典的”和“浪漫的”

两方面，从新诗、翻译、小说、散文、文学批评等各个方面出发，认为中国新文学是一场情感泛滥的“浪漫的混乱”。在这全景似的文学“扫描”中，闻一多、朱湘、饶孟侃等新月诗人捕捉到了一种“批评之批评”的文艺批评方法。闻一多在4月15日写给梁实秋、熊佛西的一封信中，这样赞美道：“实秋之作，震聋启聩，洵新文学诞生以来之第一篇批评也。”有人将此文章视为吹响了《诗镌》的开场号角。

在《诗镌》的创刊号上，率先进行文艺（诗）批评的是朱湘。他写的《新诗评》连续在《诗镌》上刊登了两期。《新诗评（一）》，他批评了胡适的诗；《新诗评（三）》，他批评了康白情的诗。因版面原因，他批评郭沫若的诗的《新诗评（二）》刊登在《晨报副刊》上。在这样连续进行诗的批评之后，新月派诗人便接二连三地登场发表自己的诗论。

最先刊发诗论文章的是饶孟侃，他在《诗镌》第四期上撰写了《新诗的音节》，首次就新诗的音节问题从理论的角度进行了分析。接着，他又连续写了《再论新诗的音节》《新诗话》，系统地指出所谓“音节”，是“实在包含得有格调，韵脚，节奏和平仄等等的相互关系”。他认为的“格调”，“指一首诗里面每段的格式”；“韵脚”，“是把每行诗里抑扬的节奏锁住，而同时又把一首诗的格调缝紧”；“节奏”，可分为两种，一种“是从作家自己在创作的时候无意中从情绪里得到的一种暗示，通常叫作自然的节奏”，一种“完全是纯粹磨炼出来的”。当时，在新诗方面，无论是理论，还是实践，都在摸索探求和试验。饶孟侃的这几篇文章，无疑为新诗指明了一个方向。在他之后，闻一多从更高层次总结了“诗之三美”。从这个方面说，饶孟侃起到了开拓性的作用。

反过来，饶孟侃又积极支持闻一多的“三美”主张，并身体力行加以实践。当对格律的过分追求导致“麻将牌式”或“豆腐干体”的产生，徐志摩也有所警惕，特别编发了钟天心的《随便谈谈译诗与作诗》后，饶孟侃对此极为不满，他在《情绪与格律》一文中，就钟天心的批评嘲讽道："这年头儿说话真要特别仔细，你必得说话带着注解，你必得随身带着号筒，从丹田里运出真气来大声呼喊，人家才能勉强听出一个大致。"然后，他直言："……觉得他所说的谈译诗的话并没有十分抓到痒处，所以我也不免在这里代天心先生再抓一抓。"他将钟天心所认为的新诗内容空洞、情绪虚假归结为感伤主义作怪，并撰文《感伤主义与"创造社"》，不仅大加斥责感伤主义，更将"创造社"列为批判的靶子。

也在这篇文章中，饶孟侃"强调情绪在诗里是一个先决的问题"，而格律则是表现情绪的手段，"某种情绪和某种音节的成分调得恰恰均匀，才能产生一种动人的感觉"。简单地说，他主张内容和格律应该统一，应该平衡，不能为了格律而格律，从而放弃内容，流于格律的形式主义，也要在内容的基础上兼顾格律。应该说，他的这些见解具有独创性、预见性、全面性。

饶孟侃还具有相当敏锐的洞察力。徐志摩作了两三首"土白诗"，在其中的一首《一条金色的光痕》中，明确注明是"硖石土白"。诗中有这样的"土白"："我要来求见徐家格位太太，有点事体……""眼睛赤花连太太都勿认得哩""乌青青就出门；田里西北风度来野欧，是欧""太太，我拉埭上，东横头，有个老阿太""格位李家阿太老年格运气真勿好""野勿晓得几时脱气欧，野呒不人晓得"等等。在当时，用土白作诗，很多人是不接受的。饶孟侃则有不同看法，他认为那些具有特别风味的土白完全可以入诗，甚至可以占有重要地位。这是因为只有在富于生活的语言中，才能发现新诗的节奏。

尽管饶孟侃也意识到格律和内容的统一，但有时候还是不免存在着过分强调音节的严整性，从而束缚了内容和思想表达的问题。从音节这个角度说，他又过分强调平仄。同时，他还主张从音节着眼，可以不分新诗旧词。这都使他的诗论具有一定的局限性。

在诗创作中，饶孟侃的诗风具有新月派的典型特点，比如讲究格律，强调音节和音韵，又有自己的独立风格，比如常用叙事和“对话体”的方式。在对新诗的音节进行种种试验方面，饶孟侃是最积极的。他总结说：“新诗可分为三个时期，第一期是尝试期，以谢冰心为代表，第二期是过渡期，以郭沫若为代表，第三期为入轨期，以闻一多、徐志摩为代表。”[①]这样说来，他的诗，也属于入轨期，即“在音节上努力”（饶孟侃语）。以他的一首《莲娘》中的一节为例：

我撑着｜一只｜小小的｜船儿，
我曾经｜走过｜许多的｜地方；
真｜说不尽｜看过｜几多｜风云。
也｜数不尽｜踏过｜多少｜波浪。

饶孟侃和闻一多在对格律诗方面之所以有共同的追求，很大程度上是因为正如朱自清所说的那样“都深受英国影响，不但在试验英国诗体，艺术上也大半模仿近代英国诗”[②]。在“深受英国影响”方面，闻一多除了喜爱济慈外，又和饶孟侃一样都深受英国诗人霍斯曼的影响。梁实秋在评价闻一多的《死水》时，说：“我们可以清楚地看出这整齐的形式，有规律的节奏，是霍斯曼作风的影响。”[③]朱湘也说：“记得他（闻一多）回国所带的文学书籍完全是现代的诗集，英文原本的。哈代的沉郁，霍斯曼的简洁，照想起来，应当是与他最为接近。”[④]饶孟侃虽然没有出过国，但他也对霍斯曼情有独钟。除了大量阅读霍

① 饶孟侃：《中国新文学》，《时事新报》，1927年11月。
② 朱自清：《中国新文学大系·诗集》，《朱自清全集》第四卷，江苏教育出版社1990年版。
③ 梁实秋：《谈闻一多》，《梁实秋怀人丛录》，当代世界出版社2007年版。
④ 朱湘：《闻一多与死水》《文艺复兴》第三卷第五期，上海出版公司1947年7月。

斯曼的诗以外，他还大量翻译霍斯曼的诗。他这一生，公开发表的译诗共 19 首，其中霍斯曼的诗有 14 首，可见他对霍斯曼是如何偏好了。还有两首，即《“从十二方的风穴里”》《山花》，是饶孟侃和闻一多共同翻译的。

以“对话体”的方式写诗，是饶孟侃诗的一大特色。比如，他的《“三月十八日”——纪念铁狮子胡同大流血》的风格是这样的：

“平儿，你回来了！”“是的，母亲。”
“我为什么走路卷着大襟？”
“啊！那是路上弄脏了一点，
不要紧，让我进去换一件。”
“兄弟呢，怎么没同你回来？”
“他，他许是没有我走得快；
没什么，母亲，没什么；他，他
自己难道还不认得回家？”
……
“不是，我昨晚梦见你兄弟，
一起来又听见乌鸦在啼……”
……

如果说饶孟侃和闻一多除了在新诗理论方面有共同认识外，在创作方面也有共通性的话，那么，这个“共通性”就表现在都倡导文艺运动和爱国运动相结合。也就是说，在他们的诗里，总是渗透着明显的爱国情怀。这是他俩区别于其他新月派诗人的重要之处。

《诗镌》创刊号又是“纪念三一八惨案专号”，饶孟侃在这期上发表了一首《天安门》。颇有意味的是，在《诗镌》创刊前几天，闻一多在《晨报副刊》上也曾发表了一首名为《天安门》的诗。

天安门

饶孟侃

前面那空地就叫天安门，
好孩子，你要害怕就别做声。
人家说这里听得见鬼哭，
一到晚上就没有走路的人。
新的鬼哭，旧的鬼应；
要是听着真吓死人！
……
不知道爱国犯了什么罪，
也让枪杆儿打得认不得人——
身上是血，脸上发青，
好不容易长成个人！

天安门

闻一多

你瞧都是谁家的小孩儿？
那不才十来岁儿？干嘛的？
脑袋瓜儿上不是枪扎的？
　……
怎么走着，走着，看不见走。
冤不得小秃子吓掉了魂，
劝人黑夜里别走天安门。
　……
听说昨日又死百十来人，
管包死的又是傻学生们！

铁狮子胡同也该闹鬼了。
得！就算咱拉车的倒霉了！
赶明日北京满城都是鬼。

也在这期创刊号上，闻一多写了一篇《文艺与爱国——纪念三月十八日》的号角性文章。在“三一八惨案”发生后一个星期，饶孟侃就写了那首《“三月十八日”——纪念铁狮子胡同大流血》。也许闻一多的这篇文章是受了饶孟侃这首诗的启发。在文艺运动与爱国运动相联系的这个问题上，他俩不但思想统一，行为一致，更密切配合，彼此关照，共同行动。

朱自清说：“他（闻一多）又是个爱国诗人，而且几乎可以说是唯一的爱国诗人。”①他又说：“抗战以前，他差不多是唯一有意大声歌咏爱国的诗人。”②说闻一多是爱国诗人，是因为他的确写过多首爱国诗，比如《醒呀》《洗衣歌》《我是中国人》《爱国的心》《七子之歌》等。但是，说他是“唯一”的爱国诗人，则不免溢美，因为至少饶孟侃也可以说是爱国诗人。他在《天安门》《“三月十八日”——纪念铁狮子胡同大流血》之后，又写了痛斥隐瞒惨案真相的《无题》，接着又有《走》《山河》（原名《战歌》）、《叫卖》等爱国诗。他的《捣衣曲》《莲娘》《弃儿》等诗充满了反封建精神，对劳动者充满同情和关注。

周良沛曾经这样总结道：“饶孟侃，不像当年左翼作家，以革命思想为基础而创作。而且，他还以‘不空谈政治’抵制‘新月社’某些人的政治。然而，他那些歌颂爱国运动、同情劳动人民的诗行，也

---

① 朱自清：《中国新文学大系·诗集》，《朱自清全集》第四卷，江苏教育出版社1990年版。

② 朱自清：《爱国诗》，《朱自清全集》第二卷，江苏教育出版社1990年版。

离不开政治，就是他以‘不空谈政治’所抵制的某些反共、反对进步文艺的政治，诗人尽管可能是不自觉的，实际上也是很强烈的政治。”①

《诗镌》时期，新月诗人在该刊上共发表了105篇诗文，其中文17篇，诗88首。发表诗文最多的，就是饶孟侃，共16篇，其中文6篇，即《新诗的音节》《再论新诗的音节》《新诗话（一）》《新诗话（二）》《感伤主义与“创造社”》《情绪与格律》；诗10首，即《天安门》《寻找》《捣衣曲》《家乡》《莲娘》《春游》《走》《无题》《招牌》《辞别》。在他之下，方才是闻一多和徐志摩，各发表诗文11篇，其中文各4篇，诗7首。因此徐志摩才会说饶、闻贡献最大，更说“孟侃从踢球变到作诗，只是半年间的事，但他运用诗句的纯熟，已经使我们老童生们有望尘莫及的感想，一多说是‘奇迹’，谁说不是？”

《诗镌》结束后，又有《新月》月刊，饶孟侃不仅继续发表诗文，更参与编辑工作。然后就是《诗刊》，饶孟侃在第三、四期上发表了《惆怅》和《山河》。1934年，叶公超、闻一多主办了《学文》，饶孟侃发表了三首诗《懒》《客人》《和谐》。曾经有人批判《学文》充满了酸霉气，而饶的这几首诗是“酸霉气”的代表——当然，这是站在政治角度，非站在艺术角度上的评价。

在《和谐》之后，饶孟侃告别了文坛，专心教书。新中国成立后，他先后在四川大学外文系、中国人民大学外文系、北京外语学院、外交学院任教。1950年

20世纪30年代的叶公超

① 周良沛编选《中国新诗库·饶孟侃卷·卷首》，长江文艺出版社1988年版。

12 月，他从一个朋友那里得到一本《新月》第一卷第五期。他在扉页上写道："我一眼瞥见他，就像见了多年阔别的亲人一样，说不出心头是如何高兴。这确是真感情，哪怕只有电光一闪的存在，我怎能不重视它呢？"可见他对《新月》，对"新月"的深情。1967 年 4 月 2 日，他在北京病逝。

④"四子"之孙大雨："音组"理论的最早倡导者

如今提及新月派倡行的格律诗，从理论上说，习惯以饶孟侃的《新诗的音节》——闻一多的《诗之三美》——孙大雨的"音组"作为发展顺序。实际上，孙大雨的"音组"说早于饶、闻的这两篇诗论。只可惜在当时，他只有对"音组"的直觉认识，而没有将它上升到理论的层面进行系统总结。这样他的新见就被误解为是建立在饶、闻新诗理论基础之上的了。

仅就"音组"理论而言，诗人卞之琳在 1989 年写的一篇《我和叶公超》文章中说："现在读到公超 1937 年发表在孟实主编的《文学杂志》创刊号上的《论新诗》一文，发现更多深获我心的见解。例如新诗建行单位不应以计单字数而应计语音的音组，比孙大雨先生通过长期实践到 30 年代开始译莎士比亚才提出'音组'说法似还早一步。"在这里，他认为孙大雨的"音组"说是在 30 年代才提出的。实际上，准确地说，孙大雨是在这个时候开始进行"音组"的理论总结的。

1934 年下半年，孙大雨接受胡适主持的中华文化教育基金会的资助，开始了翻译莎士比亚戏剧的浩大工程。他最先选定的莎剧是《黎琊王》（又名《李尔王》）集注本。这之前，他已经开始了莎剧的试译。试译和正式译的区别在于试译时，他对莎剧中的"音步"还不能熟练掌握；正式译时，他运用多年对"音组"理论的探索和实践，用此方法对应莎剧中的"音步"，然后通过各种手段，将原作中的五个"音步"，变换成五个"音组"。14 个月以后，翻译工作全部完成。

在翻译过程中，孙大雨对"音组"的理论又有了更进一步地认识。

于是，他便想写一篇关于“音组”的理论文章。不想，一开笔就收不住，洋洋洒洒写了十多万字，终成《论音组》专著。又是一个可惜，因为随即全面爆发的抗日战争，他的《黎琊王》和《论音组》都未能及时出版。5年后，即1940年，《黎琊王》终于付印。几个月后，他由港返渝，便将《论音组》原稿和《黎琊王》清样留在香港友人家里。谁知道，香港失陷时，两部稿子全部被毁。幸好《黎琊王》已有打印好的纸版，而更珍贵的《论音组》则终未得见天日。

抗战胜利后的1948年，由孙大雨翻译的《黎琊王》集注本（上、下两册）由上海商务印书馆出版。在“序言”中，人们发现了“音组”这个词。他这样解释道：“韵文的先决条件是音组，音组的形成则为音步的有秩序、有计划地进行。”这是他第一次以正式的书面方式提及“音组”。这恐怕就是卞之琳断言他的“音组”说诞生于30年代的主要原因。

作为新月派“四子”之一，孙大雨对《诗镌》也有不小贡献，最突出的表现就是在人们对格律诗进行努力试验时，找到了一种新诗的格律，也就是以两个或三个汉字为常数的有各种不同变化的“音组”。

孙大雨祖籍浙江诸暨，1905年1月11日出生于上海南市，原名孙铭传，字守拙，号子潜。他的父亲孙廷翰，字问清，是清代末科翰林，有学问，也有家产。母亲戴氏是苏州人。他兄弟姐妹四人，他排行老三。孙廷翰很正直，看不惯官场上的“聪明人”，便给大雨起名“守拙”，意守拙若愚。守拙自幼聪明，5岁时入了私塾，很快就能读《论语》《孟子》。9岁时，他跟着表兄开始学习英文。后来，他进入上海青年会中学完成了附小和初、高中的学业，1922年顺利考入清华学校高等科。在中学时，他以“守拙”之名在康白情、王光祈等人主编的《少年中国》第一卷第十一期发表处女作《海船》，同年又在《时事新报·学灯》上发表《水》。这是他接触新诗、创作新诗的开始。

既爱新诗，又是清华一分子，孙大雨自然是要加入清华文学社的。

从 1922 年 10 月 27 日已经去了美国的闻一多写给还在清华的梁实秋的一封信中可以发现，孙大雨应该是在此之前加入文学社的。在信中，闻一多有这么一段话："又听说我们加入了两位新会友——郑君骏全同孙君铭传。我很诚恳地向他们毛遂自荐，愿列于他们的文字之交之末；我又用我的旧社友底头衔对他们表示无量的欢迎！"若说孙大雨在清华文学社时的最突出表现，无疑是经他的努力，使得因闻一多、梁实秋等人相继留美而停刊多时的《清华周刊》得以复刊。他因此当选周刊文艺栏主任。在任期间，他一共编辑了四期《文艺增刊》，他自己，则在该刊上先后发表了《秋夜》《荷花池畔》《舞蹈会上》等诗，也连载了长篇论文《郭沫若——〈女神〉与〈星空〉》（未完）和《十四行诗和连锁韵》，认真探讨了新诗自五四以来在创作方面的得失。

也就在此期间，他有感于新诗形式的过于松散和自由，开始关注诗的格律。后来，他回忆说："1922 年夏考上清华学校后，我的兴趣朝诗歌方面发展，特别是英文诗歌。我向往雪莱的高渺幽微的激情遐思和密尔顿的崇高浩瀚的气魄意境，向往于诗歌里情致的深邃与浩荡，同格律声腔相济相成的幽微与奇横。"① 他觉得那时候的新诗意境太淡漠空泛、粗疏平淡，声腔节奏几乎和白话差不多，想要寻找一种新的格律。

在清华求学期间，四子同住在梯子胡同的两间屋里，读书作诗写文章，谈诗论诗寻格律。这也许是吸引闻一多在回国之初也住进梯子胡同的原因之一。闻一多回国时，孙大雨也自清华毕业了。按规定，他在赴美留学前可以在国内游历一年。这时，他正苦苦寻思新格律，便利用这个机会来到浙江普陀山，入住佛寺圆通庵客舍。在那两个月的时间里，白天，他游山玩水，领略自然；晚上，他对着皎洁的月光吟诵名诗。同时，他读书，写诗。终于，摸索出了一种新诗的格律形

① 孙大雨：《我与诗》，《孙大雨诗文集》1996 年版。

式，那就是——音组。以《黎琊王》中的一段译诗为例：

听啊，｜造化，｜亲爱｜的女神，｜请你听！
要是你｜原想｜叫这｜东西｜有子息，
请拨转｜念头，｜使她｜永不能｜生产；
毁坏她｜孕育｜的器官，｜别让这｜逆天
背理｜的贱身｜生一个｜孩儿｜增光彩！

很明显，它由两三个汉字为常数进行变化、每句都有五个音组。他认为构成一首诗的因素主要是情致、意境、风格和音组。如果把诗来比人，情致“相当于精神和生活”，意境“如同肢干轮廓”，风格“仿佛仪态丰姿”，音组“好似声音行动”[①]。当他发现了这个新的格律后，非常激动地从普陀山返回北京，和闻一多等诗友们交流。随后，他用音组理论创作了一首十四行诗《爱》（刊登在1926年4月10日的《诗镌》上）。这也是他有意识地撰写格律体新诗的首次实践。自此以后，他以此方法创作和翻译了约三万行左右的诗。

就在孙大雨执着于对音组的理论探求和创作实践时，饶孟侃在《诗镌》上发表了《新诗的音节》，随即，闻一多发表了《诗的格律》。从他俩的理论和实践可以发现，他们似乎并不接受或认同孙大雨的音组说。相对而言，“诗的音节”，特别是“诗之三美”，对当时的格律诗运动起了相当重要的作用，而“音组”则少为人知。孙大雨因为对格律诗有自己的独特见解，所以对饶、闻的理论阐述中的某些观点，也持有异议。

比如，饶孟侃认为：“用单音的文字来写无韵诗，虽不敢说是绝对的不可能，但是我相信至少我自己这辈子绝看不到它有成功的可

① 孙大雨：《论音组——莎译导言之一》，《孙大雨诗文集》1996年版。

能。”对此，孙大雨的观点恰好相反，他主张诗可以不押韵。他的代表作之一《自己的写照》，就是一首典型的长篇无韵体诗，每行四个音组。以前五行为例：

森严的秩序，紊乱的浮嚣。
今天一早起街顶上的云色
呈着鸽桃灰，满街人脸上
有一抹不可思议的深蓝。
我说你这个大都会呵，大都会！

这首诗被后期新月诗人陈梦家赞为“是一首精心结构的惊人的长诗，是最近新诗中一件可以纪念的创造。”台湾诗人痖弦评价它“确是中国早期新诗坛一座未完工的巨大纪念碑”。这从另一个侧面证明，孙大雨用音组理论和不押韵的观点进行的创作，是成功的，更可以在诗创作中被广泛运用。

从构成上说，闻一多的“音尺”和孙大雨的“音组”基本上是一致的。它们的区别在于，闻一多以音尺为基础从而要求达到“节的匀称”和“句的均齐”的建筑美的目的。在实践中，这样对音尺的过度强调，不可避免地产生了“麻将牌式”和“豆腐干式”的形式僵硬的诗作。对此，孙大雨是不以为然的。他在一篇回忆朱湘的文章中，这样说：“朱湘也是格律体新诗的赞同者和实行者，但他囿于所谓‘建筑美’而创立的一种每行字数划一的诗体则被后人诟病为‘豆腐干诗’。”[①]而按照他的音组理论进行创作，虽然强调每行的音组数相同，但并不要求每行字数相等。这样就避免了“麻将牌”和“豆腐干”。

看得出来，在对格律诗的理论主张方面，闻一多和饶孟侃、朱湘

① 孙大雨：《我与诗人朱湘》，《孙大雨诗文集》1996 年版。

等是一致的，和孙大雨则是不同的。这也许就是闻一多之所以说“《诗刊》重要分子当数朱、饶、杨、刘”，而将孙大雨排除在外的主要原因。又也许，正是因为他被“排除”了，所以他才会中途离开了《诗镌》。当然，他的退出，和朱湘不同。朱湘是负气，而他，更可能是因为和他人的意见不合。徐志摩在《〈诗镌〉放假》一文中，带有指责的口吻说：“杨子惠孙子潜两位应受处分，因为他们也是半途失散，不曾尽他们应尽的责任；他们此时正在西湖边乘凉作乐，却忘了我们还在这大热天的京城里奋斗。”

“应受处分”的两个人，在“西湖边乘凉作乐”后返回北京不久，杨世恩（子惠）患伤寒突然病逝。一个月以后，孙大雨（子潜）乘上麦金利总统号海轮启程赴美留学。提及留学，很自然地会说到他的一些往事，从中很能发现他的个性和为人。

早在基督教会创办的青年会中学就读时，孙大雨就曾因为“不听话”险些被开除。当时，他在学生会的支持下，创办了一份校园刊物《学生呼》，自任编辑，每期发表社论、时评、新诗，还刊登全国各地学生运动的消息。这时，正值五四运动风起云涌之时。显然，他深受影响，思想也有些激进。由于是教会学校，按校规，师生每天早晨都要在礼堂集合诵经，然后由校长训话。他正研读达尔文的进化论，觉得基督教“人是由上帝创造”的观点与进化论相悖。于是，他一方面在《学生呼》上撰文，大力宣扬进化论，一方面给校长写信，阐明他对人是如何而来的问题的理解和认识。

校长看了《学生呼》上的文章，大怒，又看了孙大雨的信，大愤。暑假前，他给孙大雨家发去两封信，一封是成绩通知单，一封是开除通知书。孙大雨不忧不惧，竟然在报纸上写文章公开质疑校长。迫于形势压力，校长只好派副校长赶到孙家收回了开除通知书。就这样，孙大雨依靠自己的办法，重又回到了学校。

中学还未毕业，孙家就为大雨筹办婚事了。照例，家人不会尊重孩子的意见，以父母之命媒妁之言的方式为大雨说了一门亲。女方家是当地的富族，孙家此时已经家道中落，因此很希望这门婚事能振兴孙家，更和对方约定，将来送大雨出国留学。孙大雨了解详情后，由于受到新式婚姻思想的影响，坚决不从。在订婚前，他给女方父亲写了一封信，旗帜鲜明地表明了态度。就这样，婚事告吹，家人很恼火，他的一个叔父更大骂他是“过激党”。

既然不能让婚姻帮助自己出国，那么就只有靠自己的努力了。就这样，孙大雨考上了清华，圆了留学梦。来到美国后，他进入美国东北部的新罕布什尔州哈诺阜镇的达德穆学院，插入三年级，主修英国文学，兼修西欧哲学史及美术史。两年后，他自该校毕业。随后，他只身来到纽约，进入耶鲁大学研究院二年级，还是主修英国文学。学习之余，他跟朱湘始终保持着信来信往，密切关注着国内的新诗发展。他自己，课余也写诗，有一首《纽约城》后来刊登在 1928 年 10 月的《晨报副刊·辰星》上。他也知道，此时，新月文人们，包括徐志摩、闻一多等，都早已离开了北京，离开了《晨报副刊》。

1930 年，孙大雨回国。次年初，徐志摩在上海又创办了《诗刊》，孙大雨参与稿件的编选，也发表了《诀绝》《回答》《老话》等几首十四行诗，均为商籁体。徐志摩评价道：“大雨的三首商籁是一个重要的贡献；这竟许从此奠定了一种新的诗体。”后来，徐志摩的《猛虎集》出版，他送了一本给孙大雨，称大雨是“大雨元帅”，签名为“小先锋志摩”。《诗刊》上还刊登过孙大雨的一首共 318 行的长诗《自我的写照》。苏雪林评价

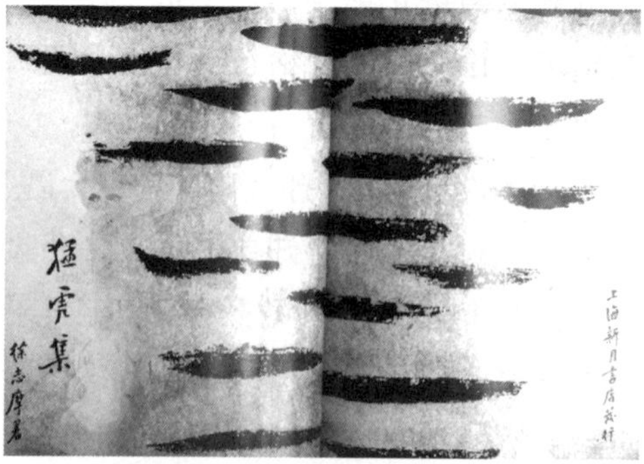

闻一多设计的徐志摩著《猛虎集》封面

孙大雨是继徐志摩、闻一多“一双柱石”之后的“新月”之中一员出色的诗人。

抗战中，孙大雨在大后方教书；胜利后，他加入民盟，是上海大学教授联谊会干事会主席，参加了民主运动。新中国成立后，他进入复旦大学外文系任主任。在“五七”反右运动中，他被划为大右派，直到1979年才得以平反，然后调入华东师大外文系。1997年1月5日，他在上海去世，享年92岁，是最后一位离世的“新月”人。

4. 徐志摩宣布：《诗镌》“放假”

茅盾曾在《徐志摩论》中说徐志摩的诗“是圆熟的外形，配着淡到几乎没有的内容，而且这淡极了的内容也不外乎感伤的情绪”。这段话虽然是明指徐志摩的，但徐志摩却是新月派诗人的代表，因此并非不可以将其理解为对新月派诗风的总体评价，即形式大于内容。

就格律诗运动本身来说，正如闻一多对它的评价：主要功绩之一就是发现了新诗的音节，即格律，也就是“形式”。徐志摩在《〈诗镌〉放假》一文中也说：“一首诗的秘密也就是它的内含的音节，匀整与流动。……明白了诗的生命是在它的内在的音节的道理，我们才能领会到诗的真的趣味。”正因为他们过于强调音节，所以徐志摩又说：“不论思想怎样高尚，情绪怎样热烈，你得拿来彻底的‘音节化’（那就是诗化）才可以取得诗的认识，要不然思想自思想，情绪自情绪，却不能说是诗。”

然而，如果就此断定新月诗人只重形式，不重内容，则有失公允。严格说来，没有纯粹的只有形式没有内容的诗。何况仅从《诗镌》创刊号“三·一八惨案专号”上刊登的数首纪念诗篇，就可以看出，他们不仅重内容，更有以诗反映现实表达思想的强烈意识。将文艺运动与爱国运动相统一，固然可以认为诗有内容，除此之外，生活中的点滴，以及情感、情绪，甚至感伤，也都不能不算是一种“内容”。因此，指责新月派的诗只有形式、没有内容，是毫无道理的。

其实徐志摩也意识到内容和形式的问题，他在《〈诗镌〉放假》中说："我们学作诗的一开步就有双层的危险，单讲'内容'容易落了恶滥的'生铁门笃儿主义'或是'假哲理的唯晦学派'；反过来说，单讲外表的结果只是无意义乃至无意识的形式主义。就我们诗刊的榜样说，我们为要指摘前者的弊病，难免有引起后者弊病的倾向，这是我们应分时刻引以为戒的。"由此可见新月派倡导格律诗对新诗发展起着何等重要的作用。

朱自清对新月派提倡格律诗运动评价甚高，他说："他们真研究、真试验；每周有诗会，或讨论，或诵读。梁实秋氏说：'这是第一次一伙人聚集起来诚心诚意的试验作新诗。'虽然只出了十一号，留下的影响却很大——那时候大家都作格律诗；有些从前极不顾形式的，也上起规矩来了。"①

徐志摩自己也对他们在这一期间所作的格律诗尝试，做了总结："第一在理论方面，我们讨论过新诗的音节与格律。我们干脆承认我们是'旧派'——假如'新'的意义不能与'安那其'的意义分离的话。想是我们的天资低，想是我们'犯贱'，分明有了时代解放给我们的充分自由不来享受，却甘心来自造镣铐给自己套上；放着随口曲的真新诗不作，却来试验什么画方豆腐干式一类的体例！"

如果《诗镌》不"放假"，徐志摩、闻一多他们继续在格律诗方面进行理论和实践的挖掘，相信格律诗会有更大发展。不过，在这短短的两个月时间、仅仅11期的篇幅中，新月派发表的创作和理论，在中国现代诗歌的发展史上，仍然占有一定地位。同时，它也因为区别于之前的文学研究会、创造社等文艺社团的思想见解和艺术特色，

① 朱自清：《中国新文学大系·诗集》，《朱自清全集》第四卷，江苏教育出版社1990年版。

从而形成了一种独特风格的新的诗歌流派。

说起《诗镌》“放假”的原因，徐志摩在《〈诗镌〉放假》一文中做了解释：“一为在暑期内同人离京的多，稿事太不便，一为热心戏剧的几个朋友，急于想借本刊地位，来一次集合的宣传的努力……”这个“宣传的努力”就是在“热心戏剧的几个朋友”共同参与下，创办了《剧刊》。

《晨报副刊·剧刊》：“国剧运动”的理论基地

1. 余上沅、闻一多、赵太侔、张嘉铸：四条汉子的国剧运动

与其说《诗镌》“放假”，是因为几个热心戏剧的朋友想借《晨报副刊》的版面创办《剧刊》，不如说，《剧刊》的创办填补了《诗镌》“放假”后的“晨副”空白。《诗镌》在1926年6月10日终刊，《剧刊》紧随其后，在6月17日创刊。《诗镌》维持了两个多月，《剧刊》坚持了三个多月，到9月23日终刊。这两个“副刊”的核心人物，无疑是徐志摩。《诗镌》时期，围绕在徐志摩周围的，是以闻一多为首的新诗人；《剧刊》时期，团结在徐志摩身边的，是以余上沅为首的一批对戏剧充满热爱和理想，又致力于国剧运动的戏剧人。

何为“国剧”？梁实秋后来解释说：“所谓‘国剧’不是我们现在所指的‘京剧’或‘皮黄戏’，也不是当时一般的话剧，他们想不完全撇开中国传统的戏曲，但要采纳西洋戏剧手段；不只理论上的探讨，他们还希望能有一个‘小剧院’来做实验。”余上沅对于“国剧”解释得更清楚明了：“由中国人，用中国材料去演给中国人看的中国戏，这样的戏剧，我们名之曰‘国剧’。”

对于“国剧运动”，余上沅又解释道：“仿佛提倡国货就非得要抵制外货，国剧也许可以惹出极滑稽的误解。好事之徒，或者旁征曲

引，上自院本、杂剧、传奇，下至昆曲、皮黄、秦腔，说它是中国的国粹，我们应该如何去保存，如何去整理，举凡犯有舶来品之嫌疑的，一概予以排斥，不如此不足以言国剧。这样主张，未免是知其一不知其二。……要在戏剧艺术上表现，我们哪能不另走一条新路！我们的希望，我们的热忱……这样的希望，这样的热忱，我们名之曰‘运动’。”简单地说，他们所倡议的国剧运动，就是以中国传统戏剧为基础，吸收西洋戏剧元素，创造出一种新的，但仍不失为中国特色的戏剧。从专业的角度说，就是应该兼取“重写实”的西方戏剧和“重写意”的中国传统戏曲之长，又偏向写意。

早在这之前，余上沅就曾撰文《表演的艺术》，将表演分为“写实”和“写意”。他自己，是倾向写意的。他认为中国话剧不妨一试的途径，是“把旧戏去掉唱的部分，只取白，是说也好，是诵也好，加上一点极简单的音乐，依然保持舞台上整个的抽象、象征、非写实。一方面免除了昆曲的雕琢，一方面免除了皮黄的鄙俗，把戏剧的内容充实起来，叫它不致流入空洞”。

但是，理想和现实总是差距很大。愿望是美好的，誓言也是容易立下的，真正行动起来，困难是难以想象的。既然计划开始国剧运动，那么，在余上沅、闻一多他们看来，这个“运动”应当包括各个方面，比如创办出版物、演剧等，最重要的，是创办剧院。为此，他们跑遍纽约的大小剧院进行调研，了解筹建过程。他们更从细节入手，又跑颜料店、电器店、玻璃店、布料店、成衣店、珠宝店、影像器材店、建筑材料店，甚至还有演员常常聚餐的餐馆等。这样跑下来，他们不免有些灰心，因为他们惊讶地发现，费用太庞大了。

与此同时，他们做了一份详细的计划，经过十多次的修改，共同起草了一份《北平艺术剧院计划大纲》（这篇文章后来于 1926 年 9 月 16 日、23 日分两期刊登在《晨报副刊·剧刊》上），设想筹建北平艺术剧院、演员学校、戏剧图书馆、博物馆。

这样一群年轻的戏剧人，有理想，有抱负，有信心，有能力，有才学，唯独没有的，就是经费，而一切的一切，无论是宏大的规划，还是细微的想法，都是要靠经费支撑的。没有经费，一切就成为纸上谈兵，成为空中楼阁。他们颇不甘心，想来想去，想到不能仅靠自己，还得借助外力——用别人的钱办自己的事。这个“外力”，他们想到了北大，想到了胡适。

其实早在这之前，他们虽然远在千里之外，但对新月社倡导新戏剧并热衷于演剧活动也有所耳闻。在他们于美国演了几出戏自觉成绩卓然后，闻一多和余上沅、赵太侔商议，公推余上沅以“中华戏剧改进社”的名义给在国内的胡适写信，希望在北大开设“戏剧传习所”，并联合筹办“北京艺术剧院”。余上沅在信中，首先提到了他们的困难，说：“聚会数次，都因经费无着，垂头丧气而散。这种‘徒唤奈何’的情形，大概北京新月社诸先生也不能免。那么，难道大家同声一叹就罢了吗？”然后，他才提到他们的打算和建议：

> 北大有音乐传习所、画法研究会，固然是培养艺术界人才的好办法，但未开设“戏剧传习所”或“研究会”，总不免是一件缺欠。戏剧如何重要，如何可以融会贯通原有之音乐及画法两部，不待我说，先生比我知道的还多。从前所以未办的，大概是无人提倡，无人主持，无经费。如今先生及陈通伯、丁燮林、徐志摩、张歆海诸先生都能提倡，能主持了——只有一个经费的困难……
>
> 北大从前不出来办戏剧上的事业……使戏剧二字又受了累，实在是一件可惜的事。
>
> 如今北大再不出来办，不免有点见义不为了，先生以为然否？
>
> 世界各国都有剧本，中国似乎独无，这是一件大耻。如

> 今新月社诸先生投袂而起，其精神不可不令人佩服，——然苦无处试验何！我们对戏剧艺术正得了一点门径，想回国随同诸先生做点实验，同建“中国戏剧”，苦无处工作。假使北大能有一个“戏剧传习所”，大家都好去埋头做工了。
>
> 我们最大的希望是北大肯马上开设“戏剧传习所”……
>
> ……一到时机成熟，便大募股本，建筑“北京艺术剧院”。此刻正是这个运动开始时期，非求先生格外帮忙不可。……
>
> 总结上文，我们敬请先生：
>
> （一）请北大开设“戏剧传习所”；
>
> （二）帮我们的忙，使我们可得一个地方做实验；
>
> （三）……

有意思的是，这封信中的第三点，是他们热情地邀请新月社诸君子加入他们的戏剧改进社，共同建设中国戏剧。余上沅在信的结尾，真诚地说：“敬祝先生健康。北大诸先生、新月社诸先生均此。”这可以说是余上沅、闻一多他们第一次主动和新月社联系。尽管他们的呼唤并没有得到胡适的响应——的确，开设戏剧传习所，建筑北京艺术剧院这样的大事，不是说开设就能开设，说建筑就能建筑的，何况胡适此时不过是北大的教务长而已。从这个角度说，他们的想法不免天真——但他们从此和新月社建立了联系。余上沅、闻一多、赵太侔由此结交了对戏剧同样热心的徐志摩（张嘉铸原是徐志摩妻弟，自应以前就相识）。这也是他们返国后加入新月社的基础。

在等待胡适、新月社回复同时，戏改社也没闲着，继续着他们的戏剧梦——筹划办刊。考虑到办剧院、开传习所，甚至演剧等必须回国后才能办理，目前尚在美国的他们只能做一些力所能及的事，比如，创办刊物。原本，他们的计划是创办一份专门谈戏剧的刊物，但又担心没有那么多稿件支持，日子长了很可能难以为继。为避免尴尬局面出现，他们最终决定办的刊物，不以戏剧而以艺术之名，又侧重戏剧。至于刊名，有人提议《雕虫》，有人提议《河图》，但闻一多都不满意。

刊名虽未最终确定，却排好了四期目录，参与的作者除了戏改社的成员外，还有社外人员，如陈师曾、杨廷宝、潘光旦、郭沫若、赵元任、陈西滢、郁达夫、刘奇峰、罗充、张歆海等。最引人注目的，是在第二期的目录上，有鲁迅的名字，只不过，也许是他们的手上并没有拿到鲁迅的作品，所以只用了一个“短篇”代替，意即他们想编发一篇鲁迅的短篇。之所以这样安排，无外乎表达了他们的一个愿望，至于能否真的拿到鲁迅的作品，他们其实并无把握。

相类似的，还有赵元任，目录中只是“音乐散文”；陈西滢，目录中只是“散文”；郭沫若，目录中只是“诗”；徐志摩，目录中只是“散文”；冰心，目录中只是“短篇”。闻一多在给梁实秋的一封信中说：“非我辈接近之人物如鲁迅、周作人、赵元任、陈西滢或至郭沫若、徐志摩、冰心诸人宜否约其投稿。我甚不愿头数期参入此辈之大名，仿佛我们要借他们的光似的。”事实上，这段话恰恰显示了他或他们从内心深处来讲，多少还是有“借光”想法的。

然而，无论是《雕虫》，还是《河图》，从后来结果看，都没有办成。这年夏，闻一多和余上沅、赵太侔回国。朱湘在《闻一多与〈死水〉》一文中说，他们三个人结伴回国，便是计划着复兴中国话剧。他又说：“戏剧这一方面的兴趣，就了《死水》各诗的排列方法看来，我们可以知道，仍然存在于他（闻一多）的胸中。”这个时候的闻一多，怀揣着的是戏剧梦想。却不想，他回国后先参与创办了《诗镌》从而进行了格律诗的尝试。也许正因为如此，他们的国剧运动被延期了，直到《诗镌》“放假”。

2.《剧刊》灵魂：“戏剧”的徐志摩

徐志摩在《〈剧刊〉始业》一文中，很诚恳地说：“说来我自己

徐志摩、陆小曼合作创作的《卞昆冈》封面

真叫是惭愧，因为我始终只是一介摇旗呐喊的小兵。我于戏是一个嫡亲外行，既不能编，又不能演，实际的学问更不必问：我是绝对的无用的一个。”

这段话，可以认为他说的是实情——在外人眼里，他以诗见长，他准确的身份，还是一个诗人，尽管叶公超认为他的散文写得比诗还好。“戏剧家”的帽子，无论如何也戴不到他的头上。不过，这段话，也可以理解为他是谦虚——他能演，演过《齐特拉》，不论演得是不是像一个真正的演员；他也能编，他和陆小曼合作编过一出《卞昆冈》。他对戏剧，有自己的认识和见解，因此写过戏评。他创办新月社，目的就是“为做戏”。如此说来，他于戏，并非“外行”。

如果以时间顺序梳理徐志摩在创办《剧刊》之前的戏剧活动，那么，应当从 1923 年 4 月 3 日他写的一篇影评《看了〈黑将军〉以后》开始。这是部德国人拍摄的无声黑白电影，改编自莎士比亚的名剧《奥赛罗》。自认对莎士比亚戏剧颇有研究的徐志摩对《黑将军》显然不甚满意。当时，因为偏爱莎士比亚的缘故，他冒着大雨兴高采烈地去看《黑将军》，看完后，是“一百二十分的失望，在大雨里饱受了一肚子气回家。后来愈想气愈大”①。

他的不满意，最主要的是他觉得这部影片远离了原著的精神。他

① 徐志摩：《看了〈黑将军〉以后》，《徐志摩全集》第一卷，天津人民出版社 2005 年版。

更痛恨的是，它歪曲了原著。比如，影片中的奥赛罗被曲解成了长相又丑又蠢的蠢物，而且残忍、轻信、莽撞。另外一个角色挨各则被描绘成“像个神通广大闹天宫的猴子”。因此，他对全剧的印象，只有两个字：不真。不真在于“原来是庄严的悲剧，如今却变成了流血的谐剧……只是原作的滑稽化，悲剧的意味与价值全没有了”。一番细致的评论后，他痛下这样的结论：“全剧被删改得几乎不可认识原有的精神不必说，就是情节的脉络也被生生的割残。这分明不是莎士比亚而他们偏要利用莎士比亚之名来骗我们的时间与钱，岂不是欺诈取财，应该刑事审判？”

徐志摩在这篇影评里透露出了他的戏剧观：一、无限夸大悲剧的力量，认为“真粹的悲剧是表现生命本质里所蕴伏的矛盾现象冲突之艺术”。二、过分崇拜莎士比亚戏剧，认为它“是文学里最颠扑不破的杰作，同时也是戏台上最颠扑不破的杰作”。三、认为中国传统戏剧缺乏真正意义上的悲剧，原因在于一般的中国人，“和平习惯成性，根本上就懂不得悲剧的意义与价值”。

对于中国戏剧，徐志摩一方面说他并不否认中国戏剧，无论是昆曲、皮黄，还是音乐、绘画，的确都是艺术，而且不乏是精美的艺术，另一方面，他又抱怨中国“艺术范围之浅之狭”。所谓“之浅之狭”，简单地说，就是戏剧价值不高。之所以如此，他认为“在于剧本材料不高”。而剧本材料不高的原因，是因为中国生命的浅薄。“浅薄的生命，产生了浅薄的艺术，反过来浅薄的艺术，又限制了创造的意境，掩塞了生命强烈的冲动”。在趣味性上，在情节的穿插上，他承认有时“比欧美的结构更有趣些”，却少有“一民族能表现天下最集中的仪式”（歌德语），即悲剧。因此，他发问：“我们的悲剧在哪里？”总的来说，他对中国传统戏剧，不甚满意。

在看了、评了《黑将军》之后不久，当月的29日，徐志摩又看了、评了一部话剧——英国霍路会剧团在北京平安戏院演出的得林克华德

（英国现代著名诗人）的话剧《林肯》。那天晚上，前往看戏的还有梅兰芳，以及新剧家陈大悲。梅兰芳是个内敛的人，喜怒哀乐不常形于色。陈大悲则不同，他几乎忘形："乐疯了，口里不住的遏着气，嚷好，忘情之极，甚至使劲的踢脚，踢得他前排看客的腰背都痛了！"[①] 徐志摩虽不至于"乐疯"，但他对这出剧评价甚高，认为是一部"认真的戏"，是"近代作品中之可为法典者"，是"真纯的艺剧"。

显然，对于一部戏，一部剧，是否是好戏，好剧，徐志摩自有评价标准。他说过这样一段话："真纯艺术——戏剧亦艺术之一——最高的效用，在于扩大净化人道与同情，戟动，解放心灵中潜伏的天才，赋予最醇澈的美感，使于生命自觉中得一新境界，于人生观中得一新意趣。"这既可以用来作为他认为《林肯》是好剧的理由，也可以把它看作是他的戏剧观。

徐志摩以他对戏剧的见解，对中国自新文化运动后出现的新剧，基本上是否定的。原因在于不少新剧总是主题先行，大谈"主义"，将主义置于艺术之上，甚至将艺术作了主义的传声筒，难免使他认为"主义都是浅薄的，至多只是艺术的材料"。1923 年 5 月 5 日，他在新明戏院看了一场由北京女高师学生演出的改编自易卜生的新剧《娜拉》。那晚，有不少戏未散就"戴帽子披围巾走的看客"，而徐志摩、陈西滢也在其中，因为实在看不下去。

5 月 11 日，《晨报副刊》发表了署名"仁陀"的文章《看了女高师演剧以后的杂谈》，后两日，又连载了署名"芳信"的文章《看了〈娜拉〉后的感想》，却都对此剧大加赞赏，而对中途退场的人大加指责，认为他们"不配看有价值戏"，"不懂得艺术的名著"，更措辞激烈地说他们"脑筋里没有人格两个字"。

---

① 徐志摩：《得林克华德的〈林肯〉》，《徐志摩全集》第一卷，天津人民出版社 2005 年版。

陈西滢生起气来，撰文《看新剧与学时髦》进行反击。他的基本论点是“戏剧的根本作用在于使人愉快”。这其实也是徐志摩的戏剧观。于是，他紧随其后，在《晨报副刊》上发表了附和陈文的《我们看戏看的是什么》，强调“艺术，不论那一种，最明显的特点，就在作品自身能创造一整个的境界”。这个“境界”就是能感觉到“审美的愉快”。他说，这就是艺术神秘的效用。他承认，易卜生的《娜拉》是有价值的。但是，这个“价值”不在于道德观念，不在于解放不解放，不在于人格不人格，而在于“艺术”。女高师演出的《娜拉》，在他看来，“只是道德的教训，只是人格不人格，解放不解放，我们也许看到了戏里的主义，却不曾看出主义里实现的戏（艺术）”。

6月12日，“芳信”又在《晨报副刊》上撰文《“看”音乐与学时髦》，针对徐志摩、陈西滢等人推崇西洋戏剧，批评中国新剧“幼稚拙劣”而“别无一点扶助的精神”的观点进行批驳。

显然，徐志摩、陈西滢与仁陀、芳信的争论，是两种戏剧观的冲突。徐、陈强调的戏剧艺术，原应包含戏剧的思想性的——在他们眼里的“好戏”，有哪一出缺少丰富的思想性呢？但他们并未对此加以阐明。这是比较可惜的，也因此给人留下更多的批驳的话头。

中国的新剧有时代（战争）的原因，更有观念上的原因，在相当长的历史时期内，有相当多的作品都是主义当头、艺术靠后的，也使得它就像一个心智发育迟缓的孩子，长久地停留在“幼稚拙劣”的层次上。而早在20世纪20年代，徐志摩等人就指出了戏剧不应为主义服务的问题，而呼唤戏剧的艺术性，不能不说是有眼光、有积极意义的。

徐志摩非常崇尚西洋戏剧，自然热衷于将西方戏剧家的戏剧作品介绍到国内来。他介绍最详细的，是意大利的戏剧家丹农雪乌[①]。早

① 丹农雪乌（1863—1938）：意大利诗人、小说家、戏剧家，深受唯美主义和尼采哲学的影响，后成为狂热的法西斯分子。

在他留学英国，就读剑桥时，就曾读过丹农雪乌的作品《死城》，认为是“无双的杰作：是纯粹的力与热；是生命的诗歌与死的赞美的合奏”。他怀着一颗炽热的心，在日记里记下了他的读后感，用尽了华丽辞藻。当时，徐志摩看的是英译本，而丹农雪乌作品的英译本多半已经绝版。

除了《死城》，还有《乔康达夫人》，以及诗《弗朗西斯卡·雷米尼》。对这三部作品爱不释手的徐志摩，很快下了决心：将它们全部翻译成中文，作为一份留学的纪念，也作为一件归国的礼物。随即，他开始着手翻译《死城》，“花了六个下午与黄昏的工夫，也不顾腕酸与背痛”。完成后，在一个月内又连续翻译了丹农雪乌的小说和诗文，还写了一篇介绍性文字《丹农雪乌》。三年后，也就是1925年，他在全文之前又加了一段“绪言”，分7期发表在5月份的《晨报副刊》上。

徐志摩显然读过丹农雪乌的所有六部长剧和两部著名的短剧。他认为：“他的戏剧里所表现的主义与艺术还是他的小说里的主义与艺术，美，恋爱，死，总是他做文章的骨子。”他以《死城》为例，对丹农雪乌的戏剧作进一步的分析，提醒人们最应该注意的是丹农雪乌的写法、他的艺术。他承认他的故事本身没有多大意味，但“这故事是极非常的故事”。总之，他大力介绍丹农雪乌的目的，意图“供给热心的青年一些美感的兴奋与艺术的戟刺”。在这里，他强调的还是，艺术。

《丹农雪乌》写于1922年，直到1925年才公开发表。在这之前，徐志摩“想做戏”而创办了新月社，他也因此做了一回戏——排演《齐特拉》。有意思的是，前一年，他对宣扬“主义”的《娜拉》颇有微词，而《娜拉》却十分轰动。应该说，它轰动的原因，肯定不主要在于“艺术”，更应该是戏中所揭示的社会问题及其思考。如今，他排演了《齐特拉》，是注重艺术性的，然而社会反响却十分微弱。

说到原因，林语堂回忆说：“……跟人家去看，但不过也是赶热闹而已，觉得此戏剧一样的 sentimental（令人感伤的），mawkish（令人厌恶的），并没有什么了不起的文学价值。”也就是说，不要说它缺乏深刻的思想性，恐怕连一般的艺术性，也没有达到。除此之外，更重要的原因应该是徐志摩因为偏爱泰戈尔，又为了迎合泰戈尔，而不顾中国的社会和文化背景下的国人欣赏口味。

从演出本身来说，徐志摩无疑是失败的。不过，像他这样的文化名人亲自走上舞台进行新剧实践，又因此吸引了胡适等其他文化名人前往观看，这在客观上又促进了新剧发展，连带着对中国戏剧也起了一定的积极作用。

综观徐志摩一生的戏剧活动，最重要的，除了演出《齐特拉》以外，就是创办了《剧刊》——尽管该刊的创办并非由他提议，但他到底是该刊的灵魂。还有就是和陆小曼合作编了一出戏《卞昆冈》。这是徐志摩唯一的一次戏剧创作。不谈译作，它也是后来徐志摩一手创办的新月书店出版的唯一的一部戏剧作品。因此，这部戏，对于徐志摩来说，具有很重要的意义。

说到戏剧创作，徐志摩在 1927 年 1 月 6 日的日记里，这样写道：“今年我要出一本文集一本诗集二篇戏剧。”这说明，他一直有戏剧创作的计划。1928 年 6 月 17 日，他在给陆小曼的一封信中，这样写道：“我对于话剧是有无穷的愿望的，你非得大大的帮我忙。”就在两个月前，他们合作创作了五幕话剧《卞昆冈》。也许是因为这次的戏剧创作勾起了他更大的兴趣，所以他才有接着创作第二部的念头，并希望陆小曼“大大的帮忙”，他甚至还想为梅兰芳创作一部戏。

《卞昆冈》主要说的是卞昆冈父子和奸夫淫妇尤某、李七妹之间的善恶争斗和矛盾纠葛，宣扬了真情真意，鞭挞了凶残丑恶。作为一出戏而言，它情节曲折、故事性强，又有泾渭分明的是非善恶观，对白精炼，既有生活化气息，又不失舞台语言的典雅，而且富有诗意。

余上沅就说："志摩根本上是个诗人，这也是在《卞昆冈》里处处流露出来的。"就初次涉猎戏剧创作的徐志摩而言，这出戏的确并非一无是处，甚至可以说起点颇高。

余上沅在为《卞昆冈》写的"序"中认为，徐志摩显然是受了丹农雪乌《死城》的影响，有意大利气息，虽然不是杰作，但也够得上是新戏剧的"起点"。这样的评价其实并不客观，大有抬举徐志摩之嫌。其实，这出戏的缺陷还是很明显的。比如，就人物形象来说，剧中的主角卞昆冈只是个石匠，依常理，这样一个身份的人，肚中墨水不会太多。然而，在徐志摩笔下，他却更像是一个具有充沛情感、胸中始终翻江倒海、想得多而做得少的知识分子。又比如，剧中的阿明在他的笔下冷静成熟得不像是个只有 5 岁的孩子。无论是卞昆冈，还是阿明，在人物性格刻画上，显然是失败的。当然，剧本局部的瑕疵也不足以否定《卞昆冈》的全部艺术价值。

就在这出戏完成同时，徐志摩在上海又创办了新月社的标志性刊物《新月》月刊。于是，《卞昆冈》分两期刊登在该刊的第一卷第二号和第三号上。之后，1929 年，在余上沅的提议下，创办于《新月》月刊之前的新月书店为《卞昆冈》出版了单行本。余上沅写了"序"，徐志摩写了"跋"。余上沅不但力主该剧出版单行本，更积极想将它搬上舞台。徐志摩也有此心愿。他在 1928 年 5 月 13 日的日记里，这样写道："慰劳会要排演《卞昆冈》，拟以毛剑佩去李七妹，王泊生去卞昆冈，顾宝莲去阿明，萧英去老敢，郑正秋去瞎子，请上沅导演。"一个月后的 6 月 17 日，他又在给陆小曼的信中，这样写道："……再泊生他们果真演，来请你参观批评的话，你非得去，标准也不可太高了，现在先求有人演，那才有看出戏的可能性，将来我回来，自然还得演过。"可不知为什么，后来这出戏终究没能搬上舞台。这应该算得上是徐志摩的一个遗憾吧。

作为诗人的徐志摩，出于对诗的热爱，当闻一多、朱湘等一帮年

《新月》环衬

轻的新诗人想借助他主编的《晨报副刊》创办《诗镌》以实现他们对新诗的梦想时，他欣然允诺；同样地，作为戏剧人的徐志摩，出于对戏剧的热爱，当张嘉铸、余上沅等一帮年轻的戏剧人想借助他主编的《晨报副刊》创办《剧刊》以实现他们对国剧的梦想时，他也毫不犹豫地答应了。表面上看，他似乎总是在为他人做嫁衣，事实上，他也将对新诗的追求，对戏剧的理想寄托在了《诗镌》和《剧刊》上。理解了这一切，也就理解他何以如此积极地创办《剧刊》了。

3. 徐志摩说，余上沅是《剧刊》的编辑苦工

《诗镌》的运行模式是由闻一多组稿，徐志摩编辑、发行；《剧刊》的运行模式和《诗镌》相仿，主要是由余上沅组稿，徐志摩编辑、发行。就像《诗镌》的灵魂是徐志摩，核心人物是闻一多一样，《剧刊》的灵魂是徐志摩，核心人物就是余上沅。

1935 年，梅兰芳准备出访苏联。苏方为迎接梅兰芳，特别组织了一个“招待梅兰芳委员会”。这个委员会的人员构成文化层次很高，

它包括苏联戏剧、电影、文学界的名流以及外交界的高级官员。在这样的情况下，梅兰芳认为中方代表团成员也应该是文化精英。经胡适推荐，南开大学哲学教育系教授、南开中学校长、南开校长教育家张伯苓的弟弟张彭春出任梅剧团的总指导。除了张彭春，胡适又向梅兰芳推荐了余上沅。

余上沅曾是胡适的学生，20 年代初毕业于北京大学英文系，后来赴美研究戏剧。据说他之所以接受梅兰芳的邀请，一是出于对梅兰芳艺术的欣赏，另一个原因便是胡适的极力游说。于是，梅剧团的副指导便是余上沅。在苏联访问期间，余上沅一直陪在梅兰芳身边。两人一同拜访了斯坦尼斯拉夫斯基等苏联著名戏剧家，又一同参加了苏联文艺界组织的戏剧座谈会，对世界各国戏剧，特别是中国戏剧进行了深入地探讨。也就是在这次访苏后，戏剧界有了“世界三大戏剧表演体系”的说法，认为斯坦尼斯拉夫斯基、布莱希特（德国戏剧家）、梅兰芳是这三个表演体系的创始人。

斯氏的戏剧理论是“演员要进入角色，与角色浑然一体”，而布氏的戏剧理论正好相反，即“演员不能进入角色，有时还要站在角色的对立面”。梅兰芳呢，则要求演员在保持头脑高度清醒的同时，有时也需要适当地或深入地进入角色，用真情实感去感动观众，力求做到“有我”与“无我”“似我”又“非我”的辩证统一。用戏剧界流行的概念“第四堵墙”分析，更可以清晰地区分三者的区别。所谓“第四堵墙”，通俗地说，就是匣形的舞台的左、右、后用布景构筑的内景所形成的三堵墙。斯氏理论认为：演员和观众之间，也就是舞台和观众席之间应该有一道第四堵墙，它隔断了演员和观众之间的交流；布氏理论认为：要打破这第四堵墙，让演员和观众之间能够产生交流；梅兰芳戏剧理论认为，这堵墙根本不存在，也就无所谓打破不打破。

这个时候，已是 30 年代中期了。然而，早在 10 年前，余上沅就曾关于演员、角色、第四堵墙、写实、写意的问题进行过阐述。他在

《旧戏评价》一文中认为演员的表演有两种技巧：一种是扮什么人便像什么人（即斯氏认为的演员和角色浑然一体）；一种是无论扮什么人都脱不了他自己（即布氏认为的演员和角色始终保持距离）。他说：“这两种技巧虽然不同，而所得的结果却是一样。这个结果是剧场里的病症，它的名字便叫作写实。”与此相对的，就是第三种演员，“他老实承认他不过是一个演员，台下有许多人在看他，他的目的只是要用他的艺术去感动这些人”。他称这样的演员为：“非写实派”或“写意派”。显然，以梅兰芳为代表的中国戏剧便属于此，梅兰芳的表演则是写意的。至于第四堵墙的问题，余上沅说：“自从舞台变为写实以后，名为打破了第四堵墙，其实在演员与观众之间，反添了一堵更厉害的墙。”如此说来，他便得出这样的结论：非写实的中国表演，是与纯粹艺术相近的，应该认清它的价值。

梅兰芳是以表演来体现理论的；余上沅则是为中国传统戏剧进行了理论总结。反过来说，他的这个总结又符合梅兰芳的表演。布莱希特在苏联看了梅兰芳的演出后，惊讶地感叹：“多年来所朦胧追求而尚未达到的，在梅兰芳却已经发展到极高的艺术境界。”

访苏之后，余上沅又陪梅兰芳游历欧洲，对波兰、法国、比利时、意大利、英国等地的戏剧进行了细致考察。如果说梅兰芳此番出访苏联和欧洲其他国家收获匪浅的话，那么，余上沅可谓功不可没。

和闻一多一样，余上沅也是湖北人。和徐志摩一样，余上沅也出生于 1897 年，比徐志摩小 9 个月。和闻一多、徐志摩不同的是，余上沅的家境比较贫寒，无房无地，父亲余晓臣只是布衣店店员。他们三人都曾留学美国，只不过留学的途径不同：徐志摩是自费出国的；闻一多是以清华学生的身份官费出国的；余上沅则是于 1922 年自北大毕业后到清华任助教，后以助教的身份半自费半官费出国的。

新月社成员中，余上沅最早结识的是新月“领袖”胡适。大概因为父亲是店员的缘故，余上沅 13 岁时也入布店当学徒，但他自幼爱读书，7 岁时曾在邻居老中医老秀才刘寿林处附读，初露文才，深得老秀才的赏识。后来因家境所迫，他不得不中途辍学当了学徒，但他颇不甘心，15 岁时毅然离家出走，自谋生路去了。他先考入教会办的武昌文华书院，因成绩突出而获免费待遇，就这样一直从中学读到大学二年级。这时，五四运动爆发，作为文华书院学生会的负责人，余上沅邀请新文化运动先驱陈独秀等名流到武汉演讲，因此结识了陈独秀。由陈独秀牵线搭桥，余上沅和胡适相识。又在胡适的帮助下，他转学进入北大英文系，成为胡适的学生。当然此时，新月社还未成立。

两年后，即 1922 年，余上沅自北大毕业，来到清华，在教务处当职员，兼任翻译教员，因此结识了新月社的另一个成员，梁实秋。此时，闻一多刚刚毕业去了美国，而梁实秋尚未毕业，继续负责“清华文学社”和《清华周刊》的工作。余上沅给梁实秋上过翻译课，也给“周刊”投过稿，两人因此相识。可以说，胡适对余上沅来说，且师且友；而余上沅对梁实秋来说，也是且师且友。1923 年，余上沅和梁实秋以及他们班上的其他几十名同学同船赴美。

到了美国，余上沅反而和梁实秋来往少了，在和闻一多、赵太侔结识后，和他们的来往多了。不久，他又结识了张嘉铸。那一天，刚到匹兹堡不久的余上沅被带到“中国城”的一个饭馆里参加一个中国留学生的聚会。很多人都是初次见面，彼此打听对方的情况，又做着自我介绍。张嘉铸走到余上沅面前，带着浓重的上海口音问他：“你好，你研究哪种学科？”余上沅回答：“戏剧。”张嘉铸一下子来了兴致，追问一句：“戏剧？”余上沅反回他：“你呢？”张嘉铸回答：“美术批评，也学一点儿经济商业之类的东西。”从此，余上沅又多认识了一个戏剧爱好者。

在纽约的一年时间里，他们这一群人过着波希米亚式的生活：留着飘逸的长发、系着宽大的花领结、常常把酒言欢。余上沅稍微保守一些，不论他们如何劝说，始终不肯留长发。但他也有把持不住的时候，开始他还保留着“食不语”的中国传统习惯，可其他人总是边吃边大谈戏剧大谈美术，最终被“拉下水”。当时的美国，喝酒是禁忌，夜晚还有一段禁酒期。他们却不管不顾，兴致起时，呼朋唤友躲起来狂饮烧酒。

如今，对于余上沅身份的界定，是著名戏剧家、中国话剧的拓荒者。他在美国排演新剧、成立“中华戏剧改进社”、喊出“国剧运动”的口号，是拓荒行为之一；回国后，他发起组织“中国戏剧社”，又积极参与创办《剧刊》，从理论上探讨国剧的发展并尝试“小剧院”的试验，也是拓荒行为之一。

“回国去发起国剧运动”是余上沅和他的戏剧朋友闻一多、赵太侔匆匆结束留学生活匆匆回国的主要原因（张嘉铸因任赴欧考察专使暂未回国）。谁知道，他们刚入国门，就遭遇了“五卅”惨案。余上沅给张嘉铸写信说：“我们亲眼看见地上的碧血。一个个哭丧着脸，恹恹失去了生气，倒在床上，三个人没有说一句话。在纽约的雄心，此刻已经受了一番挫折。”洪深和欧阳予倩劝他们还是留在上海比较好，说“北京去不得”。他们想想，觉得北京到底是人文荟萃之地，要想实行国剧运动，只有北京才能成为该运动的中心。除了戏剧人才多集中在北京之外，更重要的是，他们认为新月社能够成为他们的后盾，因为徐志摩他们已经对建立北京艺术剧院的计划表示了支持。

返回北京后，两拨人立即聚合在了一起，就为了“戏剧”这个目标。闻一多在给弟弟闻家驷的一封信（1925年8月11日）中，这样说：“徐志摩约今日午餐，并约有胡适之、陈通伯、张歆海、张仲述、丁西林、萧友梅、蒲伯英等在座，讨论剧院事。近得消息谓萧友梅（音乐家）与某法国人募得四十万资本，将在北京建筑剧园。故志摩招此会议，商议合作办法也。”在同一封信中，他还有一句话：“新月社已正式通过援助我辈剧院之活动。徐志摩顷从欧洲归来，相见如故，且于戏剧深有兴趣，将来之大帮手也。”

随后，闻一多又在给三哥闻家驄的一封信中，这样说：“顷自新月社归来,关于筹划剧院事已有结果。……昨日到会者有徐志摩、胡适、张歆海、蒲伯英、邓以蛰、丁燮林、陈通伯以及萧友梅。萧君已筹得可靠款项二十万元，拟办一国民剧场。……弟等所拟计划与彼等之计划大同小异,故今日双方皆愿合作。照此看来,剧场事业可庆成功矣。”

从这两封信中可以得知，余上沅回国前在美国给胡适写的那封恳请帮助的信，是有一定效果的。也就是说，胡适对余上沅在信中所提议的建剧院等规划，是认可的。只不过，他似乎无意以北大的名义，而有意以新月社的名义筹办。事实上，徐志摩等新月社成员也已行动起来，这才有萧友梅已筹款四十万（或二十万）之说。其实，与其说胡适、徐志摩积极支持余上沅、闻一多、赵太侔他们的戏剧计划，不如说他们早有此想，因此双方一拍即合。

然而，总还是因为经济因素，剧院并没有建成，大家的希望落了空。特别是余上沅，失望透顶。他在给欧阳予倩、洪深、汪仲贤的一封信中，颇有些悲愤地诉说道：“我和太侔、一多，撞了无数的木钟，结果依然是有心的无力，有力的无心；我的旧梦又翻成了新梦，实现之期，也不知在哪一年了！为戏剧艺术努力的朋友们！……唉，我又有什么可说的话呢！”

这个时候，一方面，他们三人刚刚回国，一时职业无着落，生活很成问题；一方面，北京艺专刚刚筹建，急需戏剧人才。在徐志摩的推荐下，三人同时进入艺专工作。而进入艺专，一方面解决了他们的工作问题，一方面也给了他们继续梦想的机会——他们向教育部提议，在艺专添设音乐系和戏剧系。戏剧系总算是设立了，赵太侔当上了系主任，余上沅是该系的教授。这是中国第一次在正式学校里开设戏剧系，也是余上沅献身戏剧教育事业的开始。正如梁实秋所说：这“在我国是创举，也是上沅走上戏剧运动的第一步”①。

既然无力一下子实现自己更远大的目标和理想，就只能在能力范围之内创建一个专门研究戏剧的戏剧系聊以安慰了，因此在余上沅看来，在艺专开设戏剧系，只是不得已而求其次。即便如此，他也不能随心所欲地实践他的计划，即由学校出资购买舞台用灯等设备、更多地招生，尤其要招收女生、侧重歌乐剧等等。还是因为经费原因，戏剧系开设了大半年，还是一无所有，原先还有 29 个学生，半年下来可能是觉得无甚前途，又走了几个，只剩下 20 人了，其中还有几个毫无戏剧天分的。面对此情此景，余上沅自己说，“真要作楚囚之对泣了”。

计划开办戏剧系的时候，余上沅他们是想在培养戏剧人才的同时，能够借助戏剧系乃至艺专这个平台开办剧院。他认为：研究化学没有实验室，还谈什么化学；研究戏剧没有舞台，还谈什么戏剧？然而，戏剧系是有了，艺专也维持着，他心目中的剧院却始终只是一个念想，而无法化为现实。他对张嘉铸说：“这种痛苦，你虽不曾身受，也总能想见一般罢。”

张嘉铸当然很理解余上沅，也许正因为理解，他这才提议创办《剧刊》，希望先在社会上形成一个戏剧的氛围，然后再借助社会的力量。余上沅接受了这个提议，感叹道：“学校，既然不能发展，我们只好申诉于社会了。”

《剧刊》就是在这样的背景下，创刊了。

《诗镌》创刊时，徐志摩作了一篇发刊词《〈诗刊〉弁言》；在《剧刊》创刊时，徐志摩也作了一篇发刊词《〈剧刊〉始业》。在这篇文章中，他承认他们一群人“是梦人，是傻子，在完全诀别梦境以前，在完全投降给绝望以前，又捞着了一把希望的鲜花”。他对创办

① 梁实秋：《悼念余上沅》，《梁实秋怀人丛录》，当代世界出版社 2007 年版。

《剧刊》的目的进行了阐释：

> 戏剧是艺术的艺术。因为它不仅包含诗，文学，画，雕刻，建筑，音乐，舞蹈各类的艺术，它最主要的成分尤其是人生的艺术……
>
> 我们想合起来做一点事。这回不光是“写”一两个剧本，或是“做”一两次戏就算完事；我们的意思是要在最短的期内办起一个“小剧院”——记住，一个剧院。这是第一部工作；然后再从小剧院作起点，我们想集合我们大部分可能的精力与能耐从事戏剧的艺术……
>
> 第一是宣传：给社会一个剧的观念，引起一班人的同情与注意……
>
> 第二是讨论：我们不限定派别，不论那一类表现法，只要它是戏剧范围内的……
>
> 第三是批评与介绍：批评国内的剧本，已有的及将来的；介绍世界的名著。
>
> 第四是研究：关于剧艺各类在行的研究，例如剧场的布置，配景学，光影学，导演术等等。同时我们也征求剧本……

这段话中的“戏剧是艺术的艺术”是关键，也是《剧刊》存在的意义所在。当时，中国戏剧（主要指话剧）在经历了文明戏和“爱美剧”（amator，即非职业的）之后，正走向艺术化道路。也就是说，中国戏剧向来地位低下，不能进入庙堂，如今正努力摆脱卑微跻身艺术行列。针对在艺专设立戏剧系，洪深就曾在《中国新文学大系戏剧集导言》中兴奋地说：“这是我国视为最卑鄙不堪之戏剧，与国家教育机关发生关系之第一朝，是中国戏剧运动发展史的一个重大事件。”如果说戏剧系的设立，是从戏剧教育方面促使戏剧艺术化的话，那么，创办《剧刊》，则是从戏剧理论方面将戏剧确认为“是艺术的艺术”。从这个方面说，《剧刊》的创办，并不只是一群戏剧爱好者一时兴起的游戏，客观上对中国戏剧的发展起到了促进作用，具有的意义是显而易见的。

可惜的是，《剧刊》不过只维持了三个多月，共 15 期。在《剧刊》存续期间，共发表了 25 篇戏剧理论文章，8 篇介绍国外戏剧的文章。在戏剧理论文章中，又多侧重国剧讨论，其中有余上沅的《旧戏评价》《演戏的困难》《论戏剧批评》《论表演艺术》，赵太侔的《国剧》，闻一多的《论戏剧的歧途》、梁实秋的《戏剧艺术辩证》等。其中余上沅的《旧戏评价》和赵太侔的《国剧》还引起了许多人的不满，认为他们是在宣扬“旧”，是在开历史的倒车，因而不符合新文化运动的新思想新思潮。面对指责，余上沅不得不出面澄清，说他的意思是之所以不避讳、不迟疑地讨论所谓旧戏，是为要认出它的价值，从而引起重视，其目的也还是在提倡“国剧”，学习“旧戏中的写意精神”。除此之外，《剧刊》又用了相当的篇幅探讨戏剧形式和技术技巧，如《国剧》中之论“程序化”，《戏剧的歧路》中之论“纯形”，《中国语言与中国观众》中之论“介体”等。

作为《剧刊》的核心人物，余上沅的戏剧思想充分体现在《剧刊》中。他的戏剧思想，简言之，即“纯粹的艺术”。然而，这个“纯粹的艺术”和“为艺术而艺术”又有所不同。他认为艺术是对生活的模仿，却更是对生活的提炼，而且是高于生活的。他和其他新月作家一样，都很强调人性，但他和他们又有所不同。他一方面不否定戏剧的娱乐性、艺术性，一方面也认为戏剧起着教育作用。这个“教育作用”并非政治上的，而是文化上的，即“提高观众的文化水准，并且，从这里得到向上的启迪和鼓舞，同时，又是国家民族文化的集体表现”。[①] 徐志摩说余上沅在《剧刊》时期“功劳不容掩没”，恐怕不只是指他努力组稿精心编稿勤奋写稿，更应该指他以其独特的戏剧见解和理论对戏剧的发展所做的贡献。

“新月”移师上海后，余上沅又和徐志摩共同创办了新月书店和《新月》月刊，担任了书店首任经理，参与了月刊的编辑工作。1935年，他出任南京国立戏剧学校校长。1949年初，他到英国讲学，拒绝留英邀请毅然回国。上海解放前，他拒绝赴台，退还了教育局长送给他的赴台机票，选择留在了大陆。然而，50年代，他却受所谓“潘（汉年）、杨（帆）反革命案”的牵连，受到审查。之后，他调入上海戏剧学院。“文革”中，他受尽折磨，于1970年4月30日去世。

4. 徐志摩宣布：《剧刊》终期

为《剧刊》撰稿的，除了余上沅、闻一多、赵太侔（另有《光影》和《布景》）、梁实秋，还有陈西滢（《新剧与观众》）、邓以蛰（《戏剧与道德的进化》和《戏剧与雕刻》）、杨振声（《中国语言与中国戏剧》）、熊佛西（《论剧》）、张嘉铸（评艺专习演）、叶崇智（评辛顿）、顾颉刚（《九十年前的北京戏剧》）、恒诗峰（《明清以来戏剧的变迁说略》）、马楷（《小戏院之勃兴》）、杨声初（《兵变之后》）、俞宗杰（《旧戏之图画的鉴赏》），还有冯友兰翻译的高斯华绥·狄更生的《论希腊的悲剧》等。

原本，徐志摩还有意邀请“几位真学问家真在行家”，比如丁西林、王静庵、红豆馆主（本名傅芸子，又名青夫）为《剧刊》写稿，不知为什么，未能如愿。徐志摩在《〈剧刊〉终期》一文中哀叹道：

---

① 余上沅：《为戏剧运动向社会各界人士呼吁》，《余上沅戏剧论文集》，长江文艺出版社1986年版。

“我们只是太妄想了。”

其实，不要说丁西林他们，就是徐志摩，也没有为《剧刊》写稿。在这份作者名单中可以发现，没有徐志摩。的确，徐志摩虽然身为《剧刊》的灵魂，却没有为《剧刊》写过一篇关于戏剧方面的文章。为此，他自己过意不去，在《〈剧刊〉终期》一文中，半解释半道歉地说：“我自己忝算《剧刊》同人的一个，但是说来惶恐，我的无状是不望宽恕的；在《剧刊》期内有一个多月我淹留在南方，一半也为是自顾阙然，不敢信口《胡诌》，一半当然是躲懒，他们在预定的计划上派给我做的文章，除了最初闹场（即发刊词《〈剧刊〉始业》）与此次收场（即终刊词《〈剧刊〉终期》）而外，我简直一字也不曾交卷！”

三个月前，徐志摩只说《诗镌》“放假”，而不说《诗镌》休刊。他之所以这么说，显然是准备过一段时间后让《诗镌》重新“开学”的。《剧刊》既然是用来填补《诗镌》空白的，那么，他们起初的打算肯定是在《诗镌》“开学”后，《剧刊》自动让位，就像徐志摩在《〈剧刊〉终期》中所说，“《剧刊》的地位本是由《诗刊》借得，原意暑假后交还”。然而，《诗镌》迟迟无法“开学”。

徐志摩在《〈剧刊〉终期》一文说，提到《诗镌》复学无望的原因，除了将“责任”归于刘梦苇和杨世恩“夭死”以外，又说：“闻一多与饶孟侃此时正困处在锋镝丛中，不知下落。孙子潜已经出国。我自己虽则还在北京，但与诗久已绝缘，这整四月来竟是一行无着，在醒时或在梦中。”既然支撑《诗镌》最重要的刘梦苇、闻一多和“四子”都或死或走地离开了《诗镌》，那么，徐志摩也只能无奈地宣布：“诗刊是完了的。”

《诗镌》完了，《剧刊》也就不需要“交还”了，从版面来说，它是可以继续下去的。但是，结果却不是这样。那么，它又何以不能维持呢？还是人的问题。徐志摩解释道：“《剧刊》同人本来就少，但人少不碍，只要精神在，事情就有着落；《剧刊》初起的成功是全仗张君嘉铸的热心；他是我们朋友中间永远潜动着的‘螺轮’，要不是他，笔懒入骨的太侔，比方说，就不会写下这许多篇的论文。上沅……这十几期《剧刊》的编辑苦工，几乎是他单独扛着的，他自己也做了最多的文章，我们不能不感谢他。但他也要走了。太侔早已在一月前离京；这次上沅与叔存（即邓以蛰——引者注）又为长安的生活难，不得已相偕南下，另寻饭碗去。所以又是一个‘星散’；留着的虽还有嘉铸与新来的佛西，但我们想来与其勉强，不如暂行休息。”他虽然用了“暂行休息”这个词，试图为日后复刊留有余地，但是，他却在写终刊词时，又用了“终期”这个词，表明其实《剧刊》和《诗镌》一样，也是“完了的”。

不要说徐志摩没有为《剧刊》写过一篇戏剧理论文章，就是为《剧刊》终期写的那篇终刊词，也只写了一半，余下的一半，由余上沅代为完成。这也是徐志摩在《〈剧刊〉终期》中所说“我们不能不感谢他”的原因之一。余上沅有些无奈，又有些自嘲地说：“在‘人事亦是一般的憔悴’的时候，志摩已经找着了一条出路，碰上这天上地下都团圆的清夜，不免痛饮到了陶醉。剩下的未尽之意，只好由我来勉强续完了。”

余上沅的这段话，是有所指的。所谓“一条出路”，所谓“天上地下都团圆”，说的是徐志摩在经历了道德枷锁的束缚和社会舆论的谴责后，终于“成功地”抛弃了结发妻子。除了之前他们在国外签订的“离婚文书”不算，在《剧刊》期间，他完成了被中国传统所认可的离婚手续——得到了父亲大人的同意。随即，他和陆小曼订了婚。在《剧刊》终期后不久，他们有情人终成了眷属。

徐志摩欢欣鼓舞地团圆去了，对《剧刊》进行总结的，是比徐志摩更看重《剧刊》的余上沅。他不认为《剧刊》是失败的——从《剧刊》这个刊物本身的角度；他又认为《剧刊》是失败的——从社会对戏剧的觉醒这个角度。他在给张嘉铸的信中感叹道：“社会既不要戏剧，你如何去勉强它？”不过，他并没有一味地遣责社会，他也很冷静地从自身出发，承认“从前走的路不是最好的一条路”。说到原因，他对张嘉铸这样分析道：

> 第一，我们不应该只拿北京做国剧运动的中心。一种运动，假使不是各处都有了充分的理解和情感，即或在一地成功，它决不能普遍。漫说北京没有成功，就是有了成功，各处不能响应，也达不到国剧运动的最终目的。……我们从前希望先有剧院，即使不是错误，至少在目前的状况之下，没有实现的可能。
>
> 第二，我们终究是年轻人，一方面固然是要做事业，一方面更是要做学问。……做不出什么运动还算是小，读不成书那不成话……
>
> 也许换了一个方法，国剧运动的根基更加巩固些……

至于换一种怎样的方法，余上沅没有明说。《剧刊》结束三年后，余上沅在北京终于实现了一个梦想——和赵元任、丁西林、熊佛西等人组织了业余的“小剧院”，他自任院长，熊佛西任名誉秘书兼副院长。小剧院惨淡经营了三年，在这期间，他们借协和医院礼堂演出了余上沅创作的《兵变》、丁西林的《一只马蜂》《求婚》，还有小仲马的《茶花女》等。由于“小剧院”的演出风格很特别，形式又新颖别致，很受欢迎，戏票总是一抢而空。陪梅兰芳访苏后，他又接受国民政府教育部聘请，在南京筹办了国立戏剧学校，自任校长。

可以说，《剧刊》时期的国剧运动，并未引起社会太多的关注。它有社会的原因，有国剧运动本身的因素。直到 1931 年，北平的“国剧学会”成立，才真正将国剧运动推向高潮。这时的“国剧”概念，又有了新解释，即不再是保持原状的国剧，而是以京剧为主兼及昆曲的中国旧剧。梅兰芳更进一步将其界定为“代表中国最好的水准的戏剧”，实际上指的就是“京剧”。这时的国剧运动，也就是要走一条以旧剧为基础，使它适应时代潮流而进行不断革新的道路。

相比早期国剧运动的松散，此时的国剧运动有了一定的组织性。国剧学会在总会的基础上划分了四个组，即教导组、编辑组、审查组、总务组，还设立了国剧传习所，编辑出版了《戏剧丛刊》和《国剧画报》。国剧传习所开学时，作为国剧运动的最早倡导者，余上沅被邀请去做了一次演讲，题目是“国剧传习所的意义”。维持了一年的国剧学会为戏剧理论研究工作起了积极的推动作用，但是，它到底是建立在早期的国剧运动之上的。从这个角度说，作为早期国剧运动的宣传阵地，《剧刊》所具有的意义是显而易见的。

《诗镌》没有了复刊的可能，《剧刊》也终期了，徐志摩在《晨报副刊》的日子也走到了尽头。说他没有为《剧刊》写过稿，只是说他没有写过戏剧理论方面的研究论文，其实他在《剧刊》（1926 年 9 月 6 日，第 14 期）上发表过一篇文章，题目是《托尔斯泰论剧一节（附论“文艺复兴”）》。他在这篇文章的最后，表面上谈的是“文艺复兴”，实则对新月社在“晨副”期间所做的文艺活动进行了总结。他认为“不成话”，原因是“新诗——早没了；画，有几张，野狐禅属多；雕刻：零分；建筑：零分；音乐：零分又零分；文章：似乎谁也不愿意写，多半是不能说实话；戏剧：勉强一个未入流。”既然如此，他认为很“惭愧”。

也许的确不能说他完全是在谦虚：推行格律诗，可以说，他们只进行了一半，因为《诗镌》不过维持了两个多月；开展国剧运动，正如余上沅所说，“失败”，不仅仅因为《剧刊》只坚持了三个多月。至于其他，雕刻、建筑、音乐等，无一有所建树。这不能不说到原因，徐志摩说：“年来那几朵小花，是烤出来的，不萎怎么着。”那么将来呢？他说：“将来究竟能出品多少，如何质地，我愁没有人敢猜度，不说担保。现在的关键不在文艺本身，得看生活他老先生的意思了。”他最后一句话，说得很有意思，那就是：“动了这半天，也该静了。”

“静”的其中一个表现，就是他在1926年10月，即《剧刊》终期不足一个月，宣布辞去《晨报副刊》主编一职。13日，“晨副”刊登了一则《志摩启事》：

> 我告假回老家去几时，《晨副》的编辑自本月初起请瞿菊农先生担任，他家住后内东板桥西妞妞房五号，有事请径与瞿先生接洽可也。

表面上看，离开“晨副”，似乎是徐志摩的个人行为，实际上，他的离开，标志着新月社停止了在北京的活动。以此为界，早期新月社就此终结。

下部

后期“新月”

第五章　新月书店：一个股份制的出版公司

新月书店的始末

关于新月书店如何创办，在什么时候创办，什么人创办等一系列问题，留下回忆最多、记述最详细的应当是梁实秋。他在《谈徐志摩》一文中，这样写道：

> 民国十六年（1927）春，国民革命军北伐，占领南京，当时局势很乱，我和季淑方在新婚，匆匆由南京逃到上海，偕行的是余上沅夫妇。同时北平学界的朋友们因为环境的关系纷纷离开故都。上海成为比较安定的地方，很多人都集中在这地方。“新月书店”便是在这情形下在上海成立的。
>
> 新月书店的成立，当然是志摩奔走最力，邀集股本不过两千元左右，大股一百元，小股五十元。

他又在《岂有文章惊海内——答丘彦明女士问》一文中，这样写道：

民国十六七年，国内战乱频仍，各地不少人士聚集在上海租界。胡适、徐志摩、丁西林等来自北平，余上沅和我来自南京，潘光旦、刘英士、饶子离等原在上海。这些人聚在一起，经志摩的热心奔走，遂组成了“新月”。……当时由大家认股，大股100元，小股50元，凑足近5000元，“新月书店”就在望平街开张了，后来移至四马路。

另外，他在《忆“新月”》一文中，有这样两段话：

我和上沅到了上海之后立刻就找到了我们所熟识的朋友们。我起先住在旅馆，随后住到潘光旦家里，终于在爱文义路租到了房子。有一天遇到余上沅，他告诉我他也有了住处，可是地点尚未确定，这话说得有些蹊跷，原来是徐志摩胡适之几位想要在上海办一个杂志并且开一爿书店，约他去代为经营，想物色一幢小小的房屋，楼下作为办事处，楼上由他居住。后来选中了法租界环龙路环龙别墅4号。

说到新月书店，也是很有趣的。我们一伙人如何会经营商店？起初是余上沅负责，由他约请了一位谢先生主持店务，谢先生是书业内行，他包办一切，后来上沅离沪，仍然实际上由谢先生主管，名义上由张禹九当经理，只是遥领，盖盖图章而已。书店设在闹区之望平街，独开间，进去是黑黝黝的一间屋子，可是生意不恶。这书店的成本只有4000元，100元一股，50元半股。……虽然我是书店的总编辑，我不清楚书店的盈亏情形……

总结梁实秋的这几段回忆，可以归纳为：一、新月书店创办于1927年的上海；二、参与创办的，有胡适、徐志摩、梁实秋、余上沅、饶孟侃、潘光旦、张嘉铸、刘英士、丁西林等；三、徐志摩最热心。余上沅和他约请的谢某，以及张嘉铸担任过书店经理；四、梁实秋担任过总编辑；五、书店的店址，他说了三个：环龙路环龙别墅4号、望平街、四马路；六、大家集股投资，每股分别100元和50元，总股本2000元、4000元或5000元。

由于梁实秋是新月书店、《新月》月刊时期很重要的一个新月成员，因此人们对他的回忆一般而言是坚信不疑的。根据他的回忆，后人在提到新月书店时，多半引用或参照了他的这些说法。然而，不幸的是，他所说的这一切，有的是事实，比如，新月书店是在1927年创办的（但他没有说明具体月份），也确实是在上海；徐志摩是最热心的一个；余上沅、张嘉铸担任过书店经理；书店是股份制。其余，存在记忆之误，比如，梁实秋他自己，从来没有担任过书店总编辑，他只参与编辑过《新月》月刊。显然，他将新月书店和《新月》月刊混为一谈了。至于店址，他说的也不尽准确，而总股本数，他也有两三种不同说法。

关于最重要的是哪些人参与创办了新月书店的问题，有多种说法。陈从周在1949年出版的《徐志摩年谱》中说是“胡适、邵洵美等筹设”；余上沅夫人陈衡粹在《余上沅小传》中说是“胡适、邵洵美、徐志摩、梁实秋、饶孟侃等办”。之后，又有人说有胡适、徐志摩、闻一多、邵洵美、张嘉铸、饶孟侃、梁实秋、余上沅、潘光旦等；还有的只说是徐志摩和梁实秋开设。总之，说法林林总总，不尽相同。

如果不以当事人的回忆，而只以原始记载为依据，那么，最早记录新月书店的，是1927年6月21日出版的上海《时事新报·青灯》。当天，它刊登了一篇题为《新月书店》的文章，署名“小圃”。文中说：

胡适之、徐志摩等创办之新月书店，闻已租定法界麦赛而蒂罗路一五九号为店址，现已付印之新书约十余种，正在整理待印者尚有四十余种之多，店址不广，但布置甚佳，开张之日，传说有要略备茶点之意，而此种茶点，又传说有要作为招待来宾之用意。

书店总经理已聘定余上沅先生。余先生者，戏剧专家也，对于人生，有深邃之了解，对于艺术，更有精湛之研究，今总理书店，如烹小鲜，措置裕如。闻沪上各界，纷纷要求认股，而定额早已超出数倍，无法应付云。

诗人闻一多，亦该店要人。诗人工铁笔，近为该店雕刻图章一枚，古色斑斓，殊为别致。

看得出来，这篇文章带有很明显的广告性质。它提供了如下信息：一、新月书店的创办人至少有胡适之、徐志摩，或者说，他俩是最基本的创始人；二、新月书店最初的店址在法租界麦赛而蒂罗路159号（这与梁实秋所提到的环龙路环龙别墅4号、望平街、四马路无一相同）；三、总经理是余上沅（这与梁实秋的说法相一致）。有意思的是，据考证，写这篇“广告”的“小圃”，很可能就是梁实秋。

证据之一：他在1927年5月1日至8月9日期间，负责主编《青光》。就他跟胡适、徐志摩、闻一多等人的关系，借用《青光》版面为即将开业的新月书店做广告，是大有可能的；

证据之二：在主编《青光》期间，他大多数时候用“秋郎”的笔名撰稿，除此之外，他在7月5日、15日分别用“王小圃”这个笔名写了两篇文章《戒烟》和《是热了！》。之所以认为这两篇文章由他所写，是因为他在后面出版的《骂人的艺术》杂文集中收录了这两篇文章。

“王小圃”是梁实秋。“小圃”当然极有可能就是梁实秋。

5天后，即6月27、28日，上海《申报》连续两天刊登了一则《新月书店启事》。

> 我们许多朋友，有的写了书没有适当的地方印行，有的搁了笔已经好久了。要鼓励出版事业，我们发起组织新月书店，一方面印书，一方面代售。预备出版的书，都经过严格的审查，贩来代售的书，也经过郑重的考虑。如果因此能在教育和文化上有点贡献，那就是我们的荣幸了。
>
> 创办人：胡　适　宋春舫　张歆海　张禹九
> 徐志摩　徐新六　吴德生　余上沅　　同启。

新月书店的创办人，在这份“启事”中一目了然。这又产生了一个疑问，梁实秋、闻一多、饶孟侃、潘光旦、邵洵美、叶公超他们都不是创办人吗？邵洵美不是创办人，是肯定的。他是在1931年5月才在徐志摩的恳请下加入其中的。叶公超也只是参与了《新月》月刊的编辑工作，而没有参与创办新月书店。那么其他人呢？梁实秋在不同的文章中都说他当时认了股，在《岂有文章惊海内》中说“我是属于较为贫穷的一类，只认股50元”；在《忆〈新月〉》中说“我只认了半股（即50元）”。

闻一多有没有认股，认了多少，不得而知。闻氏后人闻黎明在《闻一多传》中介绍说，“董事长为胡适，经理兼编辑主任为余上沅，闻一多与徐志摩、梁实秋、张嘉铸、潘光旦、饶孟侃、丁西林、叶公超、刘英士、胡适、余上沅11人为董事。书店股本2000元，出于节制资本，每人一股，大股100元，小股50元。闻一多为书店开幕纪念……”他一方面明确说闻一多是董事之一，一方面却又没有明确说他是否参股，参了多少。

饶孟侃在他撰写的未刊稿《关于新月派》中，也没有提及他是否认股。他这样说：“许多熟人……潘光旦……梁实秋……他们原来早已得到了一些上海寓公如胡适、徐志摩、邵洵美等的支持，正在商议创办一个‘新月书店’和一个《新月》月刊，并推定了将任经理的余上沅着手筹备。我们（指他和闻一多——引者注）的到达也起了一定的推进作用，因为大家都认为《诗镌》有成绩，便决定由徐志摩、闻一多和我来编这个纯文艺的《新月》月刊。”从他的这段回忆中可以发现，他和闻一多似乎根本就没有参与新月书店的创办，而只参与后来的《新月》月刊的编辑工作。这样说来，他俩都不应该是书店的董事。

梁实秋既然认了股，就应该是创办人之一，何以在“启事”里创办人的名单中没有他的名字呢？据推测，“启事”所列的八位创办人，可能每人的认股数都在百元以上。仅就胡适而言，他自认了一股，即100元，又“拉”来了三股，即夫人江冬秀一股，100元；儿子胡思杜一股，100元；友人张慰慈一股，100元。这三人的股数如果都算在胡适的头上，那么，他一个人就占有4股。据梁实秋说，当时为了节制资本，每人最多只能认购两股。这样说来，胡适就是最大股东了。都是大股东，有可能组成了“董事委员会”。

如果真的有董事会的话，那么，梁实秋说他“贫穷”，所以只认了小股，自然没有资格进入董事会。按道理，余上沅也不算富裕，他不可能认大股。至于他被列入“创办人”，很可能是因为他被聘为新月书店第一任总经理的缘故。

“启事”除了提供了一份详细准确的创办人名单外，还明确了新月书店的创办源起，即为了出版自己人写的书，以及目的，即能在教育和文化上有点贡献。同时，它还告诉人们新月书店的性质，即出版、发行和代售。陈从周在《徐志摩年谱》中说：“书局设华龙路，总发行所设四马路，编辑所设麦赛而蒂罗路。”显然，新月书店设有书局、总发行所、编辑所。那么，这三个部门究竟在哪里？6月29、30日，7月1日，《申报》连续几天刊登了《新月书店开张启事》：

本店设在上海华龙路法国公园附近之麦赛而蒂罗路一五九号，定于七月一日正式开张，略备茶点，欢迎各界参观，尚希贲临赐教为盼。

“小圃”在《新月书店》一文中，明确说“法界麦赛而蒂罗路一五九号为店址”；这则《新月书店开张启事》中，也说“本店设在……麦赛而蒂罗路一五九号”，可见新月书店最初的地址应该就是在这里。事实上，新月书店的确是在7月1日如期开张的。第二天，即7月2日，《时事新报·青光》上刊登了一篇《新月书店参观记》，作者叫严家迈，他详细记录了前一日他在书店所看到的一切：

胡适之、徐志摩等所办之新月书店，本月一日开张，广告上有“略备茶点，欢迎参观”之句。我的肚子虽不大饿，我的脑袋可真有点饿，所以不惜车资，特地从江湾跑去参观。到了法界之后，几乎迷了路途。幸亏碰见了一位善人君子，指点迷津：原来麦赛而蒂罗路就在法国公园前面，由霞飞路进华龙路，路口头道直街就是，并且乘电车到吕班路口下车，一拐弯便到。

远远望见一块蓝地白字的招牌，上书新月书店四字。挂招牌的铁棍上，还有一把涂金的镰刀，大约这就是新月了。

进门之后，便有人上前同我招呼。此人好生面善，原来他是新月经理兼编辑余上沅先生，我从前在北京曾听过他一次戏剧讲演。彼此寒暄了几句，我便请他领我参观。

楼下是发行所，书桌边坐定两位职员，一男一女，状极诚恳。书桌上我偷偷看，压着的有《浪漫的与古典的》和《翡冷翠的一夜》等等正在校对的稿子。书桌后面墙上，挂着一幅江小鹣的油画。对面是书架，上涂黑漆，显出一部一部的

> 新书。书架后面，还有朱孝臧写的一面招牌。后面是厨房，我来不及去参观了。沿梯上楼，后面是亭子间，布置简单，据说是会计处，铰钱重地，闲人免进了。
>
> 楼上正房是编辑室，挂了几幅名人字画。我的确走得太累了，乃就沙发椅上少坐，谁知刚坐下来，余先生已经点心一盘，捧到我面前来了，一阵饼香，惹得我不由得伸手拿了一块。
>
> 挨了一会，楼上的来宾，愈来众多，我于是一鞠躬退出。临行余先生还送了我一份开幕纪念册。纪念册却非常有趣，封面画着一个女人骑在新月上看书，虽然只是弯弯曲曲的几笔线条，而诗趣横生，听说是诗人闻一多的手笔，那就无怪了。

这篇参观记也指明书店，包括发行所和编辑所都在麦赛而蒂罗路。这样说来，梁实秋说新月书店在望平街开张，就是不对的了。不过，由于业务不断扩大，原址地方不够用，便将发行所迁出，至望平街一六一号，当年12月22日正式开张。至于梁实秋回忆中提到的“环龙路环龙别墅四号”和“四马路”，也的确和新月书店有过关联。书店和编辑所从麦赛而蒂罗路迁出后，先迁至环龙别墅，后迁至四马路中市九十五号。1931年5月1日，也就是新月书店进入后期阶段时，又迁址。由新月书店出版发行的《新月》月刊刊登了一则《新月书店编辑部迁移启事》：“敝处成立以来，甫经数月，现因内部更事扩充，原有地点不敷应用，特于五月一日起开始入九江路四川路转角中央大厦二楼十九号内。自后倘蒙明达，不吝教诲，或惠赐大作，均请径寄该处，以免贻误，无任感盼。”

由于“参观记”又刊登在梁实秋任主编的“青光”上，而且记录得又过于详细，比如，他不但告诉人们书店在麦赛而蒂罗路上，而且还细致地标明方位，甚至连乘电车在哪里下车都加以明示，因此让人疑心这是为新月书店做广告。而“严家迈”多半是个化名，他其实是新月书店内部的人，有人猜是梁实秋，有人猜是潘光旦。

无论“严家迈”究竟是严家迈，还是梁实秋、潘光旦，抑或是其他“王婆”，都无关紧要，紧要的是“参观记”提供了关于新书书店的不少信息。除了指明店址外，它还提到三点：一、新月书店的首任经理是余上沅：二、新月书店首批出版的新书有梁实秋的《浪漫的与古典的》、徐志摩的《翡冷翠的一夜》等；三、新月书店开张时，曾发行了一份开幕纪念册，纪念册的封面是闻一多绘的一幅画：一个女人骑在新月上看书。

关于新月书店经理。

余上沅是新月书店的首任经理，这是确定无疑的。梁实秋在《谈徐志摩》一文中提到了一个“谢先生”，说是由余上沅约请他主持店务，而且包办一切。在余上沅离任后，名义上的经理是张禹九，实际上仍由谢先生主持工作。他还在《忆〈新月〉》一文中说过这样一句话，“书店在光旦的长兄潘孟翘先生强勉支撑中也不见起色”，书店就结束了。就他的这些说法，新月书店的经理按就任时间的先后顺序，分别是余上沅、张禹九、潘孟翘，其中在余、张任经理时期，一直由“谢先生”主办。

这个“谢先生”，名叫谢家崧。他在《我记忆中的新月书店》中回忆说：新月书店开办时，一共有四个工作人员：经理兼编辑余上沅；会计陈衡粹（余上沅夫人）；出版兼校对蒋家佐；发行谢家崧。他还说他“是新月书店股东和创业人员之一”。也就是说，他很可能和梁实秋一样，因为入了小股而没有被列入“创办人”。显然，他是知情人之一。按照他的说法，新月书店经理，分别是余上沅、潘孟翘、张禹九。他更具体地说张禹九是在 1931 年才担任经理的。

在由新月书店出版的《新月》月刊第一卷第七期（即 1928 年 9 月）上，刊登了《余上沅启事一则》：“启者上沅，现已辞去新月书店经理及编辑主任，嗣后一切事务请径向各负责人接洽为盼，此启。”也就是说，余上沅是在新月书店开张一年多后卸任经理一职的。接着，从1928年到1930年，出任经理的是潘孟翘。然后，才是张禹九。不过，新月书店也不是在张禹九手上结束的。1931年5月，邵洵美任经理，此时，新月书店已进入尾声。徐志摩在5月17日写给友人郭子雄的一封信中说：“新月书店颇见竭蹶，邵洵美加入，更图再起。”尽管邵洵美竭尽所能，但终究还是没有能让书店“再起”。

其实，除了余、潘、张、邵之外，新月书店还有一位经理，他叫林微音，是邵洵美创办的第一出版社的同事。邵洵美一边接管着新月书店，一边还要操劳他自己的事业，多少有些应顾不暇，于是就请林微音代劳。林微音便成为事实上的经理。不过，谢家崧在《新月社始末我见》一文中说，林微音于“1932年虽曾由邵洵美的介绍在新月书店任过几个月的经理，但他不是新月社的成员”。林微音、林徽音，外人很容易将两人混淆，而将不是新月社成员的林微音认作新月社成员的林徽音。这让林徽音很不高兴。林微音有取名“林微音”的自由，林徽音愤而将名字由林徽音改为“林徽因”，也是她的自由。不过，她因此迁怒于邵洵美，这就没有道理了。

邵洵美（1935年）

关于新月书店出版的新书。“严家迈”提到的《浪漫与古典的》和《翡冷翠的一夜》，显然在新月书店开张前就已经排版、校对了，那么，新月书店出版的第一批书，就是这两种吗？《浪漫的与古典的》的作者是梁实秋，如果这是新月书店出版的第一本书，那么他应该不会忘记。然而，他在《忆〈新月〉》一文中，却说：“胡（适）

先生的《白话文学史》是新月书店出的第一本书，也是最畅销的一本书。”上海学者瞿光熙则认为，新月书店出版的第一本书是徐志摩的《自剖》，他的理由是该书出版于 1927 年 5 月，也就是在新月书店正式开张之前[①]。

虽说 7 月 1 日是新月书店开张的日子，但这个“开张”只是形式上，或是程序上的，并非实体上的。事实上，在这之前，新月书店已经成立并运行了。从这个角度说，可以认为《自剖》是“第一”。但如果以正式开张为界，那么，“第一”应该是梁实秋的《浪漫的与古典的》和徐志摩与沈性仁合作翻译的《玛丽玛丽》。在 1927 年 8 月 26 日的《申报》上，有这样一则“出版界消息”：“新月书店已有新书两种出版，第一种为梁实秋著之《浪漫的与古典的》，内含文艺批评九篇，装订精美。第二种为徐志摩、沈性仁合译之《玛丽玛丽》，都八万言。”从两本书上的版权页上可知，它们都出版于该年 8 月。

闻一多设计的徐志摩、沈性仁合译的《玛丽玛丽》封面

从《现代评论》第六卷第 145 期（即 1927 年 9 月 17 日）上的一条新书广告中可知，同时在 8 月份出版的还

① 瞿光熙：《新月社 · 新月派 · 新月书店》，《中国现代文学史札记》，上海文艺出版社 1984 年版。

有一本书，就是徐志摩的散文集《巴黎的鳞爪》。几种书之所以能够在书店开张仅一个月之后同时出版，显然在书店正式开张前就已经着手编发了。至于胡适的《白话文学史》，他在10、11月的时候，已经完成了八九万字。之后的12月3日，他在《现代评论》第六卷第156期上发表了一篇文章，题目是《白话诗人王梵志》。这是他发现的新材料，便单独作了这篇文章。该书正式出版，是在第二年的5月。

闻一多设计的徐志摩著《落叶》封面

闻一多设计的徐志摩著《巴黎的鳞爪》封面

据不完全统计，在新月书店存续的6年时间（1927—1933）里，共出版了百余种图书，平均每年出版十多种。在当时的出版界，这样的成绩算是不错的了。可能是因为“新月”在新中国成立后一直处于“反面”地位，所以有人曾不屑地讥嘲新月书店“作为不大”。瞿光熙撰文指责新月书店“好虚张声势，很沾染了一些商业习气”。他列举的事例，一是“他们虽有三处地方，也不过一间门面，或一幢房子，就将三处地方都登在广告中”；二是“在预告书目上，如在一九二七年就预告‘在校印中’的余上沅的《可敬的克莱登》、陆小曼译的《海市蜃楼》、陈衡哲的诗集《梦与希望》等书，有的过了很久才出版，有的迟迟未见出书。他们在《新月》第四卷第一期中预告了一套《现代文艺丛书》的书目，整整五十种，著译者姓名之上都加了博士、硕士、教授、系主任、院长、大学校长的头衔，但后来见到书的只有十种左右。《英文名著百种丛书》，在一九二九年开始出三本书时就用红纸登了大幅广告，公布了十二种的书名和译者，除已出三种外，其他九种‘正在印刷或翻译中’，译者是胡适、饶孟侃、徐志摩、梁实秋这批人，直到一九三三年书店关闭为止，一共似乎只出了几种。在书籍预告广告中，常把某书列为某某丛书，以壮声势，到出版时却又不标丛书之名，如凌叔华的《花之寺》，广告中列为《现代文艺丛书》第四种，《西滢闲话》列为第五种，在书籍出版时，却都未列丛名之名，也不知道这套丛书的第一、二、三种是什么。徐志摩、陆小曼合作的剧本《卞昆冈》，在预告时列为《中国戏剧社丛书》之一，出版时也未标明是丛书”①。

新月书店既然有三处地方，那么自然要将三处地方登在广告中，这是事实，似乎谈不上“虚张声势”。至于预告的书目和实际出版的不相符合的问题，其实也是自然的：预告的是计划，既然是计划，就有最终完成和没有完成之分。没有完成，可能有多种可能。比如，书稿没有写成；或者，书稿虽然写成了，但不符合出版要求；又或者，因为经费、市场、印刷等其他原因，没有能够如期出版。另外，当时的社会环境很动荡，不是所有的计划都能实现，如此等等。这似乎也

① 瞿光熙：《新月社·新月派·新月书店》，《中国现代文学史札记》，上海文艺出版社 1984 年版。

谈不上“虚张声势”。

反过来看，新月书店的志向是远大的，计划是宏伟的。比如，他们准备出版50种之多的《现代文艺丛书》、100种之多的《英文名著丛书》。尽管他们没能如愿，但从中可以看出，他们在努力实践着他们在创办新月书店时所立下的誓言，那就是“能在教育和文化上有点贡献”。

关于闻一多的绘画。

闻一多曾写信对饶孟侃说：“绘画本是我的元配夫人。”自北京南下上海后，他一度又爱上了篆刻，天天躲在潘光旦的家里刻图章。他给梁实秋刻过一枚闲章，文曰：“谈言微中。”因为篆刻，他连诗也不写了。在给饶孟侃的信里，他又说：“最近我又置了一个妙龄的姬人——篆刻是也。似玉精神，如花面貌，亮能宠擅专房，遂使诗夫人顿兴弃扇之悲。”就在他迷恋刻章时，新月书店开张了。

其实，新月书店并不需要他刻章。总的说来，闻一多对新月书店的编辑发行等工作出力并不多。闻黎明在《闻一多传》中也说他“为书店的工作费心较少”。如果说他对新月书店多少也有贡献的话，那可能就是为书店出版的图书担任封面和装帧的设计工作。换句话说，他实际上担当了图书设计师的职责。

除了为书店开张纪念册绘制了“一个女人骑在新月上看书”的封面外，闻一多用他正在精心钻研的篆刻技术，为梁实秋的《浪漫的与古典的》设计了封面：“整齐地排列了‘浪漫’与‘古典’二字刻成的白、朱文印章，占满全页，以粗犷的和纤细的刻画，突出了本书的主题。”他为徐志摩的《巴黎的鳞爪》设计的封面是：“以浓重的夜色为底，零乱地画上凝目、侧耳、鼻子，以及纤细的手指、长腿、懒足，以启示本书的内容是从各个角度反映巴黎光怪陆离的都市生活。”他为潘光旦的《小青之分析》设计的取名《对镜》的插图是：“画面上有一只关在笼子里的小鸟，冯小青背对画面，从镜子中反射出疲倦

闻一多设计的潘光旦著《冯小青》插图

闻一多设计的潘光旦著《冯小青》封面

和惊恐的表情，耐人深思，耐人寻味。”[①] 之外，徐志摩和沈性仁合译的《玛丽玛丽》，梁实秋的《骂人的艺术》《文学的纪律》，张君劢的《苏俄评论》等书的封面，也都由他设计。他的设计看似简单地涂涂画画，却多含义深重深刻，有的极具抽象意味，又有些阴郁。这恐怕与他的诗人气质有关。

新月书店的结束，固然有它本身难以为继的因素，很大程度上是经费的问题。因为如此，徐志摩才在 1931 年请出了邵洵美，希望他能创造奇迹。但是，奇迹没有发生。又不幸的是，这年 11 月，徐志摩意外坠机丧命。作为“新月”的灵魂人物、新月书店的主要创办者和支撑者，他的死，更加速了新月书店的消亡。还有一个时局的问题，其实在 20 世纪 30 年代初期，大部分“新月”人又纷纷离开了上海，加上主要维持新月书店生存的《新月》月刊内部人员的矛盾和分化，使得该月刊由文学走向政治后终于衰败。在这种情况下，新月书店也只得关门。

---

① 闻黎明：《闻一多传》，人民出版社 1992 年版。

梁实秋在《忆〈新月〉》中回忆说："胡先生有一次途经青岛时便对我们说起结束新月的事，我们当然也赞成，后来便由胡先生出面与商务印书馆王云五先生商洽，由商务出一笔钱（大约是七八千元）给新月书店，有这一笔款弥补亏空新月才关得上门，新月所出的书籍一律转移到商务继续出版，所有存书一律送给商务，新月宣布解散。"他的这个说法，是目前为止现存资料中关于新月书店关门的最为清晰详细的一家之言。

对新月书店的评价，曾经有两种截然相反的说法：叶公超在《关于新月》一文中说："谈'新月'的活动，固然以《新月》杂志为主，书店也不能忘记。"胡适引用佛书上的一句话，说"功不唐捐"，意思是"努力必不白费"。的确，无论是从中国文学史上（书店出版了大量的优秀文学作品），还是中国出版史上（书店出版了百余种专著和译作）来说，新月书店都具有不可磨灭的价值和意义。

鲁迅曾在给章廷谦的一封信中不无讥讽地说："新月书店我怕不大开得好，内容太薄弱了。虽然作者多是教授，但他们发表的论文，我看不过日本的中学生程度。"就他跟新月文人之间互相对立的关系，他这么说，不足为奇。但客观地说，他的这个说法有失公允，也太有个人偏见，大有踩踏、贬低他人之嫌。他当然不会料到，他对新月书店所下的结语，给新月书店在历史上地位的奠定，一度造成了很不好的影

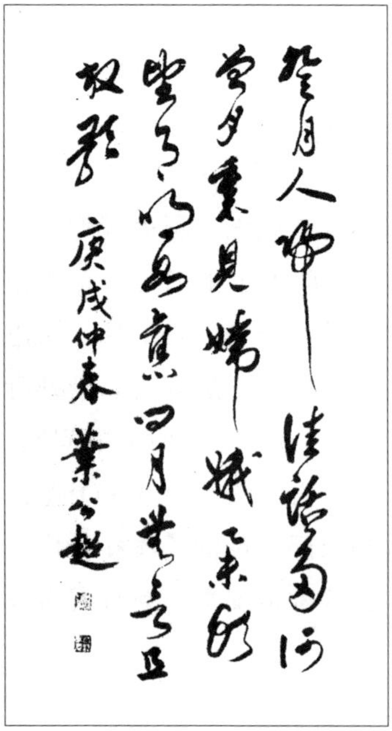

叶公超墨迹

响。新中国成立后，他是“旗手”，因此，被他反对的、嘲弄过的“新月”，包括新月书店，就一直被打压，被批判。他在天上如果得知了这一切，不知是否觉得很满足？

胡适任性“闹”退出

梁实秋在《谈徐志摩》一文中，说过这样一句不顾事实的话：“新月同人一直和谐无间，从没有起过什么争执。”以绅士自居的新月文人们，崇尚谦抑忍耐，追求理性宽容，怎么可以不和谐、起争执呢？或许在他看来，他们之间产生过的矛盾和分歧，并不算是争执和不谐。事实上，新月同人之间，不但有矛盾和分歧，更起过争执，以至于“新月”领袖胡适被气得要退出。

新月书店开张仅半年多后，1928年1月28日，胡适给徐志摩写了一封信，言辞激烈地表示“要撤股”，也就是说，要退出新月书店。信是这样写的：

志摩兄：

新月书店的事，我仔细想过。现在决定主意，对于董事会提出下列几件请求：

（1）请准我辞去董事之职。

（2）请准我辞去书稿审查委员会委员之职。

（3）我前次招来的三股——江冬秀、张慰慈、胡思杜——请准退回给我，由我还给原主。

（4）我自己的一股，也请诸公准予退回，我最感激，情愿不取官利红利。

（5）我的《白话文学史》，已排好三百五十页，尚未做完，故未付印，请诸公准我取回纸版，另行出版，由我算还排版与打纸版之费用。如有已登广告费或他种费用，应由我补偿的，我也愿出。

此五项，千万请你下次董事会提出。

我现在决计脱离新月书店，很觉得对不起诸位同事和朋友。但我已仔细想过，我是个穷书生，一百块钱是件大事，代人投资三百元更是大事，我不敢把这点钱付托给素不相识的人手里，所以早点脱离。这是我惟一的理由，要请诸公原谅。

胡适的这封信，写得干净利落，条理清楚、请求明晰、态度坚决，可以感受到他当时的愤懑。

胡适的这一切要求，他应该知道，对于新月书店来说，打击可能是致命的。比如撤股，他一撤就是四股，400 元，新月书店的总股本，按照梁实秋的不同说法，以 4000 元计，他撤掉的便是十分之一；以 2000 元计，就是五分之一。他要求还回《白话文学史》。“胡适”之名，是招牌，他的书一定是新月书店最畅销的，也就是书店利润的最大来源。事后证明，还是按照梁实秋的说法，这本书的确是最畅销的。问题是，胡适为什么这么做？

在这封信的最后，胡适其实已经道出了原因：“我不敢把这点钱付托给素不相识的人手里。”“素不相识的人”究竟是谁？徐志摩、闻一多、张禹九这些北京新月时期的老新月人，肯定不算；余上沅不仅是老新月人，更是新月书店董事会聘请的总经理，应该也不是他。环视参与新月书店事务、又在一起酝酿《新月》月刊的人，剩下的就只有梁实秋和潘光旦了。

梁实秋在《怀念胡适先生》一文中，这样说：“我认识胡先生很晚，亲炙之日不多，顶多不过十年，而且交往不密，连师友之间的关系都说不上。”胡适是在 1937 年抗战全面爆发后前往美国的，有人据此断言梁实秋所说的“十年”，应该就是从 1927 年到 1937 年。1927

年正是他们创办新月书店的时候。也就是说，胡适是在这个时候认识梁实秋的。1949 年他俩都去了台湾，在胡适于 1962 年去世前，他们一直保持着往来。由此推测，“十年”并不是一个连续的时间概念，而是累积起来的一个粗泛的时间。

从梁实秋在新月书店创办前的经历来看，他是在 1926 年夏回国的，他说“认识胡先生很晚”，可以推知，他应该是在创办新月书店前不久结识胡适的。之前，可以说，他们“素不相识”。

同样地，从潘光旦在新月书店创办前的经历，也可以发现，他和胡适原本也是“素不相识”的。他 1913 年入清华，1922 年赴美留学，1926 年 8 月才回到国内。之前，他和胡适没有机会碰面，直到此时大家都聚集在了上海。他和闻一多、梁实秋是老同学、老相识，在清华时，他在《清华周刊》上发表过多篇文章；在美国时，他参加过闻、梁组织的“大江会”。闻一多、梁实秋在上海时，都曾在他家里住过。他跟闻一多的关系更密切，两人又一起在吴淞政治大学任教。或许正是通过闻一多，他才得以进入新月这个团体，得以结识胡适。

在计划创办新月书店时，胡适和梁实秋、潘光旦就已经“素不相识”了，如果他不愿意和素不相识的人合作，那么，他应该在那时就拒绝参股新月书店，何以会等到书店办了半年多后才以此作为理由要求退出呢？“素不相识”本身，当然不是真正的原因。真正的原因是胡适跟这两个原本素不相识的人之间，产生了矛盾。换句话说，这两个人“得罪”了他。

新月书店顺利开张、并且连续出版了几种图书后，大家酝酿编一本刊物，杂志还未正式出版，甚至还没有取名，同人之间就先闹了意见。还是梁实秋的回忆最详细。他在《〈新月〉前后》一文中说：“杂志的筹划，最初是胡先生、志摩、上沅负责在进行，有了成议之后，上沅到闸北斯考特路潘光旦家，宣布杂志由胡先生任社长，志摩为主编。当时聚集在光旦家的闻一多、饶子离等表示异议。”在这里，他只提到表示异议的是闻、饶，而没有说是他和潘光旦。

在《忆〈新月〉》一文中，梁实秋说得更具体了：胡适和徐志摩“两个人办不了一个杂志，于是徐志摩四出访友，约集了潘光旦、闻一多、饶子离、刘英士和我。那时候杂志还没有名称。热心奔走此事的是志摩和上沅，一个负责编辑一个负责经理。此外我们几个人对于此事业并无成见，以潘光旦寓所为中心，我们经常聚首，与其群居终日言不及义，倒不如大家拼拼凑凑来办一个刊物，所以我们同意了参加这个刊物的编辑。上沅传出了消息，杂志定名为《新月》，显然这是志摩的意思……后来上沅又传出了消息，说是刊物决定由胡适之任社长，徐志摩任编辑，我们在光旦家里集议提出了异议，觉得事情不应该这样的由一二人独断独行，应该更民主化，由大家商定……”

从这段文字中，还可以看出梁实秋是带有情绪的——大家筹办《新月》，可是梁实秋们只有听消息的份儿，一会“上沅传出了消息”，一会儿“上沅又传出了消息”。

这便是矛盾所在。简言之，梁实秋、潘光旦、闻一多、饶孟侃等反对胡适任社长、徐志摩任编辑这样一个在他们看来是“独断独行”的行事方式。

当余上沅第一次“传出消息”，说是将杂志定名为《新月》时，梁实秋他们就已经不太高兴了，否则他也不会说“这是志摩的意思”。“新月”之名来自于“新月社”，这是毫无疑问的。梁实秋没有参加过新月社的活动，他对新月社不会有太多的感情。在他看来，新月社不过就是一个由一些文人和开明的政客与银行家参加的具有俱乐部性质的团体，和他们马上要创办的杂志毫无关系。既然如此，刊物仍取《新月》，似乎不太妥当。尽管他们不是太乐意，但他们没有反对，还是接受了这个名称。至于理由，梁实秋说：“这名称，至少在上海还是新鲜的，并不带有任何色彩。”不过，在他们的心里，还是存有疙瘩的。因为在这个问题上，胡适、徐志摩他们已经表现出独断独行了。

当余上沅又一次“传出消息”后，梁实秋等人终于不能容忍胡适、徐志摩他们又一次的独断独行。这次，他们明确表示反对，他们主张“民主化”。所谓“民主”，即不能由一人任社长，一人任编辑，而是“轮流坐庄”，说好听点儿，就是集体编辑。《诗镌》时期，不就是一个人负责几期，每人都是编辑吗。对此，为人“一团和气”的徐志摩立即就接受了他们的意见。可对徐志摩的“从善如流”，梁实秋在《〈新月〉前后》中评价他“是何等圆滑的人”；在《忆〈新月〉》中则断言他“是何等明达的人”。那么，胡适的态度呢？梁实秋没有提及，胡适在其他场合也没有明说过，不过可以肯定的是，不“圆滑”也不“明达”。他有些不高兴，不高兴的表现便是要撤股，要辞职。

这是目前为止关于胡适要求退出新月书店原因的最普遍的说法。反对胡适任社长、徐志摩任编辑的不只是梁实秋和潘光旦，闻一多、饶孟侃等人都反对了，胡适何以在信里只说他不想把钱“托付给素不相识的人”呢？“素不相识”是指包括梁、潘在内的一伙人，还是另有含义呢？有人将胡适的举动归结于他在那个时期因为民国政府、南京政府都对他的某些言论不满，他两边不讨好，因此生活不顺、心情不好，加上自视颇高而不能容忍梁、潘这些年纪比他轻、学问比他差、资历比他浅、名声比他低的人的“蔑视”——如果把反对他当社长当作蔑视的话。于是，他就发怒了。

这样的说法，实际上看低了胡适这个人。即使是梁实秋，也曾真诚地说胡适“和其他的伟大人物一样，平易近人。‘温而厉’是最好的形容。我从未见过他大发雷霆或是盛气凌人。他对待年轻人、属下、仆人，永远是一副笑容可掬的样子。就是遭遇到挫折侮辱的时候，他也不失其常。‘其心休休然，其如有容’”[①]。这样一个崇尚“容忍比自由还重要”的温和的人，怎么可能只因为自己心情不好而有人反

① 梁实秋：《怀念胡适先生》，《梁实秋怀人丛录》，当代世界出版社 2007 年版。

对他这样的小事就如此不顾身份地勃然而怒，然后拂袖而去呢？也太失绅士气了。何况，他虽然愿意并且喜欢谈政治，但也不是那种领袖欲极强的人——《新月》月刊社长似乎也没有什么了不起的权力。就在他要撤股前两个月，他在接受《生活》周刊编者采访时，还曾表示“不要做大人物”。一个不要做大人物的人，会那么在乎一个刊物社长的位置吗？

两个多月后的4月4日，胡适和儿子胡祖望，以及友人、商务印书馆的高梦旦等一同前往庐山。之前一个月，由新月书店出版发行的刊物《新月》已经正式出版了。在轮船上，高梦旦告诉胡适，他已经无法忍耐下去了，下决心向商务印书馆递交了辞职书。在高梦旦之前，已经有人辞职了。高梦旦愤愤地说：“我们只配摆小摊头，不配开大公司。”胡适是了解高梦旦辞职的真正原因的，那就是近年来，商务印书馆的内部人员矛盾重重，“意见甚深”。

对于高梦旦的牢骚，胡适产生了共鸣。他在当天的日记里，大发感慨：“此语真说尽一切中国大组织的历史。我们这个民族是个纯粹个人主义的民族，只能人自为战，人自为谋，而不能组织大规模的事业。考试是人自为战的制度，故行之千余年而不废；政党是大规模的组织，需要服从与纪律，故旧式的政党（如复社）与新式的政党（如国民党）都不能维持下去。岂但不能组织大公司而已？简直不能组织小团体。前几天汪孟邹来谈亚东的事，便是一例。新月书店与霓裳公司便是二例。这样小团体已不能团结，何况偌大的商务印书馆？”

胡适的这段话，证实了他辞职、撤股撤书的想法，确系出自与梁实秋们的“不团结”。造成不团结的原因，在胡适看来是“不服从”，在梁实秋等人看来是“不民主”。这种源于各人认识上、观念上的差异，本已难以消弭，而“老爷不听老爷叫”的原因，又与他们对民主自由的过度追求所形成的不肯听命于人、只愿自主的处事态度有关。

梁实秋在《〈新月〉前后》中就曾说过：“《新月》一批人每人

都是坚强的个人主义者，谁也不愿追随在别人之后。”他在《忆〈新月〉》中更说：“新月一伙人，除了共同愿意办一个刊物之外，并没有多少相同的地方，相反的，各有各的思想路数，各有各的研究范围，各有各的生活方式，各有各的职业技能。彼此不需标榜，更没有依赖，办刊物不为谋利，更没有别的用心，只是一时兴之所至。”由此可以看出，他们的“不团结”是必然的。

在“不为谋利”上，也许大家不存在太大的分歧，自由知识分子毕竟不是商人，“利益”观念相对淡薄，而更注重精神。但是，很难说人人都“没有别的用心”。有人的“用心”是只想办个杂志而已，就像梁实秋所说，哪个喜欢摇摇笔杆的人不想办个杂志？有人的“用心”是只想用它来讨论文学，闻一多就是如此。闻黎明在《闻一多传》中说“闻一多最初的想法，是把《新月》月刊办成一种文艺刊物”。有人的“用心”是将其作为谈政治的阵地，作为自己的“喉舌”，胡适和后来加入其中的罗隆基，就是如此。如此一来，大家就“不团结”了。

胡适一向是以冷静温和不忧不惧形象示人的，徐志摩就曾戏称他为“胡圣”，即姓胡的圣人。然而，在退出新月书店这件事上，他却一反常态，也将挂在嘴上的“容忍”抛却，这不免让人有些难以理解。新月书店即便不怎么团结，也犯不着如此大动肝火又是撤股，又是撤书的。不过反过来说，他的这个看似任性的行为，恰恰透出他为人率真的一面。仅就这件事而言，他可能不如徐志摩“明达”，但也不像徐志摩“圆滑”。他坚持自我，不随意附和，兴之所至，大家就在一起愉快地合作；兴之所尽，他也不勉强，走人就是。这让人看到了胡适“圣人”外表背后“真人”的一面。

那么，这事的结局如何呢？徐志摩收到胡适的这封信，很是意外和震惊。作为早期新月社的领袖、如今的新月书店（包括《新月》月刊）的创办人，胡适的作用非同小可。同样的道理，他一旦退出可能造成的后果，也不可低估。但是，徐志摩已经很爽快地答应了梁实秋他们的“民主化”要求，于是，他能做的，也只能是一方面不把信转交给梁实秋他们，以免激化矛盾，一方面极力说服胡适。至于他是如何说服的，不得而知。总之，胡适听从了，妥协了，他收回成命，而且同意了“轮流坐庄”的编辑方法。不过，他心里的皱纹并未熨平，以至于在几个月后还有“余愤”，并在日记里记下几多感慨。

胡适言退风波终究没有闹大，被“圆滑”又“明达”的徐志摩悄悄化解了，这是“新月”的幸运，也可见新月同人之间的矛盾不是不可调和的。

第六章 《新月》月刊：从文学到政治

《“新月”的态度》的态度

新月书店固然出版了不少具有文学价值的书籍，但它最大的贡献（或称成就），是出版发行了《新月》月刊。

从单纯的诗歌流派而言，可以说，新月派就是格律诗派，它是从《诗镌》开端的。然而，从广泛意义上的文学流派来说，新月派包含了格律诗和独特的自成体系的文艺主张和政治思想。体现这一切的，便是《新月》月刊。于是又有人说，新月派其实是由《新月》开始形成的。无论如何，对于新月派来说，新月书店固然很重要，《新月》月刊更具价值和意义。

那么，《新月》月刊是如何起意的？

胡适、徐志摩等同人聚集在上海后，自然而然地又常常“聚餐”。有一次聚餐后，胡适说这样的随便聊天既浪费时间，也毫无意义。大家就问他怎么样才有意义。他说最好每次定一个主题，然后围绕这个主题，由一个人主讲，其他人议论。他的这个提议，实际上已经偏离了“随便”的轨道，变得严肃起来而不可能随便了。不过，大家好像很愿意接受他的提议，让他定一个题目。胡适说，就谈“中国往哪里去”吧。当然，这个题目大而空，不够具体，不便谈。于是，他在这个总题下，又分派给每个人具体的小题目，即政治的、经济的、社会的、文化的、道德的。梁实秋回忆说，他当时被分派谈道德。

对于胡适在“新月”中的地位，一直以来都是被视作精神领袖的。从早期的北京聚餐会到新月社，他都是其中重要一分子，但是，按照现在的说法，他并不是专职的新月研究（工作）人员。叶公超曾在《关于新月》一文中说“由于胡适在学术上的兴趣是多方面的，所以对‘新月’并不曾全力照顾”。他所说的“学术”，应该不仅仅指的是纯粹意义上的学术，还应该包含社会的、政治的思考和参与。他这个人，虽然无意做官，但是爱谈政治。胡适的谈政治，在一定程度上影响了“新月”的走向，更将《新月》月刊引向政治化。台湾学者董保中这样总结：胡适“是新月派政治方面的领导人物”[①]。

从大的方面说，“中国往哪里去”其实就是一个政治命题。胡适是希望同人们跳出单纯文艺的象牙塔，投身现实。梁实秋在《揭开历史的新月》一文中说他当时觉得“道德”这个问题很难讲。但是，他还是坚持在又一次的聚餐会时，认真地讲了。在一个时期里，大家认真探讨了“往哪里去”的问题。梁实秋说，他们每次都讲到深夜十一、二点才散去。这大概是“新月”谈政治的开始。

谈，毕竟只是口头上的，对于他们这些舞笔弄墨的文人来说，是不能得到满足的。要把话语转为文字，就非得自己办一个刊物不行。就这样，《新月》月刊诞生了。这是《新月》缘起的一种说法，主要依据的是梁实秋《揭开历史的新月》中的回忆。然而，也还是梁实秋，

① 董保中：《新月社、新月派、新月没有了》，台湾《联合报》1980.9.24-25.

他在《忆〈新月〉》中，却说《新月》最先是胡适和徐志摩起意的，然后才邀集了他和其他人。

叶公超对于《新月》起意的说法，因为政治气味太浓重而有些离谱，他说是新月人为了抵制“苏联文学”以及左派力量的扩大，才想到办《新月》的。尽管当时“革命文学”的呼声很高，无产阶级运动由政治而扩展到文化，誓言要打倒资产阶级的文学占领文学新高地，但是，《新月》的起意，与此并无关联。如果说，《新月》除了文学，也涉猎了政治，那也是从第二卷第二期之后才开始的。最初，《新月》只是一份普通的文学刊物。

徐志摩在1928年元旦这天的日记里，只写了一句话：“新月决定办。”这个“决定”，是他和胡适决定的，还是他与胡适和梁实秋他们共同决定的？又因何决定的？因为他没有明说，所以不得而知。就他们一贯的活动规律，以及从之前新月书店由大家共同投资入股的创办模式来看，从聚餐会到讨论问题再到创议办刊物，可能性似乎更大一些。就像办新月书店，是为更便利地出版自己人写的书一样，办《新月》，也是因为要有一个发表自己文章的阵地。

关于刊物因何取名“新月”，一般人都认为自然是因为新月社，连梁实秋也这么说，而徐志摩却不肯承认。他在月刊的发刊词《“新月”的态度》中，辩解道：“我们这月刊题名新月，不是因为曾经有过什么‘新月社’，那早已散消，也不是因为有‘新月书店’，那是单独一种营业，他和本刊的关系只是担任印刷和发行，《新月》月刊是独立的。”他的这个辩解是苍白的，难以让人信服。

仅就新月书店和《新月》月刊的关系而言，无论是从创办人、编辑人，还是撰稿人等方面来说，两者都是交叉并行的，更何况月刊是由新月书店出版印刷发行，而且新月书店的书籍广告基本上都刊登在《新月》月刊上；有些刊登在《新月》上的文章，比如，徐志摩和陆小曼的《卞昆冈》、沈从文的《阿丽思游中国》等，后来都由新月书店出版了单行本。甚至于，在《新月》月刊难以为继时，新月书店也不得不关门歇业。因此，说《新月》是独立的，只是相对而言，准确地说，它是新月书店的组成部分。而无论是新月书店，还是《新月》，都可以看作是新月社、新月派的延续。

既然徐志摩说《新月》与之前的“新月”没有关系，那么他为什么还是沿用了这个名称呢？他说：“我们舍不得新月这名字，因为它虽则不是一个怎样强有力的象征，但它那纤弱的一弯分明暗示着，怀抱着未来的圆满。”

在经过了胡适言退风波后，1928 年 3 月 10 日，《新月》由新月书店正式出版。编辑者不是一个，而是三个，即徐志摩、闻一多、饶孟侃。这恐怕就是梁实秋他们争取来的“民主化”的表现。刊物的版型是方的，蓝面贴黄签，签上横书古宋体“新月”二字，面上浮贴一张白纸，上面印着要目。这样的设计，参考的是英国 19 世纪末布卢姆斯伯里等一批颓废诗人作家于 1894 年创办的著名文艺杂志 YellowBook（黄皮书），它是一种季刊，主要刊载小说、诗、散文，即纯文艺刊物，作品讲究辞藻，注重文字的雕饰，另外有时也登一些古怪夸张又极富颓废意味的画。也许正因为如此，徐志摩、闻一多非常喜欢黄皮书。不过，《新月》的封面却不是闻一多设计的。尽管他是编辑者之一，但在这之前，他已经离开了上海，去了南京，就职于土地局。当时在国内，很少有人看见过黄皮书，因此，《新月》的装帧设计很吸引人。《新月》的创刊号一下子就卖出了一万册，不知道和独特的设计是否有关系。

《新月》模仿了黄皮书，梁实秋开玩笑说：“假使左派仁兄们也知道有所谓黄皮书者，恐怕他们绝不会放过这一个可以大肆抨击的题目。”[①] 不知道“左派仁兄们”是根本不知道黄皮书是个什么东西，

---

① 梁实秋：《忆〈新月〉》，李正西、任合生编《梁实秋文坛沉浮录》，黄山书社 1992 年版。

还是虽然知道但因为有比这更重要的需要抨击的题目而无暇顾及，总之，他们没有抨击《新月》与黄皮书的关系，而是猛烈抨击了《新月》创刊号中的发刊词《“新月”的态度》。表现出他们对《“新月”的态度》不能容忍。

尽管《“新月”的态度》没有署名，但是，只看这篇文章开头的两句算作是题记的英文诗，也能猜到它是由徐志摩执笔的，一句是《旧约·创世纪》里的“上帝说，要有光，就有了光”；一句是雪莱《西风颂》里的“如果冬天来了，春天还会远吗”。显然，徐志摩试图用这两句著名的诗来表达他和他的新月同人的决心和信心。也仅仅是他引用的这两句诗，就可以感觉到，他的文风将与以往不同，少了些浪漫的情感，多了些理智的思考，口气也变得激烈了。

的确，徐志摩在解释了何以将刊物定名为“新月”之后，颇有些痛心地说：“我们正逢着一个荒歉的年头，收成的希望是枉然的。这又是个混乱的年头，一切价值的标准，是颠倒了的。”然后，他指出：“要寻出荒歉的原因并且给它一个适当的补救，要收拾一个曾经大恐慌蹂躏过的市场，再进一步要扫除一切恶魔的势力。”也就是说，这个年头之所以荒歉，是因为有一个……市场。这个市场，是一个思想的市场，它“摆满了摊子，开满了店铺，挂满了招牌，扯满了旗号，贴满了广告，这一眼看去辨认得清的至少有十来种行业，各有各的色彩，各有各的利诱”。徐志摩所说的“十来种行业”，实际上说的是当时存在着的十多种文艺现象。他将它们归纳为：一、感伤派；二、颓废派；三、唯美派；四、功利派；五、训世派；六、攻击派；七、偏激派；八、纤巧派；九、淫秽派；十、狂热派；十一、稗贩派；十二、标语派；十三、主义派。

“市场”二字，应该是一个商业性词汇。即便在一个真正意义上的商业市场里，也不是任何东西都可以拿出来叫卖的——尽管有很多商品有交易的需要，也就是有市场，比如，鸦片、毒药、淫业等，但不能因此认定它们的存在，就是合理的而加以放任。自由是相对的，没有绝对的自由。商业市场是这样，同样的道理，思想市场也是如此，它需要言论主张的自由，但这个自由是有限的，不是无限的。徐志摩所说的那十三种“行业”，就是属于应当被限制的。

那么，评价一个思想行业应否存在的标准是什么？徐志摩说，有两个，一个是“不妨害健康的原则”，一个是“不折辱尊严的原则”。简言之，健康和尊严。当然，这里的“健康”并不是指作为自然性的肉体健康，而是潜藏在人的灵魂深处的善，它包括理智和道德，以及用理智和道德抑制人性中的恶。对于“尊严”的理解，应该是自由和独立，不依附、不谄媚。

这就是“新月”的态度。

长期以来，《“新月”的态度》一直被视为向左翼革命文学发起攻击的宣言和理论纲领，尽管它也对国民党维护的封建文学进行了斥责，但总的来说，还是针对左翼文学的。台湾学者梁锡华在《徐志摩新传》中就说：“文章内攻战的矛头明显是指向左派人士及左派文学集团的。”左派人士对反对派一向不客气，在他们看来，《态度》一文具有强烈的挑衅性，因此反攻便是自然而然的了。

创造社成员彭康在《创造》月刊第1卷第12期上发表了反驳文章《什么是“健康”与“尊严”——〈“新月”的态度〉底批评》。首先，他承认“这是一个荒歉的年头”，也是“一个混乱的年头”，但是，他的理解和徐志摩不同，他认为，因为随着历史的进展，社会的支配权必然要转移给一个新的主体，在这转移过程中，年头就荒歉了、混乱了，因此这是必然的。

然后，他质问：健康是谁的健康？尊严又是谁的尊严？他认为，在社会变革时期，没有人会要这两种东西。所以说，折辱了“新月”的尊严，就是新兴的革命阶级获得了尊严；妨害了“新月”的健康，就是新兴的革命阶级增进了健康。显然，徐志摩是站在人性的角度理解健康和尊严的；而彭康则是站在阶级的立场认识健康和尊严的。针对《“新月”的态度》所说“先前我们在思想上是绝对没有自由，结果是奴性的沉默；现在，我们在思想上是有了绝对自由，结果是无政府的凌乱”，彭康不但不认为现时有绝对的自由，更主张要进行斗争争取自由。很明显，他们对“自由”的理解也存在着差异。

如果就事论事，就观点论观点，彭康的批驳无可厚非。不过，他在正常反击的同时，又夹带着对胡适、徐志摩个人的偏见，甚至人身攻击。他用“小丑”形容徐志摩，用“妥协的唯心论者”形容胡适，更讥讽他们是“诗哲”“一手奠定文坛的健将”“一位文学革命的领袖”“文化运动的哲学家”，还说他们“做着小丑的姿势”，更嘲弄他们“还要找寻第X次，第Y次的爱人，要串演《小放牛》，《玉堂春》（徐志摩演过这出戏），做情诗”。这就在无形当中降低了他的批判力度。

除此之外，彭康还就徐志摩所说的十三种文艺现象一一进行了反驳。不论他的反驳是否有价值有意义，终究是他的一家之言，一定程度上也代表了创造社，表达了他们对《“新月”的态度》的态度。自此之后，“新月”开始了和左翼的针锋相对，一度爆发了大论战。从这个角度说，《态度》颇具意义。

凌叔华、沈从文：两个“新月”小说家

《新月》月刊自从1928年3月10日出版创刊号，到1933年6月1日终刊，共发行了4卷43号，前3卷每卷12号，第4卷只出了7号。应该说，在那样的年代，这样的出版成绩还是不错的。

在《新月》上刊登过小说的作家有不少，发表小说最多、足以作为“新月”小说家代表的，是凌叔华和沈从文。

1.“有可能获得诺贝尔文学奖”的凌叔华

凌叔华和陈西滢婚后的生活如同冬日的太阳，平静而又暖融融的。他俩因对文学与艺术有着共同的爱好，闺阃中的知心话也就比一般的伉俪要更多一些了。不过，两人对对方也都有不坦白的时候，那是在彼此进行创作时。不仅家中设有两个书房，就连两人外出，住处也必然各自一个工作室。谈到这事的原因，凌叔华不禁笑道：“陈先生是不太夸奖别人的，但善于批评，你若想要他说句好听的，比打他一顿还糟糕。”

1928年，新月书店为凌叔华出版了一本小说集《花之寺》，陈西滢在《编者小言》中，不客气地写道：“在《酒后》之后，作者也写过好几篇小说，我觉得它们的文字技术还没有怎样精炼。”又写道：“在《春天》之后，作者也曾经发表过好几篇文字，可是我又觉得她的风格渐渐有转变的倾向。”也许正因为如此，凌叔华说她写东西不让陈西滢看，“免得他泼冷水，写不下去”。而陈西滢呢，也同样不让妻子做他作品的第一位读者，通常是双方都等到作品变成了呆板的铅字时，才拿出来给对方过目。

在新月书店、《新月》月刊的创办人和编辑人名单中，没有陈西滢和凌叔华这两个老“新月”人。原来，他们婚后不久，陈西滢应邀离开北京去新办的武汉大学任文学院教授，凌叔华随同前往，住在武昌城西北隅的昙华林。这里地方空旷，人烟稀少，生活单调。也就在这宛如死水一般的寂寥日子里，凌叔华做着童年梦，然后把对北京童年的怀念之情倾注于笔端，写了大量的小说。之后，他们又搬到了风景秀美的珞珈山。对文学的共同热爱，使凌叔华与女作家袁昌英、苏雪林结成很要好的朋友。她们三人后来被誉为“珞珈三杰”。凌叔华发表在《新月》上的小说，基本上都是在武汉写成的。

从《杨妈》《搬家》《凤凰》《小蛤蟆》《小哥俩》这几篇小说

的题目，就可以发现，凌叔华的小说以写妇女、儿童生活为主。学者夏志清在他写的《中国现代小说史》中说，“凌叔华和冰心一样，写的也是妇女和儿童的故事。和冰心不一样的是，她一开始就显示出一种较成熟的感性和敏锐的心理观察，潜力也比冰心大”。这样的评价，实在是很高。

就连和陈西滢大打过笔仗、誓死不饶恕陈西滢的鲁迅，在《中国新文学大系》小说二集的“序”中，将凌叔华和同时代的女作家冯沅君进行了比对，对她的小说也予以肯定，说她“恰和冯沅君的大胆、敢言不同，大抵很谨慎的，适可而止地描写了旧家庭中婉顺的女性。……使我们看见和冯沅君、黎锦明、川岛、汪静之所描写的绝不相同的人物，也就是世态的一角，高门钜族的精魂”。

凌叔华最擅长描写大家闺秀和中产人家知识女性枯寂忧郁的心理。在《花之寺》出版后，作家阿英写了一篇评论《〈花之寺〉——关于凌叔华的考察》，认为她的小说特色，是在描写“资产阶级的太太们的生活和各种有趣味的心理。……她表现了她们的丑态和不堪的内里，以及她们的枯燥的灵魂。……她是站在进步的资产阶级的知识分子的立场上，在表现资产阶级的女性，对她们表示了不满。……她描写了宗法社会思想下的资产阶级的女性生活，资产阶级的女性的病态，以及资产阶级的女性被旧礼教所损害的性爱的渴求，和资产阶级青年的堕落。……有了相当的成就”。

沈从文认为在中国的女作家中，凌叔华“却写了另外一种创作。作品中没有眼泪，也没有血，也没有失业或饥饿，这些表面的人生，作者因生活不同，与之远离了，作者在自己所生活的一个平静世界里，看到的悲剧，是人生琐碎的纠葛，是平凡现象中的动静，这悲剧不喊叫，不呻吟，却只是‘沉默’”。也许正因为如此，批评她小说的声音，也多集中于此，有人说她是“有闲阶级的夫人”，所以养成了无聊、轻薄、滑稽、开玩笑的恶习；也有人说她所表现的人生不是丑恶的、冷的、死的，而是热情的、享乐的、积极的。

在那样动荡不安的社会环境中，她的小说却是闲适、平和的，就像徐志摩说的，“最恬静最耐寻味的幽雅，一种七弦琴的余韵，一种素兰在黄昏人静时微透的清芬”，没有讽刺的气味，没有偏激的狂热，没有冲动的激愤，没有痛彻心扉的悲苦，与时代形成了反差。

抗战全面爆发后的第二年冬天，凌叔华和陈西滢随武大迁至四川乐山。整个抗战期间，凌叔华的文学创作不多，而是潜心于东方艺术和戏剧的研究，作了一些画。当时在武大任教授的美学家朱光潜对她的画曾作这样的赞评：“取材大半是数千年来诗人心灵中荡漾涵泳的自然……在这里面我认识的是一个继承元明诸大家的文人画师，在向往古典的规模法度之中，流露她所特有的清逸和细致的敏感。”

1940 年 12 月，陈西滢在他的表舅、国民党元老吴敬恒的推荐下，任第二届国民参政会参政员，后又连任了两届。抗战结束后，他只身去伦敦，受命主持中英文化协会，之后又被国民政府派任中国驻联合国教科文组织首任常驻代表。凌叔华随之带着女儿前往团聚，一家人从此在英国安顿了下来。

新中国成立后，陈西滢在教科文组织中的处境日渐狼狈。由于支持大陆加入教科文组织的呼声日高，联合国每次开会都要讨论大陆的代表权问题，台湾因此在组织中的地位眼见难保。陈西滢的精神不得不一直处于高度紧张状态，为维护台湾的权益煞费周章，“四处拉票，几近绑架”。与此同时，台湾当局连年积欠会费，按规定，凡会员拖欠会费在两年以上者，无投票表决权。因此会议期间，陈西滢又需绞尽脑汁，以免受被褫夺投票权的处分。尽管他竭尽心力，工作还是难以奏效，台湾当局怪他无用，后来连津贴也不发给了。

为了应付捉襟见肘的生活，凌叔华勇敢地用自己柔嫩的肩膀挑起了家庭的重担。她拿出了看家本领，靠鬻文卖画贴补家用，先后在巴黎、伦敦、波士顿等地博物馆和新加坡多次举办个人画展，又去南洋教书，直到20世纪60年代末才返回英国。之前，长期处于井臼躬操的家庭主妇生活里，凌叔华的创作激情几乎要被单调乏味的家务打磨得溅不起一两点火星。而在南洋教书期间，她却写出了不少散文，著名的《重游日本记》即是当时的杰作。

尽管在家庭需要作出牺牲的时候，凌叔华倾力做了她所能做的，但她的内心时时被痛楚煎熬，她曾对人叫屈："所以我常说，我为生活、家庭牺牲，实在不公平，唉——"。陈西滢虽然也体谅到妻子的委屈和难处，但以他一介书生，处在那种特定的环境下，不要说对妻子爱莫能助，就他自己又何尝不是"满腹苦水，一腔怨愁"，他也需要理解和安慰。

抗战时，凌叔华眼见中国陷于战火，苦闷中曾写信给英国作家维吉妮亚·伍尔芙，问她怎么办才能解脱。伍尔芙回信鼓励她不要放弃写作，并建议她最好写一部自传。她依照办了，但伍尔芙于1941年因绝望而自杀了。凌叔华到伦敦后，在英国女桂冠诗人萨克威尔·威斯特的帮助下，找到伍尔芙的丈夫，从伍尔芙的旧居中找到了她当年寄给伍尔芙的手稿。这本用英文写的、取名《古歌集》（又名《古韵》）的作品，于1953年由英国何盖斯出版社出版，旋被译成法、德、俄、瑞典等语种

1966年，凌叔华在新加坡

凌叔华和陈西滢

英国作家伍尔芙

出版，广受好评和重视。她的文学代理人曾劝她再写一本，他认为她很有可能得到诺贝尔文学奖，可是其后沉重的、非常现实的生活敲碎了她心底的美梦。

20世纪30年代时的英国诗人朱力安

提及伍尔芙，不能不提到她的外甥、英国青年诗人朱力安·贝尔。1935年10月，凌叔华在武汉和朱力安相识。此时，凌叔华35岁，朱力安27岁，不过，这对异国男女不顾年龄的差异，也不顾凌叔华是有夫之妇（此时的陈西滢是武大文学院院长），很快坠入爱河。两年后，朱力安参加“国际纵队”，赴西班牙参加反法西斯之战，不久，在马德里守卫战中，他乘坐的救护车被德军飞机击中，身负重伤的他抢救无效而去世。凌叔华的这段婚外情，是她人生中的小插曲，却也因此给她留下了一段挥之不去的阴影。

对待妻子的红杏出墙，陈西滢表现得很大度很宽容，很有新月文人特有的绅士气。20世纪60年代后期，在法国和中国建交后，法国当局要求陈西滢迁出坐落在乔治五世大街11号的教科文组织办公处，陈西滢不肯。当局于是派警察采取强制措施，挟持他离开，他气急之下，心脏病发作，被法警送进了医院。出院后，他感到身心交瘁，提出辞职后回到伦敦凌叔华的身边。不久，1970年3月12日，他又突患中风入院，很快撒手人寰，享年74岁。伦敦《泰晤士报》发了悼词，称“他的逝世，使我们在英国，丧失了一种与现代中国历史最重要的一段时期仅存的联系”。同时，台北的北大、武大、中大、台大学生联合会也为他开了追悼会。他的骨灰后来被凌叔华带回大陆，葬在他的老家无锡。

晚年的凌叔华罹患乳腺癌，却在1972至1981年间5次返回大陆。1984年，她对访英的萧乾夫妇说："我生在北京，尽管到西方已三十几年，我的心却还留在中国。"言语间流露出回国定居的意思。可是，她的这个愿望因种种原因直到6年后才得以实现。这年年底，她坐着轮椅，在女婿、英国汉学家秦乃瑞的陪同下飞抵北京她的故乡，入住石景山医院。

几个月以后，1990年3月25日，她在医院里度过了90华诞。可是不久，她又病发。在半清醒半昏迷之间，医生问她："还记得老舍吗？"她断断续续地回答："老舍是舒舍予，舒是舒服的舒，舍就是舍，予是给东西的予……我记得他的作品……他是不是早就过去了？他到过我们的家，对了，是史家胡同……"如果有人问她还记不记得徐志摩，不知她如何回答。

提到史家胡同，她说想回去看看，还说想上北海看白塔。5月16日，救护车载着她去了北海，看了白塔，又去了史家胡同，看了故居——这是她父亲当年送给她的嫁妆。然后，她突然冒出一句话："我母亲等着我吃饭呢。"6天后，她离开人世。随后她的骨灰被运往无锡，和陈西滢合葬于惠山脚下。

凌叔华这个"新月"小说家代表，凌叔华和陈西滢这对"新月"夫妻，曾被新月照耀，也映辉新月。如今，那一弯新月早已消散，她、他们也随新月一起，消失在天际。

2."不依附于任何作家集团"的沈从文

美国作家金介甫写了一本《沈从文传》，他这样评价沈从文："他成了作家，却不依附于任何作家集团。"对于任何一个追求独立、自由的知识分子来说，"依附"是一个贬义词，甚至是一种侮辱，对沈从文也是如此。然而，不依附并不意味着不和某一个作家集团保持密切的关系，或者说，不隶属于某一个作家集团。这是两个不同的概念。

可以说，沈从文不依附于新月作家集团，但是，就他和徐志摩的关系，就他小说创作鼎盛时期和“新月”的关系，说他隶属于新月作家集团，甚至说他是新月派小说家，都不为过。

说起沈从文和“新月”的关系，不能不说他和徐志摩的关系；没有徐志摩，他不可能和“新月”发生关系。徐志摩对于他，有知遇之恩，有提携之情。1936 年 5 月，沈从文在上海良友图书出版公司出版了第一本小说选集《从文小说习作选》，在“序言”中，他感谢了一批“特别值得记忆”的人，有胡适、林宰平、郁达夫、陈西滢、杨振声，排在第一位的，是徐志摩。

1922 年夏天，沈从文离开家乡，只身来到北京。原本他想进北京大学读书，但他只有高小文化程度，北大拒收。没有书读，他不甘心，便先住在酉西会馆里，然后到京师图书馆自学；之后，他搬到北大红楼附近的汉园公寓，然后到北大旁听。与此同时，他开始写作，却连新式标点符号都不会用，但他边学边写，不断地投稿。所有投出去的稿子，都杳无音信。

此时，他越发贫困，吃饭都成了问题。他给在北大任统计学讲师的郁达夫写信求助。郁达夫来看他，还请他吃了一顿饭，又掏出身上仅有的 3.3 元钱给了他。不仅如此，郁达夫还写了一篇《给一位文学青年的公开状》，痛惜文学青年沈从文的遭遇，又痛斥冰凉无情的社会。郁达夫的呼吁产生了一点效果，1924 年 11 月 20 日的《晨报副刊》上刊登了一封署名“基相”的读者来信，他认为：只有多数无面包吃的人，联合起来，才能解决这个面包问题。

《晨报副刊》之所以刊登这封读者来信，是因为编者对沈从文抱有同情。一个月以后，沈从文以“休芸芸”的笔名在“晨副”上发表了《一封未曾付邮的信》，作为呼应。接着，他的散文和诗陆续刊登在“晨副”，以及由胡也频编辑的《京报・民众文艺》和其他一些报刊上。1925 年 5 月 4 日，“晨副”发表署名“唯刚”（即北大教授林宰平）

的一篇文章《大学与学生》，盛赞沈从文是“一个天才青年”，更认为他写的《遥夜》“全文俱佳”。因为《民众文艺》，沈从文结识了胡也频和他的妻子女作家丁玲；因为《大学与学生》，沈从文结识了林宰平。据说，林宰平也是新月社人。所以由林宰平的关系，沈从文进入了新月社的圈子，并认识了徐志摩。

显然，沈从文这个文学青年并不是徐志摩发现的。但是，之后，徐志摩提携了沈从文。有一次，沈从文将自己的诗文拿给徐志摩看，徐志摩翻了翻，觉得他的文字非常欧化，而他从来没有留过洋。他问沈，这些作品是否发表过，沈回答，没有。不久，徐志摩接编《晨报副刊》，在列举的“新近的作者”中，有沈从文的名字。随后的两个月里，沈从文的稿子被频繁刊登在“晨副”上。

过于密集地刊发同一个作者的文章，表现出编者的用意，就是将一个原本默默无闻的文学青年迅速推向市场以引起社会的关注。当然，他这么做，并非出于私人关系，从他为沈从文的《市集》撰写的读后感，就能看出，他对沈从文是真心欣赏的。所以，他将这篇读后感取名《志摩的欣赏》，说沈从文的笔“真像是梦里的一只小艇，在波纹瘦鳒鳒的梦河里荡着，处处有着落，却又处处不留痕迹，这般作品不是写成的，是‘想成’的。给这类的作者，批评是多余的。因为他自己的想象就是最不放松的、不出声的批评者；奖励也是多余的，因为春草的发青，云雀的放歌，都是用不着人们的奖励的”。

徐志摩的盛赞，让沈从文心生不安。原来，这篇《市集》写于当年 3 月，写好后直接投给了《晨报副刊》（当时徐志摩还不是主编）。等了好久，不见“晨副”有刊出的迹象，他便将稿子寄给了焦菊隐主编的《燕大周刊》，后又被胡也频的《民众文艺》转载。此时又在《晨报副刊》上刊出，算是第三次发表了。于是，沈从文赶紧写了一篇随笔《关于〈市集〉的说明》，一方面自责，对徐志摩表达歉意，一方面也对《志摩的欣赏》表示感激。

徐志摩不但不介意，全文刊登了沈从文的《说明》，还风趣地加了一段附言：“从文，不碍事，算是我们副刊转载的，也就罢了。有一位署名‘小兵’的劝我下回没有相当稿子时，就不妨拿空白纸给读者们做别的用途，省得搀上烂东西叫人家看了眼疼心烦。我想另一个办法是复载值得读者们再读三读乃至四读五读的作品，我想这也应得比乱登的办法强些。下回再要没有好稿子，我想我要开始印《红楼梦》了，好在版权是不成问题的。”“小兵”正是沈从文。

严格说来，这时候的沈从文，在创作上，是幼稚的。他自己说过：“我从事这工作是远不如人所想的那么便利。首先的五年，文字还掌握不住。”其实不单是在文字上还远不够老练，在人性开掘和思想深刻性方面，也颇欠缺。徐志摩之所以对他那么欣赏，很大程度上是他在作品中自然透露出的清新天然的文风，以及丰富纯真的情感。

几乎和徐志摩同时，沈从文也自北京移居上海。徐志摩等人创办了新月书店、《新月》月刊后，沈从文又是书店和月刊的重要作者。他在新月书店出版了《蜜柑》《阿丽思中国游记》《好管闲事的人》《沈从文子集》；又在月刊上发表了多篇小说。那段时期，沈从文是徐志摩家的常客。他后来回忆说：“记得两次邀我到福履坊吃饭，都是由后门进去，在灶披间（即厨房）同车夫厨娘一道坐下来吃饭的。他一面说笑，一面不住称赞雪里蕻烧豆腐比前不久招待泰戈尔那次的锅塌豆腐还透味好吃。”

尽管沈从文发表的作品不少，但尚不能完全靠写作吃饭，经济仍然是他的大问题，特别是他将老母亲和妹妹接到上海同住后，生活更加窘困。梁实秋在《忆沈从文》一文中回忆说：“后来我们办《新月》月刊，沈从文写长篇小说《阿丽思中国游记》在月刊上发表，每期写一万五千字。当时他很穷，来要稿费，书店的人说要梁先生盖章才行。沈从文就找到我家来了。他人很奇怪，不走前门按铃，走后门，家里的佣人把收据给我，我看是‘沈从文’，盖了章。后来我想下来看看他，但是他已经走远了。”

徐志摩劝沈从文还是回北京的好，说：“北京不会因为你而米贵。”但是，他有自己的想法，他想到上海美术专科学校，师从刘海粟学画，徐志摩认为他不切实际，阻止了他。提到学校，徐志摩有了主意，他建议沈从文找个学校教书。让沈从文自己求教职，很不现实，他一无学历，二无资历，哪个学校愿意聘请他？徐志摩很自然地想到了胡适。此时，他是上海中国公学的校长。

1929 年，在小说领域已经小有名气的沈从文由徐志摩推荐来到了中国公学，当了一名讲师。沈从文虽然很会写小说，但到底只有小学文化程度。胡适大胆聘请他，恐怕不完全是看在徐志摩的面子上——教育圣地，岂能完全由私人友情左右——而应该归结为他的开明和胆识，这也是民国社会重才学轻学历的最好例证。

在中国公学，沈从文主讲大学部一年级的“现代文学”选修课。毫无授课经验的他，初登讲坛就闹了笑话。他事先精心准备了一个小时的讲稿，可上了台，眼见台下黑压压的人头，竟一时不知如何开口，愣了半天，总算是开了腔。这一说，不要紧，如决堤泄洪，“哗哗哗”三下两下，他一口气就将一个小时的讲稿，在短短十分钟内就全部讲完了。然后，他傻了眼，又不知该讲什么了。学生们大都看了他的小说才来听他的课的，没想到只听了十分钟。不过，恐怕是因为他的小说曾经打动过他们，他们对他还算友好，并没有给他难堪。僵持了一会儿，他回头在黑板上写了一行大字：“我第一次上课，见你们人多，怕了。”这样一来，同学们就更不好怪他什么了，反而觉得他率真得可爱。

不过，外界的非议还是来了，嘲笑他这样的人自不量力也敢到大学讲课，更多的人责怪胡适，说他没眼光请了这么一位完全不会当老师的人。胡适不以为然，反而很有信心地说：“上课讲不出话来，学生不轰他，这就是成功。”有胡适的包容和鼓励，更重要的是慢慢地有了经验，沈从文的课，上得越来越自如了。不久，他还爱上了他的学生张兆和。

后来，《新月》得罪了当局，胡适被迫辞去了中国公学校长之职。沈从文也随之离开。胡适将他推荐给了武汉大学文学院院长陈西滢，对他说："你还是去武汉大学，让凌叔华管管你的生活。"就这样，他去了武汉，在武大文学院担任现代文学史的课程。不久，因为营救丁玲的丈夫胡也频而误了武大的开学日期，不得不告别了武大。又是徐志摩，将沈从文推荐给了青岛大学校长杨振声。沈从文因此来到青岛大学，和梁实秋、闻一多、赵太侔等成了同事。

1931 年 11 月的一天，徐志摩因飞机失事丧命。当时，沈从文正和梁实秋等人在杨振声家喝茶聊天。闻此噩耗，大家都大惊。为了弄清事情经过，他们决定派人到济南走一趟。悲伤不已的沈从文自告奋勇。梁实秋在《谈徐志摩》一文中回忆："沈从文一向受知于徐志摩……所以志摩死耗给他的打击是相当沉重的。他一声不响地立刻就到济南去了。"

对于一生的挚友徐志摩，沈从文这样评价："志摩智慧方面美丽放光处，死去了是不能再得的，固然十分可惜，但如他那种潇洒与宽容，不拘迂，不俗气，不小气，不势利，以及对于普遍人生万汇百物的热情，人格方面美丽放光处，他既然有许多朋友爱他崇敬他，这些人一定会把那种美丽人格移植到本人行为上。"因此，他认为纪念徐志摩唯一的方法，就是"应当扩大我们个人的人格，对世界多一分宽容，多一分爱。""宽容"和"爱"，是徐志摩的"美丽放光处"，也是沈从文一心一意所追求的，更是"新月"最基本的特质。

徐悲鸿、刘海粟：两个"新月"美术家

从狭义来说，"新月派"只是一个文学流派；从广义来说，"新

月派”应该是一个文化派别，它包括文学、戏剧和美术。也许不能说在《新月》月刊上发表的所有作品，都属于“新月派”，但至少可以说，给《新月》月刊投稿并发表作品的人，和“新月”不无关系。因此，如果有人说徐悲鸿和刘海粟是“新月”美术家，似乎并不为过。

纵观《新月》月刊，可以发现，它很明显地被划分成了三个时期：第一个时期，即从 1928 年 3 月 10 日创刊，到 1929 年 3 月 10 日第二卷第一号。这个时期，主要谈文学；第二个时期，即从第二卷第二号开始，到第三卷十二号，在谈文学之余，开始介入政治，甚至可以说，以谈政治为主；第三个时期，即从第四卷第一号到第七号终刊，又淡出政治，复归文学，但又不如当初那么纯粹。

在纯粹谈文学的第一个时期中，《新月》除了理所当然地登载小说、诗歌、剧本、文学评论外，每期都会刊发几幅美术作品，有中国画家创作的，也有外国画家创作的，更有“新月”人自己收藏的外国名画。

在所有的作品中，大多数是西方绘画，这和“新月”人多受西方文化浸染、崇尚西方文明有很大关系。就中国最著名的两个画家徐悲鸿、刘海粟而言，徐悲鸿在《新月》上刊登了 5 幅作品，分别是《哈代画像》《箫声》《读书》《蜜月》《模特儿的休息》，还有他收藏的一幅外国名画《春》；刘海粟在《新月》上刊登了 2 幅作品，都是《罗刹蒂画像》。

1. 徐志摩和徐悲鸿的一场艺术争论

徐悲鸿在《新月》上刊登的第一幅画，是《哈代画像》。同一期《新月》，还有徐志摩写的《汤麦士哈代》（包括三篇附录：《谒见哈代的一个下午》《哈代的著作略述》《哈代的悲观》），以及一首同名诗，更有两首哈代写的诗《对月》和《一个星期》。可以说，以《德伯家的苔斯》闻名的英国著名作家哈代是徐志摩最崇拜的作家。早在他在欧美留学期间就一心想见哈代，苦于一直没有机会。1925 年 7 月，也就是他接办《晨报副刊》前重游欧洲时，由高斯华绥·狄更生介绍，他兴致勃勃地从伦敦赶到道骞斯德乡下哈代的家，如愿见到了自己的偶像。

两人的会面不出一小时。冷峻得有些拒人千里之外的哈代问徐志摩中国诗是否用韵，徐志摩很老实地回答了。接着，他又提到中国文字，说太难了，然后有些激烈地带有质问的口气问徐志摩“为什么不丢了它”，他主张改用英文或法文。尽管徐志摩很崇敬哈代，但对他“丢弃”中国文字的提议，他却万不能接受，颇激烈地争辩了几句，好在哈代也没有坚持。接着，他们又谈了谈高斯华绥·狄更生、罗素、建筑。最后，两人到花园看花。徐志摩大着胆子请求哈代“给一点小纪念品”，也就是为他照一张相，并举起了照相机。哈代“吓”得连忙捂住了脸。原来，他不爱照相，也从不给人签名。他随手摘下一朵红花和一朵白花送给徐志摩，算是“纪念品”了。

走出哈代家，徐志摩这才想起，这个头秃、背弯、腿屈的小老头儿连一口水都没有让他这个远道而来的中国客人喝。他在嘀咕“啬刻”的同时，却又发自内心地感叹：“但谁还不满足，得着了这样难得的机会？往古的达文謇，莎士比亚，葛德，拜伦，是不回来了的：——哈代！多远多高的一个名字！”[①] 直到5个小时以后，他站在哀克剎脱教堂的门前玩弄自身的影子时，心里仍然充满着神奇的感觉，甚至还有一种被圣人亲泽后的飘飘然。

就在《新月》创刊前一个月，哈代死了，享年87岁。他在遗嘱中交代在他死后要将他葬在老家的村庄里，但是，英国政府坚持要把他埋在威士明斯德大教堂里。最后的结果，将他一分为二，他的心被剜了出来，按照他的遗嘱葬在他的老家；他的没有心的身子，葬在了大教堂。据此，徐志摩有感而发，写了一篇文章《汤麦士哈代》，又

① 徐志摩：《谒见哈代的一个下午》，《徐志摩全集》，天津人民出版社2005年版。

写了一首诗《汤麦士哈代》。可以说，《新月》创刊号，也是哈代的纪念号，也才有了徐悲鸿的《哈代画像》。据推测，徐悲鸿的这幅画，就是徐志摩请他特别创作的。

徐悲鸿 1895 年出生于江苏宜兴，原名寿康。他曾先后赴日本、欧洲学习绘画。在欧洲时，他师从法国画家达仰。1927 年，他回到国内，任职于南京中央大学艺术系，兼任上海南国艺术学院绘画系主任，后又担任过北平艺术学院院长。

徐志摩是诗人，尽管并不擅长绘画，却曾经就美术问题和徐悲鸿发生过激烈争辩。

那是在 1929 年 4 月。国民政府教育部在上海新普育堂举办了第一届全国美术展览会。既然是“美展”，应该和徐志摩无甚关系。然而，由七人组成的总务会常务委员中，却有徐志摩的大名。与此同时，他还负责主编配合美展而编辑发行的《美展》三日刊。在展会开始前，他向徐悲鸿约画。徐悲鸿也是推选的总务会常务委员之一，但他对这次美展有很大的意见。原来，按照组委员会的安排，在美展上展出的绘画作品，除了中国画家的作品外，大部分是西方现代派画家的作品，其中有塞尚、莫奈、马蒂斯等，美其名曰“了解世界美术新趋势”。对此，徐悲鸿相当不满。在徐志摩让他也来参展时，他很情绪化

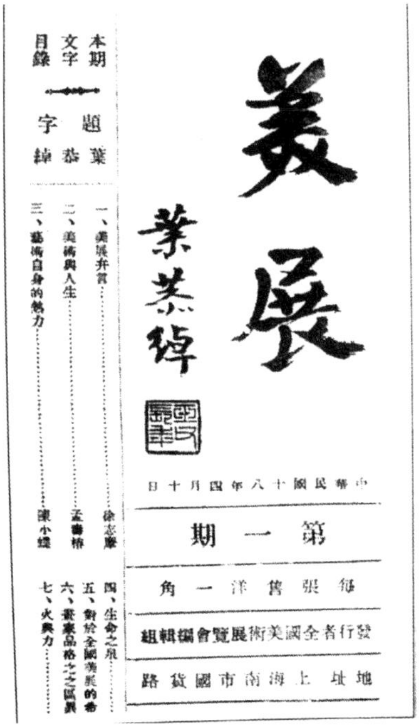

第一期《美展》

地给徐志摩写了一封信，大骂塞尚、莫奈、马蒂斯的作品是“无耻之作”，又说“顾最脍炙人口之美术家，多带几分商业性质”，更责备政府“收罗三五千元一幅的塞尚、马蒂斯之画十大间（彼等之画一小时可作两幅），民脂民膏计，未见得就好过买来路货之吗啡海绿茵”。因此，他说，“在我徐悲鸿个人，却将披发下山，不愿再见此类卑鄙昏聩黑暗堕落也”。简单地说，他决计“不参加盛会”。事实上，他以“不在沪任职，活动不便”为由，早已请人代理他的委员之职。

徐志摩收到这封信，很惊讶于徐悲鸿居然有此观念。他一方面为这封信取名《惑》，然后全文刊登在《美展》三日刊第三期上，一方面撰写了一篇长达七千字的反驳文字，取名《我也惑》，在《美展》三日刊第五、六期上连载。

首先，他给徐悲鸿戴了一顶“高帽子”：“悲鸿兄：你是一个——现世上不多见的——热情的古道人。就你不轻阿附，不论在人事上或在绘事上的气节与风格言，你不是一个今人。在你的言行的后背，你坚强地抱守着你独有的美与德的准绳——这，不论如何，在现代是值得赞美的……”

话锋一转，他切入了正题：“但在艺术品评上，真与伪的界限，虽则是至关重要，却不是单凭经验与不是纯恃直觉所能完全剖析的。”然后，他举了两个例子。第一个，他提到美国旅英现代派画家魏斯德勒一幅画卖了“二百个金几尼”，因此遭到老画家罗斯金的指斥，骂他是“一个故意的骗子”，是“拿一盘画油泼上公众的脸”。其实，魏斯德勒并不是骗子，而是罗斯金的艺术观念落后了。第二个，他提到托尔斯泰在他的艺术论里否认莎士比亚和贝德花芬是第一流的作家，还说易卜生等作家都是粗暴、野蛮、无意义的，更说贝德花芬的作品是“无意义的狂呓”。这说明，托尔斯泰的艺术观是超前的。徐志摩之所以举出这两个例子，是想说明“在艺术上品评作家态度真伪的不易——简直是难”。因此，他认为徐悲鸿“披发下山”的誓言，过于言重了。

就马蒂斯之流一小时能作两幅画，徐志摩说“梵高当初穷极时平均每天作画三幅，每幅平均换得一个法郎的代价——三个法郎足够他一天的面包咖啡与板烟”。就徐悲鸿斥责塞尚“无耻”“卑鄙”“商业”，徐志摩表示他要为“古人辩诬，为艺术批评争身价”。他这样辩争道：“如其在艺术界里也有殉道的志士，塞尚当然是一个；如其近代有名的画家中有到死卖不到钱，同时金钱的计算从不算羼入他纯艺的努力的人，塞尚当然是一个；如其近代画史上有性格孤高，耿介淡泊，完全遗世独立，终身的志愿但求实现他个人独到的一个‘境界’这样的一个人，塞尚当然是一个。换一句话说，如其近代画史上有‘无耻’‘卑鄙’一类字眼是应用不上的一个人，塞尚是那一个人！”接着，他不无讽刺地说：“塞尚一次说他不愿画耶稣因为他自己对教的信仰不够虔诚，不够真。这能说是无耻卑鄙不？（在中国不久，我相信，十个画家里至少会有九个要画孙中山先生因为——因为他们都确信他们自己是三民主义的忠实的信徒！）”

在这篇洋洋洒洒将近万言的长篇大论的最后，徐志摩调侃徐悲鸿：“我当然不敢不许你做第二个托尔斯泰，拓出一支巨膀去扫掉文庙里所有的神座，但我却愿意先拜读你的《艺术论》。最后还有一句话：对不起马蒂斯，他今天只能躲在他前辈的后背闪避你的刀锋；但幸而他的先生是你所佩服的穆罗（又译莫罗，法国象征主义画家），他在东方的伙伴或支裔又是你声言‘不反对’的满谷国四郎（日本画家），他今天，我知道，正在苏州玩虎丘！”

针对徐志摩的反驳，不服气的徐悲鸿又写信给徐志摩自辩。徐志摩没有再回辩。这场艺术争辩并没有掀起多大波澜就停歇了。后来，徐志摩在给刘海粟的一封信中，这样评价徐悲鸿：“悲鸿经此，恐有些哭笑为难。他其实太过，老气横秋，遂谓天下无人也。”可见他对徐悲鸿的狂傲自负是不屑的。从美术批评这个角度说，这场争论似乎并不具有深刻得足以推进美术发展的大意义，按照徐志摩对刘海粟所说，只可能“引起留法艺术诸君辨认兴味”。它的意义在于，徐志摩以一个诗人，一个浪漫主义作家，敢于介入艺术批评，并且卓有见解，这是很难得的，也足见他在具有文学修养之外，还有相当的艺术素养。

很明显，二徐之间的争论，只限于文艺批评范畴，并不涉及其他，更没有像其他文人一样，总是在正常的文艺批评之间，忍不住夹带着人身攻击。也因为如此，它没有影响到两人之间的友情。1931年暑假，也就是徐志摩意外坠机前几个月，他从北京返回上海途中，在南京停留了几天，看朋友当然也包括徐悲鸿。不巧的是，他正遇到徐悲鸿蒋碧微夫妻闹意见。为人“一团和气”的他，当然是有心做和事佬的，只是没有做成，因为徐悲鸿“失踪”了。

事后，徐志摩给胡适写信，谈到了这事：“过南京被老谢小郭他们留住了一天，晚上刘伯良请客，又出了一个岔子。悲鸿也是太劳，胃病，又睡不好，我那天下午在他家，他给我看画，好好的，晚上与他的夫人同在蜀峡，坐席后称病先走，夫人留，饭后我们同去探‘病’，则先生已拿了随身皮包走了！夫人大窘，据说又并无口角。于是大队朋友，都向车站搜索，我夜车走，车上觅不到，今日南京尚无信来，不知这位艺术家是往哪里去了？”

徐志摩说“刘伯良请客”，又说徐、蒋二人“并无口角”，和蒋碧微事后的回忆有出入。据蒋碧微在《我与悲鸿》中的回忆，当晚请客的不是刘伯良，而是郭有守，就是徐志摩信中的“小郭”，因为他刚刚在上海结了婚，此次回南京宴请朋友。宴会是晚上，当天下午，徐悲鸿和蒋碧微发生口角，原因是徐悲鸿移情别恋，爱上了一个孙姓女学生（即孙多慈）。因此，赴宴时，刚刚有过争执的夫妻二人都不愿意坐在一起，分坐两桌。可能是心情实在不好，徐悲鸿终究没有熬到散席，中途他就以胃疼为借口跟邻座打了个招呼，悄悄地走了。所以，蒋碧微“大窘”。

宴会结束，徐志摩和谢寿康自告奋勇送蒋碧微回家。到了徐家，才发现徐悲鸿拎了个皮箱离家出走了。这个时候，蒋碧微才告诉他们下午口角的事。谢寿康判断徐悲鸿可能到上海去了。于是，徐志摩和谢寿康两个人赶往火车站寻找，并非他所说的“大队朋友”。到了车站，确如徐志摩信中所说，“觅不到”。他自己，早已买好了回上海的车票，等不及，就先走了。实际上，徐悲鸿先徐志摩一步，来到车站，因为没买到夜车票，便在车站附近的旅馆住了一晚，第二天一早，他也去了上海。

也许到底一个是画家，一个是诗人，徐志摩和徐悲鸿两人的交往，并不密切。就在徐悲鸿“离家出走”后几个月，徐志摩坠机身亡，朋友们大恸。《新月》月刊专门编辑了一期“志摩纪念号”，但未见徐悲鸿的纪念文字。22 年后，徐悲鸿以中央美院院长的身份因病去世。

2. 徐志摩和刘海粟的至纯友情

刘海粟只为《新月》画了两幅画，但他跟徐志摩比徐悲鸿跟徐志摩有更深的交情，友谊维持的时间也更长。在徐志摩意外丧命后，刘海粟特别作了一篇感人至深的悼文，表达了他对徐志摩这个人的理解：

> 他三十六年的生涯，只是一个短暂的噩梦，他的生活也就是一首绝妙的好诗。他有时候雄浑倜傥，飘然物外；有时也几乎无路可走，苦闷到万分。但是一切烦恼和矛盾，总是被他那浑厚的气质所和谐了。他无异具备印度洋一般宽广的胸襟，青铜铸炼的骨骼。我没有一支妙笔可以描写他那真的姿态。……他又像崇高的山峰，狂风暴雨要摧击它，乌烟瘴气要笼罩它，侵蚀它的心灵，阻碍他的发展，这是人生最大的悲剧。世间哪有完美的事情？他全部的天才，顺流顺势地尽量开着花结着果，可远不是太完全了吗？虽然志摩已经从

不完全的现实中挣扎到他独有的完全了。他如雪莱、格列柯一样，是一个伟大的未成品。……志摩说不定也将由他的诗，在世界文学史上占得不朽的位置。不，不但是他的诗，他的艺术批评也同样是不朽的。……他其实有多方面的才能，他的散文幽抑清冲，在现在的中国是很少的。①

他俩开始交往，最早要追溯到早期新月社时期，也就是1924年。具体地说，是4月12日。那天，泰戈尔访华，下榻上海沧州饭店。刘海粟去看泰氏，为他画了两幅速写，遇见了为泰氏担任翻译的徐志摩。他对泰氏的诗，很喜爱，认为“有着很深的哲理，而语言清新，音乐性极强，犹如无风的大海，平静下面埋有浑茫深厚之处”；他对徐志摩的翻译也很欣赏，认为“修辞极美”。

刘海粟1896年3月16日出生于江苏常州，原名盘，字季芳，长徐志摩一岁。

和徐志摩相识时，刘海粟在上海美专主持校务，也在浙江教育会任职。1925年，他在山西参加中华教育改进社年会之后来到北京。当徐志摩得知他住在西长安饭店时，以为住在饭店不方便，很热情地邀他住到松树胡同七号新月社去。两人的交往，应从这时开始。

住在新月社时，给刘海粟留下深刻印象的是胡适、徐志摩他们对一位叫“王太太”的非常关注。起初，他对他们议论、赞美王太太并没有多在意，听得多了，也就好奇起来。有一天，胡适对他说：

“海粟，我今天陪你去看看王太太。到了北京，她家是不能不去的。这位太太又聪明，又漂亮，还会画画，英、法文都很好，世上很少这样的人物。”

一旁的徐志摩拍拍张歆海的肩，很渴望地鼓动他：“歆海，我们

---

① 刘海粟：《忆徐志摩》，韩石山选编《难忘徐志摩》，昆仑出版社2001年版。

也去。”

刘海粟说：“那就四个人一道去。”其实，他对胡适的话半信半疑，就又问：“适之，她真的像你形容的那么美吗？”

胡适说：“没有人比得。”

刘海粟就开玩笑道：“那让我刮刮胡子再去吧。”

然后，四个人就一同去了“王太太”的娘家陆家，见到了王太太。刘海粟这才知道，“王太太”就是北京名媛陆小曼，又发现他和陆小曼是同乡。许多年后，他在《忆徐志摩》一文中，这样记述他初见陆小曼的情景：“她看上去不到二十岁，明眸皓齿，落落大方，说一口北京话，很像小姑娘。她听了胡适的介绍，加上平时志摩谈话中对我的描述，见了面，很热情地拿出一沓画来要我批评。我很诚恳地指出：‘你的笔力很稚嫩，但是有韵味，感觉很好，有艺术家的气质与天才，可以坚持画下去。’陆定先生对我很器重，陆夫人和我一叙，还多少有点瓜葛之亲。因为同处异地，就格外亲切。……志摩在和小曼闲谈，两个人都是一副心神不定的样子，我慢慢看出一些眉目来了。”

当天晚上，徐志摩和刘海粟闲谈，有意无意地将话题拉到“陆家”，没话找话地说：“海粟，陆先生和老夫人对你真亲近啊。”

刘海粟说：“同乡，亲不亲，故乡人嘛。”

徐志摩欲言又止：“海粟……”

刘海粟看出端倪：“志摩，你有心事怎么不跟我说呢？”

徐志摩：“你看出来了吗？”

刘海粟：“当然。你自己不觉得，你已经下意识地爱上了小曼了。”

窗户纸就这样被刘海粟戳破了。于是，徐志摩向刘海粟敞开了心扉。对于徐志摩和陆小曼的婚外之恋，一般人都认为是不合伦常不道德的。刘海粟却不以为然，直到 20 世纪 80 年代，他还仍然态度鲜明地表示：

> 回想起志摩和小曼这段往事，我总觉得不平。有些人自称是男子汉大丈夫，要讨一个名门之女做妻子，第一步就要反封建、反门第、反世俗偏见，否则娇妻不能到手。但是一旦娇妻到手，就又无形中露出封建的面目，不许自己的妻子和女儿有“越轨”的社会生活，但对别人的妻子和女儿，可以染指，更可以任意贬诬。陆小曼离开王赓改嫁徐志摩后，当年在北京把她捧为天人，以一睹芳颜为快的名人雅士们，立即变成武士和猛士，对小曼大张挞伐。好像当年卓文君不嫁给别人而嫁给司马相如，这些“别人”们就大骂文君“私奔”和“淫奔”，诋毁她当垆卖酒就等于卖笑和卖身……可敬可爱的陆小曼，当年就是在那些自以为反封建实际上封建得可以的文人雅士们唾沫中遭际不幸的。①

也许正是由于有这样的思想，他对徐、陆之恋是拥护和支持的，甚至还一度在陆母面前当说客。有一次，陆母在他面前抱怨：“海粟，你我都是常州有名望的世家，女儿结过婚又离婚，离掉再结婚，说起来有失体面家声，成什么话呢。”刘海粟劝道：“婚姻不愉快，小曼的身体会垮的。现在她心事太重，在客人面前是强颜欢笑。您老人家年长，见多识广，过去为了婚姻不如意而死的青年男女很多，何况志摩也是个很难得的人，配得上小曼。”如此反复了几次，陆母表面上不闻不问了，实则松了口。

在徐志摩和陆小曼苦恋的同时，杨杏佛也陷入情网，爱上了上海的名媛唐瑛，而唐家为女儿已择好夫婿，是杨杏佛的好友、留美学生、宁波富家子李祖法。因此，那个时候，杨杏佛和徐志摩一样为情所困愁眉难展。刘海粟在“功德林”素菜馆摆了一桌酒，将两对有情人都

① 刘海粟：《我所认识的徐志摩和陆小曼》，《人物》1989.5.

请了来，另外还请来陆母、王赓、李祖法，以及唐瑛的哥哥唐腴庐和张君劢。事后，他回忆道：“两组三角恋爱的主角都在场，这个场面是极有戏剧性的，人物之间关系微妙，纠葛复杂。”当时，张君劢还开玩笑地说他是“艺术叛徒”。

宴席上，刘海粟高谈阔论，大谈爱情和人生的关系，强调“男女的结合基础是爱情，没有爱情的婚姻是违反道德的。夫妇之间如果没有爱情而造成离婚，但离婚后还应当保持正常的友谊。友谊和爱情是不同的范畴，不可混为一谈”等等。不能说他安排的这次“活动”对于徐、陆之恋起到了决定性的作用，但至少破了冰。之后，徐志摩给王赓写了一封长长的英文信。最终，王赓心平气和地接受了和陆小曼离婚，以及徐、陆相爱的事实。可以说，徐志摩最终如愿迎得美人归，刘海粟的功劳不可谓不大。

刘海粟这样帮忙徐志摩，论及原因，除了他有开明的爱情婚姻观，再就是他和陆家是老乡，本能地怜惜陆小曼，不忍心看着她爱得痛苦。另外，也许是更重要的，他对徐志摩尚有报恩的想法。在徐志摩接办《晨报副刊》后，四处邀稿，也邀到了刘海粟的门上，更将刘海粟的大名列入“晨副”主力作者之一，拟请刘海粟主谈西洋艺术。当时，刘海粟手边没有现成的文稿，便将在上海美专的一篇讲义给了徐志摩。这就是后来刊登在10月28日“晨副”上的《特拉克洛洼与浪漫主义》。收到刘海粟的稿子后，徐志摩回了信，说：“讲义收到，今晚阅过，不禁笔痒，一起遂不可止，得三千言，且较原文愈倍矣。”这就是作为《特拉克洛洼与浪漫主义》的附言与之同时刊发的《唈死木死》。

刘海粟是画家，之后他投给“晨副”的多是画作。每次，他都诚恳地请徐志摩题跋。一个专业画家，让一个行外的人，为他的画作题跋，可见刘海粟多么仰重徐志摩。徐志摩也谦虚，他在1926年9月3日给刘海粟的一封信中，这样说：“你曾经几次要我题跋你的作品，我却不敢遵命。因为我实在不能说是懂得美术，勉强的事情我是不来的。”事实上，他还是懂美术的。他能够很详细很专业地分析刘海粟的画作。比如，他能看出《西溪》里精巧的布局、《秦淮渡舟》里恰当的配置与色感。他最欣赏《南高峰绝顶》，认为刘海粟的笔力在这幅画中得到了充分却又有节度的施展，又感到通体节奏的纯粹。他说："从地下的泥土到枯树的末梢，没一点不表出艺术的匠心周密，没一点不激荡切题的情感。”并且下了“这是一首画着的诗”的评语。

徐志摩在看了刘海粟随信寄给他的几幅作品的缩印后，从心里感到“新来的惊讶和欢喜”，因此逢人就为刘海粟做宣传，说：“你看，再不用怀疑这画家的力量，若说这还不是艺术，我不知道艺术是什么。”

1927年年底，刘海粟在上海举办个人画展。为配合宣传，徐志摩写了篇《海粟的画》，刊登在12月的《上海画报》第303期上。他说刘海粟是“一个有玄学思想的画家”，他的国画，“确乎是东方一部分玄学思想的绘事的表现”，还说他赏鉴的标准“只是一个：伟大。不嫌粗，不嫌野，只求大”，更说他“是一个有体魄有力量的人，并且有时也能把他天赋的体魄和力量着实的按捺到他的作品里”，同时，“他的胸襟的宽阔，他的意境的开展，他的笔致的遒劲”。

对于徐志摩的抬举，刘海粟不可能不感恩。举办过画展后，刘海粟准备赴欧洲。临行前，他知道徐志摩经济窘困，便去找中华书局的老板陆费逵，对他说：“徐志摩是个难得的人才，过去编过副刊，在读书界有影响，应当请他编辑一套文学丛书，这对读者是有益的。”陆老板倒也爽快，说：“那，每月送他二百元编辑费，请他在家编书好了。”不过，他也实话明说：“这样一类书是要赔钱的。”刘海粟担心他变卦，连忙说：“不是所有的书都赚钱，有些书虽不赚钱也同样应该出，为了学术！”陆老板不再说什么了。

可是，直到飞机失事，徐志摩也没有编出一本书。按照刘海粟的说法，是“因为他的审美趣味很高，未选到几部合用的稿子”。他死后，中华书局的股东提出，既然父债子还，子债就应当父还，徐志摩欠书局的债，应该找徐申如讨去。但是，陆费逵没有答应。此事就这样不了了之。徐志摩之前从书局支取的钱，就算是白拿了。这当然要感谢刘海粟。

徐志摩和刘海粟这一对有着至纯友情的同龄人，却一个短命，一个长寿：1931 年 11 月 19 日，35 岁不到的徐志摩意外丧生；1994 年 8 月 7 日，将近 99 岁的刘海粟去世。

潘光旦：唯一的“新月”优生学家

在新月文人中，只有胡适和潘光旦有雅号。胡适的雅号是“胡圣”；潘光旦的雅号是“潘仙”。当然，这两个雅号是新月朋友“送”给他们的，很可能就是花样头最多的徐志摩起的。看上去，“圣”和“仙”，有戏谑的成分，却是他们对他俩的尊称。胡适之所以有此雅号，是因为他身为“新月”的精神领袖，行为举止颇有圣人风范；潘光旦是因为他和一般人不一样，只有一条腿，拄着双拐却行动敏捷灵活自如，不是仙人怎会有此身手？

早在清华读书时，性格开朗活泼的潘光旦一度非常迷恋跳高。清华一向重视体育，立志“文武双全”的他便选择了跳高作为经常锻炼身体的体育项目。1915 年，也就是他入校第二年，他在跳高时不慎摔了一跤，跌坏了右腿。后来，据他的同学、曾担任过燕京大学代理校长的梅贻宝回忆：“医师有欠高明，耽延一阵，竟成不治，只可把伤腿切断。”[①] 具体病症，因医治不及时，导致结核菌侵入膝盖，不得不于 1916 年 1 月 18 日在北京协和医院截去了右腿。

从此，潘光旦开始了“双拐人生”。又据梅贻宝回忆，他曾装过假腿，但是嫌麻烦，索性架双拐，就这样架了一辈子。他虽然独腿，

① 引自台湾《清华校友通讯》新 79 期“校庆专辑”，1982.4.29.

但是一般行动不落后于人。周末同学们出外郊游散步，他也积极参加，没有缺席过；他参与学生基督教青年会的工作，有一次，青年会在西山卧佛寺开会，他竟然架着双拐爬上了山，而且，按照梅贻宝的说法，是“若无其然”。

潘光旦的次女潘乃穆也有类似回忆：“奇怪的是我从小到大，思想上似乎从未把他和‘残废’二字联系在一起。也许是由于他行动敏捷，性格开朗，并不觉得他与常人有太多不同之处。……直到近年来国家兴办残疾人事业，听得多了，才忽然有一天悟到我的父亲就是一个‘残疾人’。”[①] 他自己，也从不以“残”为耻自卑。他给自己取过很多笔名，大多具有残腿特征。比如，坎侯、夔庵、胜斋、补斋等，他还取了一个“胜残补阙斋”的斋名。在一篇通讯的结尾处，他直言不讳地写着：“李铁拐，就是写这篇通讯的人。”

关于潘光旦的独腿，留下了不少表面上看有趣，实则令人心酸的故事。

自从被截肢后，潘光旦加入了基督教。据推测，尽管他后来对于残腿从来没有表现出沮丧和自卑，但事发当时，对于一个只有十多岁的少年来说，锯掉一条腿带给他的心理创伤是可以想象的。也许是为了求得在心灵和精神上有所慰藉有所寄托，他这才信了教。不知是他自身性格的因素，还是因为信教的原因，他在日常生活中表现出超越普通人的大度和乐观。

因为为人温和忠厚，人缘好，同学们总是喜欢在闲暇时聚在潘光旦的寝室和他聊天。他是上海人，大家就跟他学上海话。有一句吴语“两只脚一起发酸”，普通话的意思就是“走累了”。他们以此打趣道：“那么如果一只脚走累了，吴语该怎么说呢？”潘光旦老实作答：“那也只能说‘两只脚一起发酸’。”他们又问：“那么你走累了，

---

① 转引自吕文浩著《潘光旦图传》，湖北人民出版社 2006 年版。

该怎么说呢，难道还是说‘两只脚一起发酸’吗？”随即，他们哈哈大笑起来。潘光旦这才知道他们故意拿他的独腿开玩笑，不过，他也不生气，跟着“嘿嘿”笑。

有一次上生物学课，讲到遗传时，老师举了一个例子，说一位德国生物学家做过一个实验，把一只老鼠的尾巴斩断，然后让它交配，看它的后代是否也是断尾。这下，同学们又找到打趣潘光旦的话题了。下了课，他们围在他身边，问他：“你将来生的孩子，是有两条腿，还是独腿呢？”不等他作答，他们又捂着肚子大笑。若对于一个因自卑而拼命维护自尊的人来说，这样的玩笑，会被当作讥讽和侮辱，但对于像潘光旦这样一个自信又宽容的人来说，它只是玩笑，而且是善意的。他顶多佯装严肃地斥责一句“不可胡闹”，却并不真正动怒生气。

很难让人相信，缺一条腿居然还有意外之喜。那是潘光旦在美国留学期间。有一年，美国社会学大师托马斯和行为主义心理学创始人华生在纽约新社会研究所开夜班讲学。潘光旦、梅贻宝等几个中国学生听说后，认为能亲聆大师上课，机会太难得，便相约每周结伴由所住的郊区进城一次去听讲。进城必须坐地铁，而且还要换乘一次。一次，几个人在换乘等待时，有一个工人模样的人走到潘光旦身边，一边悄声说“老弟，送你买个三不吃（一种汉堡包）吧”，一边塞给他两角五分银币。还没有等潘光旦反应过来，他已经走远了。

同学们分析，这个好心人一定是把潘光旦当成参加过一战的退伍伤残军人了。那时，虽然战事早已过去了七八年，伤残军人也主要靠政府抚恤金度日，但还是有人入不敷出，不得不做些诸如卖铅笔这样的小生意苦熬日子，甚至有人在地铁站以乞讨为生。潘光旦拿着那被“施舍”来的银币，说：“这才是‘受之有愧，却之不恭’呢。”许多年以后，梅贻宝回忆起这段往事，说：“光旦独腿吃亏无算，这一回倒让他占了个小便宜。当时地铁五分，咖啡五分，‘三不吃’大概一角五分足矣。”也就是说，他手上的两角五分银币能买一个三不吃，外带两杯咖啡。不过，这样的便宜，即使占了，也让人乐不起来。

鲁迅写过一篇故事新编的小说《理水》，其中人物有一个“拿拄杖的学者”，影射的就是潘光旦：

> “禹来治水，一定不成功，如果他是鲧的儿子的话”，一个拿拄杖的学者说。“我曾经搜集了许多王公大臣和豪富人家的家谱，很下过一番研究工夫，得到一个结论：阔人的子孙都是阔人，坏人的子孙都是坏人——这就叫作‘遗传’。所以，鲧不成功，他的儿子禹一定也不会成功，因为愚人是生不出聪明人来的！”
>
> “O.K！”一个不拿拄杖的学者说。

> “鸟头先生，您不要和他去辩论了，”拿拄杖的学者放下面包，拦在中间，说。“乡下人都是愚人。拿你的家谱来，”他又转向乡下人，大声道，“我一定会发现你的上代都是愚人……”
>
> “我就从来没有过家谱……”
>
> “呸，使我的研究不能精密，就是你们这些东西可恶！”
>
> “不过这也用不着家谱，我的学说是不会错的。”鸟头先生更加愤愤地说。“先前，许多学者都写信来赞成我的学说，那些信我都带在这里……”
>
> “不不，那可应该查家谱……”

这里的“鸟头先生”指的是顾颉刚。他曾根据《说文解字》对“鲧”字和“禹”字的解释，说鲧是鱼，禹是蜥蜴之类的虫。“鸟头”这个名字也从“顾”字而来。《说文解字》中说，这个字从页雇声，而“雇”是鸟名，“页”本义是头。这样一来，考据学家顾颉刚在鲁迅的笔下，就成了“鸟头先生”。潘光旦的专业是遗传、优生，曾写过有关家谱方面的论文《家谱与宗法》，在中国社会学社的第一次年会上宣读过。在鲁迅的笔下，他就成了一个“拿拄杖”、缠着乡下人“拿家谱来”的滑稽可笑的学者。

潘光旦之所以选中遗传和优生作为他毕生的研究对象，或许跟他独腿有些关系。抗战期间，他编译了一本《优生原理》，在注释中，他这样说：“编译者于民国四年丧一足，民国十五年结婚，十六年来，生女儿七人，现存者五人，四肢均无问题。在结婚以前，亲友也有替他担心的，认为子女之中，恐不免发生先天残废的状态，但后来他们就释然了。”以现在的眼光看，亲友的担心显得很可笑：潘光旦的“残”，并非先天造就，他的遗传因子中没有“独腿”细胞，又怎么会影响到后代呢？但在当时，遗传也好，优生也好，是个冷门学科，少有人了解。潘光旦从生物课上听来的“老鼠断尾”的故事，联想到自己的残腿，自然比别人更加关注遗传的问题、优生的问题。

1899年8月13日，潘光旦出生于上海宝山区（原属江苏宝山县）以北小镇罗店的一个乡绅之家，原名光亶，因在家排行老二，字“仲昂”。他6岁入私塾，7岁上小学，8岁进初等学堂，14岁时，也就是1913年，考入北京清华学校。

若论潘光旦何以进入“新月”，很大程度上跟他与闻一多、梁实秋是清华同学也是留美同学更是挚友有很大关系。特别是，他和闻一多同岁，闻一多是1912年入清华，后来因为英文成绩一时跟不上，于1913年重读一年级，也就在这一年，潘光旦入学。两人在梁实秋于1915年入校前，一起参加过多次活动，称得上是“并肩战斗的战友”。

五四运动期间，闻一多和潘光旦共同参加了清华有史以来第一个自发组成的学生领导机构清华学生代表团，参与爱国学生运动。1920年3月，他俩和另外两个学生吴泽霖、闻亦传共同组建了“上社”，参与社会问题的讨论。这个社团的名称很古怪，据说是闻一多的创意，它包含两层意思：首先，这个“丄”字在古代，就是“上”。他们以此想表达一种向上的思想；其次，社团正式成立时，除了他们四个，又增加了两个，共六人，而“丄”又是古代数目的“六”字。

“丄社”的活动一度轰轰烈烈，讨论的问题包括历史、美学、文学、电影、农业、娼妓、经济、哲学、称谓姓氏、校内公益、服饰、中国目录法等，可谓包罗万象、五花八门。在电影方面，他们都参加了电影存废的讨论，潘光旦因此还写了两篇论文《电影与道德》和《清华电影和今后的娱乐》。在他们的引领下，清华一度掀起了抵制电影的浪潮。也就在这个时期，闻一多由原先的“闻多”改名“闻一多”，而潘光旦由原先的“潘光亶”改名“潘光旦”。

在清华的最后一学期，也就在潘光旦和闻一多为毕业后赴美做准备时，北京国立八校的教职员为索薪宣布停职，民国政府置之不理。6 月 3 日，马叙伦、李大钊等领导索薪团又宣布罢教。与此同时，22 所学校的 600 多名学生聚集在新华门前进行请愿。军警出动，野蛮殴打师生。这就是“六・三”惨案。为了声援，清华学生决定不参加原定 13 日、后延至 22 日的大考。但是，真正到了那天，大部分学生还是迫于校方的压力顾及个人前途，按时参加了大考。坚持下来的只有闻一多、潘光旦等 29 个人，好在最后的结果只是留了一级，而没有被开除。

潘光旦在这次行动中表现出了非凡的勇气，甚至不惜牺牲出国留学的机会，这让态度坚决但承受着巨大压力的闻一多备受鼓舞。他由衷赞叹：“圣哉光旦，令我五体投地，私心狂喜，不可名状！圣哉！圣哉！我的朋友光旦！我虽为局外人，但若不尽我最高度之力量以为公理哉，我有负我所信奉之上帝及基督，我有负教我‘当仁不让’之孔子，我尤负以身作则的我的朋友光旦！”此时，他和潘光旦一样都信奉基督教（后脱教）。从此，他俩更视对方为“我的朋友”了。

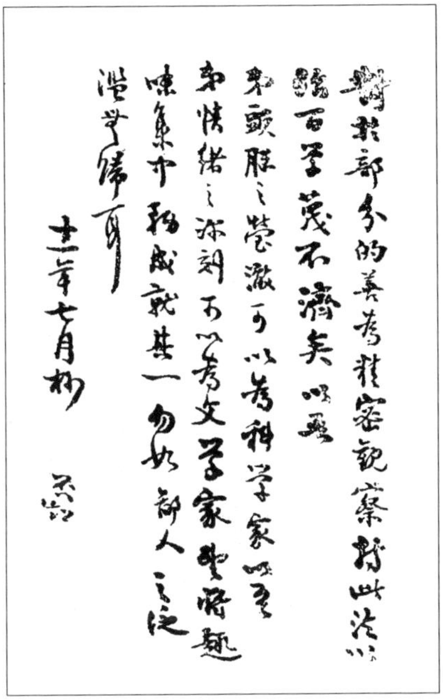
对于部分的善为精密观察持此法以
治百学蔑不济矣以吾
弟头脑之莹澈可以为科学家以吾
弟情绪之深刻可以为文学家望将趣
味集中务成就其一勿如鄙人之泛
滥无归耳
十二年七月初

梁启超评《冯小青》手迹

然而，就在闻一多和后来入校的梁实秋热衷清华文学社的文学活动，更致力于新诗创作和研究时，潘光旦却走上了另一条道路，专注于“性”的研究。临毕业前夕，他完成了《冯小青考》，作为梁启超主讲的“中国历史研究法”的课程论文交梁启超过目，受到赞赏。梁启超还特地给潘光旦写了一封信，鼓励他：“对于部分的善为精密观察，持此法以治百学，蔑不济矣。以吾弟头脑之莹澈，可以为科学家；以吾弟情绪之深刻，可以为文学家。望将趣味集中，务成就其一，勿如鄙人之泛滥无归耳。”事实上，潘光旦没有成为科学家，也没有成为文学家，却成为了遗传学家、优生学家、社会学家。但当时能得到大师的夸赞和期许，对于一个初入研究之途的年轻人来说，是难得而珍贵的。

一如梁启超所说，潘光旦确有一定的文学才华。在初入清华时，他写过不少诗词和随笔，有多篇文章在《清华周刊》《进修津》等刊物上发表，另外还有多篇译文和译剧。他之后若没有从事遗传和优生方面的研究，恐怕真的会成为文学家也说不定。

可是，潘光旦真正的兴趣却不在文学。后来，他在《冯小青考》的基础上，写成《小青之分析》，由新月书店于 1927 年出版，封面是由闻一多设计的。在“序言”里，潘光旦谈到几年前梁启超的评语，十分感激地说："不佞尝以本篇之初稿请示，承梁先生以'对于部分的善为精密观察'见许，深用自愧；抑自兹不佞于学问一途，略知自勉者，梁先生有提携之力焉。私心钦感为何如耶！"

之后，潘光旦和闻一多相继赴美。在出国前，他曾找过当时清华的代理校长严鹤龄，问："我一条腿能否出洋？"严校长说："怕不合适吧，美国人会说中国人两条腿的不够多，一条腿的也送来了。"这话被教图画的美国女教师Star听到了，她很不高兴，一来认为严校长看低了美国人，二来为成绩出众的潘光旦不平。她四处放风："潘光旦不能出洋，谁还能出洋？"也巧，不久，曹云祥走马上任担任清华校长。不知是Star的话起了作用，还是曹校长本来就是个开明的人。总之，潘光旦自清华毕业后，顺利赴美，先后在美国达特茅斯学院、哥伦比亚大学学习了动物学、古生物学、遗传学、优生学，最终获得硕士学位。

梁实秋说，有两个留美同学对他的影响"甚巨"，一个是闻一多，一个就是潘光旦。在美期间，梁实秋和顾一樵合租一屋；潘光旦和吴文藻合住一间宿舍。大家常来往。有一天，梁实秋正在厨房做炸酱，锅里的酱正扑哧扑哧地冒着泡，潘光旦架着双拐，带着另外三个人闯了进来。他们一进门就闻到了炸酱的香味，按照梁实秋的说法，"死乞白赖地要讨一顿面吃"。梁实秋一边慨然应允，一边动了恶作剧的念头，他在一小碗炸酱里连放四勺盐，然后端给他们吃，直把他们吃得吐舌头翻白眼，饭后不得不拼命喝水。

梁实秋最爱听潘光旦聊天。很多年以后回忆道：潘光旦"学的是优生学，以改良人种为第一要义。遗传最重要，他举出我国的大书法家以及著名的伶人，大抵是历代相传的世家，其关键在于婚姻的选择"。潘光旦曾在1934年写了一本书，名为《中国伶人血缘之研究》。在这里，所谓"婚姻的选择"造就了许多著名的伶人的说法，是值得商榷的。早年，伶人社会地位很低，甚至不及娼妓，一般人家都不愿意跟伶人通婚，这在客观上使得伶人对于婚姻是无从选择的，只能是伶人和伶人之间结亲成婚。同样的理由，按照祖制，伶人的子孙不能选择其他职业，只能唱戏，这又在客观上产生了不少伶人世家，最著名的有谭鑫培的“谭家”、余叔岩的“余家”、杨小楼的“杨家”、梅兰芳的“梅家”等。这是一种无奈，而不是一种选择。

潘光旦最认同丹麦对婚姻的管制，就是让优秀的人多生子女，让庸劣的大众少生子女，以为这样一来，种族就趋优了。这种观点是大胆而前卫的，也是值得讨论的。它很容易让人理解为“龙生龙，凤生凤，老鼠的孩子会打洞”的陈旧血统论。显然鲁迅是反对这种优生观的，所以他在《理水》中嘲笑说：“阔人的子孙都是阔人……”

在美期间，潘光旦也参加了闻一多、梁实秋等人发起的“大江会”。他在《二十年来世界之优生运动》一文中，论及优生运动勃兴的原因时，其中一条就是“国家主义之后劲”。他认为：“‘鼓动民气’几为近代治国者之唯一入手方法。顾近年来风气渐变，真正爱国者，始知设无真正品质健全之国民，即不能有真正稳固之‘民气’，即不能有真正强有力之政治组织，亦即不足与言真实之竞存；而真正健全之国民，犹之良马嘉谷，因缘于血种者多，凭借于境遇者少；而向之力主以改良境遇之治标政策者乃分其余力于改良民种之治本政策矣。”换句话说，他致力于优生学的研究，实则大江学会关于国家主义的主张在学术领域的体现。不过，闻一多对此似乎有些担心，他曾对潘光旦不无揶揄：“如果你研究优生学的结果，是证明中华民族应当被淘汰，那我只有先用手枪打死你！”

闻一多对潘光旦的某些观点，是有所质疑的。1927 年“四·一二”惨案发生后，潘光旦也终于发现了优生的不单纯。一天，他有些困惑又忧虑地对闻一多说：“按照生物学物竞天择、适者生存的原则，当是优胜劣汰。可是，社会学反映出来的状况，往往不是这样。那些在优生学中应得到鼓励与繁殖的优秀、先进、勇敢分子，却常在社会变革中惨遭不幸，这似乎是种‘反淘汰’。”闻一多认为，“反淘汰”的认识是错误而且危险的。他反问：“难道说人人都谨小慎微、明哲保身，才合乎‘适者生存’的原则吗？”①

事实上，“物竞天择、适者生存”的原则，既然属于生物学范畴，那么也只能适用于尚处于低级状态的生物界。作为更高层次的人类，在社会进入文明阶段后，早已不再适用这个原则。况且，何为“适者”？社会精英、优秀人才固然是适者，闻一多所说的“谨小慎微、明哲保身”的人，其实也是一种适者。甚至于，投机钻营、趋炎附势的，难道不也是适者？再者，何为“优”，又何为“劣”？按照潘光旦的说法，在社会变革中惨遭不幸的“优秀、先进、勇敢分子”，是优，那么，除此之外的人呢，难道全都是劣？何况，在社会变革中惨遭不幸的，并非都是“优秀、先进、勇敢分子”。有的时候，思想和行为道德高尚的一类“优”，在一个不求高尚、不讲道德的社会里，反而不是“适者”，胜不出也无法生存，这又如何解释呢？因此，闻一多的质疑的确是有道理的。

尽管潘光旦在遗传、优生方面的一些观点值得商榷，但是，就优生学本身而言，它作为一门学科是需要有人加以研究并用于指导实践的。从这个方面说，潘光旦所做的探索是可贵的，所起的作用是显而易见的。当代英国汉学家冯客曾这样评价道：“正是有了潘光旦，优生学才在中国成为一个家喻户晓的说法。”

从美国学成归国后，潘光旦回到上海，受聘于政治大学，之后又先后在暨南大学、东吴大学、光华大学、中国公学执教，还在复旦大学、沪江大学兼过课。他开的课程主要是优生学、进化论、社会学，以及种族问题、家庭问题等。其间，他参加了“新月”，成为新月一分子，参与编辑《新月》，为《新月》撰稿。他担任编辑，先后有两

① 王康：《闻一多传》，湖北人民出版社 1979 年版。

次：一次是从第二卷第二号起，到第五号为止，和他同时担任编辑的，还有梁实秋、叶公超、饶孟侃、徐志摩；另一次是从第四卷第四号起，到第七号终刊，和他同时担任编辑的，还有梁实秋、叶公超、胡适、余上沅、邵洵美、罗隆基。在编辑《新月》之前，他在《时事新报》副刊《学灯》担任编辑，又是英文刊物《中国评论周报》的发起人和编辑人之一。在《新月》之后，他主编了《优生》月刊，出版了两卷，然后又主编了《华年》周刊。因此可以说，除了在遗传和优生方面，潘光旦在教育、出版方面，也很有作为。

潘光旦在《新月》上发表的文章有十来篇，无论在二卷二号之前主谈文学，还是从二卷二号起开始介入政治，潘光旦始终致力于他的遗传优生学研究。尽管他的《说“才丁两旺”》文学性极强，但到底还是一篇关于“优生”的学术随笔。也就是说，他没有参与“新月”对政治，特别是在后期对“人权”问题的讨论。

有一个时期，胡适等人意欲组织一个新社团，取名“平社”，也有意在《新月》之外新办一个刊物《平论》，专门讨论政治，作为专门谈文学的《新月》的补充。潘光旦参加了“平社”的活动，并且参与讨论“中国问题”。他的观点深得胡适的赏识。胡适在 1929 年 5 月 19 日的日记里，这样记载道：

> 平社在范园聚餐。上次我们决定从各方面讨论“中国问题”，每人任一方面。潘光旦先生任第一方面，“从种族上”，他从数量质量等方面看，认为中国民族根本上大有危险，数量上并不增加，而质量上也不如日本，更不如英美。他的根据很可靠，见解很透辟，条理很清晰。如果平社的论文都能保持这样高的标准，平社的组织可算一大成功了。

如果把“中国问题”当作政治问题的话，那么可以说，潘光旦此时介入了政治。但是，从潘光旦的观点来看，显然，他是把“中国问题”当作学术问题来讨论的。有人将“新月”人分成两派，一是“文艺派”，以闻一多、徐志摩等为主，他们力主只谈文艺；一是“政治派”，以胡适、梁实秋、罗隆基等为主，他们是主张也要谈谈政治的。那么，潘光旦呢？有人说，他也应该算作政治派。理由是他虽然没有在《新月》上公开发表政治性言论，但是在“新月”存续期间，他也是公开表明过政治态度的。他的政治态度，是什么呢？

1932年，潘光旦写过两篇政治性文章《党治恕不负责》和《党员和党治》。之后，1935年，他还写了《训政何以必须结束》《从汪院长的被刺说到宪政的不可再缓》。看得出来，他是反对党治，反对党化教育的。显然，在这个方面，他和胡适、徐志摩等人的认识是相同的。从这个角度也就可以发现，虽然他是社会学家，不像徐志摩他们是“文学人”，却也能进入主体是文学的“新月”，同样成为了“新月”人。这样一来，用“人以群分”便可以解释了。

抗战全面爆发后，潘光旦南下在西南联大执教。当时，国民党推行党化教育，结果是“宣传即教育”。对此，潘光旦大力反对，连续写了《论宣传不是教育》《再论宣传不是教育》。他的主要观点是：宣传的方式是灌输，教育的方式是启发；宣传的目的是使人信服自己的主张，教育的目的是启发人“自得”。应该说，这也是他的另一个政治态度。出版家钱伯城这样评价：“他的语气甚平缓，但对国民党独裁政权的批判却很严厉，责问也很尖锐，而且用‘我们’提出问题，表示不仅是个人的主张。这说明潘氏这时已融入向专制政权争取民主、自由的洪流中去了。”[①] 在被称为“民主堡垒”的西南联大里，他也的确像闻一多那样，最终投身民主事业，于1940年加入“民盟”，成为了“民主教授”。

---

① 转引自吕文浩著《潘光旦图传》，湖北人民出版社2006年版。

在新中国成立后的反“右”运动中，潘光旦被打成了右派。不知和他早年跟“新月”，跟“逃”到台湾的胡适、梁实秋，跟早已不在人世的徐志摩等关系密切是否有关系，也许有，但是，又不能以此作为他的罪名。于是，他的“罪名”很滑稽——破坏民族关系。它的由来，和他对民族问题的研究有关。1955 年，他撰写了长达 14 万字的《湘西北的“土家”与古代的巴人》的学术论文，影响很大，被称为是“民族史研究的典范之作，在土家族乃至民族史的研究上都具有重大意义”[①]。接着，他又在第二年完成了《访问湘西北“土家”报告》。在成为右派前，他又和北大教授向达联合在全国政协会上提交了《湘西北、鄂西南、川东南的一个兄弟民族——土家》的发言。没想到的是，这都成了“罪”。

“文革”中，潘光旦有了新“罪名”——反动学术权威。只有一条腿的他，被残忍地强迫站队跑步，被残忍地逼使蹲下拔草。他蹲不下来，所带的一张小板凳也被踢飞了，他只能坐在潮湿的草地上，以手拄地一寸寸地往前挪移。之后，他患上了膀胱炎、前列腺炎，因得不到及时治疗而卧床不起。他对前来看望的曾经也是右派的民盟中央的叶笃义说，面对这一切，他遵守“三 S”原则，即 submit（服从）、sustain（坚持）、survive（生存）。然而，他没有能够坚持和生存下去。1967 年 6 月 10 日，他在家里辞世，享年 68 岁。

叶公超、梁实秋：“新月”文艺评论“双璧”

曾经有人说，钱锺书在抗战初期离开西南联大时，说过这样一段话：“西南联大的外文系根本不行，吴宓太笨，陈福田太俗、叶公超太懒。”然后，钱夫人杨绛女士出面辟谣，说这句话不是钱锺书说的，

① 吕文浩：《潘光旦图传》，湖北人民出版社 2006 年版。

还说钱锺书绝不会说这种话。那么，这句话究竟是不是钱锺书说的呢，站在钱、杨这边的，坚决说“不是”；反之，坚决说“是”。于是，它成了公案。就在这你来我往地争论中，这句话却被传播开来。对于关注叶公超的人来说，自然盯住了“太懒”两个字。

因为不知道是谁先说的这句话，也就不知道这里所说的“懒”是什么意思。于是又是一番折腾，与其说是考证，不如说是猜测。据猜测，说叶公超懒，恐怕指的是他少有作品问世。也就是说，他不常写文章。和胡适一生洋洋洒洒写了数百万字的日记不同，叶公超没有写过一篇日记。不记日记，不留照片，是他的两个习惯。对于前者，他说“我不写历史，但是愿意创造历史”；对于后者，他说“一个人如果有成就，别人自然会记住他”。

也许不能说，连日记都不写的人，自然也不愿意写文章。但是，不写日记的叶公超的确惜墨如金，因此留下的作品很少。不过，按照梁实秋在《悼叶公超先生》一文中的说法，他“虽然写稿不多，但是都很有分量”。和叶公超不同的是，梁实秋作文甚多，忆人记事的文章也不少。胡适、徐志摩、闻一多、余上沅，包括叶公超，都在他的笔下出现过。通过他，可以发现一个生动的叶公超。

梁实秋和叶公超是在什么时候相识的？梁实秋在《悼叶公超先生》一文中说“民国十五年”。具体地说，可能是在1926年8月14日，农历七月初七徐志摩的结婚典礼上。他在《谈徐志摩》一文中这样记道：

> 北海有两个好去处，一个是濠濮间，曲折自然，有雅淡之趣，只是游人多了就没意思，另一个是北海董事会，方塘里一泓清水，有亭榭，有厅堂，因不对外开放，幽清宜人。那一天，可并不静，衣香钗影，士女如云，好像有百八十人的样子。在我这一辈中，我也许是年纪最小的一个，（不，

有一个比我还小两岁的，那便是叶公超，当时大家都唤他为'小叶'。）

“小两岁”的说法，是按阴历算的。梁实秋出生于1903年1月6日，叶公超出生于1904年10月20日。两人的祖籍都是浙江。梁是浙江钱塘；叶是浙江余姚。梁生于北京；叶生于江西九江。有人说，新月文人中，属叶公超的出身最显赫，不仅是官宦世家也是书香门第。他的曾祖父是进士，诗词书画学问皆精，先后担任过户部郎中、军机处章京，辞官后在广州开办了著名的越华书院。他的祖父是举人，曾为三品衔的江西候补知府。他的叔父叶恭绰曾任民国政府交通总长。他的父亲曾任九江知府。出生在这样的家庭，叶公超的人生顺风顺水，前半生为文，后半生为政，也算是延续了叶家亦文亦官的家风。

叶公超曾在《病中琐忆》中说：“我是跟着叔叔叶恭绰先生长大的。”因此，他深受叶恭绰的影响，叶恭绰请书画名家教公超绘画，在他9岁时就送他去英国念书，后又转到美国读了一年。1917年，他进入著名的南开学校。在南开，他尽显写作才华，作文常被打红圈。为阻止他参加学生运动，家人在他还没有毕业的时候，就又将他送去了美国。1920年，他第二次来到美国，就读伊利诺伊州巴纳高级中学。毕业后回国待了一段时间，又于1922年第三次来到美国，就读爱默思大学，师从著名诗人弗罗斯特。这段求学经历对他影响颇深，他学习小说、诗歌创作，还出了本英文诗集《Poems》。

和徐志摩一样，叶公超也是由美而英。1925年，他离开美国来到英国，进入剑桥大学玛地兰学院，仅用了一年的时间就获得了文艺心理学硕士学位，还和大诗人、诺贝尔文学奖得主艾略特成了朋友。

叶公超和梁实秋几乎同时分别自美、英学成回国，又都来到了北京——梁实秋是回家，叶公超是想进入清华。最终，梁实秋南下南京，在东南大学任教；虽然经过多方努力，又求到了清华教授吴宓的门下，叶公超还是没能入清华，只好转入北大，在外文系担任讲师，主讲西洋文学。此时，他实足只有22岁，他的学生，大多数比他大或同龄，比他小的也只小两岁而已。

同样有欧美留学背景，同样对文学特别是诗歌的挚爱，同样在北大外文系执教，很自然地，叶公超和徐志摩志同道合。有人说，就这样，叶公超加入了新月社。实际上，这个时候的新月社早已名存实亡。何况，新月社本就是一个极其松散的团体，即便加入也没有什么正式手续，所以也就无所谓加入不加入了。再者，徐志摩刚刚结束《诗镌》，正忙活着《剧刊》。因此，在北京期间，叶公超没有参加过新月社的活动。

“新月”转入上海后，有一个很有趣的现象，那就是“齐聚暨大”。在外文系，除了叶公超，还有梁实秋、余上沅、饶孟侃等；在其他系，有潘光旦、罗隆基、刘英士等。可以说，暨大是“新月”人的大本营。之所以如此，很大程度上功劳归于叶公超。在1927年的时局下，叶公超离开北京南下上海，通过叶恭绰的关系，被暨大校长郑洪年聘请，担任外文系教授、系主任，兼任图书馆馆长。虽不能说所有“新月”人都是由叶公超介绍到暨大的（比如梁实秋，他说他是“由龚业光、谢征孚先生之介”），但至少可以说是大多数。

因为身兼图书馆馆长，叶公超就住在图书馆楼下的一个小房间里。房间里到处都是书，用梁实秋的说法，“坐拥书城，此以为荣”。文人当然爱读书，叶公超自然不例外，梁实秋、叶公超有爱书癖，平时最常逛的地方就是书店。各种各样的书，他又最爱英美新诗和诗论。在新诗人中，他最谈得来的是饶孟侃。两人常常通宵长谈，只谈诗。后来，叶公超搬出了图书馆，在离暨大不远的真如乡下租了几间民房。饶孟侃常到那里去，一住好几天。有一天，二人又谈英国新诗，谈到某一个诗人。叶公超取出该诗人诗集，让饶孟侃诵读。饶孟侃那天精神不佳，嗜睡，读着读着就睡着了。一向坏脾气的叶公超竟操起一本书，掷向饶孟侃，将他砸醒。饶孟侃也是个性极强的人，从此疏远了叶公超。

叶公超的坏脾气是出了名的，他自己也清楚。临终前，他感慨道：“回想这一生，竟觉得自己是悲剧的主角，一辈子脾气大，吃的就是这个亏，却改不过来，总忍不住要发脾气。”他的朋友何世礼说孙立人和叶公超“都是头等人才，就是脾气太坏，劝了不知多少次，他们都不听”。《一代奇才的脾气》的作者叶明勋说：“提起李白，除了诗忘不了他的酒；徐志摩除了散文忘不掉他的爱情；叶公超先生，除了他的外交成就与风流文采，我们也忘不掉他的脾气。”

梁实秋记述了一件事，很有趣：

> 公超在某校任教时，邻居为一美国人家。某家顽童时常翻墙来骚扰，公超不胜其烦，出面制止，顽童不听，反以恶语相向，于是双方大声诟谇，秽语尽出。其家长闻声出视，公超正在厉声大骂："I'm grown you with a poy of shit！"（我要把一桶粪浇到你的头上！）……

这件小事一方面反映了叶公超不饶人连小孩子也骂的坏脾气，一方面也说明他的英文的地道。那个被骂的小孩子的家长听到对骂声走了出来，却并不对叶公超动怒，而是和颜问道：“你这句话是从哪里学来的？我有好久没有听过这样的话了。你使我想起我的家乡。”原来，他连美国小孩子之间骂人的话都会说。他自己也说，学一种语言，一定要把整套的咒骂人的话都学会，才算彻底。他就凭着这句骂人话，跟被他骂的孩子的家长做成了朋友。

梁实秋说叶公超的英文出众，反而中文不精，对于中国文化的认识也不够深。闻一多直接戏谑叶公超为“二毛子”。这恐怕是他在《新月》上作文不多的另一个原因。他对《新月》月刊的贡献主要是：一、参与《新月》的编辑工作。第二卷二、三、四、五号，是由他和另外四人共同编辑的；第四卷二、三号，由他单独编辑；四至七号，由他和另外六人共同编辑。二、主持“海外出版界”栏目，重点推荐介绍国外文学。他还将他在北大任教时的学生、也在暨大外文系执教的梁遇春引入。有一段时间，这个栏目由梁遇春接手。三、在《新月》上，发表了三篇文章《写实小说的命运》《牛津字典的贡献》《论翻译与文字的改造——答梁实秋论翻译的一封信》。

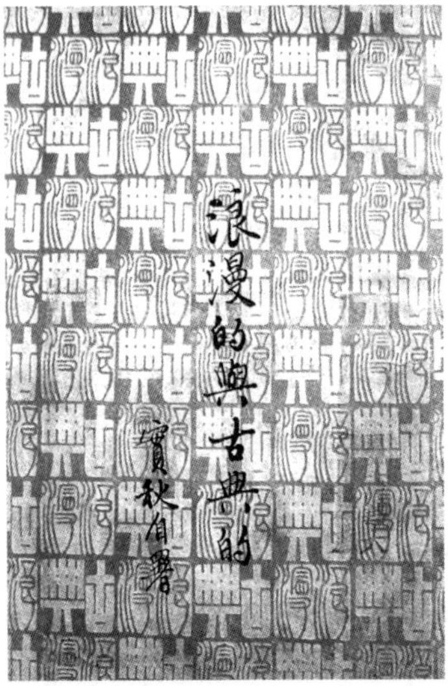

闻一多设计的梁实秋著《浪漫的与古典的》封面

梁实秋、叶公超被称作“新月”文艺评论的“双璧”，当然不是指两人在文学评论文章数量上的等同。作为一个大的范畴的新月派，它包括很多方面，尤以小说、诗歌分量较重，在文艺评论方面，相对较弱。从美国留学回来的梁实秋，放弃了新诗，受白壁德新人文主义的影响，转向文艺批评。他是新月派文艺评论的代表人物。早在回国之前，他就率先在徐志摩主编的“晨副”上发表了《现代中国文学之浪漫的趋势》；新月书店开张后出版的第一本书，也是他的《浪漫的与古典的》；他在《新月》月刊上发表的文艺评论有《文学的纪律》《文学与革命》《论散文》《文学的严重性》《文学是有阶级性的吗？》等。

在《答梁实秋论翻译的一封信》之前，叶公超曾为梁实秋翻译、由新月书店出版的《潘彼得》写过一篇序。这是梁实秋特意请求的。“懒人”叶公超没有辜负老友期望，很好地完成了任务。他在序中说：

“虽然本书是故事的格式，但与原剧中事实与精神无异。这剧的目的是要表现宇宙间那种永在的儿童精神，所以潘彼得就是‘永恒’的象征；他重新提醒我们，这世间的主人还是青春的大地和儿童的幻梦；生长，无论在任何生活中，委实不过是一条日暮的穷途，一出天演的悲剧。”对他的这篇序，梁实秋很满意，他说：“他不轻易落笔，凡有所作必定事先博览群籍搜求资料，所以这篇序写得非常出色。”

如果说，这篇序还不能算作是真正意义上的文艺评论的话，那么，叶公超发表在《新月》上的真正意义上的文艺评论，应该是《论翻译与文字的改造》。这是他就梁实秋提出的“翻译”问题，而撰写的一篇关于“翻译”的评论。

《新月》第四卷第五号上，有梁实秋写给叶公超的一封公开信。他在信里，批评了鲁迅翻译的普列汉诺夫的《艺术论》。他列举了一段，然后说：“老实说，我看不很懂，尤其是‘是相距很远的事’和‘和我们完全反对的行动去’这两句。……我很细心的看，看不懂。当然，我并非是‘最优秀的分子’，于是去请教别人（也不一定是‘最优秀的分子’），都说看不懂。”鲁迅翻译的这段话，引自达尔文《人类的起源》中的第一章。梁实秋认为他之所以“看不懂”，是因为鲁迅所译，是根据日译本转译来的，日译本虽然是直接译自俄文，但俄文原本所引用的达尔文的文章又是译自英文的。这样一来，达尔文的原文，由英而俄，由俄而日，由日而鲁迅，经过了三道转折，于是在梁实秋读来，就变了味道。

在这之前，梁实秋和鲁迅有过激烈争论，其中也包括“翻译”问题。他的这封信，实则旧事重提，说明他心里对那场争论仍然意犹未尽，还有很多话要说，逮着个机会，就又添上一把柴，再烧一把火。对于鲁迅的这段翻译，他得出这样的结论：“在未指明这责任以前，我不能说是鲁迅误译，但鲁迅译本之有令人看不懂处，则是事实。……老实说，鲁迅笔下所写出来的……这两段，若拿去请教鲁迅，他老先生也未必懂。这样的译文，谁能懂呢？以自己所不能懂的文字要读者‘硬着头皮’去读，这就是‘硬译’的本色罢？”

在这封信的最后，梁实秋明确了“翻译”要遵循的原则，即要“忠实原文，如能不但对于原文的意思忠实，而且还对‘语气’忠实，这自是最好的翻译。虽能使读者懂，而误译原文，这种翻译是要不得的；既误译原文，而还要令读者‘硬着头皮’去懂，这是太霸道了。”同时，他还指出何为“坏的翻译”，即与原文意思不符、未能表达出原文强悍的语气、令人看不懂。“误译、曲译、死译、硬译，都是半斤八两。误译者不要笑硬译，莫以为指责别人译的硬便能遮盖自己译的误；硬译者也不要笑误译，莫以为指责别人译的误便能遮盖自己译的硬。”对于他的这些观点，他问叶公超“你以为如何”。

既然被问到了，叶公超也就要说一说了。《新月》第四卷第六号，刊登了叶公超的《论翻译与文字的改造》。他从翻译的起源说起，认为问题的关键不在于“直译”“硬译”“曲译”。他认为：

> 严格说起来，任何翻译没有与原本绝对准确的。我们都知道，文字是思想与智慧的表现；有哪一种的文化便有哪一种的文字。若是要输入一种异己的文化，自然非同时输入那种文化的文字不可。这不过是一个笼统的说法。分析来说，最根本的是单字的问题。
>
> 字是有声，有色，有味的一种动物，（有不得不说它也是动物的苦衷）而正如别的动物一样，它也有生、病、老、死的悲剧，也靠适应环境来生存，它也要恋爱，结婚，离婚，重婚，甚至于自杀。所以每个字都有它的特殊的历史：有与它不能分离的字，与它有过一度或数度关系的字，以及与它相对的字。这可以说是每个字本身的联想。因此，严格说来，译一个字非但要译那一个而已，而且要译那个字的声，色，

味以及其一切的联想。

实际上，这些都是译不出来的东西。

对于鲁迅的那段译文，叶公超也觉得“看不懂”，他说：“勉强‘硬着头皮’读了几遍，觉得非但不懂，而且看不出‘不顺’在哪里。”于是，他也只好“与梁实秋站在一边，等待文字改造成功之后，再来温习功课”。可以说，在有关翻译的理论方面，他俩的认识有相近的一面也略有差别。

总的来说，鲁迅和新月派是不相容的。在早期新月社时期，他嘲笑过徐志摩，和陈西滢打过笔仗；在后期“新月”时期，他讥讽过潘光旦、邵洵美，更和梁实秋进行过一场大论战。可以说，新月派是鲁迅的“死敌”，反过来，鲁迅也应该是新月派的“对头”。事实上，“新月”人和鲁迅没有往来。

相对而言，胡适对鲁迅的态度算是很平和的。令人意外的是，叶公超对鲁迅的态度，不仅平和，几乎赞颂有加了——当然，他赞颂的是鲁迅的“文”，而不是“人”，但不管怎么说，在和鲁迅的关系上，他算得上是新月派的“异类”。与之相反，梁实秋和鲁迅，曾经剑拔弩张。

1. 叶公超说鲁迅，“人归人，文章归文章”

深受欧美文明洗礼的叶公超却非常鄙视英国绅士们“保守的劣根性”。朱自清说叶公超“处处蔑视外国规矩”。在一次给大学生的演讲中，叶公超狠狠攻击了一下西方人，说他们“夜郎自大”“爱贪小便宜”等。又举例说，西装袖子的扣子，原来是防止吃喝后用袖子揩嘴巴；西方人一本正经打着的领带，原来是便于让人牵着走的。在他的描述下，“绅士们”其实是丑陋不堪的。

熟悉叶公超的人，对他的认识是“方面大耳，头发溜光，个儿高，背微驼，肩胸宽厚西装挺，口衔一个栗色大烟斗，一派英国绅士风度”[①]。其实，他的“绅士风度”，不应该只是指他的外表形象，更是由内而外的一种气质。这种“气质”，是什么？最典型的，是不以私己为上，没有党同伐异之心，为人处世不含偏见，崇尚客观和宽容。“容忍比自由还重要”这句话可以作为新月派的本质特点，但是，在对待新月派的“公敌”鲁迅方面，陈西滢、梁实秋和徐志摩都不太容忍，叶公超的“容忍”就显得尤为突出了。

早在鲁迅活着的时候，叶公超就公开说“鲁迅的散文比徐志摩的好”。对于徐志摩的散文和诗，叶公超和梁实秋都认为他的散文比诗好。在徐志摩死后，叶公超在怀念徐志摩时说：“我总觉得志摩的散文是在他诗之上，他自己却不以为然，他曾说过他的散文多半是草率之作，远不如在诗上所费的功夫。”然而在叶公超看来，徐志摩的散文再好，也好不过鲁迅。1939 年 8 月，在西南联大执教时，叶公超写了一篇《谈白话散文》，又一次提到鲁迅的散文，认为“他的力量往往就在语词里，他的语词有许多是从文言里来的，也有按语法自造的，也有从西文借来的。他的好句子也多半是一个或几个语词构成的；短悍、锋锐、辛辣、刻毒——所有他文字的特色都埋伏在他的语词里”。

1936 年 10 月 19 日，鲁迅去世。消息传出后，时任北大教授的叶公超找齐了鲁迅作品，花了好几天的时间将它们看完，随即写了两篇有纪念性质的文章，一篇是《关于非战士的鲁迅》，于 11 月 1 日发表在天津《益世报》上；一篇是《鲁迅》，发表在 1937 年 1 月 25 日的《晨报副刊》上，对作为“非战士”的鲁迅在文学方面的成就，分从小说研究和创作、杂文，以及文字功夫等方面，或予细致分析，或予极高评价。

叶公超只顾用他的粲花之舌尽情赞美鲁迅，全然不顾及他的“新

① 转引自傅国涌著《叶公超传》，河南人民出版社 2004 年版。

月”同人的感受，尤其是他说鲁迅：“我有时读他的杂感文字，一方面感到他的文字好，同时又感到他所‘瞄准’（鲁迅最爱用各种军事名词的）的对象实在不值得一粒子弹。骂他的人和被他骂的人实在没有一个在任何方面是与他同等的。”一句“骂他的人”和“被他骂的人”，把胡适、徐志摩、陈西滢等新月派诸将都包括进去了，难怪引来了胡适的讥讽：“鲁迅生前吐痰都不会吐到你的头上，你为什么写那么长的文章捧他。”

叶公超对鲁迅，也不是鲁迅的一切他都觉得好。对于“战士的鲁迅”与“战士之外的鲁迅”，他欣赏的是后者。他在《关于非战士的鲁迅》一文开头这样写道：

> 鲁迅死后，天津《大公报》曾有一段短评，题为《悼鲁迅先生》，里面有几句我觉得极其沉痛的话，与这几天一般哀悼歌颂的文字有点不同，今转录在下面：
>
> 无疑地，他是中国文坛最有希望的领袖之一。可惜在他的晚年，把许多的力量浪费了，而没有用到中国文学的建设上。与他接近的人们不知应该爱护这样一个人，给他许多不必要的刺激和兴奋，怂恿一个需要休养的人，用很大的精神，打无谓的笔墨官司，把一个稀有的作家生命消耗了。这是我们所万分悼惜的。
>
> 这几句话，站在另一种精神上看，也许是句句可驳的。至少有人会感觉，这样保姆气味的腐词岂配用于一位鼓舞前进的战士身上。但我想，这短评的作者，似乎看到一个战士鲁迅之外的鲁迅，而在哀悼非战士的鲁迅，是“非”，不是“反”……战士的鲁迅不论，而鲁迅仍有可纪念的，这个观点一定有许多人同情的。我乃是其中之一。

对于鲁迅的人与文，他激赏的也是后者。很多年以后，病中的叶公超这样解释他对鲁迅的态度："人归人，文章归文章，我不能因人而否定其文字的成就。"

表面上看，叶公超将鲁迅的"人"和"文"区分后加以评价，是客观的实事求是的态度，很多人也对此大加赞赏。实际上，俗话说，"文如其人"，从技术上说，鲁迅的文章固然写得好，但文学到底不是纯粹技术性的东西，技术之"毛"，终究还是植于思想之"皮"上的；思想之皮，终究还是蒙在作者的"骨头"上的。所谓文学是人学，固然是说作者"写旁人"，其实也包含作者"写自己"的意思。"人"和"文"其实是很难截然分开的。胡适不至于单对鲁迅的文章不以为然就挖苦叶公超吧？

2. 鲁迅说梁实秋，"丧家的""资本家的乏走狗"

梁实秋在新月书店出版过一本书，由 46 篇小品文合辑而成，总题目是《骂人的艺术》。这是他早期的小品文，思想内容有欠深刻，艺术上也不够圆熟，连他自己后来都认为"十分肤浅"。他在主持《时事新报·青光》时期，在"青光"上发表了百余篇小品文，以讽刺现实生活中的丑陋现象为主，文章有的锋芒毕露，有的委婉含蓄，有的幽默有趣。《骂人的艺术》中的数十篇短文就是从中精选出来的。其中的一篇《骂人的艺术》，是他最为看重的，也最具代表性。在这篇文章中，有这样一段：

> 古今中外没有一个不骂人的人。骂人就是有道德观念的意思，因为在骂人的时候，至少在骂人者自己总觉得那人有该骂的地方。何者该骂，何者不该骂，这个抉择的标准，是极道德的。所以根本不骂人，大可不必。骂人是一种发泄感情的方法，尤其是那一种怨怒的感情。想骂人的时候而不骂，

时常在身体上弄出毛病，所以想骂人时，骂骂何妨？

这是他对“骂人”的理解，也可作为他时常要骂人的理由。当然，他所说的“骂人”和泼妇骂街不同。在他看来，骂人“是一种高深的学问，不是人人都可以随便试的。有因为骂人挨嘴巴的，有因为骂人吃官司的，有因为骂人反被人骂的，这都是不会骂人的缘故”。既然骂人是一门学问，那么便是可以加以探讨和研究的。一番探讨和研究后，梁实秋总结了十条“骂人术”：1. 知己知彼；2. 无骂不如己者；3. 适可而止；4. 旁敲侧击；5. 态度镇静；6. 出言典雅；7. 以退为进；8. 预设埋伏；9. 小题大做；10. 远交近攻。之所以如此不厌其烦地谈论“骂人”，按照他自己的说法，目的是想助人骂人，同时把骂人的技术揭破一点，供爱骂人者参考。

在一般人的眼里，绅士气味浓重的新月派成员是不屑骂人又耻于骂人的。但是事实上，他们中的代表人物，胡适、徐志摩、陈西滢等，都曾参与过骂人。梁实秋也是如此，早年，他“骂”过胡适、康白情、俞平伯等新诗人，也“骂”过郭沫若、郁达夫等创造社成员。如今，他更将“骂人”上升到了理论“高度”。一个能为爱骂人者揭破骂人技术的人，想必深谙骂人之术，并且能够运用得娴熟。那么，他在和鲁迅的对骂中，如何运用“骂人术”呢？

梁实秋和鲁迅的骂战，或称论争，虽不如陈西滢和鲁迅的“闲话之争”那样涉及面广而连带着将徐志摩等人也牵扯其中，而只是一对一地单打独斗，但一来双方在文化界非无足轻重之辈，二来争论又涉及文学的深层问题，因此，它被称为是“中国现代文学史上重大历史公案之一”。

关于两人论争的起因，最早可追溯到1926年梁实秋在《晨报副刊》上发表的那篇被视为“号角”的文章《现代中国文学之浪漫的趋势》。

在这篇文章中，他表达的是崇尚古典主义、反对浪漫主义的思想，又将文学批评的矛头直指新文化运动提倡的个性解放。说具体一点儿，他认为新文学中的“人力车夫”现象是“浅薄的人道主义，不符合理性的尺度”。鲁迅的不满，一是梁实秋对新文学的否定，二是对他的讥嘲——鲁迅是这么认为的，因为他的小说《一件小事》中就描写了人力车夫。由于梁实秋在《现代中国文学之浪漫的趋势》中没有点名，鲁迅也在《革命时代的文学》和《文艺和政治的歧途》的讲演中不点名地对梁实秋的言论进行了批判，只不过，言辞并不太激烈。

如果一定要追问论争是由谁挑起的，那么，无疑是梁实秋。他在主持《时事新报·学灯》时，以“徐丹甫”的笔名发表了不少文章，有一篇是《北京文艺界之分门别户》。有人直接视之为“搬弄是非之作”。他直接点名道姓地说：“鲁迅先生的特长，即在他的尖锐的笔调，除此别无可称。”他又带有嘲讽的口吻称鲁迅为“杂感家”。更糟糕的是，他对鲁迅的有些活动描述不实，说鲁迅是《晨报副刊》的“特约撰述员”，又说鲁迅此时正在“反共清党的地区”武汉。而当时实在广州的鲁迅，见梁文后立即予以反驳。他说他不是《晨报副刊》的什么“特约撰述员”，也不是什么“杂感家”。他认为梁实秋捏造事实杜撰他在武汉，是“用心险恶”。于是，两人之间的“骂人”开始了。

论争的升级，是围绕梁实秋的一篇旧文《卢梭论女子教育》。这篇文章早在梁实秋回国之初，就曾在《晨报副刊》公开发表过。卢梭是法国著名的启蒙思想家，也是浪漫主义的思想领袖。梁实秋所推崇的导师白壁德曾在他所著《卢梭与浪漫主义》一书中对卢梭和浪漫主义加以细致周全的批判。作为有“白壁德门徒”之称的梁实秋自然也是反对卢梭的，他说卢梭论教育“无一是处，惟其论女子教育，的确精当”。“精当”在于卢梭没有站在“平等”的立场，而是在“男女有别”的基础上认为对男、女应当施以不同的教育。此文一出，即遭来一些人的指责，认为梁实秋“在卢梭女子教育论上有绝端错误的看法和不正确的批评”，还痛斥他反对男女平等。显然，他对这些批评并不以为然。1927 年秋，正准备创刊的《复旦周刊》向他约稿，他居然又将这篇文章拿了出来，于 10 月 11 日刊登在《复旦周刊》创刊号上。

两个月以后，人们看到了鲁迅写的《卢梭与胃口》，他在文中就梁实秋“怎样的人就该施以怎样的教育”，比如“正当的女子教育应该是使女子成为完全的女子”的言论，加以狠批，认为他鼓吹的所谓“正当教育”，无非是要“使‘弱不禁风’者，成为完全的‘弱不禁风’；‘蠢笨如牛’者，成为完全的‘蠢笨如牛’”。对待卢梭，鲁迅和梁实秋有着截然相反的看法，鲁迅是同情和钦佩卢梭的。他曾说：“做过《民约论》的卢梭，自从他还未死掉的时候起，便受人们的责备和迫害，直到现在，责备终于没有完。”

就在两人就卢梭和卢梭的思想相争时，郁达夫跳出来插了一杠，他赶写了《卢梭传》和《卢梭的思想和他的创作》，全面介绍了卢梭及其思想，助了鲁迅一臂之力，公开反对梁实秋。梁实秋是来一个“骂”一个，来两个“骂”一双，又先后发表了《读郁达夫先生的〈卢梭传〉》和《关于卢梭——答郁达夫先生》，说《卢梭传》“根本没有多大价值”，还指责鲁迅和郁达夫引用美国作家辛克莱批评白璧德的话是“借刀杀人”。鲁迅再作文《头》反驳，指责梁实秋借批评卢梭以攻击一般浪漫文人是借“头”示众。

接着，梁、鲁两人如同孙行者与牛魔王由积雷山前打到半空里，由“卢梭”论开去，论到了“人性”的问题。梁实秋连续两天在《晨报》上撰文《文学批评辩》，指出人性是文学批评的标准，而文学只有表现永远不变的人性，才能经得住时间的检验，否则便不久长。对此，鲁迅是反对的。在这里，存在着两个概念：一、文学要表现人性；二、人性是永远不变的。鲁迅反对的，不是前者，而是后者。为此，他写了著名的《文学与出汗》加以批驳，从类人猿，类猿人，原人，古人，今人到未来的人，如果生物真会进化，人性就不能永久不变。

除此，鲁迅还敏锐地抓住梁实秋人性论的一个矛盾，即一方面宣称人性是永久不变的，一方面又强调人与人之间存在差异，以“出汗”为例反驳道：“出汗是古已有之，于今也有，将来也有，该可以算是‘永久不变的人性’了，但是‘弱不禁风’的小姐出的是香汗，‘蠢笨如牛’的工人出的是臭汗，因而要写永久不变的人性，不知道应该是写香汗好还是臭汗好。”

对于“人性”的不同理解，恐怕是“人性论”中的矛盾争论的根源。如果将人作为动物的一种，那么，所谓“人性”，是否可以认为是“动物性”呢？以此作为文学批评的标准，显然是欠妥的。梁实秋说：“文学就是表现这最基本的人性的艺术。”而鲁迅则说：“倘以表现最普通的人性的文学为至高，则表现最普遍的动物性——营养，呼吸，运动，生殖——的文学，或者除去‘运动’，表现生物性的文学，必当更在其上。”[①] 人性的“性”，是“本性”。人的本性又是什么？它恐怕不仅仅如梁实秋所说“有爱的要求，有怜悯与恐怖的情绪，有伦常的观念，企求身心的愉快”[②]。将笼统的“人性”视为“标准”，甚至是“唯一”的标准，不免武断。

当然，梁实秋的文学人性论的观点，是有所指的，是相对于当时左翼作家奉行的“无产阶级革命文学”而言的。他虽然承认“含有革命思想的文学”也是文学的一种，但是，他强调“文学家的创造并不受着什么外在的拘束，文学家的心目当中并不含有固定的阶级观念，更不含有为某一阶级谋利益的成见。文学家永远不失掉他的独立”。也就是说，从“人性论”引申开去，他否认文学具有阶级性。他在《文学是有阶级性的吗？》一文中宣称：“文学就没有阶级的区别。……

① 鲁迅：《“硬译”与“文学的阶级性”》，《梁实秋文坛沉浮录》，黄山书社 1992 年版。
② 梁实秋：《文学是有阶级性的吗？》，《梁实秋文坛沉浮录》，黄山书社 1992 年版。

近年来所谓的无产阶级文学的运动，据我考查，在理论上尚不能成立，在实际上也并未成功。”

鲁迅则相反，他认为：“在阶级社会中，文学家虽自以为‘自由’，自以为超了阶级，而无意识地，也终受本阶级的阶级意识所支配，那些创作，并非别阶级的文化罢了。”就“文艺”和“宣传”的关系，自然地，梁实秋反对将文艺作为宣传的工具，而鲁迅则强调“凡文艺必有所宣传”。

除了“人性”“阶级性”等思想分歧外，梁、鲁还就翻译问题进行了激烈争论。鲁迅主张“直译”，梁实秋以“看得懂”作为原则，特别写了一篇《论鲁迅先生的‘硬译’》。在文章中，他借用陈西滢的话，说：“死译的病虽然不亚于曲译，可是流弊比较的少，因为死译最多不过令人看不懂，曲译却愈看得懂愈糟。”“死译”这个词是周作人首创的，按照陈西滢的理解，即“非但字比句次，而且一字不可增，一字不可先，一字不可后，名曰翻译，而‘译犹不译’。”梁实秋举了几个例子，说明鲁迅的译，即为“死译”。“硬译”也即让人“硬着头皮看下去”。所以梁实秋说：“硬译”和“死译”没有什么区别。

对此，鲁迅撰文《“硬译”与“文学的阶级性”》，从理论上阐述了他对翻译的理解。他对梁实秋对他“硬译”“死译”的讥嘲十分愤恨，而且一直耿耿于怀，数次旧事重提，不仅将梁实秋视为第一代拚死攻击“硬译”的人（他说的第二代是梁的“徒弟”赵景深，第三代是“徒孙”杨晋豪），而且还在1935年写的《非有复译不可》一文中，讽刺道：“可怜得很……译了一点文学理论到中国来，但‘批评家’幽默家之流又出现了，说是‘硬译’，‘死译’，好像看地图……于是乎翻译的脸上就被他们画上了一条粉。”

“批评家”，是鲁迅给予梁实秋的“封号”。梁实秋没有点名地直斥鲁迅，说：“有一种人，只是一味的‘不满于现状’，今天说这里有毛病，明天说那里有毛病，于是也有无穷无尽的杂感，等到有些个人开了药方，他格外的不满：这一副药太冷，那一副药太热，这一副药太猛，那一副药太慢。把所有药方都褒贬得一文不值，都挖苦得不留余地，好像惟恐一旦现状令他满意起来，他就没有杂感所作的样子。”

鲁迅激烈反击：“新月社中的批评家，是很憎恶嘲骂的，但只嘲骂一种人，是做嘲骂文章者。新月社中的批评家，是很不以不满于现状的人为然的，但只不满于一种现状，是现在竟有不满于现状者。……梁实秋先生这回在《新月》的‘零星’上，也赞成‘不满于现状’了，但他以为‘现在有知识的人’（尤其是夙来有‘前驱者’‘权威’‘先进’的徽号的人），他们的责任不仅仅是冷讥热嘲地发表一点‘不满于现状’的杂感而已，他们应该更进一步的诚诚恳恳地去求一个积极医治‘现状’的药方。”

从梁实秋谈到《新月》，又从《新月》谈到了其他新月人，鲁迅狠狠挖苦了一把“新月派”诸人：“在文学界也一样，我们知道得太不多，而帮助我们知识的材料也太少。梁实秋有一个白璧德，徐志摩有一个泰戈尔，胡适之有一个杜威，——是的，徐志摩还有一个曼殊斐儿，他到她坟上去哭过。”“曼殊斐尔”是徐志摩非常崇拜的英国著名小说家。1925 年，他在游欧时曾到她的墓地祭拜。

人身攻击进一步升级，梁实秋便有了一个“资本家的走狗”的恶名。这个称号，最初并不是鲁迅而是“创造社”的成员冯乃超封的。他就梁实秋的《文学是有阶级性的吗？》而写了一篇反驳文章《拓荒者》。文中，他这样写道：“对于这样的说教人，我们要送‘资本家的走狗”这样的称号的。”梁实秋随即反击，在《“资本家的走狗”》一文中，有这样几段话：

这个名称虽然不雅，然而在无产阶级文学家的口里这已经算是很客气的称号了。我不生气，因为我明了他们的情形，他们不这样的给我称号，他们将要如何的交代他们的工作呢？

“资本家的走狗”。那意思很明显，他们已经知道我不是资本家了，不过是走狗而已。我既不是资本家，我可算是哪一个阶级的呢？不是资产阶级，便是无产阶级了。究竟什么是资产阶级，什么是无产阶级呢？查字典是不行的……

假如因为我否认文学的阶级性，无产阶级文学家便说我是资本家的走狗，那么，资本家又何尝不可以以同样的理由说我是无产阶级的走狗呢？也许无产阶级不再需要走狗了，那么，只好算是资本家的走狗了。

大凡做走狗的都是想讨主子的欢心因而得到一点点恩惠。《拓荒者》说我是资本家的走狗，是哪一个资本家，还是所有的资本家？我还不知道我的主子是谁，我若知道，我一定要带着几分杂志去到主子面前表功……

鲁迅读了此文，再次出手，著名的《“丧家的”“资本家的乏走狗”》一文便是在这样的情况下问世的。其中的一段话，早已成为经典：“凡走狗，虽或为一个资本家所豢养，其实是属于所有的资本家的，所以它遇见所有的阔人都驯良，遇见所有的穷人都狂吠。不知道谁是它的主子，正是它遇见所有阔人都驯良的原因，也就是属于所有的资本家的证据。即使无人豢养，饿的精瘦，变成野狗了，但还是遇见所有的阔人都驯良，遇见所有的穷人都狂吠的，不过这时它就愈不明白谁是主子了。”正因为如此，他认为应该在“资本家的走狗”之前加上“丧家的”，而且还要在“走狗”之前加上“乏”。于是，梁实秋这只“资本家的走狗”升了级，成为“丧家的”“资本家的乏走狗”。

“走狗”来“走狗”去的，这哪里还是在进行正当的文艺批评，简直就是骂人了。在这种情况下，旷日持久的文坛纷争就此收场。这场论争是由梁实秋挑起的，也是他主动罢手的。他虽然怀揣十条骂人术，但真正骂起人来，他的那些“术”帮不了他什么，特别当对手是牙尖齿厉的鲁迅时，他就更加难以招架了。原本，他也许只是想将论争限定在“文艺批评”的范畴，但论着论着争着争着，文艺批评便成了人身攻击。终于，在鲁迅痛打落水狗的大无畏气概下，他成了“走狗”。这对他的伤害无疑是巨大的。

除了鲁迅给予的“伤害”外，在整个论争过程中，“新月”诸多朋友竟无一人“仗义”而出，（肋下插刀），这也是梁实秋感到很受伤的原因。他抱怨道：“无人支持我，我是独立作战的。”论及原因，首先，新月派本就不是个紧密无间的团体，各人的观点和立场各有不同，更多的时候，他们是独立的而不以他人的意志为转移。面对梁、鲁之争，他们肯定有自己的理解和认识，但他们未必一定是全方位地拥护支持梁实秋。其次，论战是以“文艺批评”的形式出现的。梁实秋是公认的“新月”文艺批评的主将。既然这场论战是双方文艺批评的较量，那么，自然唯有梁实秋才有资格和能力当仁不让地担负起此重责大任。又或许，他们对所争论的内容本来就没有什么兴趣，也就无意参战。再次，徐志摩、陈西滢等都和鲁迅发生过论争，领教过鲁迅的厉害，也就不想再搅入其中。还有一个原因也不容忽视，此时的新月派成员，在观念上已经有所分化，梁实秋和胡适等越来越倾向政治，而徐志摩和闻一多等仍然执着于文学，《新月》因此由文学向政治转变。对于梁实秋他们将《新月》政治化，徐志摩他们是有所不满的。这自然影响到他们和梁实秋的关系，因此也就不可能出面帮梁实秋的忙了。

之后，不知道为什么，梁实秋经常遭到人身攻击，有的人撰文编造他坐自用汽车去大学讲课、锒铛入狱向某要员乞援才得开释等谣言，还有人在报上以猥亵文字污辱他，更有人夜半三更打电话到他家冲他破口大骂。这一切，让他萌生离开上海、躲避是非之心。1930 年夏天之后，他和老友闻一多一同赴青岛大学任职，也因此辞去了《新月》

月刊的编辑工作，暂别了《新月》。

胡适和罗隆基：在《新月》“人权风波”中沉浮

20世纪50年代初，毛泽东指示开展知识分子思想改造运动。作为“反动阶级的忠臣、人民的敌人”“美帝国主义的走狗”的胡适，尽管身在台湾，却仍然难逃被批判的命运。一时间，在全国范围内掀起了狠批胡适思想的高潮。

几年以后的1957年，一场轰轰烈烈的反“右”运动“造就”了几十万右派知识分子，其中有六个人最终也没有获得改正。他们是章伯钧、储安平、彭文应、陈仁炳、林希翎，还有一个就是罗隆基。这六人中，又以章、罗最为出名，因为他们是“章罗同盟”的领军人物。尽管事后证明，所谓“章罗同盟”根本子虚乌有。

前后两次运动的共同点在于：它是针对知识分子的；它是针对思想，具体地说是“自由主义”思想，而知识分子们表达自由主义思想的方式，无一例外的都是“乱”说。所以，中间人向胡适转达：即便不回大陆，也不要乱说。为此，胡适很疑惑：“除了思想之外，什么是‘我’？”尽管在大陆的环境下，尽管也身为政府官员（民盟中央副主席、政务院委员、森林工业部部长），罗隆基一直有所克制和收敛，但他的本质是“自由”的，因此还是忍不住要“乱”说，特别是在“百家争鸣”的氛围之下。他的“乱”说，一是对知识分子肃反问题有意见，二是对党和非党知识分子之间关系紧张有质疑，三是呼唤言论自由，四是反对“党在国上”。看得出来，以自由主义知识分子的身份介入政治、参与论政，以及对“自由”的追求，对“权利”的呼唤，是胡适和罗隆基的共同之处，也是他俩早年在《新月》“人权风波”中并肩作战的基础。

1.《平论》流产，《新月》“替补”论政

作为新月派的精神领袖，胡适是反格律、反形式的。从这个方面说，胡适和新月派的徐志摩、闻一多、饶孟侃、朱湘等，甚至包括“诗人”时期的梁实秋都是不同的。在戏剧方面，正如台湾学者董保中所说：“胡适的观念也跟提倡‘国剧运动’的新月同仁余上沅、赵太侔、闻一多、张嘉铸诸人不一致，实在是‘碰碰撞撞’的。”[①] 显而易见，胡适在新月派中的作用，体现在政治思想方面。事实上，他也一直试图将《新月》月刊引向政治。

《新月》从创刊到第二卷第一期，主编者都是徐志摩、闻一多、饶孟侃。他们三人都是主“文”的，因此在他们的主持下，《新月》的确具有很浓重的文艺气息。胡适并不反对论“文”，他不满的是纯粹论“文”，而不涉“政”。有此想法的，还有梁实秋。他们表示不满的方式，是对徐志摩他们选稿的诘难。徐志摩在给学生李祁的一封信中，这样诉苦道：

> 我编《新月》，早已不满同人之意，二卷一期我选登外稿《观音花》，读者颇多称赞（例如邵洵美至称为杰作。其实此文笔意尚活泼可取，作者系一年轻学生，我不相识也），但梁实秋大不谓然，言与《新月》宗旨有径庭外，适之似亦附和之，此一事也。《X光室》及译文我一起送登二期，梁君又反对，言创作不见其佳，译文恐有错处。我说我意不然，此二文绝不委屈《新月》标准，并早已通知作者。结果登一篇。我谓梁君如必坚持尽可退回，无妨也，但不知如何，译作仍在三期登出。胡先生谓《X光室》莫名其妙，我亦不与辩。适《新月》董事会中有决议，我遂不管编辑事。

---

① 董保中：《新月社、新月派、新月没有了》，台湾《联合报》1980.9.24–26.

徐志摩声言“不管编辑事”，于是从二卷二期到五期，《新月》的编辑者增加了梁实秋、叶公超、潘光旦。也就是从二卷二期开始，《新月》面貌大变，由一份纯文艺刊物转为兼有政论内容的综合性月刊，担负起了文人论政的责任。其实很多人都知道，《新月》的转变，实际上是做了流产了的《平论》的“替补”。也就是说，原先用来论政的刊物，是《平论》而非《新月》。在《新月》“变脸”的第二卷第二期上，有一则“编辑后言”，这样说：“上期预告的《平论》周刊，未发。《新月》在《平论》未出时，想在思想及批评方面多发表文章。”

平社是新月社的部分同人出于谈论政治和社会问题的需要从新月社中分离出来、仍然以聚餐形式出现的新月社之外的小团体。他们出了一份专门论政的刊物，这就是《平论》。关于《平论》的缘起和宗旨，在《新月》第二卷第二期的“编辑后言”中解释得很清楚：

> ……我们本想为这时代，为这时代的青年，贡献一个努力的目标，建设一个健康与尊严的人生，但我们微薄的呼声如何能在这闹市里希冀散布到遥远？我们是不会使用传声喇叭的，也不会相机占得一个便利于呐喊的地位，更没有适宜呐喊的天赋佳嗓；这里只是站立在时代的低凹里的几个不合时宜的书生，他们的声音，即使偶尔听得到，正如他们的思想，绝不是惊人的一道，无非是几句平正的话表示一个平正的观点，再没有别的——因此为便于发表我们偶尔想说的“平”话，我们几个朋友决定在这月刊外（这是专载长篇创作与论著的）另提出一周刊或旬刊，取名“平论”（由平论社刊行）……

从胡适 1929 年 3 月份的日记中可以得知以下几个事实：一、早在前一年，胡适他们就想办《平论》了；二、胡适亲自为《平论》撰写了一千六七百字的发刊词；三、《平论》的主要人员，除了胡适，还有梁实秋、徐志摩、叶公超、丁西林、张禹九、吴泽霖、潘光旦、刘英士以及罗隆基等；四、大家推选胡适任《平论》总编，胡适却属意别人，他在25日的日记里这样记道："本想叫罗努生做总编辑……"

"努生"是罗隆基的字。他出生于1898年，比胡适小7岁，江西安福人，父亲是清末秀才。从他的教育背景来看，他加入"新月"和"平社"，和胡适、徐志摩、梁实秋他们成群结队，是必然的。1912年，14岁的他考入清华，和闻一多同为清华著名的"辛酉级"。那时的清华学生很少有置身于学潮之外的，罗隆基在那个时候就表现出对政治的浓厚兴趣。他参加"五四"学生示威，火烧了赵家楼；他参加"六三"学生罢课，和闻一多、潘光旦一起拒绝参加学校大考险些被开除。"九载清华，三赶校长"一直是他引以自豪的辉煌历史。清华毕业后，他又和闻一多一起赴美留学，组织了"大江会"，是一个不折不扣的国家主义者。当然，和闻一多一样，正如梁实秋评价的那样，他更"是一个单纯的爱国主义者"。

在胡适日记里，第一次出现"罗隆基"的名字，是在1926年9月26日。他这样记道："回寓吃晚饭，遇见罗隆基。他说他现在研究两个题目：一、舞弊制止法（Corrupt Practices Laws）；二、文官考试法(Civil Service)。我听了很高兴。与他谈甚久。"他俩的"遇见"，是在英国。其时，胡适正在英国参加中英庚款委员会会议；罗隆基正在英国伦敦大学政治经济学院，为撰写博士论文《英国国会选举法案》而师从英国著名政治学者"费边主义"理论家哈罗尔德·拉斯基。这个学校，徐志摩也待过；这个拉斯基教授，徐志摩也追随过。和徐志摩相仿，罗隆基在赴英之前，也先赴美国，初入威斯康辛大学政治系，获硕士学位，后入哥伦比亚大学政治系，获博士学位。

显然，对政治一向有兴趣而且颇有见地的胡适对从事政治学研究的罗隆基的印象很不错，否则也不会"谈甚久"。当然，也可以将"谈甚久"理解为两人对某些政治问题的看法相近甚至一致。有了这样的前提，1928年秋，罗隆基回国后即刻前往上海投奔胡适，便是自然而然的了。他先是在光华大学政治系担任教授，后来在中国公学政治经济系担任系主任兼任教授，而此时的胡适正是中国公学的校长。罗隆基能在中国公学任职和胡适不无关系，很可能就是由胡适举荐的。

《新月》月刊存续和“平社”活动期间，是胡适和罗隆基交往最频繁、关系最密切的一段时期。他们同为“平社”的积极分子，是《平论》的主创。若说“平社”最重要的一次活动，那就是由胡适提议的从各个方面讨论“中国问题”。除了潘光旦从种族上、梁实秋从道德上、胡适从思想上、徐志摩从文学上以外，吴泽霖从社会上、唐庆增从经济上、丁西林从科学上、叶公超从教育上、徐新六从财政上、张禹九从国际上、黄华从法律上，以及罗隆基从政治上，对中国问题进行了探讨。梁实秋在回忆《新月》缘起时，曾提到过这次讨论。事实上，中国问题的讨论催生的不是《新月》，而应该是《平论》。正是因为大家对社会问题、政治问题都有要表达的感慨，于是便产生了要创办一份专门刊物的想法。

然而，《平论》胎死腹中。论原因，似谁也说不清楚。其实早在准备发刊前，从胡适的一篇日记里似乎就已经看到了《平论》的结局。他这样记道：

> 1929年3月29日
>
> ……对他们说：“我们姑且想象四月一日出第一期，大家都做点文章，下星期五在禹九家会齐交卷，看看像不像可以出个报的样子。”前几天我作了一篇发刊宣言。今天大家全齐了，稿子都有一点，但斤两似不很重。大家的意见还是主张办一个报，并且要即日出版。今天的决定是四月十一日出第一期。我对于此事终于有点狐疑。志摩说：“我们责无旁贷，我们总算有点脑子，肯去想想。”我说：“我们这几

个人怕也不见得能有工夫替国家大问题想想罢？志摩你一天能有多少工夫想想？实秋、努生都要教书，有多大工夫想？我自己工夫虽多，怕也没有心绪去想政治问题。所以那班党国要人固然无工夫想，我们自己也不见得有想的工夫？”

“没有工夫去想”，恐怕只是胡适的一个托词，他真正的狐疑，恐怕在于他收到的稿子“斤两似不很重”。也就是说，他担心的是日后的《平论》不能如他所期望的那样真正担负起有深度有广度地“论政”的重任。

《平论》一时办不起来，正在这时，1929 年 3 月 26 日，上海各报刊登了一则专电：国民党上海特别市党部代表、上海市教育局长陈德徵提交了一份《严厉处置反革命分子案》的提案，大意说法院往往过于拘泥证据，使反革命分子容易漏网，所以他提议“凡经省及特别市党部书面证明为反革命分子者，法院或其他法定之受理机关应以反革命罪处分之”。这让一向推崇法治、主张“唯有法治之治才能保障与增进自由”的胡适无法容忍，当即给司法部长王宠惠写了一封信，表示抗议。之后不久，4 月 20 日，国民政府下了一道所谓保障人权的命令，其中有这样一句话：“无论个人或团体均不得以非法行为侵害他人身体自由及财产。”为此，胡适颇感疑惑。疑惑一：“身体自由”是什么意思？是“身体”和“自由”，还是“身体之自由”呢？疑惑二：“个人和团体”是不是也包括政府和党部？疑惑三：不得以非法行为侵害，那么，难道可以以合法行为侵害？

因为如此种种，胡适终于按捺不住，写成了一篇《人权与约法》，送给《新月》发表。也就是从这篇文章开始，《新月》介入政论，从而一改温情的文艺面孔，变得尖锐起来。

2.“人权风波”：胡适辞职、《新月》被禁

胡适一直以“但开风气不为师”自期。对于他一生最重要的功绩，梁实秋总结了两点：一是倡导了新文化运动；二是“倡导思想自由，弘扬人权思想”。其中“弘扬人权思想”的突出表现，便是在“新月”后期依托《新月》而发起的“人权论战”。

除了“陈德徵提案”和“国民政府保障人权的命令”以外，据梁实秋回忆，还有两件事也是引发胡适撰文《人权与约法》的原因。一是某报报道的一则新闻，说的是河北唐山的一个普通市民无故被地方官吏殴辱；二是胡适自己编了一本《宋人话本八种》，由亚东书局出版，书里收有一篇描写昏君宣淫的话本小说《海陵王无道荒淫》，巡捕房因此认为此书有伤风化，下令予以没收。胡适气愤不已，找了一位律师准备打官司。律师对他说：“没收是不合法的，如果刊行此书犯法，先要追究犯法的人，处以应得之罪，然后才能没收书刊，没收是附带的处分。不过你若是控告巡捕房，恐怕是不值得的。”一系列的事件，让胡适对“人权”有感要发。

胡适在《人权与约法》中，批评当时中国社会严重缺乏人权的现象：无论什么人，只需贴上“反动分子”“土豪劣绅”“反革命”“共党嫌疑”等招牌，就可以任意侮辱其身体，剥夺其自由，宰制其财产；无论什么书报，只需贴上“反动刊物”的字样，就可以禁止。他要求制定宪法，或训政时期约法，用以“规定政府的权限”和“人民的‘身体、自由、及财产’的保障”。

《人权与约法》拉开了“人权论战”的大幕。紧随其后的，是罗隆基的《专家政治》。换句话说，《专家政治》就是配合《人权与约法》的。胡适呼吁：“在今日如果真要保障人权，如果真要确立法治基础，第一件事应该制定一个中华民国的宪法。”罗隆基明确指出中国当前的紊乱状况是由于“武人政治”和“分赃政治”造成的，要解决这个

问题，必须通过选举和考试制度，实行专家政治。在此之前，即在《新月》第二卷第一期上，罗隆基发表了两篇文章：《美国未行考试制度以前的吏治》《美国的吏治法与吏治院》。也就是说，他从政治学专业的角度呼应了胡适的批判文章。

紧接着，《新月》第二卷第三期（1929 年 5 月）上，发表了梁实秋的《论思想统一》；第四期（1929 年 6 月）上，连续登载了胡适三篇文章《我们什么时候才可有宪法？》《知难，行亦不易——孙中山先生的“行易知难说”述评》《“人权与约法”的讨论》；第五期（1929 年 7 月）上，是罗隆基写的《论人权》；第六、七合刊（1929 年 9 月）上，既有胡适的《新文化运动与国民党》，也有罗隆基的《告压迫言论自由者——研究党义的心得》；第八期（1929 年 10 月）上，罗隆基又写了一篇《我对党务上的“尽情批评”》；第九期（1929 年 11 月）上，是梁实秋的一篇《孙中山先生论自由》；第十期（1929 年 12 月）上，胡适提出《我们走那条路？》；第十二期（1930 年 2 月）上，又是罗隆基的文章《我们要什么样的政治制度》；第三卷第一期（1930 年 3 月 10 日）上，还是罗隆基，写了一篇《论共产主义》。

胡适、罗隆基、梁实秋一度被称为“‘新月’政论‘三剑客’”，而胡适和罗隆基更是“人权论战”中的两位主将。胡适的《知难，行亦不易》的矛头直指孙中山，认为孙中山不实行宪政的原因是怀疑一般民众的参政能力，而这与他的“知难行易”之说是互相矛盾的。实际上，此文呼应了之前罗隆基的《专家政治》，指出实现“专家政治”的前提必须打破“知难行易”的护身符。罗隆基的《论人权》又在胡适的《人权与约法》基础上更具理论性，他认为“人权”和“民权”是两个概念：前者是“做人的权利”；后者是“在政治的国家里做国民的权利”，人权大于民权。他义正词严地指出：“要做民，更要做人；要民权，更要人权”。一番“人权”“民权”分析下来，他断言：“国民政府 4 月 20 日保障人权的命令，是承认中国人民人权已经破产的铁证。”

国民党当局对胡适的言行异常震怒，一方面，1929 年 8 月 13 日，上海特别市第三区党部在第三次全区代表大会上通过议决案，认为胡适“言论荒谬”，提请教育部撤他的职，同时请求中央严厉制止学阀活动、严厉防止反动分子的活动。25 日，上海特别市党部执行委员会在第四十七次常会上也通过决议，呈请中央执委会咨国府令教育部撤除胡适中国公学校长一职。28 日，在第四十八次执委常会上再一次通过决议，以“中公校长胡适反动有据”为由，提请“中央拿办”，具体“罪名”是：“侮辱本党总理，诋毁本党主义，背叛国民政府，阴谋煽惑民众。”另一方面，有关部门组织人马撰写反驳文章，集中批判胡适的“谬论”，还将这些文字结集出版，书名是《评胡适反党义近著》。

为了声援胡适，罗隆基撰文《告压迫言论自由者——研究党义的心得》，言辞激烈地表示：“孙中山先生是拥护言论自由的。压迫言论自由的人，是不明了党义，是违背总理的教训。倘使违背总理教训的人是反动或反革命，那么，压迫言论自由的人，或者是反动或反革命。”文章的最后，他写道：“前清的杀革命党，封报馆，烧书籍，在一班忠实同志们眼光里，是笨伯所做的事。忠实同志们，亦应该承认这点。后之视之，亦犹今之视昔！”

和这篇文章同时刊登在《新月》上的胡适的《新文化运动与国民党》最终导致胡适被教育部警告、撤职和《新月》被查禁。之前，《新月》主编因为编发了胡适、罗隆基的多篇政论文章而受到周围朋友的好心劝诫，他却认为这些文章大胆地言很多人欲言而不敢言，其对民主进程和对社会的推动作用是不言而喻的，因此不加理会。当胡适的朋友、中国公学的秘书长丁谷音听说梁实秋又要编发《新文化运动与国民党》这篇文章时，大为紧张，再三劝说要他撤回已经排好的稿子。梁实秋强硬地说：“除非是胡先生自己要求撤回，我碍难照办。”事后证明，丁瞉音的担心和谨慎的确是有道理的。

1929 年 10 月，胡适收到由部长蒋梦麟签署的教育部“该校长言论不合，奉令警告”的部令，部令说：“令中国公学查胡适近年以来刊发言论，第多悖谬，大都陈腐荒怪，而往往语侵个人，足以引起人民对于政府恶感或轻视之影响。为政府计，为学校计，胡适殊不能使之再长中国公学。”蒋梦麟是胡适的老朋友，“奉令”二字表明蒋梦麟之所以给老友发出这样的部令实属无奈。胡适毫不客气地将部令退回教育部，又给蒋梦麟写了一封信，直言不讳地指责说，他写的几篇文章都发表在《新月》上，与中国公学何干，缘何部令“令中国公学”？再者，他们强加给他的罪名也不一致，一会儿说“放言空论”，一会儿说“语侵个人”，既然是“空论”，又何来“语侵个人”；既然是“语侵个人”，就算不上是“空论”。最后，他写道：“贵部下次来文，千万明白指示。若下次来文仍是这样含糊笼统，则不得谓为‘警告’，更不得谓为‘纠正’，我只好依旧退还贵部。”

《人权论集》的封面

与此同时，胡适将他和罗隆基、梁实秋分别撰写的政论文章辑为《人权论集》，交由新月书店出版发行。他在“小序”里引用了周栎园《书影》里的一则故事表明心迹：“昔有鹦鹉飞集陀山。山中大火，鹦鹉遥见，入水濡雨，飞而洒之。天神言：‘尔虽有志意，何足足云也？’对曰：‘尝侨居是山，不忍见耳。’”又说：“今日正是大火的时候，我们骨头烧成灰终究是中国人，实在不忍袖手旁观。我们明知小小的翅膀上滴下的水点未必能救火，我们不过尽我们的一点微弱的力量，减少良心上的一点谴责而已。”

这本倡导人权的专著惹恼了国民党元老胡汉民，他当即派人给胡适送去一张纸条。纸条上写着：

> 奉胡委员令，约请胡适先生于X月X日到胡委员处一谈。
>
> 胡委员秘书处

据梁实秋回忆，胡适见此纸条“大为震怒，拍桌子问”他怎么处理，他思忖后帮胡适拟了一张回条：

> 奉胡适之令，不能来。
>
> 胡先生秘书处

依胡适的脾气和平时为人处世的作风，“震怒”是可能的，但很难想象他真的会“拍桌子”。至于那张回条，戏谑的成分更大一些，他们是否真的将它转给了胡汉民，很值得怀疑。不管怎么说，胡适没有去见胡汉民，这是肯定的。

《我们走哪条路？》是胡适发表在《新月》上的最后一篇政论文章。从此之后，他又由“政”转向“文”了——重拾思想文化建设。这或许是因为，他发现，“政”路是很难走得通的。

1930年1月20日，《时事新报》刊登了一则《市宣传部第四十二次会议呈请缉办胡适》的消息：“一、查封新月书店；二、撤中国公学校长胡适职；三、将胡适褫夺公权。”2月，国民党上海特别市执委会宣传部给新月书店发了一份“密令”，全文如下：

迳启者，本部顷奉中央宣传部密令，内开为密令饬遵事：查最近在上海出版之《新月》第二卷第六、七期，载有胡适作之《新文化运动与国民党》及罗隆基作之《告压迫言论自由者》二文，诋毁本党，肆行反动，应由该部密查当地各书店有无该书出售。若有发现，即行设法没收焚毁。除分行外，合亟密令，仰该部遵照，严密执行具覆为要。等因。奉此，查该刊累载反动文字，早经本部查禁有案。兹奉前因，相应备函转达，即希贵局勿为代售，致干禁令，为要。此致新月书店

中国国民党上海特别市

执行委员会宣传部

二月五日

胡适在2月15日的日记里这样记道："新月书店送来市党部宣传部的密令，中有中央宣传部的密令，令该部'设法没收焚毁'《新月》第六、七期。密令而这样公开，真是妙不可言！此令是犯法的，我不能不取法律手续对付他们。"

胡适怒不可遏之下，显出书生本色来，真的要上法院去告对方！也真的去找了律师。可是律师给他泼冷水，说没有法庭会受理此案，胡适仍决意起诉。可是刚过三天，胡适认识的国民党二届中央委员、改组派中央委员王乐平就在上海被暗杀，场面极其血腥。虽然王之死未必是当局主观对胡适的警告，但胡适显然很受震动，因为他自此再也不提上法院的事了。

胡适也许由此会终于恍悟，在一个缺乏民主自由缺乏法治的专制独裁的社会中，试图用法律手段解决问题的想法是幼稚的。

胡适深受西方民主法治思想的影响，又是一介书生，难免理想主义，在人权运动中碰壁也是自然的。

5月里，胡适也终于辞去了中国公学校长一职。政府固然一直在

施压，要学校撤换校长，但胡适的辞职，却不是他主观上的迫于压力。1928 年暮春他答应接长学校时就非常勉强，是架不住朱经农等一班旧同学的极力劝说、在饭桌上一时高兴才首肯的，并且随即后悔，将此差使视作“套上一件镣铐”，此后虽屡番向校董事会表示辞意，都未获批准。董事会最终批准胡适辞职，似也不是迫于政府的压力，而是身为董事长的蔡元培觉得胡适正在写着的《中古思想史》是可以期待为“世界名著”的著作，身陷于解决学生失恋、教授吵嘴、写校运动会会歌等种种繁杂校务之中实在可惜，于是同意了他的辞职。

北大代理校长陈大齐表示希望胡适返回北大。11 月，胡适携眷北上，离开了“不算是草草过去的”三年半的上海生活，回北大出任文学院院长一职。“新月”也因他的离开而逐渐黯淡。

3. 罗隆基被捕，胡适积极营救

如果将“新月”时期的人权运动分为两个阶段的话，那么，第一阶段从胡适的《人权与约法》开始，到他辞去中国公学校长为止。在这个阶段中，胡适是和罗隆基，以及梁实秋并肩作战的。梁实秋的政论文章虽然没有胡、罗那样充满火药味，但是，胡、罗战斗檄文般的人权文章，都是经由他之手编发问世的。从第二卷第二期起到第五期，梁实秋参与《新月》的编辑，虽然和叶公超、潘光旦、饶孟侃、徐志摩共同列为主编，实际上，他承担了主要工作。之后，从第二卷第六、第七期起，到第三卷第一期，则完全由他单独主编。

自胡适“退隐”后，人权运动进入由以罗隆基为主、王造时从旁声援配合的第二阶段。王造时在《新月》上发表的政论文章主要有《中国问题的物质背景》（三卷四期）、《中国社会原来如此》（三卷五、六合期）、《中国的传统思想》（三卷八期）、《昨日中国的政治》（三卷九期）、《三千年来一大变局》（三卷十期）、《由“真命天子”到“流氓皇帝”》（三卷十一期）、《政党的分析》（三卷十二期）。梁实秋之后，从第三卷第二期开始，到第四卷第一期，《新月》改由罗隆基独立主编，他借《新月》这个平台，构筑了自己的人权理论体系，但他自己也因此招来牢狱之灾。

在《新月》第三卷第三期上，罗隆基编发了一篇自己的文章《我的被捕的经过与反感》，详述了他于 1930 年 11 月 4 日下午一点钟左右突然被捕的经过。当时，他正在中国公学教员休息室检阅讲演笔记，来了几个男人，验明了他的身份之后将他带走，押至吴淞第七区公安局，四点钟左右又被带到上海市公安局。有一个科长给他看了一份公文，他的“罪名”是：“言论反动”“国家主义领袖”“共产的嫌疑”。

此时，胡适尚未离沪。接到消息时，他正在蔡元培家里吃午饭，闻讯不免大惊，当即四处打电话打听消息设法救人。在当天的日记里，他详细记载道：

> 今天在蔡先生家午饭，席未散，忽家中人来说有学生为紧急事要见我。我回家，始知罗隆基今天在中公上课，下午一时忽被公安局警察捕去了。
>
> 我即托蔡先生去寻市长张岳军，一面托昆三去寻公安局长袁良。我打电话给宋子文，要他即为设法。并打电话安慰罗夫人。一会儿，一涵、舒谟都来了。舒谟见了公文，隆基之外，尚有学生邓中邦、张耀先二人也在拘捕之列。
>
> 一会儿，来了学生代表十余人。
>
> 财政部来电话，说子文请次长张咏霓先生去保释，即令秘书郭德华兄持保函去保。
>
> 蔡先生也来了，说他亲去看张群，愿为保释；时郭德华也持张咏霓函来，会于张宅。时隆基尚未送到上海，但张群允即释放。
>
> 六点多钟，罗夫人来电话，说：“胡先生，罗先生回来了。”

隆基在电话上说，他的被捕是市党部八区党部告的，警备司令部令公安局拘捕。罪名是“言论反动，侮辱总理”。

这真是绝荒谬的举动。国民党之自杀政策真奇怪！

在一个没有人权的社会中，逮捕一个人，很随便——罗隆基莫名其妙地被捕了；在一个专制的、人治的（即党治的）社会中，释放一个人，也很容易，只要“朝中有人”——当天，罗隆基就被放了出来。按照他自己在《我的被捕的经过与反感》一文中所说：“放出来和捉进去，是一般的突兀，一辆汽车，把我从大学里捉到公安局，一辆汽车我又从公安局回到家里。”

罗隆基被捕的理由之一是“言论反动，侮辱总理”，很显然，这是因他撰写《告压迫言论自由者——研究党义的心得》而来。之前，胡适撰写的针对“总理”的《知难，行亦不易》也被斥为“侮辱总理”。那么，同样“侮辱”了总理，为何胡适只受到警告，而罗隆基却直接被逮捕了呢？这其实不难理解。就社会地位、社会威望而言，罗隆基逊于胡适，这是肯定的；就人脉、关系而言，罗隆基也无法和胡适相提并论。逮捕胡适和逮捕罗隆基所造成的后果，显然是不同的。前者，可能引致社会哗然；后者，则可以起到杀鸡儆猴的作用。

虽然只坐了几个小时的牢，但终究是坐了牢。坐过牢的罗隆基没有因此畏惧而有所收敛。他在《我的被捕的经过与反感》一文中，言辞依旧激烈，斥责在“党治”下的“党权高于国，党员高于法”，更呼唤：“我们要法治！我们要法律上的平等。”也就是说，没有了胡适的《新月》，在罗隆基笔下，仍然充满政治气味，甚至锋芒更露。

当局当然不能容忍。1931 年 1 月 11 日，罗隆基任教的光华大学接到教育部电令，要学校解除罗隆基的教职。光大校长张寿镛把此令抄送了一份给罗，派人劝他不要再去光大上课，允诺仍每月送给他 240 元生活费。这天，胡适在日记里记道：“光旦、全增嘏、沈有乾等都不平。

今晚在光华教职员会上，争论甚烈。如教育部逼光华执行，必有一部分好教员抗议而去。此事是教育部的大错，可以引导起大风波。”

第二天，《新月》召开董事会，胡适列席。在这次会上，罗隆基被任命为编辑主任。也在这次会上，大家又商量罗隆基被撤职事。胡适提议：委托友人金井羊找蒋介石侍从室主任陈布雷谈此事，然后设法让光大呈文，说明执行部令的困难，以使教育部撤回命令，而由罗隆基自行辞职。但是，未及他们将计划付诸实施，13 日一大早，报纸上已将教育部给光大的电令全文发表。电令内容是：“罗隆基言论谬妄，迭次公然诋本党，似未便任其继续任职，仰即撤换。”对此，胡适的评论是：“此是光华发表的。《时事新报》标题为《光华小纠纷解决》！天下人固有这样愚蠢的头脑！”

既然电令已公开发表，自然难以收回。胡适却不甘心。这时，他接到金井羊的信。金井羊已找过陈布雷。陈布雷认为“罗隆基前次既经保释，又复发表同样文字，因此大动党内公愤，甚至迁怒而及蔡先生”[①]，所以他也无能为力。金井羊还转告胡适，陈布雷说“隆基无人格，不能对友”，而且态度很坚决。胡适阅信，感慨了一句“布雷也可谓太糊涂”，然后亲笔给陈布雷写了一封信。在提到《新月》时，他这样写道：

> 《新月》在今日舆论界所贡献者，唯在用真姓名发表负责任的文字。此例自我提倡出来，我们自信无犯罪之理。所谓“负责任”者，我们对于所发言论，完全负法律上的责任。党部与政府如认为有不当之处，可以用书面驳辩，或令作者更正。如有干犯法律之言论，亦宜有法律的手续，向法庭控诉。凡法律以外的干涉，似皆足以开恶例而贻议世界。……政治

① 转引自胡适 1931 年 1 月 15 日的日记。

对《新月》，不取公开的辨正，又不用法律的手续，只用宣传部密令停止其邮寄，已为失当之举动。

在这段文字中，出现最多的词是“法律”。胡适认为，即使《新月》有问题，即使《新月》作者的言论有不当之处，也应该交由法庭按照法律裁决。这个时候的胡适还是坚持将一切纷争置于法治之下，而不是由“人治”解决。然而，他所处的社会环境注定他对法治的呼唤无异缘木求鱼。

把信寄出去以后，胡适又去见光大校长张寿镛，专门谈“罗案”。张寿镛要胡适转告罗隆基，再一次强调让他不要去光大上课了。

胡适不客气道：“恕不能转达此意。”

张寿镛说：“我把部令抄给他看了，他和我打官话，要来上课，我要禁止他。”

胡适说：“承先生把我当作畏友，我老实说，先生这个办法是错的。你最好装作不看见，不知道他来上课。你若禁止他，用什么法子？叫警察？调兵？用学生？”

张寿镛一听胡适这话，或许想想有理，于是表示听从道：“那我就装作不知道。”

几天后，1 月 18 日，胡适收到陈布雷的回信。陈布雷认为：“此事部中既决定，当不能变更。”胡适大失望，在日记里记道：“人言布雷固执，果然。”他还是不死心，再给陈布雷写信，希望能在“互相认识”的基础上达成“一个初步的共同认识”。他托金井羊在转交此信的同时，给陈布雷和蒋介石分别带去《新月》第二卷全部、第三卷已出版的三期各两份。他在给陈布雷的信中说：“《新月》谈政治，起于二卷四号（实则二卷二号——引者注），甚望先生们能腾出一部分时间，稍稍浏览这几期的言论。该‘没收焚毁’（中宣部密令中语），或该坐监枪毙，我们都愿意负责任。但不读我们的文字而但凭无知党员的报告，便滥用政府的威力来压迫我们，终不能叫我心服的。”胡适自己说，他的这封信“措词颇强硬”，因此，金井羊不愿转交，只同意带走《新月》。

次日，胡适、潘光旦、王造时、全增嘏、董任坚齐聚罗隆基家。胡适认为，“罗事只有三条办法”：“一、先由教部承认了我们的原则，后由张寿镛去呈文，让教部自己转圜。然后罗辞职。二、教部已说不通了，可由张寿镛发表一个谈话，说他不能执行部令。为此罗也可辞职。三、教部与张君皆不认此原则，则由罗自己抗议而去，声明为顾全光华而去。”不久，金井羊也参与进来。他劝胡适去南京，因为陈布雷有意让他去南京面谈。胡适表示不去，还说：“请你告诉他们，‘共同的认识’，必须有两点：一、负责的言论绝对自由；二、友意的批评，政府须完全承认。无此二项，没有‘共同的认识’。”显然，胡适相当坚持原则，毫不妥协。这让人由此看到温厚、谦和的胡适的另一面。

又一日，张寿镛草拟了一份《张寿镛上蒋介石呈》，交由胡适修改。呈文说：“今旬奉部电遵照公开后，教员群起恐慌，以为学术自由从此打破，议论稍有不合，必将陷此覆辙，人人自危。”又说：“夫因政治而著于行为者尚可以赦免，今罗隆基仅以文字发表意见，略迹原心，意在匡救阙失。言者无罪，闻者足戒。……拟请免予撤职处分，以示包容。”[①]张寿镛在面见蒋介石时，蒋介石问了一句话，很有意思：“罗隆基这个人可以引为同道吗？”

如此激烈不留情地批评国民党，罗隆基怎么可能与蒋介石成为同道？他连与携手于人权运动的胡适也未能同道多久。1930 年 11 月 25 日，胡适在日记里写道：“住上海三年半，今将远行。最可念几个好朋友，最不能忘高梦旦，其次志摩、新六……”在这里，不见“罗隆基”的名字。在倡行人权、民主、自由、法治，反对专制、人治方面，

① 张芝联编：《约园著作选》，中华书局 1995 年版。

胡适是支持罗隆基的，然而，在其他方面，他对罗隆基颇多不以为然。

“罗事”未完，中国公学因易校长一事再起风潮。2月4日，校董事会有意由蔡元培顶替马君武担任中公校长，马君武、罗隆基对此甚为不满。胡适在日记里抱怨道：“君武隆基诸人不明大体，纵容学生去包围校董会，遂成僵局。”后来，校董会只好求助教育部，最后由邵力子代替蔡元培任校长。2月24日，徐志摩到北京和胡适谈中公和《新月》事。对于前者，胡适说：“我已略知大概，但尚不知隆基玩了许多笨拙的把戏……”对于后者，胡适说：“将来总需把重心移到北方来。南方人才太缺乏，所余都是不能与人合作的人。”这个“不能与人合作的人”，应该是指罗隆基。因为此时，罗隆基还是《新月》的主编。这也表明，胡适对罗隆基已经不再信任，而对掌控在罗隆基手上的《新月》的命运起了担忧。

事实上，罗隆基坚持将《新月》作为论政的工具。《新月》也一再遭到当局的警告和禁令。这直接影响到《新月》的稿源。1931年5月20日，罗隆基在给徐志摩的一封信中，有些抱怨：“《月刊》内容非大家负责不可。半年来，一多、实秋、英士、子离、上沅、公超、西滢、叔华等先生都没有稿来，你的稿亦可说太少。《新月》内容的退步，大家都要负责任的。”同时，他在给胡适的信中，也如是说：“《新月》内容，的确不是我一个人的力量可以改进的。一班旧朋友，除先生的文章照样寄来外，都不肯代《新月》做稿。志摩、实秋、一多、英士、公超、上沅、子离、西滢、叔华、从文这一班人都没有稿来。一多、实秋前次在上海，都答应马上寄稿来，如今又无音信。编辑人有什么办法？旧人对《新月》内容不甚满意，这责任的确应大家负担。”

《新月》举步维艰。罗隆基无能为力之余，也有些厌倦了。不久，天津《益世报》以五百元高薪挖墙脚，他离开了《新月》，离开了上海。在《益世报》，他继续论政，对政府，对国民党的批评力度丝毫不减。而此时，胡适却显得低调了很多。不久，《益世报》遭到“停止发行”

的处罚，罗隆基自己，还被暗杀过一次。对此，胡适似乎并没有表示出太多的同情。他在日记里说得很明白："罗君自认为受国民党的压迫，故不能不感到凡反对国民党之运动总不免引起他的同情。此仍是不能划清公私界限。此是政论家之大忌。"

抗战之后，胡适越来越倾向国民党，而罗隆基依然"反党"。两人的分歧自然也愈加显著。胡适撰文认为"国联可以抬头"，罗隆基撰文反驳；罗隆基主张"国民党既不能不退出河北，何妨让各党各派来干一下"，胡适斥责："国民党抗日，被迫撤退。各党各派如果抗日，也不能不撤退。若是不抗日的党派，在河北干什么？那不是卖国吗？"对于罗隆基这个人，胡适一言以蔽之："天生的政客。"这或许就是他不能将罗引为同道的主要原因。

不管胡适、罗隆基两人最终的关系如何、私交怎样，他俩共同参与了人权运动，实则共同大胆地承担了一个知识分子对社会的责任。也许他们对自由、法治、人权的呐喊在乱世中被落后、愚昧、封建、专制所淹没，在许多人的心目中毫无价值，甚至被其他的知识分子嘲笑，比如鲁迅就曾在《新月社批评家的任务》一文中，讽刺"新月社批评家"们"尽力地维持了治安，所要的却不过是'思想自由'，想想而已，决不实现的思想"。然而，就中国社会发展来看，他们的思想和行为无疑是超前的，所起的引领作用也是显而易见的，甚至对处于民主法治进程中的现时现今，也都具有相当的价值和意义。

晚年的梁实秋总结得很到位："当时也有人讥笑我们，以为人权云云乃十八世纪思想，现在还谈这些陈腐的道理未免落伍。事隔半世纪，国内国外一片呼吁人权之声又复洋洋乎盈耳，当时讥笑我们的人也还有健在的，不知此际，除了随声呐喊之外还有什么感想？"台湾作家李敖说："我真希望胡适之是过了时的人了。胡适之不过时证明了我们四十年来没进步。"正因当时胡适对人权有不识时务的呼唤，对自由（包括言论的、思想的）有不合时宜的追求，才会有今天的"不过时"啊。

第七章 《诗刊》，《诗镌》之后的诗歌刊物

徐志摩和陈梦家：接力办《诗刊》

《诗刊》第三期封面

在新月派诗人中，徐志摩和陈梦家都死于非命：1931年11月19日，徐志摩坠机身亡；1966年9月3日，处于“文革”风暴中的陈梦家不堪凌辱自杀身亡。如果说他俩的死有不同的话，徐志摩死时的身份是“诗人”，而陈梦家死时的身份是考古学家（研究领域包括古史学、古文字学、青铜器鉴赏、明代家具鉴藏）。他的“诗人”的身份被忽视的原

因恐怕是因为作为诗人，他的创作生涯前后只有七八年。那正是《新月》和《诗刊》的存续期。也就是说，他的诗歌生活是和《新月》和《诗刊》分不开的。特别是《诗刊》，应该说，它就是由陈梦家提议创办的。当时是 1930 年年底。

这个时候，《新月》因政治化而频遭诟病的同时，也加大了同人之间的分歧。徐志摩这个人虽然不像闻一多、叶公超他们那样只唯“文”而本能地和政治保持距离拒绝谈政治，但他对政治远没有罗隆基那样的热情和沉迷，也不像罗隆基对现实政治有过分强烈的批判精神，更不可能以政治换取文学。因此，当罗隆基的言行越来越激烈，《新月》因此危如累卵时，徐志摩对罗隆基颇有微词。

1931 年 2 月 9 日，徐志摩在给刘海粟的一封信中，这样说：“宗岱诗人，常在念中。寄去《诗刊》两册，乞以其一交去宗岱。何不给些诗文来，一新感觉。新月文艺，将不成活，不得不乞海外，幸善张罗。”从 1931 年 8 月 6 日罗隆基写给胡适的一封信中，更可以看出徐志摩对罗隆基主持的政治化的《新月》的不满。罗隆基这样写道：“此间志摩、洵美等为雄持《新月》营业计，主张《新月》今后不谈政治，‘向后转’，未免太快，我不以为然。从前天津报事不敢说，为其打‘言论自由’的招牌，一定无‘言论自由’的实质。《新月》的立场，在争言论思想的自由。为营业而取消立场，实不应该。相当的顾到营业则可，放弃一切主张，来做书店的生意，想

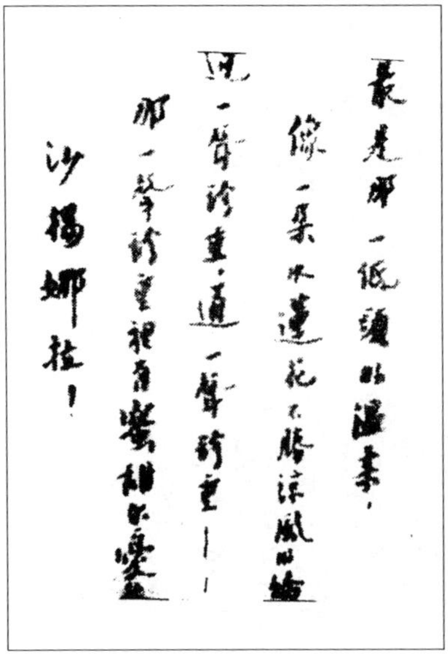

徐志摩手迹

非《新月》的本来目的。”

那么,《新月》的本来目的究竟是什么?按照最初的创办人徐志摩、闻一多等人的本意,还是想把它办成一个纯粹的文学刊物的。事实上也的确如此。当《新月》“变质”后,徐志摩失望之余,不是没有另起炉灶之想。当初,胡适、梁实秋想谈政治,便想在《新月》之外另外创办一份专门发表政治主张的《平论》。换句话说,《平论》的缘起是因为《新月》是一份文学刊物,不适宜谈政治。然而,当《新月》政治化以后,更倾向谈文学的徐志摩又不得不想着在《新月》之外创办一份纯文学刊物。这样的循环颇有意味。于是,《诗刊》诞生了。

《诗刊》说起来是徐志摩创办的,而提议创办《诗刊》的是新月派新生代诗人陈梦家。陈梦家回忆,当他向徐志摩提议办《诗刊》时,“志摩乐极了,马上发信四处收稿,他自己,在沪宁路来回的颠簸中,也写成了长叙事诗——《爱的灵感》”。在年轻的陈梦家看来,徐志摩的热心,缘于“对年轻人的激励”①。事实上,他不知道,他的提议恰恰合上了徐志摩的心思。

比徐志摩小 14 岁的陈梦家于 1911 年 4 月 20 日出生于南京,和徐志摩一样,祖籍也是浙江,老家在上虞县上官镇。其父陈金镛毕业于之江大学,后来成了一位牧师;其母出身于牧师家庭,是虔诚的基督教徒。陈梦家并没有皈依基督教,高中未毕业就考入南京第四中山大学(后改为中央大学)法政系,攻读法律,后来取得了律师执照。不过,他没有当过一天律师。也就是在第四中山大学,他结识了正在这里执教的闻一多和徐志摩。也许可以说,陈梦家原本就爱诗,但他在旁听了闻一多的“英美诗”课、又登门拜访求教了“格律诗”的代表闻一多之后,更增加了对新诗的兴趣,诗意因此勃发,诗兴因此大作。在《新月》第二卷第八期上,刊登了他的一首诗《那一晚》;第

① 陈梦家:《纪念志摩》,《新月》第四卷第一号。

九期上，有他的《一朵野花》《为了你》《你尽管》《迟疑》。这时，他年仅 18 岁。

1931 年 1 月，《诗刊》正式创刊。徐志摩在《〈诗刊〉序语》中，详细说明了《诗刊》的创办缘起，明确说它是《诗镌》的延续：

> 我们在《新月》月刊的预告中曾经提到前五年载在北京《晨报副镌》上的十一期诗刊。那刊物，我们得认是现在这份的前身。在那时候也不知哪来的一阵风忽然吹旺了少数朋友研求诗艺的热，虽则为时也不过三两个月，但那一点子精神，真而纯粹，实在而不浮夸，是值得纪念的。现在我们这少数朋友，隔了这五六年，重复感到"以诗会友"的兴趣，想再来一次集合的研求。因为我们有共同的信点。

徐志摩还提到"欣幸我们五年前的旧侣，重复在此聚首，除了远在北地未及加入的几个；我们更欣幸的是我们又多了新来的伙伴，他们的英爽的朝气给了我们不少的鼓舞"。"五年前的旧侣"，指的是《诗镌》时期的闻一多、朱湘、孙大雨等；"新来的伙伴"，指的是陈梦家、方令孺、邵洵美等。在创刊号上，有徐志摩的《爱的灵感》、闻一多的《奇迹》等。胡适在收到徐志摩寄给他的首期《诗刊》后，在 1 月 24 日的日记里记道："又读昨日新出的《诗刊》第一号，其中也有绝可喜的诗。一多有一首《奇迹》，很用气力，成绩也很好。志摩有一篇四百行的长诗——《爱的灵感》——是近年的第一长诗，也是他的一篇杰作。"

在《诗刊》创刊的同时，由徐志摩书写题名的陈梦家第一部诗集《梦家诗集》由新月书店出版发行。对此，胡适也有评价："读陈梦家的诗集，这里面有许多好诗，小诗有很好的，长诗如《都市的颂歌》也算是很成功之作。此君我未见过，但知道他很年轻，有此大成绩，令人生大乐观。”对于一个初入诗坛的新诗人而言，能赢得胡适这样高的评价，不是用“幸运”二字就可以解释的。

虽然陈梦家学的是法律，而闻一多却是外文系主任，但严格地说，陈梦家也算是闻一多的学生。他热爱新诗，而且才华横溢，都使闻一多很欣赏这个学生，甚至称他是“我的发现”，还说为他感到自豪，因此也就很提携他，将他的诗、文推荐给《新月》，是一例。20世纪30年代初，闻一多转赴青岛大学任中文系主任，特别聘请陈梦家当助教。这段期间，两人交往更加密切。有一次，师徒到公园看樱花，走累了就顺便往路边一坐，却正好坐在“招募新兵”的招牌底下。陈梦家向来不修边幅，从不讲究着装打扮。此时，他蓬头垢面、敞胸露怀，一副落魄的样子。一个老人来到他的身边，很痛心地对他说：“年轻人，你什么事不可干，要来干这个。”一句话说得陈梦家一头雾水。原来，老人错把他当作贫困潦倒而不得不准备应征入伍的穷小子了。这个故事后来在青岛大学传开了，成为笑谈，它也是陈梦家名士做派的典型例子。

尽管陈梦家很崇拜闻一多，却并不一味模仿“格律诗”，他对诗的格律有自己的见解。他认为“诗的灵魂——就是诗的精神——应当较之外形的修饰更其切要”。这也就是说，将陈梦家看作是后期新月派诗人的代表，不仅是因为他有大量的新诗创作，更有关于新诗的理论总结，从而形成了独特的新诗理论体系。也是在《诗刊》创刊这年，即1931年9月，陈梦家编选了一本《新月诗选》，这被看作是他对新月派最大的贡献。它收录了18位诗人的80首新诗，其中徐志摩的诗有8首，位居首席。其他17人分别是闻一多、饶孟侃、孙大雨、朱湘、邵洵美、方令孺、林徽因、陈梦家、方玮德、梁镇、卞之琳、俞大纲、沈祖年、沈从文、杨子惠、朱大枬、刘梦苇。后人在论及新月派诗人时，常以这份名单为准。换句话说，这18人被公认为新月派诗人。

陈梦家为《新月诗选》写了一篇长序。与其说它是“序”，不如说是对新月派诗的特征进行的理论总结和概括。他说他们追求的是诗的“醇正”和“纯粹”，他还说：“诗，具有两重创造的涵义：在表现上，它们希求的是新的创造，是从锻炼中提选出的坚实的菁华，它是一个灵魂紧缩的躯壳。在诗的灵感上，需要那新的印象的获取（就是诗的内在是一首新的诗的发现），所以写诗的人的涵养是必不可少的。真实的感情是诗人最紧要的元素……技巧乃是从印象到表现的过渡，要准确适当，不要使橘树过了河成了枳棘。”

《诗刊》创刊后第二个月，徐志摩去了北京。《诗刊》的编辑工作实际上完全交给了陈梦家。徐志摩去世前的 1931 年 8 月，他的又一本诗集《猛虎集》出版。陈梦家从中选出几首编入《诗刊》第三期，其中一首《云游》，原是《猛虎集》里的序诗，诗名为《献辞》。“云游”之名是陈梦家重新取的。不久，徐志摩丧身，邵洵美为纪念老友，为徐志摩编辑出版了一本新诗集，诗名就叫《云游》。陈梦家哀叹道：“这曾经由我私拟的两个字——《云游》——竟然做了他命运的启示。”这是他万没有想到的，也是徐志摩不曾料到的。

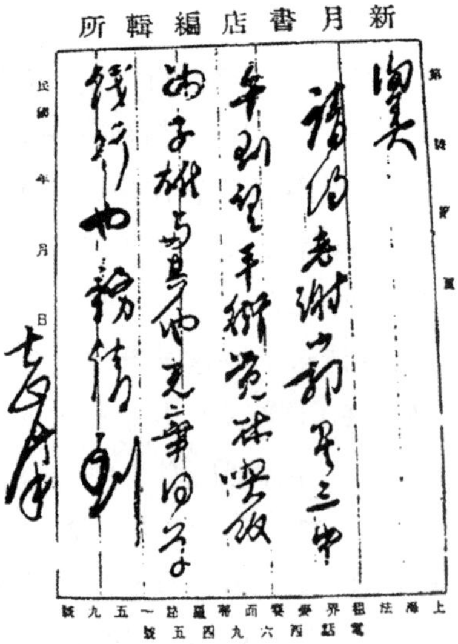

徐志摩给邵洵美的信手迹

对于徐志摩和陈梦家这两个且师且友的诗人的诗，胡适在 1931 年 1 月 24 日的日记里有过概括：“梦家的诗颇有一些不很能明白的句子，但大体上看似有绝高天才。他的爽快流利处有时胜似志摩。”

方令孺和方玮德:“新月”诗人中的一对姑侄

在决定办《诗刊》后,正如陈梦家所说,徐志摩“四处收稿”。尽管他知道闻一多已搁笔多时——他在《新月》第一卷第六期上发表传记《杜甫》之后,就再也没有诗文刊发了——但还是觉得作为一个纯粹的诗歌刊物,《诗刊》上如果没有闻一多的诗,着实不成话。于是,他不管此时的闻一多正醉心于古典文学的研究,执拗地给正在青岛大学执教的闻一多写信,向他索要诗稿,又给同在青大的梁实秋写信要稿,更托他催促闻的稿子。

在 1930 年 10 月 24 日致梁实秋的信中,徐志摩说:“一兄与秋郎不可不挥毫以长声势,不拘短长,定期出席。”一个月以后,他又给梁实秋写信,言辞更加恳切:“一多非得帮忙,近年新诗,多公影响最著,且尽有佳者,多公不当过于韬晦,诗刊始丛,焉可无多,即四行一首,亦在必得,乞为转白,多诗不到,刊即不发,多公奈何以一人而失众望?兄在左右,并希持鞭以策之,况本非驽,特懒备耳,稍一振蹶,行见长空万里也。”

不久,闻一多给徐志摩寄去了五十行长诗《奇迹》,徐志摩将它刊发在《诗刊》创刊号上。对于这首诗,徐志摩在给梁实秋的又一封信(1930 年 12 月 19 日)中,开玩笑说:“一多竟然也出了《奇迹》,这一半是我的神通之效,因为我自发心要印《诗刊》以来,常常自己想,一多尤其非得挤他点儿出来,近来睡梦中常常攥紧拳头,大约是在帮着挤多公的《奇迹》。”

如果说《奇迹》的诞生一半是徐志摩挤出来的,另一半却也来的不寻常。梁实秋在《谈闻一多》一文中说:“实际是一多在这个时候在情感上吹起了一点涟漪。”“情感上的涟漪”是什么意思?据说指的是“先生与中文讲师方令孺之间的关系”[①]。说得明白一点儿，就是闻一多与同在青岛大学执教的讲师方令孺产生了情愫。不过，这份感情没有结局，就像梁实秋说的，“情形并不太严重，因为在情感刚刚生出一个蓓蕾的时候就把它掐死了”。

“新月”女作家有三人，凌叔华、林徽因和方令孺。凌叔华是小说家，林、方都是诗人。和林徽因一样，方令孺也出身名门。她是安徽桐城人，是清初“桐城派”创始人方苞的后人，1896年出生，早年留学美国。梁实秋说：“桐城方氏，其门望之隆也许仅次于曲阜孔氏。”然而，方令孺很少提及家世，更不以此炫耀，甚至有人在她的面前提及“桐城方氏如何如何”，她居然能羞红了脸。她一生只写过两篇关于“方氏”的文章，《家》和《忆江南》。这样的显赫家世，这样的教育背景，这样的贤良个性，她温文尔雅的不俗气质，也就可以想象了。

方令孺的一生总脱不了孤独和寂寞。她早年在南京时嫁给一个姓陈的世家子，育有一女。丈夫供职于金融界，家财丰厚，商业气浓厚，而方令孺醉心于文艺，更具文人气，两人志趣自然不合，最后不得不仳离。这给了她相当大的打击，对“家”似乎也产生了排斥心理。她在《家》一文中感叹：“做一个人是不是一定或应该要个家，家是可爱，还是可恨呢？这些疑问纠缠在心上，教人精神不安，像旧小说里所谓给魔魇住似的。”或许因为如此，她虽然一直在孤独寂寞中郁郁寡欢，却也始终不肯重新走进“家”里。

除了少数几个朋友，方令孺不喜与人交往。她形单影只，喜欢身着黑旗袍，不施脂粉，独居斗室。她的少数的几个朋友中，有闻一多、梁实秋。那时，他们同在青岛大学教书。有一阵子，由校长杨振声提倡，每周末，杨振声、闻一多、梁实秋、赵太侔、陈季超、刘康甫、

① 闻黎明、侯菊坤：《闻一多年谱长编》，湖北人民出版社1994年版。

邓仲存七个人都要在顺兴楼或厚德福酒楼聚会，开怀畅饮、谈天论地。后来，闻一多邀请方令孺参与其中，凑成了“酒中八仙”。方令孺是其中唯一的女人，被视为“何仙姑”。梁实秋回忆：“其实方令孺不善饮，微醺辄面红耳赤，知不胜酒。”

抗战时，方令孺和梁实秋先后到了重庆北碚。梁实秋为自己的居所取名“雅舍”；住在斜对面的方令孺便为自己的居所取名“俗舍”。可见她是会幽默的。有时，她的女儿带着男友来看她；有时，梁实秋等朋友应邀到她家做客。这个时候，她总是兴高采烈地，忙前忙后煮饭烧菜。尽欢后，她送客人出门，总是会幽幽地说：“最乐的事莫如朋友相聚，最苦的事是夜阑人去独自收拾杯盘打扫地下，那时的空虚寥落之感真是难以消受啊。”每次听她这么说，梁实秋总是感到很愀然。

有一次冰心到北碚，梁实秋邀她到“雅舍”做客。饭后，她在一个册页簿上题字：“一个人应当像一朵花，不论男人或女人。花有色、香、味，人有才、情、趣，三者缺一，便不能做人家的一个好朋友。我的朋友之中，男人中只有实秋最像一朵花。虽然是一朵鸡冠花，培植尚未成功，实秋仍须努力！”后来，方令孺看到了这篇题字，也提笔写了一段：

> 余与实秋同客北碚将近二载，借其诙谐每获笑乐，因此深知实秋“虽外似倜傥而宅心忠厚”者也。实秋住雅舍，余住俗舍，二舍遥遥相望。雅舍门前有梨花数株，开时行人称美。冰心女士比实秋为鸡冠花，余则拟其为梨花，以其淡泊风流有类孟东野。惟梨花命薄，而实秋实福人耳。

在梁实秋这样的“福人”面前，方令孺恐怕不免会想起自己如梨花般的薄命。

方令孺有个侄子名叫方玮德，1908 年出生，1928 年就读于南京第四中山大学，和陈梦家是同学，也是闻一多的学生。徐志摩在中大兼职任教时，教的正是方玮德这个班，因此，他更是徐志摩的学生。因为方玮德和闻一多、徐志摩的关系，方令孺得以和他们结识。她在家排行第九，方玮德叫她“九姑”。陈梦家跟着方玮德这么称呼。之后，徐志摩、闻一多等“新月”人也都叫她九姑了。

说是《诗刊》由陈梦家提议创办，准确地说，它也是方令孺、方玮德的创意。当初，陈梦家去找徐志摩谈《诗刊》，也带着方家姑侄的共同心愿。所以，徐志摩才会在给梁实秋的一封信（1930年11月底）中这样说：“诗刊以中大新诗人陈梦家、方玮德二子最为热心努力……我辈已属老朽，职在勉励已耳。”在《诗刊》创刊号上，除了有徐志摩自己和闻一多的诗外，还有方令孺和方玮德的诗。方令孺的诗清新秀隽，而方玮德的诗哀怨缠绵。

方玮德出生于1908年，其父方孝岳是一位文史学家，也写诗。在中大外国文学系读书时，方玮德和陈梦家、表兄宗白华，以及方令孺组织了一个专门谈诗论文的“小文会”。那段期间，他跟徐志摩有所来往。徐志摩曾经真正像个老师一样教育鼓励过方玮德。那一次，两人同游鸡鸣寺，徐志摩对方玮德说：“玮德，你得努力！你不要只想到上午太阳的炫耀，便忘掉黄昏时的晚照。一个生命如同一颗太阳，我们不失望于一个清晨的阴雾，但更可惜于一个夕阳时没有光彩。我们的成功就要看我们晚年时有多少绮丽的云霞。”

更多的时候，徐志摩常在课后到方令孺的家里，和大家一块儿聊天。方令孺在一篇纪念徐志摩的文章《志摩是人人的朋友》一文中，回忆道：“有一天刚上灯的时候，梦家、玮德，同一个聪明的女孩子，在我家里等着志摩。一会儿他来了，穿一件灰色的长袍，那清俊的风致，使我立刻想到李长吉、杜牧之一班古代的诗人。……门外有一架藤萝，他走的时候对我说：‘在冬天的夜里，你静静地听这藤萝花子爆裂的声音，会感到一种生命的力。’”

除了创办《诗刊》，方玮德在徐志摩生前与他并没有太多的交往。然而，他对徐志摩的死伤痛异常。志摩死之后、志摩一周年祭时、志摩两周年祭时、志摩三周年祭时，方玮德都真诚地撰写纪念文字。他写过《哭志摩》《再念志摩》《志摩周年祭》《追伤志摩》《再谈志摩——并质吴宓先生》等。对于外界对徐志摩的赞颂，他附和；对徐志摩的微词，他不能容忍，撰文为之辩解。当装殓着徐志摩遗体的棺材从济南运回途经南京时，他去迎灵。当他看着棺材的头板上贴着一张“志摩诗人之柩”时，一时难以自持。棺材上车前，他和其他送行的朋友早已在车外摆好了一张茶几，点燃了两支蜡烛、一炷香，还烧了纸钱，默送徐志摩上路。

1932 年，方玮德在去北京的途中经过济南。他趴在车窗上，急着要看看那座要了徐志摩命的开山。他愤愤地对方令孺说：“假使志摩是皇帝，北平是他的国都，这件惨迹发生以后不怕开山没人给它铲平。可是现在呢，一座开山不过是我们永久的悲哀的堆积罢了。”

方玮德写的诗以爱情诗为主，有《丧裳》《诉》《海上的声音》等，特别是《海上的声音》，被认为是他的代表作：

那一天我和她走海上过，
她给我一贯钥匙一把锁，
她说：“开你心上的门，
让我放进去一颗心，
请你收存，
请你收存。”
今天她叫我再开那扇门，
我的钥匙早失在海之滨。
成天我来海上找寻，
我听到云里的声音：

“要我的心，
要我的心。”

自中大毕业后，方玮德随九姑去北京游历。也就是这次游历，让他结识了一生的挚爱黎小姐。他对她一见倾心，她对他冷若冰霜。他不甘心，为她写了一部《丁香花诗集》。后来，据方令孺说，他俩曾经一度鸿雁传书；宗白华说他们的这些通信是“真正的文学作品”。如果说这种方式也算是恋爱的话，那么，对于方玮德来说，它不过是一厢情愿的精神恋爱而已。抗战爆发，黎小姐返回湖南老家；方玮德去了厦门集美中学。在那里，他教书、写诗、编《灯塔》。他对《灯塔》的同事、作家谢冰莹道过心中苦闷：“我追求黎小姐好几年了，我的心像火一样在燃烧，她却像一座冰山那样冷酷。她把我献给她的赤心在高跟鞋下踏个粉碎。”即使如此，他还是“越觉得她可爱，越显得她高贵，显得我渺小”。

“渺小的”方玮德有着诗人固有的多愁善感。在长期的哀怨愁苦折磨下，他不幸染上肺病。为了再见心上人，他拖着病躯北上。到达北京时，他只剩下一口气了。在这种情况下，黎小姐还算有情，到医院看他。对于他来说，能在心上人温暖的抚慰下离开人世，是人生对他最好的报偿。他很满足。这年，是1935年，年轻的“新月”诗人方玮德不过才29岁。

林徽因写了一首追悼方玮德的长诗，其中有这样几句：“玮德你真是个诗人/你是这般年轻，好像/天方放晓钟刚敲响……”收入陈梦家所编由北平晨报印行的《玮德纪念专刊》中，九姑方令孺在《悼玮德》一文中写道：“玮德，你除了爱，一生所向往的是智慧，是趣味，是温暖而公平的人情。你不会虚伪，更没有浮生荣利心。”这也算是对玮德为人的总结了。陈梦家还为方玮德编了一本《玮德诗文集》，由邵洵美的上海时代图书公司出版。这本集子的序言，就是方令孺的

《悼玮德》。

方令孺先悼徐志摩，又悼方玮德，她自己死时，却没有“新月”人来悼她。1946年，已经“变身”民主斗士的闻一多被枪杀；1949年，梁实秋去了台湾。新中国成立后，方令孺到上海复旦大学任教。晚年的她寄情于“不能言最可人”的石砚。海峡对岸的梁实秋认为“她把玩那些石砚的时候，大概是想着从前的日子”。这是他的主观臆测，真实情况如何，无人能知。1976年，“新月”女诗人方令孺在杭州去世。

徐志摩和邵洵美：“诗坛双璧”

很多人对邵洵美的认识，源于高中课本中鲁迅的那篇著名文章《拿来主义》，文中有这样一句话，“因为祖上的阴功，得了一所大宅子，且不问他是骗来的……或者做了女婿换来的”；关于这句话，有这样的注释：“这里是讽刺做了富家翁的女婿而炫耀于人的邵洵美之流。”这还算是客气的，之前的注释对邵洵美这个人还有个封号“反动御用文人”。就像是被鲁迅骂过的徐志摩、陈西滢、梁实秋等因为曾经是鲁迅的“对头”而始终被踩踏一样，长期以来，邵洵美一直被“雪藏”在历史深处，即便在中国现代文学研究中，这位新月派诗人、出版人、翻译家也只能处于边缘地位，被忽视，被冷遇。

就“富家翁的女婿”，鲁迅在另两篇文章中骂得更直接更凶。一篇是《各种捐班》。在这篇文章中，他主要表达的是，因为是富翁家的女婿，所以有钱，而“只要有钱，就什么都容易办了”，也就有钱捐班做文学家了。他这样写道：“捐做‘文学家’也用不着什么新花样。只要开一间书店，拉几个作家，雇一些帮闲，出一种小报，‘今天天气好’是也须会说的，就写了出来，印了上去，交给报贩，不消一年半载，包管成功。”

另一篇是《登龙术拾遗》，他这样写道：“穷小子想爬上文坛去，有时虽然会侥幸，终究是很费力气的；做些随笔或茶话之类，或者也能够捞几文钱，但究竟随人俯仰。最好是有富岳家，有阔太太，用陪嫁钱，作文学资本，笑骂随他笑骂，恶作我自印之。‘作品’一出，头衔自来，赘婿虽能被妇家所轻，但一登文坛，即声价十倍，太太也就高兴，不至于自打麻将，连眼梢也一动不动了，这就是‘交相为用’。”

这样的两篇针对邵洵美的文章，说轻一点儿，是不符合事实；说重一点儿，是中伤、诽谤。就前者而言，不明真相的人会误认为邵洵美“文学家”的头衔是“捐班”而来。关于此，在当时，邵洵美没有出面声辩过一句。他和徐志摩一样也曾留学英国，和“新月”文人一样也有很浓重的绅士气，他不计较。不过，委屈、不平还是有的。“文革”中，他和贾植芳一同坐牢。后来，贾植芳在《我的难友邵洵美》一文中提到他俩的一次谈话。当时，邵洵美对贾植芳说：

“贾兄，你比我年轻，身体又好，总有一日会出去的。我有两件事，你一定要写一篇文章替我说几句话，那我就死而瞑目了。”

可以说，贾植芳的这篇文章就是在为邵洵美完成心愿。他所说的“两件事”，其中一件就是关于“捐班”。也就是说，直到这时，他才为自己辩解，他说：“我的文章，是写得不好，但实实在在是我自己写的，鲁迅先生在文章中说我是‘捐班’，是花钱雇人代写的，这真是天大误会。我敬佩鲁迅先生，但对他轻信流言又感到遗憾！”尽管如此，他还说“敬佩鲁迅先生”，足见他的大度了。

就后者而言，不明真相的人会误认为邵洵美原本只是一个穷小子，因为娶了个阔太太，有了个富岳家，所以……邵洵美娶了个阔太太，有个富岳家，这的确是事实。不过，他自己并非穷小子，而是“含着金调羹出世的”。他的祖父邵友濂官至一品，曾出使俄国，是大清最后一任台湾巡抚。他的母亲盛樨蕙是中国近代史上洋务运动的倡导者、创办了第一家银行中国通商银行、第一所工业大学北洋大学的清末邮传部大臣盛宣怀的四女儿。他自小被过继给大伯邵颐，而邵颐的夫人

盛宣怀

李氏是李鸿章视为己出的侄女。当年，李氏是以中堂大人千金的身份嫁入邵家的。从这个角度说，李鸿章也算得上是邵洵美的另一位外祖父。这样说来，邵洵美岂是一般的有钱人家能比。

邵洵美的“阔太太”名叫盛佩玉，是盛宣怀长子盛昌颐的女儿，也就是盛宣怀的孙女。一个是盛宣怀的外孙，一个是盛宣怀的孙女，邵洵美和盛佩玉是一对青梅竹马的表姐弟。“佩玉”之名，取《诗经》中“佩玉将将，洵美且都”之意。洵美和佩玉相爱后，为了配合表姐的美名，将自己原来的名字“云龙”改为“洵美”。

那么，是什么让鲁迅对邵洵美的“富”如此不满而三番四次地加以讥讽呢？邵洵美在向贾植芳请求的两件事中，还有一件，指的是1933年上海文化界出面接待萧伯纳的事。关于此，鲁迅在1933年2月17日的日记里有所记载，还写了一篇文章《看萧和“看萧的人们”记》。在这篇文章中，他提到了三个人：梅兰芳、张若谷和邵洵美。就梅兰芳，他写道：“也还有一点梅兰芳博士和别的名人的问答，但在这里，略之。”就张若谷，他写道：“据张若谷后来发表出来的文章，则萧还问了几句话，张君也刺了他一下，可惜萧不听见云。但是，我实在也没有听见。”就邵洵美，他写道：“此后是将赠品送给萧的仪式。这是由有着美男子之誉的邵洵美君拿上去的。”他对“唱戏的”梅兰芳一向没有好感，在这里，他对张若谷也不太友好。看得出来，这个时候，他对邵洵美似乎并无太多恶感，只用了“美男子之誉”这样一个贬义不重的词。

邵洵美的耿耿于怀，当然不在于鲁迅称他是“美男子”，而是谁都不提当时接待萧伯纳的费用，是由他出的。在鲁迅的日记里，这样记载道：“乘车赴宋庆龄夫人宅午餐，同席为萧伯纳、伊（赛克）、斯沫特列女士、杨杏佛、林语堂、蔡先生、孙夫人，共七人，饭毕照相二枚。”邵洵美对贾植芳回忆说：“1933年英国作家萧伯纳来上海访问，我作为世界笔会的中国秘书，负责接待工作。萧伯纳不吃荤，所以，以世界笔会中国分会的名义，在‘功德林’摆了一桌素菜，用了46块银元，由我自己出钱付出。参加宴会的有蔡元培、宋庆龄、鲁迅、杨杏佛，还有我和林语堂，但当时上海的大小报纸的新闻报道中，却都没有我的名字。”在这里，两人的两种说法有出入，一是地点，究竟是在“功德林”，还是“宋庆龄宅”；二是人员，究竟是哪七人。应该说，鲁迅日记更可靠，它毕竟记载于当时。然而不管怎么说，邵洵美支付了接待费用，这是极有可能的。他是文化界的富人，更关键的是，他为人极为仗义豪爽。

仅仅过了半年，鲁迅被邵洵美的一篇文章激怒了。前一年，邵洵美创办了金屋书店。他在由书店出版的《十日谈》里发表了一篇谈“文人无行”的文章，其中有这样的文字：

> 但其所以为文人之故，总是因为没有饭吃，或是有了饭吃不饱。因为做文人不比做官或是做生意，究竟用不到多少本钱。一支笔，一些墨，几张稿纸，便是你所要预备的一切。呒本钱生意，人人想做，所以文人便多了。此乃是没有职业才做文人的事实。
>
> 我们的文坛便是由这种文人组织成的。
>
> 因为他们是没有职业才做文人，因此他们的目的仍职业而不在文人。他们借着文艺宴会的名义极力地拉拢大人物；借文艺杂志或是副刊的地盘，极力地为自己做广告：但求闻达，不顾羞耻。

如果是一个没有钱的穷文人写这样的文章,也许不会有人说什么,可邵洵美偏偏是一个有钱的文人。以他的身份这样写穷文人,在穷文人看来不免含有嘲弄和讥讽的意味,心里自然就不舒服了。鲁迅发怒的原因,不知是否因为此。总之,他随即在《准风月谈·后记》里狠狠地回敬道:

> 文人的确穷的多,自从压迫言论和创作以来,有些作者也的确更没有饭吃了。而邵洵美先生是所谓“诗人”,又是有名的巨富“盛宫保”的孙婿,将污秽泼在“这般东西”的头上,原也十分平常的。但我以为作文究竟和“大出丧”有些不同,即使雇得一大群帮闲,开锣喝道,过后仍是一条空街,还不及“大出丧”的虽在数十年后,有时还有几个市侩传颂。穷极,文是不能工的,可是金银又并非文章的根苗,它最好还是买长江沿岸的田地。然而富家儿总不免常常误解,以为钱可以使鬼,就也可以通文。使鬼,大概是确的,也许还可能通神,但通文却不成,诗人邵洵美先生本身的诗便是证据。

鲁迅的这顿骂,不能说不痛快淋漓,但对邵洵美是极为不公平的。邵洵美的“文人无行”论,或许只是泛泛而谈,并没有嘲笑穷文人的本意。何况,文人中也的确有“借……拉拢……借……为自己……”这样的人存在。不能因为他是富文人,就剥夺他议论、批评不良穷文人的权利。

也就是从这个时候开始,鲁迅对邵洵美越来越不客气了。他在给郑振铎的一封信中,称“上海的邵洵美之徒”,说:“这些东西,真是‘前不见古人,后不见来者’,吃完许多米肉,搽了许多雪花膏之后,就什么也不留一点给未来的人们的——最末,是‘大出丧’而已。”在收入《花边文学》的《漫骂》一文中,他说:“诗人没有捐班,富翁只会计较，因为事实是这样的，所以这是真话，即使称之为谩骂，诗人也还是捐不来，这是幻想碰在现实上的小钉子。”在也收入《花边文学》的《中秋二题》中，他说：“……给富翁当赘婿，陡了起来的，不过这不能算是体面的事情。”即便在临去世前写的遗嘱性质的《死》一文中，他还没有忘记这位富女婿，这样写道：“……我倘曾贵为宫保，富有千万，儿子和女婿及其他一定早已逼我写好遗嘱了。”

富，本身并无错。事实上，当时，鲁迅一系列针对邵洵美“富”和“富女婿”的文章，也引起一些人的反感。有人公开反驳说，“做一个富家的女婿并非罪恶”。也正是因为邵洵美富有，徐志摩才会向他借钱资助丁玲母子返回家乡。邵洵美更在新月书店和《新月》濒临危境时，伸出援手帮了徐志摩一把。

邵洵美夫人盛佩玉回忆说：“洵美是喜欢徐志摩这个朋友的，他诚实、有学问、爽快。他是诗人。洵美正好也在学新诗，更相契。”[①]一个非常有意思的事实是，徐志摩和邵洵美的相貌极其相似，都是长脸、高鼻子，只不过徐志摩戴眼镜，邵洵美留胡须。有一次，邵洵美画了一张素描，是一张人脸。然后，他用小楷在旁边写道：“长鼻子长脸，没有眼镜，亦没有胡须，小曼你看，是我还是你的志摩。洵美。”他们夫妇和徐志摩夫妇的关系很好，邵洵美曾为徐志摩和陆小曼画过一幅画：一只茶杯，一把扁圆形的茶壶。他还题了一首小诗：一个茶壶，一个茶杯，一个志摩，一个小曼。

诗的灵感应来自北大的著名怪教授辜鸿铭的名言，他曾对洋人打比方，反对一夫一妻制，为中国人一夫多妻辩护，说：“只有一只茶壶配几只茶杯，哪有一只茶壶配一只茶杯的？”这段名言流传很广，在辜氏身后，罗家伦、梁实秋、冯友兰、林语堂的回忆文章中都曾提及，而奇怪的是大家都喜欢以此与徐陆婚姻联系起来。罗家伦就提到

---

① 盛佩玉：《盛氏家族·邵洵美与我》，人民文学出版社 2005 年版。

邵洵美和盛珮玉的结婚照，被刊登在《上海画报》第195期。

陆小曼嫁与徐志摩后，担心他用情不专，所以对他说："志摩！你不能拿辜先生茶壶的譬喻来作借口，你要知道，你不是我的茶壶，而是我的牙刷，茶壶可以公开用的，牙刷不能公开用的！"

因为同有英国剑桥的教育背景，有人误认为徐志摩和邵洵美是在剑桥相识的。实际上，他们是在法国见的第一次面。1906年，邵洵美出生于浙江余姚，18岁时，从上海南洋中学毕业。第二年3月，赴英国留学，就读于剑桥大学医曼纽学院经济系。不久，由英转法，改学绘画，和徐悲鸿、张道藩成为朋友，还共同成立了一个专门探讨绘画艺术的"天狗会"。在英国时，有一天，在剑桥市中心广场，邵洵美正在散步，一旁摆旧书摊的老人问他"你姓许还是姓徐"。原来，老人将他当作三年前见过面的徐志摩了。

徐志摩1925年游欧时途经法国，有一天在巴黎街头，他和朋友谢寿康在大街上巧遇邵洵美和朋友严庄。严庄看见徐志摩，立即将邵洵美拉到徐志摩面前，兴奋地对徐说："来了，志摩，我把你'弟弟'找来了。"徐志摩反应也快，立即拉起邵洵美的手，像演戏似的热情招呼："'弟弟'，我找得你好苦哟！"原来，他也早就听徐悲鸿说有一个人长得跟他很像。

从此，两人开始了交往。他俩的友谊基础自然不完全是长得像。两人都是浙江人，又都是剑桥出身，都学过一段时间经济，对剑桥，对经济，很有共同语言。重要的是，邵洵美很爱新诗，正在努力学写新诗，很崇敬大名鼎鼎的有“诗哲”之称的徐志摩。在巴黎见了一面后，徐志摩就回国了。1926 年，邵洵美在拿到学位之前，因嗣母名下的房产被焚而不得不提前归国。1927 年 1 月 15 日，邵洵美和盛佩玉在上海结婚，徐志摩和陆小曼特别到场祝贺。这时，徐志摩在光华大学教书，有次要回家乡办事，便请邵洵美为他代课。邵洵美比徐志摩小十岁，才二十出头，他担心这样年轻走上大学讲台，压不住，于是特地配了副金丝边平光眼镜，穿了件长衫。这样一打扮，更像徐志摩了。

邵洵美并不是一开始就加入新月书店和《新月》月刊的。在加入“新月”之前，他也办了一个书店“金屋书店”，出版了《金屋月刊》，自任经理和主编。至于他是何时进入新月书店和《新月》月刊的，据分析，应当是在 1931 年 5 月，是应徐志摩的恳请。这时，《新月》在罗隆基的主持下，政治大于文学，加上胡适、闻一多、梁实秋、饶孟侃等人相继离沪，客观上使刊物难以为继，也连累到新月书店。从《新月》第四卷第二期开始，主编者由罗隆基换成了叶公超，《新月》又由政治重归文学。同时，杂志多了一个“发行人”邵浩文，他就是邵洵美。新月书店的经理也由张禹九易主为邵洵美。

叶公超单独主编了两期后，《新月》从第四卷第三期至第七期终刊，编辑者不再由一人“独断专行”，变成了“群策群力”，除了徐志摩已丧身以外，最后几期《新月》的主编是叶公超、潘光旦、梁实秋、胡适、余上沅、邵洵美、罗隆基，事实上的主编还是叶公超，发行人还是邵浩文，负责印刷的是邵洵美当老板的时代印刷图书公司。因此，邵洵美是新月书店最后一任经理，是《新月》月刊最后一任主编之一和发行人。显然当初，徐志摩请邵洵美接手“新月”，无疑是想借助他的财力重振书店和刊物。对此，胡适也表示认可，他在 1931 年 2 月 24 日的日记里，这样记道："志摩很有见地，托邵洵美与光旦照料《新月》，稍可放心。"

事实上，在财力方面，邵洵美的确起了作用。1931 年 8 月 19 日，徐志摩在给胡适的一封信中，这样交代道："新月不日开股东会，书稿陆续已收下不少，有钱即可大批付印。新股招得虽有，但现金流通终感不便，因此我们向公权商量在中国银行做一万元透支。本想由洵美公权各半担保，后来公权意思要多拉一个保人，由洵美保四千，季高保三千，再有三千事实上由公权负责……"不仅如此，邵洵美交游广通人脉，还能拯救《新月》于危难。1931 年 9 月 9 日，徐志摩写信告诉胡适："《新月》又几乎出乱子。隆基在本期《新月》的'什么是法治'又犯了忌讳，昨付寄的四百本《新月》当时被扣，并且声言明日抄店，幸亏洵美手段高妙，不但不出乱子，而且所扣书仍可发还。"

然而，邵洵美终究不是救世主，未能救得了"新月"，特别是，自 1930 年底胡适返回北京后，1931 年初，徐志摩也应胡适召唤北上重新进入北大任教授，年底，他坠机身亡。"新月"的领袖走了，"新月"的灵魂死了，"新月"何以为继？ 1933 年 6 月，《新月》停刊；1933 年 9 月，新月书店关门。

严格说来，邵洵美和徐志摩的合作，并不在于《新月》，而是共同创办了《诗刊》。邵洵美参与《诗刊》，缘于他除了"文学活动家""出版人"外，还有一个对他来说更重要的身份，那就是"诗人"。他的一首名为《你以为我是什么人》的诗，明白地宣告他是诗人："你以为我是什么人？是个浪子，是个财迷，是个书生，是个想做官的，或是不怕死的英雄？你错了，你全错了；我是个天生的诗人。"他这个天生的诗人，和徐志摩这个天生的诗人，一度被人并称为"诗坛双璧"。

如果说，徐志摩是浪漫主义诗人的代表的话，那么，邵洵美则是唯美主义诗人的代表，更占据着颓加荡派诗人的首席。"颓加荡"是 Decadent 的音译，有堕落颓废之意。作家苏雪林在《颓加荡派的邵洵美》

一文中，这样总结了邵洵美的诗歌特征：一、强烈刺激的要求和决心堕落的精神；二、以情欲的眼光关照宇宙一切；三、生的执着。无论是“浪漫”，还是“唯美”，徐志摩和邵洵美的诗的共同之处在于被认为“没有社会责任感”。因此，他俩同被视为“招摇的文学纨绔子”[①]。从实际来看，徐志摩的影响力远远大于邵洵美。细究其中原因，大概就是邵洵美“唯美”之外又“颓加荡”了。

在盛佩玉的笔下，丈夫邵洵美一生从不吃喝嫖赌，除了读书、买书、写书、译书、出版书，别无他求。事实上，邵洵美好酒、好赌，还抽鸦片，在婚姻存续期间，他还和美国女作家项美丽谱写了一段轰动上海滩的异国恋曲。他说“赌”富有诗意，越赌越有诗兴，越输诗做得越好。他说：“一赢倒心慌，诗就做不成了。”他还说，志摩是“新月诗人”，“我也是诗人呵，我是什么诗人呢？好吧，你们叫我‘赌国诗人’吧！”他出生富贵、天性纯真、生活在优越和无拘无束之中，注定他只唯艺术良知是求，而他用来表现艺术的手法则是颓加荡的。

20 世纪 20 年代的项美丽

比如，他的《五月》，有这样的诗句：“啊欲情的五月又在燃烧，/ 罪恶在处女的吻中生了；/ 甜蜜的泪汁总引诱着我 / 将颤抖的唇亲她的乳壕。”他的《蛇》，有这样的诗句：“在宫殿的阶下，/ 在庙宇的瓦上，/ 你垂下你最柔软嫩的一段——/ 好像是女人半松的裤带 / 在等待着男性颤抖的勇敢。”“啊，但愿你再把你剩下的一段 / 来箍紧我箍

① 李欧梵：《上海摩登》，北京大学出版社 2001 年版。

不紧的身体，/ 当钟声偷进云房的纱帐，/ 温暖爬满了冷宫稀薄的秀被！”

“唯美”“颓废”“颓加荡”，在西方，可能是一种先锋的艺术形式，但是在中国，无论是在20世纪30年代的社会背景下，还是在后来的政治语境下，它们都是落后的、腐朽的、不健康的代名词。因此，邵洵美的被冷落，被有意无意地淡忘，他的诗的艺术价值的被低估，也就是自然的了。

1931年8月，徐志摩到邵家看望洵美，他把邵洵美、盛佩玉七个月大的长女小玉高高举起，欢呼道：“真结实，可说粗、壮、美。”引来一阵欢声笑语。这是他俩的最后一次见面。三个月以后，徐志摩坠机身亡。邵洵美悲痛至极，一再说“志摩有结实的体质，有生龙活虎一般的精神，一下子把他摔死，实在太惨”。他流着泪，在一篇悼念文章中，这样写道：“志摩过去是，而且将永远被看成是中国新诗的一位勇敢的先驱者。他死了，一去不复返了。但是人们认为他现在正置身于那些不朽的人物中间。”①

邵洵美纪念老友的方式是在悲恸中为徐志摩出版了一本诗集《云游》，他让陆小曼写序。她写道：“洵美叫我写志摩《云游》的序，云游，可不是，他真的云游去了，这一本怕是他最后的诗集了！”邵洵美自己也在这本诗集里写了一首悼诗，取名《天上掉下一颗星》，刊登在《诗刊》最后一期上。诗的最后两句是：“呵，志摩，谁相信当秋深的夜半，/ 一群幽绿的磷火里会有你！”

一个颓加荡派诗人，在20世纪60年代的中国大陆，结局一定不会好。60年代初，邵洵美是以“美蒋特务”的罪名被公安局带走的。家，也被抄了。在上海提篮桥监狱，因长期盘坐，他的双腿落下残疾。正值三年困难时期，因长期饥饿，他的面颊浮肿，又发哮喘。1968年5月5日，他在贫病交加和无限冤屈中离开了人世。

① 盛佩玉：《盛氏家族·邵洵美与我》，人民文学出版社2001年版。

第八章 《学文》，《新月》的继承者

叶公超和《新月》的最后岁月

“新月”主将中，叶公超和余上沅是最早离开暨南大学，离开上海的。1929 年秋，叶公超北上进入清华大学外文系；余上沅北上在北京中华教育基金会任秘书，同时在北京大学兼任教授。一年后，梁实秋、闻一多也离开了暨大，应青岛大学校长杨振声之聘，分别担任外文系主任兼图书馆馆长、文学院院长兼中国文学系主任。之后，胡适、徐志摩先后重返北大。人，虽然都走了，《新月》却继续着它在上海的岁月。起初，它由罗隆基主持。在罗隆基也离开上海前往天津后，《新月》被交到了叶公超的手上。

有人说：“叶公超最了不起的，是志摩去世后，不计个人得失，独立支撑《新月》的危局。”[①] 如果说罗隆基主持《新月》，是为了

① 韩石山：《徐志摩传》，北京十月文艺出版社 2001 年版。

借助《新月》这个平台表达他的政治主张的话，那么，叶公超支撑《新月》，则更多的是为了代替徐志摩实现纯粹的文艺思想。因此，经他之手的《新月》只论文，不问政。

假如没有叶公超，《新月》可能在徐志摩丧身后就寿终正寝了。徐死后，《新月》的第四卷第一期出了个“徐志摩纪念专号”，除了闻一多，“新月”人都写了怀念悼念徐志摩的文章。可以说，徐志摩是“‘新月’之父”，他的不在，“新月”大厦将倾。叶公超写信给胡适，说：“志摩死了，新月书店也好比剩了半口气。”他希望胡适“到上海去和洵美大家彻底把书店内部整顿一下，否则月月透支，如何以往？”同时，他对《新月》提出了自己的看法：“月刊我以为不必每期载政治文章。努生文章做得好，话说得对，都不错，但是以一人之长而置月刊于危境，我是不敢赞许的。”

“纪念专号”之后，《新月》沉寂了。直到半年后，由叶公超单独主编，《新月》在北京出版了第四卷第二期。此时，新月书店也由上海迁至北京米市大街。《新月》还是由新月书店印行。《新月》复活了。接着，第三期出版。之后，《新月》名义上数人合编，实则还是叶公超负责。就这样，又坚持了四期。越往后，经费越成问题，稿源也愈发不济。在停刊前的最后三四期，除了少数几个朋友看在叶公超的面子上，还投些稿子外，刊物基本上无米下锅了。无可奈何的叶公超只能自己写文章。他后来回忆说：“所有文章几乎全由我一个人执笔。在一本刊物里发表好几篇文章，自然不便全用叶公超一个名字，因此，用了很多笔名。”[①] 他用过的笔名有白宁、白苧、棠臣等；有一期，他一个人写了七、八万字，这样才没有让《新月》开天窗。

就像叶公超评价罗隆基不能“以一人之长而置月刊于危境”一样，事实上他也不能以他一人之长挽救《新月》于潦倒。在叶公超坚持又

① 叶公超：《我与〈学文〉》，《新月怀旧——叶公超文艺杂谈》，学林出版社 1997 年版。

坚持之后，在《新月》前后一共出版了43期之后，《新月》终于停刊了。

可以说，《新月》是在叶公超手上完结的，也理应由他为《新月》盖棺论定。他先是总结了《新月》的失败原因——他认为是失败的，其实失不失败，很难说——“一、没有组织，行的是多头政治，各有各的意见，时常不能统一；二、没有钱，不善于经营；三、没有稿子；四、徐志摩的突然去世，给新月同仁的心理打击很大；五、同仁的职业问题，造成了四分五裂。”他在认为《新月》是失败的同时，又很骄傲地宣称《新月》是有意义的，最大的意义在于“自文学革命以来，当一切‘左’倾势力的洪流汹涌之际，它是唯一坚守自由纯正原则的一支砥柱”[①]。这句话含有政治意味，但的确一语中的，道出了《新月》最本质的部分。

叶公超和《学文》和卞之琳、季羡林、钱锺书

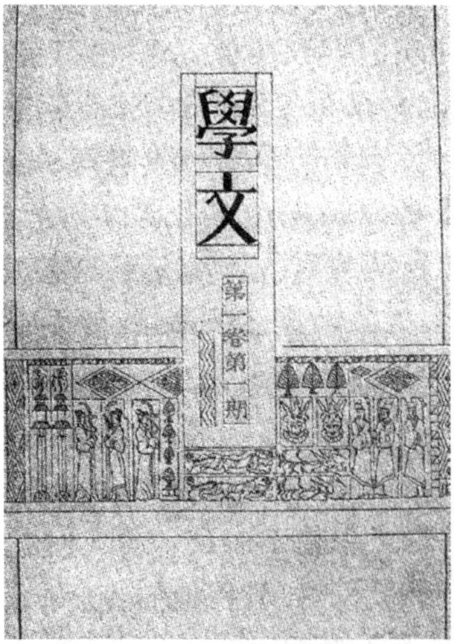

《学文》第一卷第一期

对于《学文》的创办缘起，叶公超在《我与〈学文〉》中说得很清楚：

第一，当初一起办《新月》的一伙朋友，如胡适、徐志摩、饶孟侃、闻一多等人，由于《新月》杂志和新月书店因种种的原因已告停办，彼此都觉得非常可惜；1933年底，大伙在胡适家聚会聊天，谈到在《新月》时期合作无间的朋友，为什么不能继

① 叶公超：《关于新月》，台湾《联合报》1980.8.6.

> 续同心协力创办一份新杂志的问题。……《学文》的创刊，可以说是继《新月》之后，代表了我们对文艺的主张和希望。
>
> 第二，那时欧美文学，都在重视从事于发现诗的语言：所谓 poeticallanguage。大家觉得中国的白话诗，将来要有成就，一定要从语言的节奏方面去努力……

他在“第一”中提到商办新刊物的人，应该没有早在 1931 年就死了的徐志摩，也没有还在河南大学外文系执教的饶孟侃。创办《学文》的是原《新月》同人，这是无疑的，但究竟是哪几个人？首先，《学文》的创刊，是在《新月》停刊一年之后的 1934 年 5 月。这个时候，除了梁实秋尚在青岛、饶孟侃尚在河南外，其他人基本上都又聚在了北京。胡适还在北大；叶公超还在清华；余上沅还在基金会；闻一多 1932 年 8 月离开青岛大学北上至清华大学，在中国文学系任教授。也就是说，叶公超和闻一多成了清华同事。

1934 年 2 月 13 日中午，梁实秋自沪返京探亲，余上沅做东请他吃饭，也邀请了“新月”人胡适、闻一多、叶公超、陈梦家，另外还有杨振声、吴世昌、林伯遵等。席间，大家谈到了办杂志，而且明确这本杂志是《新月》的继承者。关于刊名，大家畅所欲言，叶公超提议《环中》，吴世昌提议《寻常》，闻一多提议《畸零》。不知《学文》是谁提议的，总之最后确定的就是这个名字。胡适在这天的日记里这样记道：“我也提了几个，最后决定《学文月刊》。”据闻一多于 1934 年 3 月 1 日致饶孟侃的一封信中说，这个刊名出自“行有余力，则致以学文”，“在态度上较谦虚”。三个星期以后，叶公超、闻一多又约胡适吃饭，就是为了商谈《学文》的具体事宜。原本 5 月 1 日出版的《学文》，因稿子原因推迟了几天方才问世。编辑是叶公超，发行人是余上沅。创刊号的封面是林徽因设计的：中间是一块汉砖图案，很朴素很典雅。

显然，《学文》是由原《新月》人创办的。除了原《新月》同人外，据叶公超说，“新人中有个朱孟实”也参与进了《学文》。“那时他刚回国不久，在北大教文艺心理。书教得很好，很叫座，北大师生很多自动去旁听他的课。我们邀请他加入我们的阵容，他自己也很乐意。他是生力军，有他参加，使《学文》增色匪浅。”[①] 朱孟实即朱光潜。

从闻一多致饶孟侃的几封信中可知，他也参与了《学文》的编辑工作。当时，眼见出版日期将近，闻一多手上却只有几篇稿子：一是饶孟侃的诗《懒》；一是梁实秋的一篇翻译短文；一是余上沅的一篇长文。闻一多非常钟情《懒》，认为“最好，好得厉害”，叶公超、陈梦家也觉得是篇难得的好诗。对于梁实秋和余上沅的稿子，闻一多很不满意，他更告诉饶孟侃余文“废话居多”。最终，《学文》创刊上刊登的文章有饶孟侃的诗《懒》、孙洵侯的诗《太湖》、林徽因的诗《你是人间的四月天》和小说《九十九度中》、孙毓棠的诗《野狗》、陈梦家的诗《往日》、杨振声的小说《一封信》、季羡林的散文《年》、李健吾的译文《萨郎波与种族》、卞之琳译文《传统与个人的才能》。

叶公超在论及《学文》缘起时，提到了“诗”。也就是说，他们创办《学文》，很大程度上是为了在《诗镌》《诗刊》《新月》之后继续对新诗的探求。从《学文》创刊号上登载的文章来看，他们的确是偏向诗的。他在《我与〈学文〉》中说：“有人说，《新月》最大的成就就是诗；《学文》对诗的重视也不亚于《新月》。”这是因为他们认为“诗是文学中最重要的一部分”。因此，《学文》的主要篇幅都让位给了诗，虽然只出了四期，但是每期都是将诗排在最前面，之后才是理论、小说、戏剧和散文。叶公超认为这是《学文》的一大特色。

除了诗，《学文》对文艺批评理论文章的重视，恐怕是和叶公超的研究方向有关了。在《学文》第二期的编辑后记里，叶公超说：

① 叶公超：《我与〈学文〉》，《新月怀旧——叶公超文艺杂谈》，学林出版社 1997 年版。

“本刊决定将最近欧美文艺批评的理论，择其比较重要的，翻译出来，按期披载。第1期所译的 T.S.Eliot：《传统与个人的才能》、本期的 Edmund:《诗的法典》都是极为重要的文字。另有老诗人 A.E.Housman《诗的名与质》的译文一篇，拟在下期登载。”在第四期上，又有赵萝蕤（陈梦家夫人）翻译的《诗的名称及其性质》。

1935年，陈梦家和赵萝蕤

叶公超提到的《传统与个人的才能》，是由“新月派”新一代诗人卞之琳翻译的。无论是在《新月》，还是在《学文》，叶公超都非常注重培养新人。《新月》时期，他经常向清华、北大的青年才子约稿，其中就有北大的卞之琳、李广田等，清华的曹葆华、余冠英、钱锺书等。因此有人说：“他们大抵因投稿《新月》而成名，后来也都继续创作、翻译，为三十年代的重要作家。”[①]《学文》时期，叶公超又提携了杨联陞、李健吾、何其芳、赵萝蕤和季羡林等。

1. 叶公超和卞之琳

叶公超在清华大学任外文系主任的同时，也在北京大学兼课，教戏剧。对于当时的北大学生卞之琳来说，他对叶公超印象最深的就是

① 吴长赋：《怀念叶师公超——为纪念叶师逝世八周年而作》，叶崇德主编《回忆叶公超》，学林出版社1993年版。

在课堂上常常听到"啪"的一声巨响，那是讲台上的叶老师在拍桌子，就像旧时判官在掼惊堂木。在卞之琳看来，叶公超上课前不怎么做准备。课上，他只是从一本《英国戏剧杰作选》中挑几篇文章，然后叫几个同学轮流合念对话。当听到发音或语调不对时，他就猛拍一下桌子。起初，他和同学们被这声巨响吓得不轻，时间长了，就听惯了。

卞之琳是江苏海门人，1910 年出生。1929 年自上海浦东中学毕业后考入北京大学英文系。在北大，他的英诗课的老师是徐志摩。之前，他虽然已经开始写诗，但就他自己在《雕虫记历》中所言"写诗很少，自行销毁的较多"。要不是徐志摩，他恐怕一直坚守着"诗是诗，人是人，我写诗总想不为人知"的观念。当徐志摩得知他也写诗后，就让他拿几篇给他看看，他觉得很不好意思，但徐老师态度诚恳，他也就"拿了一点点给他看"。徐志摩看了，也在回上海后拿给沈从文看了，两人都很欣赏，也没有跟卞之琳打招呼就交给一些刊物发表了。这对卞之琳是莫大的鼓舞，从此一发不可收。

在徐志摩活着的时候，卞之琳并没有在《新月》上而是在《诗刊》上发表了十多首诗。后来，陈梦家在编选《新月诗选》时，选了卞之琳的四首诗。徐志摩死后，叶公超接手《新月》。从第四卷第三期起到第六期，每期都有卞之琳的作品。其中有诗《酸梅汤》《小别》《工作底笑》《三天》；译诗《恶之花零拾》；文艺评论《魏尔伦与象征主义》。

卞之琳在《学文》创刊号上发表的译文《传统与个人才能》，译自著名诗人艾略特的论文，是由叶公超特约而且亲自校订的。之前，叶公超还为他译出文前的一句拉丁文 motto。就在《新月》和《学文》上发表的文章而言，卞之琳说："这些不仅多少影响了我在三十年代的诗风，而且大致对三四十年代一部分较能经得起时间考验的新诗篇的产生起过一定的作用。”①

那么，他“在30年代的诗风”是什么？用陈梦家的说法，是“平淡中出奇，像一盘沙子看不见底下包容的水量”。他虽然被划进了“新月派”，但他和其他新月派诗人不同，很少写浪漫的爱情诗。事实上，“新月”后期诗人已经由浪漫向现代转变。诗人艾青认为，现代文学史上的现代派是由新月派和象征派演变而来的。卞之琳的诗大多晦涩，象征主义色彩浓厚，因此被视为“30年代现代派代表人物之一”。当然，他也有写得比较通俗的象征主义诗篇，比如著名的《断章》即是如此：

你站在桥上看风景，
看风景人在楼上看你。

明月装饰了你的窗子，
你装饰了别人的梦。

抗战时，卞之琳去了延安，诗风自然随之改变。2000年12月2日，他在北京去世。很遗憾，这天距他的90大寿仅仅相差6天。

2. 叶公超和季羡林

虽然季羡林和卞之琳不是一个学校的，他是叶公超在清华的学生，但他对叶师授业方式的认识（或者说“看不惯”）和卞之琳很相似。在他的《清华园日记》中，叶公超的教书方法非常奇特，上课几乎不做讲解，一上课，就让坐在前排的学生，由左到右，依次朗诵原文，到一定的段落，就大喊一声“stop”，然后问“有没有问题”，如果没有人回答，他就让学生继续往下读。如此几个来回，就下课了。一下课，他抬腿就走。这个时候，如果有人问他问题，他会大喝一声：

① 卞之琳：《纪念叶公超先生》，叶崇德主编《回忆叶公超》，学林出版社1993年版。

“查字典去！”他还经常迟到，一迟就迟 15 分钟。如果他哪天兴致高，就会在课堂上大讲特讲，往往天花乱坠，直说得学生们一头雾水。他喜欢逗乐，从他的课堂上传来的笑声常常“差点把红楼扯去一角”。

除此之外，季羡林对叶公超这个人过分的绅士气也不以为然：“先生的头发，有的时候梳得光可鉴人，有的时候又蓬松似秋后枯草。他愿盼自嬉，怡然自得。学生们窃窃私议：‘先生是在那里学名士’。”他认为，俞平伯是真名士，而叶公超是假装的名士。这是因为“前者真率天成，一任自然；后者则难免有意引起‘轰动效应’之嫌”。

虽然如此，季羡林对叶公超曾给过他的帮助还是心存感激的。《清华园日记》记道，1934 年 1 月 17 日，季羡林开始《年》的构思。第二天晚上，他和好友李长之去拜访叶公超，他认为叶公超是在家的，但是家人出来通报说“他出去了”。这又增加了他对叶公超的不好印象。《年》完稿后，他自己十分满意，将稿子投给了《现代》。在等待《年》的命运时，友人林庚约他去见叶公超，他对叶的印象虽然不佳，但又听人说其实叶“也不乖戾”，于是就答应了林庚。二人一同前往叶宅。这次谈话，他对叶的印象有所改变。当时，叶公超说他想办一份刊物（即《学文》），很希望季写稿。季羡林无意中说他最喜欢写 essay（随笔），叶公超就笑着对他说：“现在中国文坛上缺少写 essay 的人，你很可以努力了。”

出乎季羡林的意料，自认为写得很好的《年》被《现代》退了回来。季羡林不服气，想起叶公超说过要办新刊物，就将稿子寄了去，还附了一封信，真诚地说：“希望你能说实话。”三天后，叶公超回了信，说文章已看过，“印象很好，态度极为诚恳，并约午后到他家去面谈”。叶公超给了季羡林很大鼓励，他说：“很喜欢《年》，因为，这写的不是小范围的 whim（幻想），而是扩大的意识。”他又希望季“以后写文章仍要朴实，要写扩大的意识，一般人的感觉，不要写个人的怪癖”，并具体地说“描写早晨、黄昏，这很无聊”。一席话，让年轻的季羡林有茅塞顿开之感，自觉“以前实在没有把眼光放这样大”。之后，按照叶公超的指点，季羡林对《年》做了一两处修改，不久，《年》就在《学文》上刊出了。

然而，《年》的发表并没有使叶公超和季羡林的关系从此一帆风顺。季羡林因为《年》而激发出强烈的创作欲，他连续不断地写，写出来的文章也连续不断地被发表。他很得意，写了篇谈体会的《我怎样写起文章来》，然后把它拿给叶公超看。几天后，他和李长之又去叶宅拜访。提到这篇文章，叶公超竟然说他“一个字也没看”，这让季羡林大感意外，又很难过。叶公超“不看”的原因是什么，他没说。季羡林觉得可能是自己还不配写那样的文章。

可是，季羡林认为“我里面写的却与普通人想我应该写的大不相同，我本来给他看，是想使他更进一步了解我，但结果增加了误会，我能不难过吗”。同时，他也不希望“所崇敬的人对我有丝毫的误解”。这个“误解”让季羡林很窝火，在日记里，他写道：“心里老想着昨天晚上叶公超对我的态度——妈的，只要老子写出好文章来，怕什么鸟。”当然，这只是一时之气。又几天，季羡林在日记里反省道：“我自己心胸总不免太偏狭，对一切人都看不上眼，都不能妥协，然而说起来，又实在没有什么原因，倘若对自己表示一点好感，自己就仿佛受宠若惊，这岂不是太没出息了吗？”

在《清华园日记》中，“叶公超”是季羡林提到次数最多的老师。尽管他俩在交往期间不无摩擦，他对叶师也有微词，但他对叶公超的学问，还是真心赞佩的，他说叶师的英文“非常好”，有“一肚皮”的学问，“人很聪明”。对于当年叶师的提携，季羡林从来没有忘记，他在《也谈叶公超先生二三事》一文中说：“不管怎样，我是非常感激叶公超先生的。”

3. 叶公超和钱锺书

大多数人是从轰动一时的小说《围城》认识钱锺书的。在这篇小说中，有这样一个人物，叫曹元朗，新诗人，曾经留学牛津、剑桥。他有一张“圆如太极的肥脸”，“脸上一圈圈的笑疤，像投了石子的水面”。有关曹元朗，书里还有这样几段：“你只要看忽而用这个人的诗句，忽而用那个人的诗句，中文里夹了西文，自然有一种杂凑乌合的印象。”“苏小姐在里昂研究法国文学，做了一篇中国18家白话诗人的论文，新授博士。她的18家诗人里好像没讲曹元朗，再版的时候应该补上。”所谓“18家白话诗人”，指的应是陈梦家编选的《新月诗选》中的18位“新月”诗人。种种描写表明，“曹元朗”的原型正是叶公超。

钱锺书对曹元朗极尽嘲讽和戏谑。现实中，他和叶公超的关系一度很疏远。叶公超曾经是他清华的老师，一直很欣赏他也很提携他。据说，叶公超认识钱锺书不久，就对他说：“你不该来清华，应该去牛津。”杨联陞曾在《追怀叶师公超》一文中说：“记得先生颇赏识钱锺书（中书君）与吴世昌。两位都有文章在《学文》刊载。”钱锺书的《论不隔》就是发表在《学文》上的。不仅是《学文》，在叶公超主持《新月》时，从第四卷第四期到第七期终刊，每期都有钱锺书的文章。

钱锺书的同学许振德曾在《水木清华四十年》中回忆说：“……于时，先生未婚，只身住北院，某岁圣诞节曾偕好友钱锺书往谒。钱兄高才博学，中英文兼优，余自知浅薄，深恐言之不当，但静坐聆听而已。”或许正是因为“高才博学”，钱锺书给人的感觉“很气傲”。有一阵子，中国学术界“海派”“京派”之争异常激烈，清华人也卷入其中。有一次，叶公超和钱锺书谈起这场纷争。钱锺书说：“吾曹执两用中，可假海京班马戏之名，自为一队。”不仅如此，他还作了一首七绝：“亦居魏阙亦江湖，兔窟营三莫守株；且执两端开别派，断章取义一葫芦。”对此，叶公超没有说什么，只是笑了笑而已。他的“笑”包含了什么？是对学生有如此大志向而欣慰，还是对学生在老师面前不够谦虚恭敬而不屑？

据说抗战期间，叶公超在西南联大外文系任主任，有一次，他写信给原清华学生常风（和钱锺书是同学），说：“现在联大保留一个教授的位置是准备给钱锺书的。”常风写信将这个消息告诉了钱锺书。换了一般人，得老师如此器重，即便不感激涕零，至少心里也会热一热的，然而，他在给常风的回信中，居然说：“莫非要我每日三餐都要祷告感激叶公超吗。”可见那时师生之间已然有隙了，至于原因，却无人能说得清楚。

钱锺书留学归来后，叶公超聘请他去西南联大执教。据当时外文系的学生王佐良回忆，叶公超亲自陪着钱锺书到他任教的高级英语研修班，很自豪地向同学们介绍：“钱先生是我的学生。你们真幸运，请到这样一位好教师。”然而，之后，两人又闹了矛盾。原因不明，只有“据说”：钱锺书平常说话不中听，而惹恼了叶公超；钱锺书在《围城》里影射了叶公超，让一向注重师道尊严的叶公超不能容忍；叶公超对钱锺书深受学生欢迎产生了妒忌心理，对钱锺书有些打压。

关于叶和钱，还有这样的传说：离开西南联大时，钱锺书对叶师的评价是：“太懒。”很多年后，当有人问叶公超，钱锺书在联大的情况时，叶公超居然回答说不记得钱锺书在联大教过书。可见彼此关系。

钱锺书曾经写过一首七绝送给叶公超：“毁出求全辨不宜，原心略迹赖相知；向来一瓣香犹在，肯转多师谢本师。”有人认为，这里的“谢”，除了“感谢”，还有“谢罪”的意思。

《学文》虽然只办了四期，在中国文学史上短暂又短暂，但作为《新月》的继承者，它的地位总还是不容忽视的。储安平在 1935 年初发表的综述 1934 年出版情况的《一年来中国出版界》一文中，这样评价《学文》："还有一个刊物只出了几期便已夭折了的，就是《学文》。这是以前《新月》的后身，由梁实秋、叶公超、闻一多、余上沅、林徽因、陈梦家等先生合力维持。这是一个最严谨最不市侩化的刊物。"

然而，正如《新月》一直以来都受左翼侧目一样，《学文》也频遭左翼的非议。在它只出了两期的时候，茅盾就尖锐地批评道："我们文坛上自来就有以刊物名称区分派别的习惯。所谓'新月派'就是这样被叫出来的。倘使所谓'新月派'者是一个'客观的存在'，那么，我们觉得《学文》是属于这一方面的最近的表现。不过'时代'着的色好像很厉害似的，现在他们对于生活竟感到那么'空虚，渺茫'么？生活条件和社会阶层的从属关系决定了人们的意识。……说到《学文》，我们会觉得这跟《东流》正是个对照。……所以倘说《东流》好像'向上生长的幼芽'，那么，我们对于《学文》的印象，便是'熟烂的果子'。你看到的，是它们那圆熟的技巧，但在圆熟的技巧后面，却是果子熟烂时那股酸霉气——人生的虚空。"①《东流》是所谓"革命文学刊物"。

叶公超在《我与〈学文〉》一文中，这样说："当时一起办《新月》的一群朋友，都还很年轻，写作和办杂志，谈不上有任何政治作用。但是，我们这班人受的都是英美教育，对于苏俄共产主义文艺政策本无好感。因此，对上海一些左翼作家走上共产党路线一点，大家都十分反对，一致认为对我国未来新文艺发展具有莫大的不良影响。要对抗他们，挽救新文艺的命运，似乎不能没有一份杂志。《学文》的创刊，可以说是继《新月》之后，代表了我们对文艺的主张和希望。"这是他多年以后在台湾时的说法，赋予了《学文》政治色彩。实际上，《学文》与政治完全无关。他的另外一段话，较为接近事实："《学文》与《新月》一样，都不是什么有组织的团体，只是大家常见面，

① 惕若（茅盾）：《〈东流〉及其他》，《文学》1934 年 10 月第三卷第四期。

一起吃饭，一起喝茶聊天，对文艺有兴趣，彼此观点也趋于一致，而我们主张文艺自由的意见，是当时上海左翼作家最反对，最使他们寝食难安的一点。”的确，无论是《新月》，还是《学文》，“文艺自由”才是它们的根本，才是叶公超他们办刊的真正目的。

末　篇

从早期的聚餐会、新月社到《晨报副刊》的《诗镌》和《剧刊》；从新月书店、《新月》月刊到《诗刊》和《学文》，“新月”经历了从北京到上海再回到北京、历时11年的复杂过程，涉及诗歌、小说、散文、文艺理论等文学领域，更旁及戏剧和美术，尤其是跳出“文艺”的象牙塔，关注到了现实政治。“新月”推出了闻一多、徐志摩等一批“格律派”新诗人，给了小说家凌叔华、沈从文施展才华的舞台，也让余上沅们有机会实现“国剧运动”的梦想，更为胡适、罗隆基、梁实秋等论政提供了平台。就文艺而言，他们拒绝所谓的“革命文学”“普罗文学”，不迷信“为人生而艺术”或“为艺术而艺术”，更不赞同以文学为政治宣传工具，他们讲究“人性”，崇尚的只是走正常的文艺发展的道路；就政治而言，他们反对专制，推崇民主和法治，呼唤人权。他们个体虽然存在差异，但都有对思想与言论自由的向往和坚持。

相对而言，“新月”存续的20世纪二三十年代，是徐志摩、胡适、梁实秋等自由主义知识分子的黄金自由期，他们自由地谈论文艺，自

1941 年 12 月，驻美大使胡适在白宫前的留影

胡适在美国出席文化界活动

由地和左翼论战，自由地谈论政治。如果没有抗战，如果没有内战，他们也许就这样继续着自由的学术人生。在抗战这个大背景下，他们中的有些人重新选择了人生：胡适出任驻美大使，做了“过河卒子”；叶公超也弃学从政，进入外交界。内战中，闻一多、罗隆基、潘光旦成了民主人士，闻一多因此献出了性命。1949 年，对于他们来说，又是一个转折点。从此，“新月”成为两爿弯月，向往着圆满却再也无法圆满。

1962 年，胡适在台湾病逝；1968 年，罗隆基在北京去世；1981 年，叶公超在台湾病逝；1987 年，梁实秋在台湾病逝。有人说，梁实秋的死，标志着“新月”的彻底完结；也有人说，这是一个时代的结束。从此，“新月”成为了过去。

在历史的长河中，新月的岁月只是一个瞬间，却永远定格在了现代中国黝蓝的夜幕上。